Das Ende ist erst der Anfang

Chandler Baker wuchs in Florida auf, ging an der Universität von Pennsylvania aufs College und studierte Jura an der Universität von Texas. Sie lebt jetzt mit ihrem Mann in Austin und schreibt Romane für Jugendliche, darunter »Das Ende ist erst der Anfang«.

Gerda Bean ist 1938 in Baden-Baden geboren und arbeitet seit 1975 als freiberufliche Übersetzerin. Sie lebt in Großbritannien.

Mehr über unsere Bücher, Autoren und Illustratoren auf:
www.thienemann.de

**Baker, Chandler:**
Das Ende ist erst der Anfang
ISBN 978 3 522 20248 0

Aus dem amerikanischen Englisch von Gerda Bean

Umschlaggestaltung: Vivien Heinz unter Verwendung eines Fotos von gettyimages (DigitalVision, 177210739)
Innentypografie: Kadja Gericke
Reproduktion: Medienfabrik GmbH, Stuttgart
Druck und Bindung: GGP Media GmbH, Pößneck

FSC www.fsc.org MIX Papier aus verantwortungsvollen Quellen FSC® C014496


Published by Arrangement with Chandler Baker, Originaltitel:
This is Not the End
First published 2017 by Hyperion,
an imprint of Disney Book Group, New York
Dieses Werk wurde vermittelt durch die Literarische Agentur
Thomas Schlück GmbH, 30827 Garbsen

CHANDLER BAKER

# DAS ENDE

ist erst der

# Anfang

Aus dem amerikanischen Englisch von Gerda Bean

Thienemann

*Für Rob – wir haben gemeinsam
wunderbare Dinge geschaffen*

# Prolog

Die eindrucksvollste Erinnerung meines Lebens ist nicht einmal meine eigene. Es spielt keine Rolle, dass ich nicht dabei war, um zu sehen, was passiert ist, dass ich den entsetzlichen Schmerz nicht gespürt und den Schrei nicht gehört habe, dem Stille folgte – ich habe diesen Augenblick trotzdem tausendmal durchlebt. Eintausend Mal habe ich mir die Geschichte aus seiner Sicht erzählt. Eintausend Mal habe ich versucht, die Geschichte neu zu schreiben und dabei versagt.

Hier ist das, woran ich mich erinnere.

Dicke, feuchte Wolken, aus denen der letzte Nieselregen gewrungen worden ist, hängen tief am Himmel. Das ist keine wichtige Information, aber wenn es kein regnerischer Tag gewesen wäre, hätten wir uns auf der Veranda oder am grauen Strand mit den vielen Muscheln hinter unserem Haus aufgehalten. Ich weiß, dass Matt sich wegen des Regens langweilte. Sonst kletterte nämlich immer *ich* auf irgendwelchen Sachen herum und schürfte mir die Knie auf, vor allem deshalb, weil Matt für so was schon zu alt war. Er las mir aber noch Geschichten von sprechenden Löwen und zaubernden Königinnen vor, die die Welt in Eis verwandelten, und ab und zu erwischte ich ihn dabei, wie er mit Mädchen telefonierte, was mir überhaupt nicht gefiel.

Wenn ich mich erinnere, versuche ich, das Wetter zu ändern, aber es klappt nicht. Das Wetter gehört so, wie es war, einfach zur Geschichte.

Unsere Nachbarschaft leidet an Palmenbefall. Das heißt, es gibt überall Palmen und ihre Wurzeln versuchen, jede Pflanze abzuwürgen, die es wagt, in ihrer Nähe zu wachsen. Sie können auch noch andere Probleme verursachen. Die hohen Palmen, die unsere Grundstücksgrenze um das Haus herum markieren, müssen unten mit Holzbalken abgestützt werden, damit die giraffenartigen Stämme nicht kippen und Löcher in unser Dach reißen.

Es ist also bemerkenswert, dass wir im Umkreis von einer Meile die einzige Eiche besitzen. Da niemand auf Palmen klettern kann, kann man beim Anblick einer schönen, massiven Eiche durchaus den Drang verspüren, einen Arm um einen der Äste zu schlingen und auf den Baum zu klettern. In anderen Worten: Ich verstehe, was Matt dazu bewogen hat. Ich wünsche mir nur zum eintausend und ersten Mal, dass ich es ändern könnte. Aber wie ich schon gesagt habe, er langweilte sich und hatte wahrscheinlich gerade ein Buch fertig gelesen – ja, ich erinnere mich jetzt, es war eines seiner Bücher über Außerirdische oder Zauberer –, und die Eiche stand direkt vor seinem Fenster. Wenn die Vorbesitzer sie dort nicht hingepflanzt oder Matt und ich die Zimmer getauscht hätten, dann wäre vielleicht nichts von allem passiert. Aber die Leute hatten sie dort hingepflanzt und wir hatten unsere Zimmer nicht getauscht, also haben wir jetzt den Salat.

Matt ging nach draußen. Er wischte sich die Hände an der Hose ab und strich mit ihnen über die Rinde. Die Luft roch nach feuchtem Holz und ein bisschen nach Seetang, weil wir so nah an der Küste wohnen. Er konnte Sand in den Furchen des Baumes sehen, weil Sand ja überallhin gerät, manchmal sogar in unsere Ohren. Wenn ich mir die Geschichte ab und zu durch den Kopf gehen lasse, merke ich, dass ich mir selber die

Hände abwische, bis mir klar wird, dass ich gar nicht zu dieser Geschichte gehöre und Matts Hände nicht mehr funktionieren.

Er hatte ein neues Taschenbuch in seine Gesäßtasche gesteckt und beschlossen, es oben im Baum zu lesen. So wie einer der Jungs im Roman *Der Schweizerische Robinson*. Also reckte er sich auf die Zehenspitzen, bis er den untersten Ast erreichen konnte. Als er sich auf den Ast hievte, schabte die Rinde an der Innenseite seines Arms entlang. Es gefiel ihm, die Füße baumeln zu lassen, weshalb er noch höher kletterte, damit mehr Luft zwischen seinen Schuhen und der Erde war.

Die Äste knarrten unter seinen Sohlen, aber über ihm hingen dicke, kräftige Zweige. Also kletterte er weiter, wobei er aufpasste, dass er auf dem feuchten Holz nicht ausrutschte. Das ist der Punkt, an dem ich versuche, Matt zu sagen, dass er aufhören soll. Ende der Geschichte. Umkehren. Nicht weitermachen.

Der letzte Ast, um den er den Arm schlang, sah aus wie alle anderen. Matt sah den Spalt zwischen dem Ast und dem Baumstamm nicht. Er spürte nicht, dass der Ast unter seinem Gewicht nachgab, bis das Ganze nach unten sackte und alles zu spät war.

Ich wünschte, ich würde nicht so oft daran denken. Dann könnte ich die Erinnerung vielleicht löschen.

Zu spät.

Das Geräusch war das Knacken von Knochen. Stichflammen aus Blättern und Zweigen, die an seinem Hemd und Nacken rissen. Sein Bauch schoss hoch an seinen Hals, als sein Oberkörper der Erde entgegenfiel, die der Regen hart gemacht hatte. Die Zeit blieb stehen. Genau wie im Kino. Alles andere bewegte sich im Zeitlupentempo.

Es schien, als ob er ewig fallen würde.

Als sein Rücken auf dem Boden auftraf, war es, als ob in seiner Lunge nie mehr Luft sein würde. Sein Rückgrat zersplitterte wie dünnes Eis unter einem Fußtritt, Eis, das sich wie spinnwebartige Adern verzweigte, die die Welt zerbrachen – in ein *Vorher* und ein *Nachher*.

## Amt für Gesundheitsforschung und Qualität
## Resurrection-Abteilung

### Bewerbung für eine Resurrection

Name des Resurrection-Inhabers: ______________________________

Geburtsdatum des Resurrection-Inhabers: ______________________________

Sozialversicherungs-Nr. des Resurrection-Inhabers: ______________________________

Name des Resurrection-Kandidaten: ______________________________

Sterbedatum des Resurrection-Kandidaten: ______________________________

Todesursache: ______________________________

Eidesstattliche Erklärung hinsichtlich der Todesursache:
Ich, ______________________, gebe hiermit die strafbewehrte Erklärung ab, dass der Tod des obengenannten Resurrection-Kandidaten weder durch Selbstmord noch durch Selbstmord mittels Sterbehilfe herbeigeführt worden ist.

______________________________
Unterschrift

**WICHTIGE HINWEISE (bitte nachfolgend unterzeichnen)**

Ich, ______________________, nehme zur Kenntnis, dass ich für die Ablieferung des Verstorbenen am designierten Resurrection-Ort (siehe Hinweise in der Broschüre) verantwortlich bin. Kremierte Leichen sind für die Resurrection nicht zugelassen. Ich nehme zur Kenntnis, dass diese Resurrection-Wahl in Übereinstimmung mit den Pickering-Bestimmungen erfolgt und meine einzige Möglichkeit ist. Ich bin damit einverstanden, dass meine einzige Resurrection-Wahl auf ______________________, den Resurrection-Kandidaten, fällt.

BITTE FÜLLEN SIE DIE RÜCKSEITE MIT INFORMATIONEN ÜBER DEN KANDIDATEN AUS

# Kapitel eins

## 23 TAGE

Als ich acht Jahre alt war und mit meiner Mutter im Verkehr stecken blieb, sah ich, wie eine Frau von einer Brücke sprang. Sie hatte die Arme wie die Flügel eines Vogels ausgebreitet, und einen Moment lang schwebte sie in der Luft. Der Wind blähte ihre Bluse wie ein Segel auf. Dann war der Augenblick schlagartig vorüber, und die Frau stürzte ab. Ihr Körper knallte aufs Wasser. Und ihr Leben war ausgelöscht. Vorbei.

Seitdem weiß ich, dass Wasser stark und hart genug ist, um töten zu können. Ich denke an früher, als mein Bruder einmal am Strand hinter unserem Haus stand, während ich mich barfuß auf einer steinernen Mole entlangtastete, die ins Meer ragte. »Wenn du fällst«, rief er mir zu, »hol ich dich.« Er hatte die Brust rausgedrückt, schob sich die strohblonden Haare aus den Augen und blinzelte in die Sonne, die sich im Wasser spiegelte. Damals war er noch ungebrochen. Während er versuchte, mutig zu klingen, runzelte sich seine Stirn über der Nase zu einem sorgenvollen Hautknoten. Von uns beiden war *ich* immer die Risikofreudige.

Ich beobachte jetzt, wie das Wasser unter mir wie ein tollwütiges Tier gegen die Felsen schäumt. Meine Zehen krallen sich unsicher an den Rand einer schroffen Felswand. Der Abstand beträgt ungefähr zehn Meter, weit genug, um Nadelstiche durch meine Fußsohlen zu jagen, aber nicht weit genug, um mir die Knochen beim Aufschlagen zu brechen. Ich halte das für die goldene Mitte.

Dann höre ich das Klatschen nackter Fußsohlen hinter mir. Ein Schatten fällt. Ein Fuß pflanzt sich wenige Zentimeter neben meinem auf den Boden.

»Aus dem Weg, ihr Schlafmützen!« Mein Freund Will krümmt seine gebräunten Beine zu einer Arschbombe. Seine Haare, die im Spätsommer farblich zu seiner Haut passen, heben sich und flattern wie wild im Wind, als er ins Meer stürzt. Hinter ihm schießt eine weiße Wasserfontäne in die Höhe, und er verschwindet unter der Oberfläche.

Ich drehe mich um. »Du bist die Nächste.« Ich zeige mit dem Finger auf Penny, die genau einen Meter vom Rand entfernt steht. Sie ist alles andere als eine Risikofreudige. Eher das Yin zu meinem Yang.

Von diesem Punkt aus kann sie wahrscheinlich den Horizont sehen, aber nicht den Abgrund, der auf sie wartet.

»Nein.« Sie schüttelt den Kopf und schwenkt einen weißblonden Pferdeschwanz über ihre Schulter. »Ich kann nicht. Ich möchte. Wirklich. Ich …« Sie beugt ihre Knie, als ob sie aufs Klo müsste. Sie schrumpft regelrecht in sich zusammen. Wie ich weiß, ist dies das erste verräterische Anzeichen, dass jemand kneift.

Ich stütze mich auf einem Bein ab und schaue über den Rand auf die Stelle, an der Will wieder aufgetaucht ist. Er tritt Wasser und wirft seinen Kopf zurück, sodass die Gischt durch die Gegend fliegt und ihm die Haare an die rechte Augenbraue klebt. Er legt die Hände an den Mund und ruft Penny zu: »Jetzt mach schon, Hightower!«

Wir entdeckten die Stelle vor zwei Monaten, als wir außerhalb des öffentlichen Strandbads herumschwammen. Wir tauchten abwechselnd so tief unter Wasser, wie es ging, um zu sehen, ob wir den Boden berühren könnten, und um herauszufinden, ob es sicher genug war, um von oben runterzuspringen. Will hatte es als Erster probiert. Ich hatte die Luft angehalten und auf einen Schrei oder Schlimmeres gewartet. Nichts. Will war lachend aufgetaucht und hatte versucht, uns zu sich runterzulocken. Seitdem kommen Will und ich einmal in der Woche hierher – wie Kinder, die in einem Vergnügungspark immer wieder Schlange stehen, um noch mal mit der Geisterbahn zu fahren.

Als ich in die Tiefe starre, pocht mein Puls in der Haut zwischen Daumen und Zeigefinger. Das Gefühl, dass mir der Magen in den Hals springt, ist schon da, bevor ich von der Bildfläche verschwinde.

Ich drehe mich wieder zu Penny um, die in einem türkisfarbenen Triangel-Bikini dasteht und zittert und ihre wasserblauen Augen benutzt, um mich anzuflehen. Ich halte mich für die erklärte Expertin in allen Dingen, die Will und Penny betreffen, und ich weiß, dass dies eine gute Sache für sie ist. Unser letzter gemeinsamer Sommer würde nur noch wenige Wochen dauern, weshalb die Chancen, ihre Höhenangst zu überwinden, schwinden.

»Stell es dir so vor«, sage ich zu ihr. »Du fängst dort an und gehst einfach weiter. Du musst dir nur einen einzigen Schritt vornehmen, und dann – *peng!* – gibt es kein Zurück.«

»Einfach weitergehen ... von einem *Felsen runter*«, sagt sie. Auf ihrer Haut breitet sich Gänsehaut aus, obwohl die Luft so warm wie ein Jacuzzi ist. »Den Teil hast du vergessen zu erwähnen.«

»Wenn deine Freunde von einer Klippe springen – willst du dann nicht auch?« Ich hebe eine Augenbraue und strecke Penny eine Hand entgegen. »Wir machen es zusammen.«

Sie schließt die Augen und holt tief und ruhig Luft, wobei

sie die Spitzen ihres Daumens und Mittelfingers zusammenpresst. Sie nennt das ihr »Zentrierungsritual«, und weil sie nichts sieht, verdrehe ich die Augen. Penny ist ein Yoga-Fan und eine Anhängerin fernöstlicher Meditation, sehr zur Verwirrung ihrer jüdischen Eltern. Ich dagegen handle lieber zuerst und denke später. Und Penny? Erst denken … und dann noch mehr denken.

Kurz darauf schluckt sie, nickt und macht ein paar vorsichtige Schritte auf mich zu. Ihre heiße und feuchte Handfläche berührt meine und bedeckt die silbrige halbmondförmige Narbe an der Handkante, die von einem Hundebiss vor zwei Jahren stammt. Wenn ich mich zwischen Höhen und einem vampirzahnigen Wollknäuel entscheiden müsste, würde ich jederzeit den todesverachtenden Sprung in die Tiefe wählen.

Penny senkt den Kopf und schaut auf das Wasser. Die Wellen bäumen sich mit weißen Schaumkronen und schlagen gegen die Felswand, aber ich mache mir keine Sorgen. Penny ist eine gute Schwimmerin. Das *Springen* muss sie noch üben.

»Damit der Boden näher kommt, musst du dich fallen lassen«, sage ich. »Bist du bereit?«

Ihre Unterlippe zittert. »Bist du sicher, dass das *ungefährlich* ist?«

Ich kneife die Augen zusammen. »Ich bin der lebende Beweis, oder nicht?«

Darauf mustert sie mich von oben bis unten, als ob sie doppelt überprüfen müsste, dass ich tatsächlich lebendig und deshalb eine geeignete Bestätigung bin. Sie drückt meine Hand fester. »Okay. Auf drei. Eins …« Ich beuge meine Knie. »Zwei … drei …« Ich schwenke meinen Arm und springe in die Luft. Pennys Finger gleiten sofort aus meinen, und plötzlich packe ich nur Wind. Ich will mich drehen, um zu sehen, ob sie noch bei mir ist, aber ich falle zu schnell. Die Luft pfeift in meinen Ohren. Himmel und Meer brüllen um mich herum und durch mich hindurch. Es dauert nur den Bruchteil einer Sekunde, bevor der Ozean in meine Beine und die zähe Haut meiner Fußsohlen sticht.

Salzwasser schießt in meine Nasenlöcher. Meine Nebenhöhlen brennen. Ich kneife die Augen zu und trete. Aus meiner Nase sprudeln Blasen und die Strömung zerrt mich hin und her, während ich mich nach oben quäle … hoch, hoch, hoch.

Ich kämpfe gegen den Sog an und das Wasser wird wärmer, weshalb ich weiß, dass ich mich in die richtige Richtung bewege. Mein Mund durchstößt die Oberfläche und ich schnappe nach Luft. Meine Haare kleben an meinem Kopf und Hals, und ich grinse, schüttle das Wasser aus meinen Ohren und strample beim Wassertreten wild mit den Beinen.

Ich schaue hoch, und da steht Penny und winkt mir von oben zu. »Ich konnte nicht!« Ihre Stimme hallt an der zerklüfteten Felswand entlang. »Ich treff euch unten!«

»Pen –« Aber ich höre Geplätscher hinter mir, und bevor ich ein Wort herausbringen kann, drückt ein Gewicht auf meine Schultern und Wasser schießt durch meine geöffneten Lippen. Während ich wieder versinke, stemme ich mit großer Anstrengung die schwieligen Finger weg. Dann drehe ich mich um und versetze Will einen kräftigen Stoß gegen die Rippen. Er schwimmt rückwärts, und ich tauche hustend und lachend auf, bevor ich mit den Armen auf das Wasser haue und es ihm ins Gesicht spritze.

»Waffenstillstand! Waffenstillstand!«, schreit er und paddelt auf mich zu. Ich fülle meine Backen mit Salzwasser, und als Wills Hände nach meinem Bikini-Höschen greifen und er sich vorbeugt, um mich zu küssen, spucke ich ihm das Wasser in hohem Bogen ins Gesicht. Ich kichere und bringe mich mit einem Rückenschwimmstoß in Sicherheit. »Hey! Ich hab Waffenstillstand gesagt!« Er fährt sich mit der Hand über die Augenbrauen und den Rest des Gesichts. »Ein gravierender Verstoß gegen die Regeln.« Als ich fast aus seiner Reichweite bin, packt er meinen Knöchel und zieht mich zurück, um mir einen nassen Kuss auf die Wange zu drücken. Ich hebe die Schultern und tu so, als ob es mir zuwider ist, obwohl wir beide wissen, dass es mir gefällt.

»Lass uns schnell machen! Ich hab einen Wahnsinnshunger – ich könnte ein Mammut essen«, sage ich.

»Warum nicht einfach nur einen Elefanten?«, fragt Will.

»Einen *Elefanten*? Aber die sind doch so süß!« Ich tauche meinen Kopf ins Wasser, damit meine Haare glatt anliegen. »Mann, Will, ich bin doch kein Monster!«

Will schwimmt vor mir und ich lege meine Arme um seinen Hals, sodass er mich Huckepack trägt. »Ich könnte einen Pterodaktylus essen. Ich wette, sie schmecken wie himmlische Hähnchen«, sagt er prahlerisch.

»Wir sind komisch, weißt du das?« Ich lasse mein Kinn auf der Krümmung zwischen seinem Nacken und den Schultern ruhen. Er riecht nach Seegras und Kokos-Sonnenöl.

Er zuckt mit den Achseln. »Noch drei Wochen bis zu deiner großen, tollen, fantastischen, megakrassen Wahnsinns-Geburtstagsüberraschung. Hast du irgendeine Ahnung?«

Ich spüre die gleichmäßige Bewegung seiner Beine unter mir, die ruhig dem Ufer entgegenkicken. Seine breiten Schultern spannen und entspannen sich mit jedem Schlag.

»Hat die Geburtstagsüberraschung auch einen Spitznamen? Die Sache klingt sonst furchtbar aufwendig.«

»Oh, das *ist* der Spitzname. Die Überraschung *ist* nämlich so toll.« Will hält nichts von Understatement. Manchmal mache ich mir Sorgen, dass er, falls er mir irgendwann mal einen Heiratsantrag macht, eine durchchoreografierte Tanzeinlage in großem Stil und singende Tiere einplant.

»Also – letztes Jahr hast du mir einen Flug mit dem Hubschrauber geschenkt, bei dem ich in eine Tüte gekotzt habe. Im Jahr davor hast du einen Party-Bus gemietet, mit dem wir alle zu einem kitschigen Horrorfilm-Marathon gefahren wurden. Das wären also Land und Luft gewesen. Dann tippe ich dieses Jahr auf Wasser. Ein Boot! Du nimmst mich auf eine Bootsfahrt mit!« Ich schlinge meine Arme noch fester um seinen Hals.

Er hebt eine Hand und wischt sich Wasser aus den Augen. »Ich kann es dir sagen, dann muss ich dich aber töten.«

»Dann wäre aber niemand mehr da, der mich zurückholen könnte.« Ich schiebe meine Unterlippe vor. »Ich glaube, das würde das ganze Geburtstagsüberraschungs-Tamtam ruinieren.«

»Also sag ich's dir besser nicht.« Er kitzelt meine Fußsohlen. Ich zucke zusammen und schlinge meine Beine noch enger um ihn. Penny, Will und ich haben im Sommer Geburtstag. Penny glaubt, dass wir deshalb so gut miteinander auskommen, und sosehr ich mich auch über ihr Sternengucker-Horoskop-Geplapper lustig mache, ist da vielleicht doch etwas dran, weil wir drei am Strand leben könnten, was mir an uns am besten gefällt. Ich würde sterben, wenn Penny uns zwingen würde, im Einkaufszentrum oder so was Ähnlichem rumzuhängen.

Die beiden sind schon achtzehn – ihre Geburtstage liegen nur eine Woche auseinander, wobei Penny die Ältere ist. Weil sie fast gleichaltrig sind, sind ihre Mütter beste Freundinnen. Weder Penny noch Will haben ihre Resurrection-Möglichkeit für jemanden eingesetzt. Es wird aber gemunkelt, dass ein paar Kids in unserer Klasse vielleicht noch dieses Jahr ihre Wahl treffen werden. Penny glaubt, dass ihre Tante damals, als sie und Pennys Mutter Teenies waren, jemanden auferweckt hat – also bevor die Pickering-Vorschriften in Kraft traten, um das Bevölkerungswachstum zu regeln, indem nur eine Auferweckung am achtzehnten Geburtstag eines Menschen zugelassen wurde. Aber keiner von uns weiß, ob das stimmt. Ich glaube, ich kenne niemanden persönlich, der seine Chance genutzt hat. Beim Gedanken daran verkrampft sich mein Magen schlagartig.

Denn da ist er. Der Countdown. Der in meinem Hinterkopf läuft. Nur noch drei Wochen bis zu meinem achtzehnten Geburtstag und dann …

»Wie wär's mit einem Tipp?«, frage ich, weil ich mich auf den guten Teil meines Geburtstags konzentrieren möchte, den Teil, den ich mit meinen beiden Liebsten auf der Welt verbringen darf. Sonst nichts.

»So gierig.«

»Komm schon! Ein Vor-vor-Geburtstagsgeschenk.«

Will denkt kurz nach. Dann spuckt er Meerwasser aus. »Dein Wunsch ist mir Befehl.« Mehr kommt nicht. Ich spüre das Grinsen auf seinem Gesicht.

»Ja … *und* …?«, bohre ich weiter.

»Das ist dein Tipp.«

Ich klatsche ihm Wasser ins Gesicht und schaffe es, mir gleichzeitig genauso viel in die Nase zu spritzen. Das Salz brennt. »Das ist kein Tipp, du Mogler.«

Er zuckt mit den Achseln und verlagert mein Gewicht auf seinem Rücken. »Dann musst du eben auf die Jagd gehen, um es herauszufinden.«

Ich stöhne. Typisch Will. »Was für eine Jagd?«, jammere ich. »Reden wir von einer Schatzsuche, Ostereiern … *Rotwild*?«

Er lacht. »*Rotwild*? Und laden uns den Zorn von Penny auf?«

Die untergehende Sonne streckt goldene Finger zum Strand hin aus. Das Wasser wird seichter, und ich spüre, wie Will auf seinen Zehen entlanghopst, um unsere Köpfe über Wasser zu halten. Ich tauche mit einer Zehe nach unten, aber es ist immer noch zu tief für mich, um stehen zu können, weshalb ich meine Wange auf Wills warme, sonnenverbrannte Schulter lege und die Augen schließe. »Du weißt, dass du nicht so charmant bist, wie du denkst, Will Bryan, oder?«, sage ich seufzend.

Aber das Gerede über meine große, tolle, fantastische, megakrasse Wahnsinns-Geburtstagsüberraschung hat nur bewirkt, dass ich weiter an meinen Geburtstag und seine Bedeutung denken muss. Dass ich allein unter Fremden in einem Wartezimmer sitzen muss, meine Fingerabdrücke überprüfen lassen, meine Unterlagen für die Auferweckung ausfüllen, den Transport der Leiche zum Resurrection-Ort arrangieren und meine Hände wringen muss, während die Leiche auf einer kalten Metalltrage liegt und ihr von gesichtslosen Ärzten Lebensblut gespritzt wird. Und dass ich anschließend zu atmen versuche, während der Vitalis-Prozess die toten Zellen wiederherstellt, bis sie vollkommen unbeschädigt sind. In meinem Kopf habe ich die einzelnen Schritte schon tausendmal durchgespielt.

Und nichts davon ist Wills Schuld. Er weiß nicht, was ich für meinen achtzehnten Geburtstag plane.

Eine Auferweckung, eine Wahl, eine Person, und im Gegensatz zu Will und Penny ist meine bereits vergeben.

# Kapitel zwei

## 23 TAGE

Ich lasse Will los, und wir krabbeln beide ans Ufer. Penny hat den Jeep gewendet, sodass die Räder im Sand stecken. Sie hupt, streckt die Hand hoch und winkt uns heran. Penny hat einen von diesen Jeeps, die keine Türen und kein Dach, sondern oben nur einen Überrollbügel haben. Im Sommer leben wir praktisch in diesem Auto wie ein Haufen sandverkrusteter Strand-Gammler.

Will und ich trotten den Rest des Strandes hoch und klettern mit unseren sandigen Füßen in den Jeep. Ich setze mich als Beifahrer neben Penny, und Will rutscht auf dem Rücksitz in die Mitte, damit er den Kopf zwischen uns durchstecken kann. Penny hätte nichts dagegen, wenn ich mit Will hinten sitzen würde, und ich weiß, dass wir damit Glück haben. Sie gehört nicht zu den Leuten, die einen fragen, ob man denn kein Zuhause hat, oder einem sagen, dass man das öffentliche Zurschaustellen von Gefühlen gefälligst lassen soll. In der Schule gibt es allerdings schon ein paar Mädchen, die sich die Bemerkung nicht verkneifen können, dass es für Will und mich doch ziemlich nervig sein muss, ständig ein »fünftes Rad« mit uns herumzukarren – eine Bemerkung, die Penny bestimmt nicht entgangen ist. Und das ist genau der Grund, warum keine von ihnen meine Freundin ist.

Penny hat kein einziges Mal von mir verlangt, mich für Zeit mit ihr oder Zeit mit ihm zu entscheiden. Das könnte ich sowieso nicht. Wir drei sind wie eine kleine unabhängige Insel.

Wir haben einmal einen Nachmittag lang darüber verhandelt, wer das Sorgerecht für Penny erhält, falls Will und ich uns jemals trennen. Ich gewann nur hauchdünn und bekam das Hauptsorgerecht zugesprochen. Wir mussten dermaßen lachen, dass Penny ein bisschen in ihre Shorts pinkelte und zum Klo rennen musste. Will und ich sind einfach eine Institution.

»Ich kann nicht glauben, dass du gekniffen hast.« Ich schubse Pennys Schulter neben mir. Das ist netter, finde ich, als zu sagen: *Wieder mal typisch, dass du gekniffen hast, du riesengroßer Angsthase.* Penny ist nämlich schreckhaft, wenn es um Spinnen, Erderwärmung, die Chance, sich ein tödliches Virus einzufangen, und sonst was alles geht, was komisch ist, weil sie überhaupt keine Angst davor hat, Klamotten zu tragen, die niemals in Mode waren – echt, noch *nie* –, oder in einem Raum voller Gleichaltriger leidenschaftlich für die Rettung der Wale zu appellieren, während die anderen mit ihren Smartphones *Minecraft* spielen. Ich lasse lieber meine Taten sprechen, was bedeutend einfacher ist.

Penny schaut in den Rückspiegel und fährt mit ihren unlackierten Fingernägeln am Steuer entlang. »Ich bin wie eine gute Flasche Wein, Lake. Wenn ich so weit bin, dann bin ich so weit.«

Ich beuge mich zu ihr rüber und zappe durch die Radiosender. »Was kann denn passieren? Was denkst du?«, frage ich. »Du siehst uns springen. Glaubst du, dass du spontan in der Luft verbrennst?«

Vom Rücksitz aus legt Will seine Zehen auf der Konsole zwischen mir und Penny ab. Penny rümpft die Nase und schubst Wills Füße auf den Boden. Dann seufzt sie, schaltet und fährt von der schmalen Strandzufahrt auf eine selten benutzte zweispurige Landstraße. »Ich weiß nicht. Ich habe

Angst, auszuflippen oder nicht weit genug zu springen und dann an der Felswand entlang runterzusacken und – na ja – zu sterben. Das ist das Szenario. Ich sterbe einen grausamen, blutigen Tod. Das sehe ich jedenfalls vor mir, wenn ich an die Kante trete«, sagt sie und schiebt sich ihre Katzenaugen-Sonnenbrille auf die Nase. »Ist das jetzt wirklich so abwegig?«

»Ja«, sagen Will und ich gleichzeitig.

Penny wirft sich die Haare über die Schultern und winkt ab. »Wofür habt ihr eigentlich so lange gebraucht?«

Will lehnt sich zwischen uns vor. »Wir haben über Lakes große, tolle, fantastische, megakrasse Wahnsinns-Geburtstagsüberraschung gesprochen. Sie wollte mich aushorchen, aber wie ihr wisst, ist das Ding wie ein verdammtes Staatsgeheimnis bei mir sicher verwahrt.« Will lehnt sich auf seinem Sitz zurück. Ich schaue nach hinten. Er grinst selbstgefällig. Wir alle wissen, dass Will keine Geheimnisse für sich behalten kann. Er ist viel zu aufgeregt. Ich gebe ihm höchstens noch eine Woche für diese Geburtstagssache.

Penny wirft mir einen heimlichen Seitenblick zu und greift nach meiner Hand, die sie drückt. Penny ist die Einzige, die seit Jahren weiß, dass ich meinem achtzehnten Geburtstag mit beklemmenden Angstgefühlen entgegensehe. Weil sie auch als Einzige weiß, dass meine Möglichkeit, einen Menschen aufleben zu lassen, für jemanden reserviert ist, der noch nicht einmal tot ist.

Ich drücke zweimal zurück, um ihr zu verstehen zu geben, dass mit mir alles in Ordnung ist. Ich habe ja meine beiden Freunde.

Penny biegt um die Kurve, und der Wind beginnt, meine Haut und Haare zu trocknen. Wie ein Echo meiner Gedanken taucht am Straßenrand plötzlich eine Reklametafel auf:

SIND SIE BEREIT? SOMMERRABATTE FÜR DIE KRYOKONSERVIERUNG DER GANZEN FAMILIE! Das Schild, auf dem die linke Gesichtshälfte eines wunderschönen Models zu sehen ist – die Haut mit Eistropfen überzogen, glitzernde Eiskristalle im Haar und an den Augenbrauen –, war letzte Woche noch nicht da. In den vergangenen Jahrzehnten haben sich Einrichtungen, die sich auf die Kryonik, dem Verfahren der Körperpräservation bei niedriger Temperatur, spezialisiert haben, stark vermehrt, wobei sie Familien eine preiswerte Möglichkeit bieten, ihre Lieben zu erhalten, bis ein Familienmitglied das Auferweckungsalter erreicht. Eltern schließen sogar Kryonik-Versicherungen für ihre Kinder ab. Aber neuerdings ignoriere ich diese Resurrections lieber. Sie erinnern mich an den Tod. Und deshalb bin ich dankbar, als die Werbung hinter uns in der Ferne verschwindet.

Ich schaue raus auf den weißen Jasmin am Straßenrand, dazwischen rote und orangefarbene Wiesenblumen. Wir brausen auf der geraden Strecke entlang, als ich spüre, dass mir jemand auf die Schulter tippt. Ich drehe mich um und sehe, dass Will seinen Gurt löst.

»Was machst du …?«, frage ich.

Er schiebt die Beine unter sich, stemmt sich hoch und steht auf seinem Sitz, die Finger um den Überrollbügel gewickelt, an dem er sich festkrallt.

Penny guckt zweimal in den Rückspiegel. »Will!« Sie wirft einen Arm nach hinten und zerrt an seinem Knöchel. »Will, runter mit dir! Wegen dir krieg ich noch einen Strafzettel!«

Aber Will legt den Kopf in den Nacken und schaut in die Sonne, als ob er beten würde.

»Überhaupt nicht witzig, *William.*« Penny blickt wieder auf die Straße. Und mir ist klar, dass sie es ernst meint. Penny wird selten wütend. Ab und zu geraten sie und Will wegen irgendwas Blödem aneinander – nicht zu vermeiden in einer achtzehn Jahre andauernden Freundschaft –, aber wenn es um irgendwelche Lappalien geht, verhält sie sich normalerweise wie eine Zen-Meisterin.

Will streckt mir eine Hand entgegen. »Komm hoch!«, sagt er. Als er in die Sonne blinzelt, glitzern feine Sandkörner in den Hautfalten seiner Augen. Manchmal habe ich das Gefühl, Will so sehr zu lieben, dass mein Herz verbrennen könnte. Eigentlich ist es mir peinlich, weil mir klar ist, dass es komisch und dumm klingen würde, wenn ich es sagen müsste. Es würde uns beide in Verlegenheit bringen. Also versuche ich, dieses Gefühl mit mir herumzutragen, ein Gefühl, das zu groß ist, um hineinzupassen – wie ein Luftballon, der mit viel zu viel Helium gefüllt wird und kurz vorm Platzen ist. Zum Glück für uns beide ist Will derjenige, der das Talent für große romantische Gesten und kitschige Wörter hat, die – auch wenn ich dabei rot werde oder manchmal sogar zusammenzucke – irgendwie zu ihm passen. Sie machen Will zu *Will*. Wegen der Art, wie er spricht, in seinem Ton und Rhythmus, klingt alles selbstbewusst, lässig, ernst und gleichzeitig unschuldig.

Mein Herz führt einen kleinen Stepptanz auf. Die Luft ist warm. Das Wasser ist auf meiner Haut verdampft und lässt eine Schmutzschicht zurück. Der Himmel ist so sattblau, dass die Farbe von meinen Fingern tropfen würde, wenn ich die Hände hoch genug strecken könnte.

Und ich bin siebzehn. Es sind aber nur noch drei mickrige Wochen meines Lebens übrig, in denen das stimmt. Ich bin siebzehn, und es ist unser letzter gemeinsamer Sommer, jedenfalls *so*, und in drei Wochen, nachdem ich mich für eine Auferweckung entschieden habe, wird alles anders sein.

Ich schlucke das eklige Gefühl hinunter, das jedes Mal, wenn ich an meinen Geburtstag denke, in mir aufsteigt, und packe Wills Hand. In ein paar Wochen wird er mit dem Lacrosse-Training der Abschlussklasse beginnen, und alles, was wir tun, verschärft sich, weil es in den letzten Tagen unseres allerletzten Highschool-Sommers geschieht. Er zieht mich auf die Füße, und ich grabsche nach dem Rollbügel, um mich festzuhalten. Der Wind weht meine Augenbrauen und Mundwinkel zurück, und ich muss unwillkürlich lächeln, weil man sich hier oben wie losgelöst von der Erde fühlt. Ich schaue nach unten und Penny schüttelt den Kopf. Aber dann spüre ich ihre Hand, die sich warm vom glühend heißen Lenkrad um meinen Knöchel schlängelt und mich schützend auf dem Fleck, auf dem ich stehe, festnagelt.

Ein Auto braust in der Gegenrichtung hupend an uns vorbei. Will und ich grölen hinter ihm her. Unsere Stimmen verhallen. Penny gräbt ihre Fingernägel in meinen Knöchel, und ich gebe nach. Ich klammere mich an die obere Leiste der Windschutzscheibe und lasse mich auf meinen Sitz fallen. Ich habe gelernt, auf Penny zu hören, wenn sie mir sagt, dass ich einen Schritt zu weit gehe. Wenn ich in der Vergangenheit nämlich nicht auf sie gehört habe, endete alles mit genähten Wunden und gebrochenen Zehen und einmal schlug ich mir fast einen Zahn aus. Sekunden später landet auch Will sicher auf seinem Platz. Als ich mich wieder anschnalle, spüre ich, dass ich vor Freude rot werde. Will breitet die Arme auf dem Rücksitz aus und drückt seinen nackten Brustkorb raus, als ob er der König des ganzen Autos wäre.

Penny dreht die Lautstärke runter. »Leute, meine Mutter flippt aus, wenn ich von der Polizei an den Straßenrand gewinkt werde«, sagt sie mit ihrer ruhigen, aber energischen

Stimme. Es ist wahr – Tessa ist wunderbar, aber man legt sich besser nicht mit ihr an.

»Tut mir leid, Pen.« Ich drücke ihre Schulter, und die Falte auf ihrer Stirn verschwindet. Weil ich nämlich – auf die gleiche Weise, in der sie da ist, um aufzupassen, dass ich nicht zu weit gehe – darauf achte, dass sie auch außerhalb der Schranken ihres wunderschönen Verstands lebt. Die Welt ist einfach nicht so erschreckend, wie sie glaubt. »Ab jetzt bleiben unsere Hintern fest auf den Sitzen!«

Die Straße zurück in die Stadt ist ziemlich kurvig – das heißt, wenn du an der Reisekrankheit leidest, verwandelt sich dein Inneres zu Schleim.

»Wo ist dein Smartphone?«, fragt Will und beugt sich zwischen uns vor, als einem Song eine Werbung für Haarentfernung folgt. »Spiel die Playlist ab, die ich erstellt habe.«

»Was für eine Playlist?«, frage ich.

Penny steckt ihre Hand in den Getränkehalter. »Ich hätte schwören können, dass es hier drin ist. Mist! Ich hoffe, ich habe es nicht am –« Penny macht die Konsole auf und beugt ihren Rücken nur ganz leicht, um in das Fach zu schauen. »Gefunden!«, ruft sie fröhlich und holt ihr Handy heraus.

Es geschieht im Bruchteil einer Sekunde. Das genügt. Ihre Hand dreht das Lenkrad nach links. Gleichzeitig braust uns eine halbe Tonne Metall in Form eines silbernen Lexus auf der Gegenfahrbahn entgegen.

»Penny!«, schreie ich. Aber sie ruckt in die falsche Richtung, und das andere Auto rast wie ein Bulle auf uns zu.

*Wir werden mit ihm zusammenstoßen.* Der Gedanke ist so offensichtlich und klar in meinem Kopf. Es ist, als hätte ihn jemand ausgesprochen. Ich spüre, dass Will plötzlich hellwach ist.

Ich hatte nicht gewusst, wie sehr sich ein einziger Augenblick in die Länge ziehen kann, auch wenn mir gleichzeitig klar ist, dass die Dauer dieses Moments nicht ausreicht, um unsere Lage zu ändern.

Eine Hupe ertönt. Der Lärm quietschender Reifen erfüllt den vollkommen warmen tiefblauen Himmel, und ich weiß mit einer Sicherheit, die sich in meine immer noch heilen Knochen bohrt, dass es wehtun wird. Der Raum zwischen den beiden Scheinwerferpaaren verschwindet.

Als sich die Motorhauben berühren, wird mein Kopf nach vorn geschlagen. Glas zerbricht. Schreie übertönen das Getöse zermalmender Metallteile. Wir drehen uns, und ich muss an ein Teetassen-Karussell denken. Das Auto schlingert heftig. Auf meiner Seite springen die Räder vom Pflaster, und der Jeep kippt um. Ich reiße die Hände hoch.

Ein furchtbarer Schmerz schießt durch mein Handgelenk und meinen Ellbogen. Etwas kracht auf meine Brust. Scharfe, ausgezackte Kanten harken meine Kopfhaut. Meine Sicht wird verschwommen. Endlich hören die Bewegungen auf, aber die Melodie klirrenden Glases verharrt sogar noch, als der allerletzte bewusste Gedanke aus meinem Kopf gewischt wird und ich in einem Nichts versinke.

# Kapitel drei

## 22 TAGE

Das ist nicht das Ende, sage ich mir, als ich mich an die Oberfläche strample und gegen ein unsichtbares Gewicht trete und kämpfe. Wenn ich tot wäre, würde ich nichts spüren, denke ich.

Also klammere ich mich an den tiefen, pochenden Schmerz in meinem Arm und das wunde Gefühl, das meinen ganzen Körper wie eine Zwangsjacke umhüllt.

Wenn ich tot wäre, gäbe es kein Piepsen. Ich lausche dem elektronischen Gezwitscher einer Maschine und öffne meine Augen, um festzustellen, dass ich richtig geraten habe und tatsächlich noch am Leben bin.

Und als sich meine Augen an das Licht gewöhnen, entdecke ich den Klumpen meiner Beine unter einem dünnen blauen Laken. Hellblau. Ich hatte immer geglaubt, dass das Bettzeug im Krankenhaus weiß ist. Auf der anderen Seite des Zimmers sind ein Waschbecken und ein Behälter für biogefährlichen Abfall unter dem Poster einer Krankenschwester, die sich die Hände wäscht, an der Wand befestigt.

An dem einzigen Fenster hängen meeresschaumgrüne Vorhänge. Die Decke besteht aus gefleckten weißen Fliesen. Ein durchsichtiger Schlauch schlängelt sich aus meinem Arm. Ich klammere mich an all diese Details als Beweis, dass es den Raum, in dem ich mich befinde, wirklich gibt, dass es *mich* wirklich gibt. Ich freue mich, dass ich so schnell erkannt habe, wo ich bin. Ich halte das für ein gutes Zeichen. Mein Hirn funktioniert.

Es dauert noch eine Sekunde, bis mir klar wird, dass auch der Unfall wirklich passiert ist.

Mein Kopf schwirrt – mal ist alles deutlich zu sehen, mal verschwommen, als ob das Objektiv einer Kamera scharf oder unscharf eingestellt worden ist. Ich fühle mich auf der Matratze sehr leicht. Das Einzige, was ich vom letzten Tag heraufbeschwören kann, ist funkelndes Glas auf dem Asphalt.

Es tut weh, wenn ich schlucke. Und es tut weh, wenn ich sitze.

Ich starre auf meine Zehen und befehle ihnen zu wackeln. Als sie es tun, stoße ich einen erleichterten Seufzer aus, der in meinem rauen Hals kratzt.

Das Summen eines Rollstuhls klingt wie eine Roboterbiene, die sich nähert. Ich bin anscheinend noch viel zu betäubt, um zu erschrecken. Mein Bruder schnauft in das Gerät, das seinen Rollstuhl steuert, weil er seine Arme und Beine nicht benutzen kann. Der ganze Apparat dreht sich mir zu, und eine Sekunde lang fühlt sich mein Herz nicht mehr so an, als ob es erwürgt würde, und ich bin wieder die kleine Schwester, die einen Beschützer hat.

»Hi«, sage ich mit schwacher Stimme.

»Mach dir keine Sorgen«, sagt er, und das Sicherheitsgefühl verschwindet. Es ist, als hätte mich jemand auf einen kalten Boden geknallt, weil mir einfällt, was aus uns beiden geworden ist. »Du hast dich nicht in mich verwandelt.«

Ich schaue wieder auf meine Zehen. »Ich hab mir keine –«, beginne ich, um ihm zu widersprechen, aber Matt verdreht die Augen, einem seiner liebsten – okay, einem seiner wenigen – Gesichtsausdrücke.

»Schon gut. Ich selber wackle ja auch gerne mit den Zehen.« Er schaut nach unten. »Nee. Nichts. Ach, was soll's? Morgen ist auch noch ein Tag, stimmt's?« In seine linke Wange gräbt sich durch ein verschlagenes, grausames Lächeln, an das ich mich inzwischen eigentlich gewöhnt haben müsste, ein Grübchen. Er trägt ein hellgraues Sweatshirt, das sackartig über seiner Brust und seinen Armen hängt. Die blonde Farbe seiner Haare ist schon vor langer Zeit verschwunden, als ob sie jemand mit einem grauen Wachsstift übermalt hätte. Jetzt sind nur noch seine Wimpern – blass über noch blasserer Haut – übrig gebliebene Erinnerungen an einen Jungen, der den Sommer immer am Strand verbrachte und den Herbst auf seinem Boot, um Krebsfallen einzusammeln.

»Wo sind eigentlich Mom und Dad?«, frage ich und starre auf die leere Wand vor mir.

»Sie sind runter, um einen Kaffee zu trinken. Sie werden sich in die Hose machen, wenn sie hören, dass sie verpasst haben, wie du aufgewacht bist.«

Ich will mich an der Nase kratzen und entdecke, dass ein Gipsverband meinen Arm von den Fingerknöcheln bis kurz über dem Ellbogen bedeckt. Das erklärt das Pochen.

»Wie lange war ich bewusstlos?«, frage ich, ohne auf die Aussage vom In-die-Hose-Machen einzugehen. Meinem Bruder gegenüber bleibe ich gerne förmlich. Nach gängiger Meinung soll man ja zu Menschen mit Behinderungen besonders nett sein, was bedeutet, dass ich – wenn es um Matt geht – eigentlich eine Heilige sein müsste. Er ist Tetraplegiker, also vollständig querschnittsgelähmt, und deshalb so was wie der König der Behinderten.

»Ungefähr acht Stunden«, sagt Matt. »Hast mir ganz schön Angst gemacht, Lakey Loo.« Er benutzt den Spitznamen, den er mir gegeben hatte, als ich noch klein war. Ich zucke heimlich zusammen. Es klingt spöttisch, wenn er mich jetzt so nennt.

»Vergiss nicht – ohne dich gibt es keine Auferstehung für mich. Du bist meine goldene Eintrittskarte, Willy Wonka.«

Ich lege meinen Kopf schief und starre ihn an. »Du kriegst deine Auferstehung. Trotzdem danke für dein Mitgefühl.« Er weiß, dass ich es hasse, an die Abmachung erinnert zu werden, die er mit meinen Eltern getroffen hat. Wenn er bis zu meinem achtzehnten Geburtstag lebt, würden sie ihm Sterbehilfe geben, damit ich meine Resurrection-Möglichkeit bei ihm einsetzen und er dank der Wiederherstellung durch Vitalis mit einem gesunden Körper zurückkehren könnte. Nachdem er mehr als einmal versucht hatte, sich selbst zu vernichten, indem er mit seinem Rollstuhl die Treppe hinunterfuhr, waren sie damit einverstanden. Ich wurde nicht nach meiner Meinung gefragt.

Er starrt zurück. Seine Miene verrät nichts. Wenn er will, wird sein Gesicht völlig ausdruckslos, als ob es mit dem Rest von ihm gelähmt wäre. Es ist zum Verrücktwerden.

Ich schaue die Wand wieder an, was bedeutend angenehmer ist. Der heutige Tag ist echt im Eimer. Wenn Pennys Mutter schon wegen eines Strafzettels ausflippt, ist sie bestimmt völlig ausgerastet, als sie erfuhr, dass sich der Jeep überschlagen hat.

*Der Jeep.* Ich trommle mit den Fingern meiner heilen Hand auf dem Plastikgitter des Krankenhausbettes herum. *Ruhe in Frieden.*

Ich stöhne über unser Pech. Unsere Eltern werden uns anschauen und sagen: *Es hätte doch alles noch viel schlimmer sein können.*

Das hasse ich. Es kann immer alles schlimmer sein. Wir könnten hungernde Kinder in Afrika sein. Das ändert aber nichts an der Tatsache, dass wir in diesem Auto wunderbare Dinge erlebt haben, an die wir uns ewig erinnern werden, und dass es jetzt Schrott ist. Wir können uns nicht einmal richtig von ihm verabschieden.

Tränen schießen mir in die Augen. Blöd, sage ich mir. Blöd, blöd, blöd. Penny wird *so* aufgeregt sein. Ich beiße mir auf die Zunge, bis ich Blut schmecke und die Tränen verschwinden, bevor sie auf meine Backen tropfen.

»Wann kann ich sie sehen?« Sobald ich frage, pocht es hinter meinen Augenhöhlen.

»Wen? Mom und Dad?« Das typische besserwisserische Lachen kriecht in Matts Stimme. »In fünf Sekunden oder so sind sie wieder da. Entspann dich! Du bist immer noch ihr Lieblingskind.« Man sollte meinen, dass Matts Zustand ihn in Krisenzeiten hochsensibel machen würde, aber das Gegenteil ist der Fall. Es ist, als hätte er das Pech der ganzen Welt für sich gepachtet und niemand sonst hätte das Recht, wegen irgendeiner verdammten Sache traurig zu sein.

»Nein.« Ich recke mein Kinn und rede durch zusammengebissene Zähne. »Will und Penny. Sind sie auch hier?« Ich drücke meinen linken Handballen zwischen den Brauen auf die Stirn und mache die Augen zu. Ich ahme einen von Pennys tiefen, reinigenden Atemzügen nach. Vielleicht habe ich das meiste abbekommen, und die beiden mussten gar nicht ins Krankenhaus. Ich habe gehört, dass solche Sachen passieren. Leute steigen mit höchstens einem Kratzer und ein paar blauen Flecken aus Autowracks.

Plötzlich wird mir übel. Mein Puls rammt meine Schläfen und Nasenhöhle. Ist hier irgendwo ein Notrufknopf? Eine Krankenschwester? Jemand, der mir ein Schmerzmittel bringen kann?

Matt schaut zu. Er beobachtet mich. Ich sehe einen Hauch von einem Gesichtsausdruck, der mir seit Jahren unbekannt ist. Ich habe keine Ahnung, was ihn noch glücklich oder traurig machen würde, weil ihn alles wütend macht. Viel zu schnell als dass ich mich daran erinnern könnte, verschwindet diese kurze, sehr menschliche Mimik.

»Machst du Witze?«, höhnt er und schaut zur Seite, als ob er fragen wollte: *Ist das zu fassen?* »Dir ist schon klar, dass ihr frontal mit einem anderen Auto zusammengestoßen seid, oder? Du warst schließlich dabei. Dieser Doktor Wie-heißt-er-nochmal hat gesagt, dass du wahrscheinlich alles bei vollem Bewusstsein miterlebt hast. Ich hab gedacht, du weißt es schon.«

»Was?« Mein Ton ist bissig und wütend. Es tut mir auf der Stelle leid. Ein ungeschriebenes Gesetz in meiner Familie lautet: Wenn es um Matt geht, schlagen wir nicht zurück. Wir tolerieren.

Ein leichtes Stirnrunzeln taucht auf, das ich verpasst hätte, wenn ich Matt nicht seit fast achtzehn Jahren kennen würde. Dann glätten sich seine Augenwinkel wieder, und ich höre das gewohnte sarkastische Lachen. Seine braunen Augen werden im Schatten unter seiner Kappe hart. »Sie sind tot«, sagt er. Es ist, als würde eine Faust durch eine braune Papiertüte boxen, und mein Brustkorb bricht zusammen.

»Du lügst«, sage ich. »Du *lügst*!«

Er streitet es nicht ab. Stattdessen schlürft er und bläst in seinen Strohhalm und bewegt so die Räder seines Rollstuhls in winzigen Schritten rückwärts und vorwärts.

Der Türgriff dreht sich. Mom kommt zuerst rein, einen Muffin in der einen Hand und einen Kaffeebecher in der anderen.

Ihre Hände sind voll, aber sie benutzt die mit dem Muffin trotzdem, um sie sich vor den Mund zu halten. Krümel rieseln zu Boden. »Du bist wach. Oh, mein Schatz.« Jede bekannte

Falte in ihrem Gesicht wird tiefer und auffälliger. Meine Mutter trägt ihre Haare als Pferdeschwanz, der mit einer großen Spange aus glänzenden weißen Muscheln zusammengehalten wird. »Es tut uns leid, dass wir nicht hier waren.«

Ununterbrochen baut sich in meiner Brust ein Druck wie in einem Teekessel auf, und ich weiß, dass sie meinen Gesichtsausdruck missversteht, weil sie so glücklich aussieht, den Tränen nahe vielleicht, aber doch echt froh, und ich spüre, dass es falsch ist. Total falsch.

Bevor mein Vater die Tür schließen kann, erreiche ich meinen Siedepunkt. »*Tot?*«, schreie ich. »*Sie sind tot?*«

Ihre Gesichter erstarren zu gleichen Horrormasken. Moms Hand fängt an zu zittern und Kaffee sprudelt unter dem Deckel des Bechers hervor. Als sie auf meinen Bruder hinunterblickt, blitzt so etwas wie Empörung in ihren Augen auf, was aber schnell wieder verschwindet, bevor ich einen mentalen Schnappschuss machen kann. »Also Matthew«, sagt sie tonlos.

Mein Vater ist kein großer Mann. Eigentlich hat er dieselbe Größe wie meine Mutter, schlank und sehnig vom vielen Radfahren auf ebenen Straßen an den Wochenenden, aber er reckt sich in die Höhe. »Lake«, sagt er, seine Stimme tiefer als sonst. Er braucht nicht zu Ende zu reden. Die eine Silbe genügt, um zu wissen, dass es wahr ist. Sie sind tot.

Ich klappe meinen Körper zusammen. Die Nadeln, die in meiner Haut stecken, zerren an den Adern in meinen Armen, als ich den Kopf in meinen Händen vergrabe.

»Lake, hör zu!«, sagt mein Vater. Auf der Matratze neben mir ist ein Gewicht und der Geruch nach Sandelholz-Aftershave. »Sie haben getan, was sie konnten.«

Und plötzlich ist er da. Ein lückenloser Schnappschuss. Penny, aus dem Auto geschleudert. Ihre Beine in einem unnatürlichen Winkel gespreizt. Will mit der Taille an die Unterseite des Jeeps geheftet. Etwas Mattrotes sickert aus seinem Rücken, das ich mit aller Gewalt für die aufblitzenden roten Lichter des Krankenwagens halten wollte.

Mom reibt mir den Rücken. »Die Sanitäter haben Will ins Krankenhaus gebracht, meine Süße, aber sie konnten nichts mehr für ihn tun.« Ihre Stimme ist weich und tröstend, als ob sie mir ein Wiegenlied vorsingen würde, und ich frage mich, ob sie mich ewig verfolgen wird. Diese zarte Singsang-Stimme, die mir die schlimmsten Albträume vorgesummt hat.

Mein Kinn hebt sich mit einem Ruck. »Will ist hier?« Das bedeutet, dass Penny am Unfallort gestorben ist, Will aber immer noch in der Nähe sein kann.

Meine Eltern schauen sich durch mich hindurch an, als ob ich ein kleines Kind wäre. »Ja, aber –«, beginnt mein Vater.

»Wo? Wo ist er?« Jetzt klinge ich tatsächlich wie ein Kind, ein bockiges, ungezogenes Kind, und schlage mit den Fäusten so hart auf die Matratze, dass meine Eltern fast das Gleichgewicht verlieren. Ein Schmerz schießt durch meinen rechten Ellbogen.

Dad räuspert sich und versucht, seine Stellung als Haushaltsvorstand einzunehmen. »Er ist verstorben, Lake. Er ist tot.«

»Ich möchte ihn sehen«, sage ich. »Lasst mich hier raus!« Ich zupfe an dem Klebeband, das die Infusionsschläuche an Ort und Stelle hält. Mein Vater legt seine flache Hand auf meine, um mich zu stoppen, und ich spüre die vertrauten klebrigen Reste von den Griffen seiner Lenkstange. Ich senke den Blick. Tränen nehmen mir die Sicht. Tropfen fallen von meiner Nase und hinterlassen Salzwasserflecken auf meinem Krankenhaushemd aus Papier.

Moms Hand liegt auf meiner Schulter. Ich zucke zusammen. Der Wunsch, Will zu sehen, ist überwältigend. Die Tatsache, dass er tot ist, ist irgendwie nebensächlich, aber dies meinen Eltern zu erklären, würde mehr Worte verlangen, als ich in mir habe.

Ich will seine Hand halten, meine Wange an seine schmiegen, mich zu ihm runterbeugen und Salzwasser und Kokosnuss riechen. Die Augenblicke mit Will in seinem perfekten Will-Sein schwinden, und ich weiß nicht, wohin er geht. Er ist das einzige Tau, an das ich mich klammern kann.

»Lasst mich einfach gehen!« Ich werfe mich von einer Seite auf die andere. Meine Eltern ächzen beim Auftreffen, bevor Dad mich in einer festen Umarmung festhält.

»Wills Familie muss … sie will jetzt allein sein.« In der Stimme meines Vaters liegt ein Unterton, der meinen ganzen Körper erschlaffen lässt. *Ich bin ein Teil seiner Familie*, möchte ich sagen. *Ich*.

Aber meine Muskeln sind schwer wie ein Sandsack, und ich breche in seinen Armen zusammen. Der Kampfgeist verlässt mich, während ich in sein Hemd rotze und schluchze. Die Maschine, die an mir befestigt ist, piepst unaufhörlich weiter, und nur deshalb kann ich mich selbst davon überzeugen, dass dies kein furchtbarer Traum ist.

Ein Schluckauf quält meine Brust. Ich wische die Schleimspur aus meiner Nase mit dem Handrücken weg. »Ich bring sie zurück«, sage ich. »Sie kommen zurück, und alles ist okay«, fahre ich fort, während ich mich hin und her wiege. »Ich bin fast achtzehn.« Ich schaue an den angewinkelten Jalousien vorbei aus dem Fenster. Schmale Lichtstreifen scheinen durch die morgendlichen Wolken, und ich zähle die Tage bis zu meinem Geburtstag.

Moms Hände liegen warm auf meinen Wangen. Sie hält mein Gesicht und blickt mir direkt in die Augen. »Lake«, sagt sie. »Du weißt, dass du nur eine Möglichkeit hast.«

»Nein«, sage ich. Tränen tropfen an meiner Nase vorbei. Mein Kinn zittert. »Nein, Mom, es gibt eine Ausnahme. Es muss eine Ausnahme geben.« Sie versucht, sich vorzubeugen, um mich auf die Stirn zu küssen, aber ich weiche zurück. »Gib mir mein Handy! Wo ist mein Handy? Habt ihr unser Tablet mitgebracht? Wir müssen anfangen zu recherchieren. Dad, hilf mir!«

Ich taste an meinem Krankenbett nach dem kalten Glas meines Smartphones. Vielleicht gibt es eine App. Irgendeinen bahnbrechenden Prozess, über den ich noch nichts gelesen habe. Irgendeine Sache, bei der – was weiß ich – Zwillinge gestorben sind und man es für unmenschlich hielt, nur einen der beiden zurückzuholen.

Das Bett ist leer. Mein Vater zieht meinen Kopf an seine Brust und hält ihn so, dass ich ihn ansehen muss. Ich kann sein Herz unter seinem Hemd schlagen hören. »Es gibt keine Ausnahmen, Lake. So will es das Gesetz. Du kannst dir nur einen Menschen aussuchen. Nur einen. Immer.«

»Und woher weißt du das?«

Mein Vater seufzt. »Vertrau mir, Lake. Wir wissen es.« Er klingt sehr traurig, als er das sagt, weil mein Bruder trotz aller Fortschritte der Wissenschaft, trotz der Tatsache, dass »Lebensblut« als Teil des Vitalis-Prozesses injiziert wird und völlig tote Zellen regenerieren kann, von diesem Prozess im Stich gelassen worden ist und dieser mich jetzt auch im Stich lassen wird.

Mein Vater lässt mich nicht los. Ich versuche, meinen Atem seinem anzupassen. Ich versuche es, aber ich schaffe es nicht.

Ich höre das roboterhafte Summen des Rollstuhls meines Bruders im Hintergrund, und als mein Vater mich loslässt, schaue ich rüber und sehe, dass Matt uns den Rücken zugekehrt hat und jetzt an der Tür wartet.

# Kapitel vier

# 1.582 TAGE

Erst als Matt zerbrochen war, wusste ich, dass Menschen zerbrechen können.

Der eigentliche Bruch – also das Brechen der Knochen – ist irgendwann in den letzten Wochen passiert. An den genauen Zeitpunkt kann ich mich aber nicht mehr erinnern. Die Einzelheiten werden immer verschwommener, je weiter wir uns von dem Ereignis entfernen. Als ob ich versuchen würde, nach irgendeiner Kleinigkeit in meinem Kalender zu schauen, aber nicht genau weiß, an welchem Tag ich was getan habe.

Es fühlt sich an, als würde ich draußen vor einer drei Meter dicken kugelsicheren Glasscheibe stehen, während sich der Rest meiner Familie im Haus dahinter aufhält. Endlose Tage lang sind meine Eltern zu Matt ins Zimmer und wieder heraus geflitzt. Oft sagen sie mir behutsam, dass ich mich raushalten soll. Und sie behandeln mich wie eine Bekannte, die einen Thunfischauflauf zu einer Begräbnisfeier mitbringt, und nicht wie ihre Tochter und Matts einzige Schwester.

Deshalb sind die Tage lang und langweilig. Mom lässt mich wissen, dass ich für den Rest des Schuljahrs eine Art Trauerurlaub bekomme und für meine Abschlussprüfungen allein lernen muss. Als ich ihr sage, dass ich lieber in die Schule gehen würde, sagt sie, dass es so das Beste ist, und damit endet die Diskussion, weil ich keinen Ärger machen will.

Normalerweise spielen wir am Donnerstagabend bei Wiederholungen von *Familien-Duell* mit. Die Gewinner bekommen Nachtisch, die Verlierer müssen ihn servieren. An diesem Donnerstag spielen wir nicht.

Mom kommt sonst morgens immer in mein Zimmer und liest Zeitschriften auf meinem Bett, während ich mich dusche und anziehe. Jetzt ist sie nicht mehr da.

Stattdessen sind alle drei stundenlang in Matts Zimmer und murmeln so leise, dass nichts zu verstehen ist. Niemand lädt mich zu dieser neuen dreiköpfigen Familie ein. Weil ich nicht mehr in der Schule bin, findet Jenny eine neue beste Freundin, und da meine Eltern mich nicht durch die Gegend fahren, versuchen wir beide nicht mehr, in Verbindung zu bleiben.

Ich surfe im Netz und lese alle Artikel über Tetraplegie, die ich finden kann. Das ist die Diagnose, die Matt nach dem Unfall bekommen hat. Die Angaben sind trostlos. Totaler Ausfall der Arm- und Beinmuskulatur. Einschränkung der Blasen- und Mastdarmfunktion. Spastische Lähmung. Verlust der Sexualfunktion. Ich versuche, Letzteres witzig zu finden.

Die Prognose ist sogar noch schlimmer. Wundliegen. Erstarren der Gelenke. Atemprobleme und Infektionen. Etwas, das sie Tiefe Venenthrombose nennen und ich nicht ganz verstehe, was aber schrecklich klingt.

Aber nichts davon erscheint mir realistisch, weil ich Matt nicht sehen kann.

Ich weiß nicht, welchen Wochentag wir haben, nur dass es Mitte Mai ist und die Luftfeuchtigkeit langsam ins Haus kriecht, wo sie eine glitschige Schweißschicht auf jeder Oberfläche hinterlässt. Ich nehme allen Mut zusammen und klopfe an die Tür. Die Stimmen dahinter verstummen, und niemand sagt, ich soll reinkommen. Meine Mutter, mein Vater und Matt sind alle in einem Raum, aber keiner fordert mich auf, zu ihnen hineinzugehen.

Mein Hals wird eng, und in meinen Augen brennen Tränen. Ich warte fünf, zehn Minuten lang, bevor ich mich wieder zurückziehe.

Das Haus fühlt sich riesig an, weil alle außer mir in Matts Zimmer leben. Ich bin mit meinem Schmerz in der Brust, der nicht verschwindet, allein.

Am Abend liege ich wach im Bett und drehe den Inhalator in meinen Händen herum. Seit ich mit dem Fußballtraining aufgehört habe, weil ich nicht zur Schule gehe, brauche ich ihn nicht mehr. Ich kann jetzt tief und leicht atmen, selbst wenn ich ein paar Stunden lang geweint habe.

Ich warte darauf, dass mein Vater den Fernseher ausschaltet und meine Mutter sich ihr Glas Wasser für die Nacht holt. Als meine Augen sich langsam schließen, zwicke ich mich in die Arme, damit ich wach bleibe.

Schließlich höre ich nur noch das Meer. Ein unerbittliches Getöse. Mom hat früher immer gesagt, am Meer gefiele ihr am besten, dass es jeden Morgen für einen Neubeginn sorgt. Egal, ob man Fußabdrücke, eine Sandburg oder eingeritzte Wörter am Strand zurücklässt – am nächsten Tag sind sie weg, und was dir bleibt, ist ein neuer Anfang. Als ob der Strand Wunden hätte, die das Wasser heilen kann. Im Naturkundeunterricht haben wir gelernt, dass sich der Prozess »Erosion« nennt. Das Wasser heilt den Strand nicht, sondern reißt Stücke davon weg. Mir ist Moms Version aber lieber, und ich lausche den Wellen und wünsche mir, dass sie auch uns heilen können.

Ich schlüpfe in meinem Nachthemd, das mir bis zu den Knien reicht, aus dem Bett. Der lange Flur zwischen meinem und Matts Zimmer ist unheimlich. Die Fliesen unter meinen Füßen sind kalt. Ich habe mir eine Taschenbuchausgabe des Romans *Der Schokoladenkrieg* unter die Arme geklemmt. Die obere Ecke der Seite 176 ist umgeknickt. Es ist aber nicht so, dass ich das Buch nicht selber lesen kann. Ich bin dreizehn. Und *kann* lesen. Aber ich war noch nie eine begeisterte Leserin. Das ändert sich nur, wenn Matt ein ganz bestimmtes Buch für mich auswählt und wir es dann gemeinsam verschlingen. Komisch, dass ich mit meiner verstopften Lunge und meinem Asthma die Sportliche bin und Matt derjenige ist, der seine Nase immer in ein Buch steckt. Mir kommt ein fieser Gedanke, den ich sofort wieder ausradieren möchte. Ich denke, dass das Universum schon gewusst hat, was es tat, als es Matt zu dem gemacht hat, was er ist, nämlich ein *Intellektueller*, wie Dad sagen würde. Das würde aber auch bedeuten, dass Matt dazu bestimmt ist, gelähmt zu sein, und ich weiß, dass das nicht richtig sein kann.

Ich bin so nervös wie noch nie, meinen Bruder zu sehen. Ich klopfe leise an seine Tür. Dreimal. Es kommt aber keine Antwort. Ich habe Angst, dass Mom und Dad aufwachen, wenn ich wieder klopfe, und mir sagen werden, ich soll ihn nicht stören.

Also drehe ich am Türknauf und schlüpfe durch den dunklen Spalt. Sein Zimmer riecht ungewohnt nach altem Gummi und medizinischen Geräten.

In einer Ecke kann ich den massigen Umriss des neuen Roboter-Rollstuhls erkennen. So leer, wie er ist, wirkt er unheimlich. Er hat sogar einen Roboter-Arm, mit dem Matt irgendwann einfache Sachen ergreifen soll, aber er hat noch nicht gelernt, wie es geht.

»Matt?«, zische ich durch die Dunkelheit und passe auf, wo ich hintrete. Keine Antwort. »Matt?« Ich schleiche mich auf Zehenspitzen ans Fußende des Bettes, wo die geöffneten Vorhänge ein bisschen Mondlicht hereinlassen, das sein Bettzeug silbrig färbt. Es bleibt still. Die kugelige Form unter der Zudecke bewegt sich nicht. Ich lege meine Hände sanft auf seine Brust und schüttle ihn. Matt rührt sich nicht. »Matt, wach auf!«

»Was ist, Lake?« Ich kann nicht heraushören, ob seine Stimme verschlafen klingt oder nicht.

Ich ziehe meine Hand zurück und sage keinen Pieps mehr. Mir fällt etwas ein: Als ich fünf oder sechs Jahre alt war, hatte Matt Grippe. Mom wollte nicht, dass ich mich anstecke, also scheuchte sie mich ständig aus seinem Zimmer, aber ich hatte ihm ein Bild gemalt, und ich wollte, dass er es bekommt. Als Mom Wäsche wusch, schlich ich mich deshalb zu ihm. Aber aus irgendeinem Grund wurde ich plötzlich furchtbar schüchtern, ließ das Bild auf seinen Schoß fallen und rannte weg. Es hängt immer noch an der Wand hinter Matts Schreibtisch. Ich schaue es an und versuche, tapfer zu sein. Dieses Mal kann ich mich mit dem, was Matt hat, nicht anstecken, aber es ist viel, viel schlimmer.

»Ich bin's. Lake«, sage ich, weil ich es für besser halte, *irgendwas* zu sagen als gar nichts.

Leises Lachen.

»Ich musste dich sehen«, sage ich.

»Oh.« Seine Stimme ist ein Wispern im Dunkeln.

»Ich kriech zu dir rauf. Warte!« Ich muss meine Verlegenheit verdrängen, bevor ich ihn buchstäblich beiseiteschiebe. Das Bett ist höher, als ich es gewohnt bin, und lässt sich wie im Krankenhaus verstellen, sodass sich die Matratze heben und senken kann. Seine Beine und Arme sind schlapp, als ich sie bewege, aber nach einigem Ächzen und Stöhnen meinerseits habe ich genug Platz, um mich an ihn kuscheln zu können.

Wir liegen ewig lang einfach nur da. Aus irgendeinem Grund dachte ich, dass sich sein Körper kalt und tot anfühlen würde, und bin erleichtert, dass ich ihn warm neben mir spüre.

»Tut es weh?«, frage ich schließlich.

Er knurrt. »Manchmal.«

»Also … wo?«

Pause. »Also überall.«

»Matt.« Ich drehe mich auf die Seite. Die Matratze knarzt unter meinem Gewicht. »Niemand sagt mir, was passiert ist. Mom und Dad behandeln mich wie ein kleines Kind oder was.«

Er seufzt einen ungeduldigen *Was-machst-du-hier?*-Seufzer. »Lake, was glaubst du denn, was passiert ist?«

»Du hattest einen Unfall.« Mehr weiß ich nicht. *Matt ist gelähmt. Er wird sich nicht erholen. Wir müssen uns jetzt um ihn kümmern.* Weiter haben mir meine Eltern nichts gesagt. Ende der Geschichte.

»Ich bin … gefallen.«

»Was hast du gemacht?«, frage ich.

»Ist das wichtig?«

»Ja.«

Er seufzt wieder. Warum ärgert er sich jetzt schon so über mich? »Von einem Baum, Lake. Ich bin von einem Baum gefallen.«

Ich schlucke so schwer, dass wir es beide hören können. Matt muss sich blöd vorkommen, dass er von einem Baum gefallen ist. Deshalb reagiert er wahrscheinlich so gereizt. Nicht wegen mir, rede ich mir ein.

»Es wird alles okay.« Ich lege meine Hand auf seine, aber ich bin nicht sicher, ob er sie spüren kann. Ich hatte nicht daran gedacht, *das* nachzuschlagen.

»Du hast gut reden!« Er lacht hämisch. So, wie ich es von ihm noch nie gehört habe.

Ich bin verletzt, fühle mich gekränkt, versuche aber, an den doofen Baum zu denken und nicht an mich. Matt *wird* wieder okay sein. Vielleicht nicht so, wie er es möchte, aber er wird okay sein. Er hat ja mich. Ich rücke näher an ihn heran, bis es sich anfühlt, als ob wir an den Seiten zusammengenäht und eine einzige Person wären.

»Hast du gewusst, dass man versucht hat, Querschnittslähmungen zu heilen?«, fragt Matt laut, obwohl ich nicht sicher bin, ob er mit mir redet. Aber mit wem denn sonst?

An diese Möglichkeit hatte ich überhaupt nicht gedacht. »Das *wird* klappen!«, sage ich aufgeregt. »Natürlich wird das klappen.«

»Nein. Als sie durch Zufall den Vitalis-Prozess entdeckten, haben sie versucht, Querschnittslähmungen zu heilen. Wie abgefuckt ist *das* denn?« Ich hatte meinen Bruder bisher noch nie das F-Wort sagen hören. »Sie dachten: ›Hey, wenn wir die Zellen in den kaputten Nerven regenerieren können, dann schaffen wir es auch, den ganzen Körper – schwuppdiwupp – wieder funktionstüchtig zu machen.‹«

Erst in der achten Klasse nehmen wir Resurrections durch, und jeder hat eine andere Meinung dazu. Deshalb sagen meine Eltern, ich soll nicht drüber reden, wenn ich mich höflich mit Leuten unterhalte, genauso wenig wie über Politik und Religion. »Aber … tote Zellen werden doch erneuert, oder nicht?«, frage ich verwirrt.

»Ja, klar.« Er lacht wieder hämisch. »Aber damit ist dann nicht Schluss. Der Prozess verteilt sich und erneuert jede verdammte Zelle, die er berührt, bis der ganze Körper ausgelöscht ist. Die lebenden Zellen werden getötet, die abgestorbenen kuriert. Ein Hurra für die Wissenschaft!«

Ich weiß nicht, was ich sagen soll. Ich glaube, was Matt braucht, ist Zeit. Und Hoffnung. Und mich wahrscheinlich. Ich bringe mich, hin und her wackelnd, in Sitzposition und bin ganz aufgeregt, dass ich daran gedacht habe, eine Ablenkung mitzubringen. »Stell dir vor! Wir sind mit dem *Schokoladenkrieg* noch nicht fertig.«

»Lake, ich kann dir nichts vorlesen.«

»Doch, du kannst!« Ich strecke die Hand aus und knipse die Lampe an. Ich höre Matt stöhnen. Er kneift die Augen zu. Unwillkürlich schnappe ich leise nach Luft, als ich einen Beutel, der mit seinem Urin gefüllt ist, auf der anderen Seite des Bettes hängen sehe. Matt ist blass. Seine Augenhöhlen haben tiefe Furchen. Die Haare sind fettig. Ich krächze: »Mit deinen Augen ist alles in Ordnung, Matt.«

Er schlägt sie auf und starrt an die Decke. »Ich hab gesagt, dass ich es nicht kann.«

»Gut.« Ich schlage die Seite mit der umgeknickten Ecke auf. »Dann lese *ich* dir eben was vor.«

»Ich hab dich nicht eingeladen!« Er blafft mich dermaßen an, dass mir vor Schreck der Mund offen stehen bleibt, gerade als ich das erste Wort des Kapitels fünfundzwanzig lesen will. »Du bist einfach reingeplatzt.«

»Ja, weil Mom und Dad mich nicht zu dir lassen wollten.«

»Nicht Mom und Dad, Lake.«

»Aber –« Ich kapiere zu spät, was er damit sagen will.

»*Ich* wollte dich nicht sehen.« Mein Mund wird trocken. »Du kannst mir überhaupt nicht helfen. Niemand kann mir mit irgendwas helfen. Es wäre besser, wenn … wenn ich tot wäre.« Er erstickt fast an dem Wort. »Kannst du jetzt bitte … kannst du einfach nur verschwinden, Lake? Du nervst mich. Kapierst du das nicht? Ich bin müde. Ich will … ich will einfach nur allein sein.«

Mir fehlen die Worte. Ich versuche, mir einzureden, dass der blöde Baum aus Matt spricht. Dass Matt darüber hinwegkommt. Mit der Zeit wird er innerlich wieder gesund werden und die Dinge werden sich ändern. Ich schlage das Buch leise zu und rutsche vom Bett.

Und so sicher, wie ich mir einrede, dass Matt Zeit braucht, weiß ich, dass mein Herz schon angefangen hat zu brechen – so irreparabel wie seine Wirbelsäule.

# Kapitel fünf

## 19 TAGE

Ich frage mich, ob mich schöne Tage für den Rest meines Lebens verfolgen werden. Ich frage mich, ob ich in einen wolkenlosen Himmel, vollgepackt mit Sonnenschein, blicken, das Tosen des Meeres hören und den Wind spüren werde, der mein Gesicht kitzelt – und dass ich dann, wenn mich Glücksgefühle überkommen, schlagartig haltmache. Ich werde mich an das Blut und das Gemetzel und die Trauer und den Tod erinnern, die der schöne Tag unter der funkelnden Oberfläche verbirgt und die nur darauf warten, sich wie ein roter Tropfen im Wasser auszubreiten, bevor er das ganze Glas verfärbt. Und fast alles wird wie eine Fata Morgana aussehen, die schwankend darauf wartet, zu verschwinden, sobald ich ihr zu nah komme.

Am Frühstückstisch schaue ich über eine unberührte Schüssel Haferbrei auf den Strand hinter unserem Haus. Zwischen den Felsbrocken der Mole verwandeln sich Wasserspritzer zu Schaum. Ich versuche, mich an Bilder von Will und Penny – lebendig und glücklich – zu klammern, aber jedes Mal flüchten sie wie die Schaumkronen, die das Meer sprenkeln.

»*Lake?*«

Mein Ellbogen tut weh. Mein Rücken tut weh. Mein Nacken tut weh. Mein Herz tut weh. Aber nicht in dieser Reihenfolge. Ich rühre im erstarrten Haferbrei, bevor ich den Löffel in die Schüssel scheppern lasse. »*Lake?*« Seit dem Unfall höre ich Wills Worte wie ein Echo: *Dein Wunsch ist mir Befehl.* Wie viele Tage sind überhaupt seitdem vergangen? Drei, vier, vielleicht fünf? Ich wünsche mir, dass du am Leben bist, Will. Das wünsche ich mir. *Dein Wunsch ist mir Befehl.* Das ist das Einzige, was ich mir wünsche. Ich nehme den Löffel aus der Schüssel und beobachte, wie der Haferbrei heruntertropft: *plopp, plopp, plopp.*

»Was, denkst du, hat er damit gemeint?«, murmele ich.

Meine Mutter räuspert sich. »Was, denke ich, hat wer womit gemeint?«

Ich zwinkere. Mein Blick kehrt von der Ebene in weiter Ferne zu dem einen halben Meter vor mir liegenden Punkt am Tisch zurück, von dem aus mich meine Eltern beobachten. Haben sie die ganze Zeit hier nur herumgesessen?

Ich atme aus. »Will. Nur … irgendwas, das er gesagt hat.« Schließlich kann ich nicht von ihnen erwarten, dass sie eine Antwort auf meine Frage haben. »Etwas, das mit meinem Geburtstag zu tun hat.« Ich schaue durch sie hindurch und ziehe meine Stirn in Falten. »Was ist heute?«, frage ich und versuche, mich zu erinnern. »Wochenende? Solltest du nicht mit dem Rad unterwegs sein oder auf Arbeit oder was?«, frage ich meinen Vater.

Nach Matts Unfall hatte er aufgehört, mit seinen Freunden Golf zu spielen, aber er fand ein altes Rennrad in der Garage und fing an, stundenlang wie besessen draußen herumzufahren. Wenn er dann von seinen Touren zurückkam, war er ruhiger und freundlicher, weshalb sich Mom in dieser Zeit auch noch um Matt kümmerte, obwohl sie es die ganze Woche lang schon tat. Darum sind ihre Klamotten immer von vorgestern, und ihr Haarschnitt ist auch nicht auf dem neuesten Stand.

Es klingt schlimm, wenn ich das sage, aber ich verstehe meinen Vater mit seinen Fahrradtouren besser als meine

Mutter mit ihrem unermüdlichen Einsatz bei der Pflege meines Bruders.

»Es ist Dienstag«, sagt mein Vater.

Dann berührt er Moms Ellbogen, wohl um ihr Mut zum Sprechen zu machen. »Schätzchen.« Sie benutzt ihre Matt-Stimme. »Vielleicht können solche Fragen noch warten. Dein Vater und ich wollen mit dir reden.«

Ich zwinkere. Anscheinend kann ich mich nicht auf die beiden konzentrieren. Ich starre wieder aus dem Fenster und stelle mir vor, dass Penny und ich auf dem Privatstrand Rad schlagen, bis uns schwindlig wird.

»Süße, du musst versuchen, dich zu konzentrieren.« Ich merke, dass Dad einen Mittelweg zwischen sanft und streng finden will.

»Tut mir leid«, sage ich.

Meine Mutter legt ihre Hand auf meine und zieht sie an ihre Brust. »Lake, bitte, wir wissen, dass dies eine äußerst schwierige Zeit ist, aber du hast im Krankenhaus davon gesprochen, Will und Penny wiederaufleben zu lassen, und wir wollen einfach sicher sein, dass … also, dass du weißt, dass *das* nicht möglich ist.«

*Das*. Es wäre einfacher, Glasscherben zu schlucken. Aber sie haben natürlich recht. *Es geht nur einer von beiden*. Ich werde mich entscheiden müssen.

»Ich weiß«, murmele ich und schaue auf den Tisch und dann auf unsere verschränkten Hände. Ich kann sie nicht beide wiederhaben, füge ich im Stillen hinzu. *Das* ist meine neue Wirklichkeit.

Moms Lächeln ist schwach und kaum zu sehen, aber es drückt auch ein kleines bisschen Stolz aus. »Wir wollen nicht, dass jemand auf falsche Gedanken kommt.«

Ich rutsche bis zur Stuhlkante vor. Die Augen meiner Mutter sind heute Morgen grau und traurig. Es ist noch früh, und ich weiß, dass sie den Urinbeutel schon ausgetauscht und Matt im Bett gewaschen hat.

»Wen meinst du mit *jemand*?«

Sie umklammert meine Finger noch fester. »Lake, wir haben dich so, so lieb. Wir sind für dich da.« Sie schaut zu meinem Vater hoch, und er legt seinen Arm um ihre Schulter und drückt sie, bevor er mir wieder seine ganze Aufmerksamkeit schenkt. Inzwischen breitet sich unter meinen Rippen Kälte aus. »Was wir damit sagen wollen, ist: Wir wissen, dass Will und Penny deine besten Freunde waren, aber Matt ist dein Bruder.«

Mein Blick erstarrt. Die Kälte wird eisig und kriecht in meine Glieder.

Dad hat anscheinend beschlossen, dass *er* jetzt an der Reihe ist, und fängt an zu reden. »Im Krankenhaus hast du erwähnt, Will oder Penny auferstehen zu lassen.« Ruhig und systematisch legt er die Fakten dar. »Wir wissen, dass die Nachricht ein Schock für dich war, aber wir wissen auch, dass du weißt« – er neigt mir seinen Kopf entgegen – »dass du deine Wahl bereits getroffen hast. Das stimmt doch, nicht wahr?«

Mein Mund fühlt sich taub an. »Matt?«

Richtige Antwort. Dad nickt. Zufrieden. »Ja, Matt.« Dann fällt ihm wohl mein Gesichtsausdruck auf. Ich kann mir kaum vorstellen, wie er wirkt, aber bestimmt nicht gut. »Wir waren uns einig.« Seine Stimme wird eine Oktave tiefer.

Matt. Tot. Ich. Lebendig. Der Gedanke, dass sich mein Bruder bewusst das Leben nimmt, weil *ich* gesagt habe, dass er es kann, hat meine Achselhöhlen immer schweißnass gemacht. Jetzt wird mir bei dem Gedanken schlecht.

»Aber … aber … das war vorher.«

Sein Adamsapfel hüpft in seinem Hals. »Ja, das war, bevor Penny und Will gestorben sind. Das wissen wir.«

Ich schüttle den Kopf. »*Nein*, das war, bevor Matt mir gesagt hat, dass meine beiden besten Freunde gestorben sind, so – genauso, als ob er mir gesagt hätte, mein Goldfisch treibt mit dem Bauch nach oben im Wasser.« Meine Stimme wird lauter. Ich spüre, dass mein Gesicht rot wird. Ich knalle meinen eingegipsten Arm auf den Tisch.

Ich weiß in der Tiefe meiner Seele, dass diese Worte in mir gegoren sind, aber ich wundere mich trotzdem, wie leicht es mir fällt, sie laut auszusprechen. Ehrlich gesagt bin ich mir nicht einmal sicher, ob ich Matt *lieb habe*. Nicht nach allem, was passiert ist.

»Aber –« Mom verschränkt ihre jetzt leeren Hände im Schoß.

Ich schieße kerzengerade in die Höhe. Ich würde aus meiner Haut fahren, wenn ich könnte, aber ich stecke in ihr fest, also tu ich, was ich kann. Es fühlt sich gut an, über ihnen zu ragen. »Matt *lebt!* Das ist der große Unterschied. Wenn er sein Leben als totaler Arsch verbringen will, dann ist das seine Entscheidung, aber er atmet wenigstens. Er hat zumindest eine Chance.«

Mom holt kurz und scharf Luft. »Du verstehst nicht –«

»*Du* verstehst nicht! Viele Leute sind behindert, Mom. Und sie haben trotzdem ein sehr schönes Leben.«

»Ja, und viele Leute sind –«

»Nicht!« Dad schneidet ihr das Wort ab. Ich atme schwer, aber ich lasse ihn reden. »Lake, ich weiß, dass dies schwierige Entscheidungen sind.« Es klingt so vernünftig, dass ich ihm am liebsten ins Gesicht schlagen würde.

»Ja, ja. Es sind schwierige Entscheidungen.« Ich stoße meinen Daumen in mein Brustbein. »Es sind *meine* schwierigen Entscheidungen. Ich hätte nie erlauben dürfen, dass ihr sie für mich trefft.« Mein Gesicht ist jetzt nass.

Mom hält sich den Mund zu. Sie schüttelt langsam den Kopf, und ich schaue zu, wie ihr Gesicht wie ein Ei auseinanderbricht. »Lake, Lake, Schätzchen.« Sie breitet die Arme aus, als ob sie mich an sich drücken und mir über die Haare streichen möchte, wie sie es früher immer getan hat, und jetzt wünsche ich mir nur, dass sie nie aufgehört hätte, auf meinem Bett Zeitschriften zu lesen, während ich mich am Morgen fertig gemacht habe. »Es tut uns leid. Es – es tut uns leid.«

Ich gehe nicht zu ihr. Ich starre sie nur mit offenem Mund an. Was auch immer ich von Matt halte – ich liebe meine Eltern sehr, weil ich weiß, dass sie stets nur ihr Bestes tun wollen. Aber plötzlich sind die Liebe für sie und die Liebe für Penny und Will wie Strömungen, die mich in entgegengesetzte Richtungen ziehen.

Dad schaut Mom an. Er legt eine Hand auf ihre Schulter. Sie sinkt auf ihren Stuhl zurück. Ich sehe, dass er kaum merklich nickt. »Du hast recht, Lake.« Seine Stimme ist heiser. »Du hast … vollkommen recht. Aber –« Ich versteife mich, und er hält mir seine Handfläche hin, um mich zu bremsen. »Moment, bitte. Will, Penny oder … also … du wirst den Verlust verarbeiten müssen. Wir haben mit deinen Ärzten gesprochen, und wir finden es wichtig, dass du einen Therapeuten aufsuchst.« Ich fange an zu protestieren. Ich halte es für eine Falle. Er schneidet mir das Wort ab. »Gleich. Du bist noch jung. Und so ein Trauma – das ist ja doch ein echtes Trauma.«

»Ich brauche nicht mit einem Fremden zu reden, um das zu wissen.«

»Vielleicht erklärt es einiges für dich.«

Ich entkrampfe mich. Er erwähnt Matt nicht. Er besteht nicht auf dem Versprechen, das ich gegeben habe. Das Versprechen, das ich nicht einhalten werde, wie ich jetzt schon weiß. Matt lebt. Meine Freunde sind tot. Einen krasseren Unterschied kann es nicht geben. In der Zwischenzeit dreht sich mein Kopf in einer Tour.

»Bitte«, sagt er. »Dieses Eine. Für uns.« Das sind die Worte, die mich umhauen.

Ich beiße die Zähne zusammen. Ich will mit Penny reden und nicht mit irgendeinem Seelenklempner, der nichts von meinen Freunden weiß, der nichts über irgendwas weiß. Aber trotz allem, trotz der Tatsache, dass es sich jahrelang angefühlt hatte, als ob Matt, meine Mutter und mein Vater ihre eigene kleine Familie gegründet hätten, ohne mich zu fragen, ob ich dazugehören will – *trotz all dem* möchte ich sie nicht verletzen. »Gut«, sage ich. Und dann füge ich hinzu: »Aber das ist das Einzige, was ich tu.«

# Kapitel sechs

## 19 TAGE

Ich brauche Luft. Und Platz. Riesenmengen von Luft und Platz, wenn ich sie kriegen könnte. Aber es geht nicht. Das heißt, selbst wenn es ginge, kann ich nicht einfach weglaufen.

Es ist nicht viel, aber ich kann meine Eltern wenigstens davon überzeugen, dass ich selbst zur Therapiesitzung fahren kann, die sie, wie sich herausstellt, bereits für mich gebucht haben. Wenn ich vor ein paar Tagen noch ohne meine Familie sein wollte, konnte ich zu Penny und Will gehen. Jetzt bleibt mir nur noch das. Mir ist klar, dass meine Eltern versuchen, »das Richtige« zu tun, und Mühe haben, herauszufinden, was genau das ist. Ich mache ihnen keine Vorwürfe. Dafür gibt es keine Betriebsanleitung.

Die Hitze dampft über dem Asphalt und schlängelt sich an meinen Knöcheln. Ich werfe meine Sonnenbrille auf den Sitz hinter mir, bevor ich die Tür schließe und mit zusammengekniffenen Augen in den Himmel schaue, der wieder genauso blau ist wie am Tag, als der Autounfall passierte.

Das ist das Problem. Nichts davon scheint echt zu sein, weil die Welt nicht kooperiert. Ich habe ständig das Gefühl, aus einem Albtraum aufzuwachen, obwohl ich doch noch darin lebe. Selbst das Gebäude von GARRETSON, SMITH & MCKENNA sieht eher wie eine Anwaltskanzlei als eine Praxis von Psychologen aus. Ich fange schon an zu schwitzen, als ich den Parkplatz überquere und gegen die Glastür drücke, wo mich der eiskalte Windstoß einer Klimaanlage trifft.

Ich muss mehrmals zwinkern, um mich an das künstliche Licht zu gewöhnen, und als ich mich der Linoleum-Theke mit dem Schiebefenster nähere, reibe ich mir die Augen. Eine Frau mittleren Alters schiebt das Plexiglas zwischen uns zur Seite. »Name, bitte?«

»Lake Devereaux?«, sage ich wie eine Frage. Mein Puls hat sich bereits zum Tempo eines flotten Dauerlaufs erhöht. Ich versuche, mich zu entspannen, indem ich den Druckpunkt zwischen meinem Daumen und Zeigefinger zwicke, noch eine Penny-Technik. Am »Weißkitteleffekt« leide ich allerdings schon, seit ich klein war, weshalb mein Blutdruck in die Höhe schießt, sobald ich eine Arztpraxis betrete. Sogar eine, in der keine Nadeln zum Einsatz kommen.

Die Frau tippt auf ihrer Tastatur herum. »Erstbesuch?«, fragt sie, ohne mich anzusehen.

Ich verlagere mein Gewicht in den Sandalen. »Ja.« Ich lege den Gipsverband auf der Theke vor mir ab und zupfe, während sie weitertippt, an den baumwollenen Innereien über den Fingerknöcheln herum. Schließlich schiebt mir die Frau ein Klemmbrett zu. Sie schaut auf meinen Gips, runzelt die Stirn und fragt: »Kannst du denn damit schreiben, Kleine?«

Ich nicke. »Ich bin Rechtshänderin.«

»Doktor McKenna nimmt dir das ab, wenn sie dich ruft.« Das Glas schiebt sich wie eine Trennscheibe in einer Limousine zurück, was heißt, dass das Gespräch beendet ist.

Ich suche mir einen Platz im Wartezimmer, das bis auf einen Jungen in meinem Alter, der sich über eine Zeitschrift beugt, leer ist. Ich wähle einen Stuhl an der gegenüberliegenden Wand, sodass uns zwei Stuhlreihen voneinander trennen, was ich als richtiges Wartezimmer-Verhalten empfinde. Vor allem in der Praxis einer Therapeutin.

Ich nehme den Kugelschreiber vom Klemmbrett, das ich auf meinem Schoß balanciere, und beginne, Fragen zu beantworten.

*Gegenwärtige Medikamente?* Ich zögere. Dann schreibe ich: *Keine.*

Ich hatte früher immer einen Inhalator bei mir, aber ich habe ihn seit Jahren nicht mehr gebraucht. Meine Eltern sagen, ich hätte ihn wahrscheinlich nicht mehr nötig gehabt, weil meine Lunge sich erholen konnte, als ich mit dem Fußballspielen aufhörte.

*Antidepressiva? Nein.*

*Selbstmordgedanken? Nie.*

*Selbstverletzung? Nie.*

*Familiäre Vorbelastung mit klinischer Depression?*

Ich denke an Matt. Zählt es, wenn außerordentliche Umstände vorliegen? Eine Depression kann ja wohl kaum erblich bedingt sein, wenn sie von einer Querschnittslähmung herrührt. Ich kritzle schnell ein *Nein* als Antwort. Weil es ganz bestimmt etwas anderes ist, ein Weltklasse-Idiot zu sein als Depressionen zu haben. Richtig?

Oje, ich bereue jetzt schon, dass ich mit dieser Sache hier einverstanden war.

Auf der anderen Seite des Raums raschelt Papier, dann sind Schritte zu hören und ein Schatten geht an mir vorbei. Ohne mein Kinn zu heben, blicke ich von meinem Klemmbrett hoch und sehe, dass sich der andere Wartezimmer-Insasse auf einem Stuhl mir schräg gegenüber niedergelassen hat. Er hat sein Heft wieder aufgeschlagen und blättert, die Ellbogen auf seinen Knien, die glänzenden Seiten durch. Dunkle Haare hängen über seiner Stirn.

*Okay*, denke ich, schüttle den Kopf und wende meinen Blick wieder dem Fragebogen zu.

Wie viele Punkte sind auf diesem Ding überhaupt zu beantworten? Ich hebe das Blatt an und spähe darunter. Doppelseitig.

Der Typ, der mir gegenüber sitzt, räuspert sich. Ich schreibe eine weitere Antwort auf. Er räuspert sich wieder. Ich lasse meinen Kopf gesenkt, schließe die Augen und hole tief Luft. Der Abstand zwischen uns ist gering, und sein Körper fühlt sich so nah an, als hätte er die sorgfältig gezogenen Grenzen meiner Privatsphäre überschritten. Offensichtlich weiß er nichts von Wartezimmer-Verhaltensregeln. Als er sich zum dritten Mal räuspert, drücke ich das Klemmbrett auf meinen Schoß und setze mich gerade. Ich bin überrascht, dass ein Paar blaue Augen auf mich gerichtet sind. Meine eigenen brauchen nur eine Viertelsekunde, um den Umriss eines bösen roten Muttermals nachzuzeichnen, das das obere Viertel seines Gesichts bedeckt, in der Stirnmitte anfängt, auf seinem Nasenrücken entlang verläuft, dann nach links abbiegt, sich zur Hälfte über seinen Wangenknochen erstreckt und in seinem Haaransatz gleich unterhalb seiner Schläfe verschwindet. Es erinnert mich an ein Bilderbuch, das mir meine Mutter immer vorlas, als ich noch klein war, und von einem Hund namens Spot handelte.

*Verdammt*, denke ich. Ich *kenne* dieses Gesicht.

Ich presse meine Lippen zu einem dünnen Strich zusammen, so, wie ich es im Supermarkt immer tu, wenn ich mit jemandem, den ich nicht kenne, Blickkontakt herstelle und dann schnell wegschaue. Zu schnell, wie mir klar ist.

Aber er wird mich nicht wiedererkennen, sage ich mir. Es ist schon zu lange her, viel zu viele Jahre sind vergangen, und ich habe keine Markierung, die so leicht zu erkennen ist wie seine.

Mit dem Jungen, der mir gegenüber sitzt, bin ich früher

ganz kurz zur Grundschule gegangen. Alle Kinder in unserer Klasse taten so, als ob er wegen seines Muttermals eine ansteckende Krankheit hätte. Außer einem komischen stinkigen Mädchen, das immer schmutzige Strumpfhosen anhatte, was man sehen konnte, weil sie ihre Schuhe ständig auszog, ging niemand zu ihm hin. Schon seltsam.

Ich spüre immer noch, dass er mich anstarrt, was mich ganz hibbelig macht.

*Psychopath* möchte ich sagen, verschränke aber stattdessen meine Beine unter dem Stuhl.

»Die lesen das gar nicht, weißt du?«, sagt der Junge. Anscheinend hat er keine Ahnung, dass wir uns schon mal begegnet sind.

»Oh?« Ich ziehe die Augenbrauen hoch, bevor ich mich wieder der langen Liste von Fragen zuwende, die die Seite füllen. Dieses Mal passe ich auf, dass ich nicht auf das Muttermal starre.

Ich versuche, mich auf die nächste Frage zu konzentrieren, fange an, sie zu beantworten und streiche auch jetzt wieder alles durch.

»Wie ich schon gesagt habe.« Ich höre, wie die Zeitschrift zugeschlagen wird. »Es ist sinnlos. Doktor McKenna – du gehst doch zu Doktor McKenna, oder? – nimmt dir das Klemmbrett ab und legt es auf ihren Schreibtisch, ohne jemals draufzuschauen. Schluss – aus.«

»Ach, nee!« Ich ärgere mich sofort über mich selber. Ich beiß mir auf die Zunge und kämpfe mich weiter durch die nächste Reihe von Ankreuzfeldern, wenn auch aus keinem anderen Grund, als einer Unterhaltung im Wartezimmer meiner baldigen Therapeutin einigermaßen höflich auszuweichen.

»Du vergeudest deine Zeit …« Er schnalzt mit der Zunge

und klopft mit den Fingern auf dem zugeklappten Magazin herum.

Ich seufze und gebe nach. »Woher weißt du das?«, frage ich und blicke hoch, wobei ich es diesmal nicht vermeiden kann, die himbeerfarbene Haut anzuschauen. Ich kann mich nicht erinnern, ob er damals in der Schule schon so nervig war. Wahrscheinlich hatte er deshalb keine Freunde, überlege ich und fühle mich ein ganz kleines bisschen wohler bei dem Gedanken, vor Jahren ein oberflächliches Gör gewesen zu sein.

Er senkt kurz den Blick und schaut dann kurz zur Seite, als wäre ihm aufgefallen, dass *mir* etwas aufgefallen ist. »Also, erstens bin ich ein *ziemlicher* Experte in allem, was mit Psychotherapie zu tun hat. Keine Angeberei! Zweitens habe ich den ganzen Fragebogen ausgefüllt, als ob ich Graf Dracula wäre. Medikamente: *Null Negativ.* Allergien: *Knoblauch, die Sonne, Weihwasser.* Sie hat nichts dazu gesagt.« Er lehnt sich zurück und schaut mir wieder ins Gesicht. »Das Gleiche ist in der anderen Praxis passiert, in die ich gegangen bin. Aber Doktor McKenna ist bedeutend besser. Das kannst du mir glauben.«

»Interessant.« Ich nicke. »Oder vielleicht wollte sie dir einfach nicht die Genugtuung geben.« Und dann mache ich mich demonstrativ wieder über das Ausfüllen des Fragebogens her.

»Ah, jetzt kapier ich's«, sagt er. »Du leidest sicher an einer Zwangsneurose oder so was. Bist du deshalb hier?«

Ich knalle den Kugelschreiber auf das Klemmbrett. »Nein«, sage ich mit knirschenden Zähnen. »Ich habe keine … Zwangskrankheit. Ich folge nur den Anweisungen.« Und ich möchte in Ruhe gelassen werden, füge ich stillschweigend hinzu, obwohl es mir deutlich anzuhören ist.

»Okay.« Er schleudert die Zeitschrift auf den leeren Stuhl neben sich. »Warum bist du dann hier?«

»Wie bitte?«

»Warum bist du hier? Was ist hier oben so schiefgelaufen, dass du in den schnieken Räumen von GARRETSON, SMITH & MCKENNA Pipapo gelandet bist?«

Ich verlagere mein Gewicht auf dem Stuhl und drücke das Klemmbrett noch fester an mich. »Das geht dich nichts an«, sage ich. »Ich finde die Frage ziemlich frech. Ich kenne dich ja gar nicht.«

»Du bist Lake …« Er schnipst ein paarmal mit den Fingern, als ob er damit die Antwort herbeizaubern könnte. Dann sehe ich, dass er die Nase in mein Gekritzel steckt. Ich schnappe mir das Klemmbrett und drücke es wieder an meine Brust. Er verdreht die Augen. »Okay, ich kann mich also nicht an deinen Nachnamen erinnern. Lake Dingsbums. Entspann dich! Du bist mit mir auf die Oceanview-Grundschule gegangen.«

Ertappt.

Er trägt ein leichtes, kariertes Hemd offen über einem Baumwoll-T-Shirt und gelben Shorts und riecht fantastisch. Ich habe sogar Lust, mich zu ihm rüberzubeugen und ein bisschen zu schnuppern. Was ist es? Aftershave?

Ich will den Mund aufmachen und kann mich gerade noch bremsen. Es ist ja schon Jahre her. Er wird bestimmt nicht mehr – er kann unmöglich noch –

»Ringo.« Er grinst und streckt mir seine Hand entgegen. Tanne mit einem Hauch von Vanille. Eine komische Kombination. »Es ist schon eine Weile her.«

»Ich – ich – ich hab dich nicht erkannt.«

Es ist keine totale Lüge. Es ist schon erstaunlich, dass der Junge, der vor mir sitzt, der Gleiche ist, der früher höchstens mal etwas flüsterte. Deswegen musste er ein Jahr wiederholen und kam in meine Klasse. Niemand wusste, ob er zurückgeblieben oder bloß schüchtern war, nur dass er Smelly Ellie, die stinkige Ellie, tolerierte. (Ob ihm deshalb ein gutes Parfum jetzt so wichtig war?) Und in der großen Pause immer im Klassenzimmer blieb.

Mein Blick wandert zu dem Ring um sein Auge, der mich an Spot, den Hund, in meinem Bilderbuch erinnerte. Mist. Typisch, dass mir so was passiert. Dass ich jemandem begegne, den ich wahrscheinlich vor zehn Jahren mehr oder weniger und vielleicht auf ganz gemeine Weise ignoriert habe. Ich hatte keine Ahnung, was nach dem einen Jahr, in dem wir ein Klassenzimmer miteinander teilten, mit Ringo passiert war. Eine neue Schule? Homeschooling? Es war mir egal gewesen, aber mit meiner früheren besten Freundin Jenny blieb ich, ehrlich gesagt, auch nicht in Verbindung.

»Echt?« Er blickt mich skeptisch an. »Du siehst eine Menge Gesichter wie meins durch die Gegend laufen? Verflixt«, sagt er. »Und ich dachte immer, dass ich einmalig bin.«

Ich lache kurz. Es klingt eher wie ein Schluckauf.

»Also jetzt, wo wir *das* geklärt hätten«, fährt er fort, »verrätst du mir vielleicht, warum du hier bist?«

»Ich – ich finde immer noch –«, protestiere ich. Dann mache ich die Augen zu und atme aus. »Ach, zum Kuckuck! Ich hatte einen Autounfall. Vor ein paar Tagen. Meine beste Freundin …« Meine Stimme schabt über die Furchen in meinem Hals. »Ähm, mein Freund und sie, also – sie sind beide dabei umgekommen.«

Ringo streicht sich über das Kinn. »Oh, Mann. Das ist brutal. Wie alt bist du denn?«

»Ich werde in diesem Monat achtzehn.«

»Scheiße.«

»Scheiße«, stimme ich ihm bei. »Und weshalb bist *du* hier?«

Seine Augenbrauen rutschen tiefer. Ich stelle fest, dass das Muttermal seine Augen uneben aussehen lässt. Als ob das umringte Auge weiter unten sitzen würde. »Das verrat ich dir nicht«, sagt er. »Ich finde die Frage ziemlich frech. Außerdem kenne ich dich ja gar nicht.«

Meine Lippen öffnen sich, und ich will ihn anblaffen, als uns gegenüber die Tür aufgeht und eine Frau meinen Namen ruft. »Lake Devereaux?«

Ringo nimmt die Zeitschrift auf dem Stuhl neben sich in die Hände und schlägt sie wieder auf.

Ich starre ihn an, erhebe mich aber. »Das bin ich«, sage ich zu der Frau.

»Willkommen«, sagt sie mit der Stimme einer Flugbegleiterin. »Wir sind gleich wieder da.«

Und als ich auf Ringo zurückschaue und halb erwarte, dass er mich mit einem verschlagenen Grinsen und Augen ansieht, die krumm im Gesicht zu stecken scheinen, hält er den Blick stattdessen auf das Magazin gerichtet, als hätte er die ganze Zeit schon nichts anderes getan.

# Kapitel sieben

## 19 TAGE

Die Psychotherapeutin, Doktor McKenna, hat blonde, kinnlange Haare und einen dünnen Pony und trägt ein schickes Kostüm, das mich an eine der Staatsanwältinnen im Fernsehen erinnert. Ich folge ihr durch die Tür in ein Büro, wo ich zu meiner Erleichterung keine Couch vorfinde. Da ich noch nie eine Therapie gemacht habe, hatte ich mir genauso ein Setting vorgestellt, wie ich es in Fernsehsendungen gesehen habe, dass ich also auf einem schwarzen Ledersofa liegen muss und gezwungen werde, einem Arzt mit einem dicken Notizblock meine innersten, dunkelsten Geheimnisse zu verraten. Bis zu dieser Sekunde hatte ich mir vor allem das Hirn zermartert, ob ich mir vor dem Hinlegen die Schuhe ausziehen sollte oder nicht. Es kam mir vor, als wüssten das alle Leute außer mir.

Solche Sachen bereiten mir eine Menge Bauchschmerzen. Wenn ich zum Beispiel zum Arzt gehe und mir gesagt wird, ich soll alles von der Taille abwärts ausziehen. Sobald die Arzthelferin dann gegangen ist, kommt mir blitzartig der Gedanke, dass ich sie vielleicht nicht richtig verstanden habe. Dass ich nackt bin und der Arzt, wenn er auftaucht, sich fragt, warum ich mir zum Teufel die Unterhose ausgezogen habe. Ich weiß nicht. Da kann man nichts machen. So bin ich eben. Ähnlich wie Penny, die panische Angst vor der Erderwärmung und Höhen hatte, in genau dieser Reihenfolge. Oder Will, der Angst hatte, er würde wie sein Vater enden. Ob ich Doktor McKenna solche Sachen erzählen soll? Vielleicht sind sie aber total unwichtig, und Doktor McKenna hält mich für eigenartig, weil ich sie erwähne. Reden die Leute bei einer Therapie direkt von ihren Problemen oder reden sie um den heißen Brei, bis sie einen »lichten« Moment haben? Jetzt fang ich schon wieder damit an.

Als ich Doktor McKenna das Klemmbrett überreiche, legt sie es auf ihrem Schreibtisch ab, ohne daraufzuschauen. Ich denke an Ringo und sein wissendes Grinsen und bin ziemlich irritiert. Was blöd ist, denn ich kenne ihn ja kaum.

»Zu allererst«, sagt sie und setzt sich mir gegenüber an den Schreibtisch. Sie rollt ihren Stuhl näher heran, bis ihre Ellbogen auf der Oberfläche ruhen. Ich fahre mit den Fingern über den rauen Gipsverband. »Kann ich zunächst einmal sagen, dass mir Ihr Verlust sehr leidtut? Ihre Eltern haben mir ein paar Hintergrundinformationen gegeben, und ich weiß, dass dies das Banalste und Abgedroschenste ist, was man sagen kann.« Sie verdreht die Augen in Richtung Decke. »Aber ich fürchte, selbst Psychiatern fehlen in solchen Situationen oft magische Worte. Es bleibt uns nichts anderes übrig, als haargenau die gleichen zu benutzen wie der Rest der Welt.«

Weil sie das sagt, mag ich Doktor McKenna auf Anhieb.

»Wie würden Sie gerne anfangen?«, fragt sie.

»Ich – ich weiß nicht. Es war nicht meine Idee hierherzukommen.« Das Ganze kommt patziger heraus, als ich es wollte.

Sie nickt verständnisvoll, schweigt aber weiter.

Ich zapple herum. »Meine Eltern behaupten, ich kann nur eine Person zurückbringen. Das stimmt wahrscheinlich. Das weiß ja jeder. Es ist nur …«

Doktor McKenna versucht nicht, den Satz für mich zu Ende zu sprechen. Stattdessen lehnt sie sich auf ihrem Stuhl zurück und sagt: »Erzählen Sie mir doch etwas von Ihren Freunden.«

# 1.444 TAGE

Der Sommer ist vorbei, und ich bin vierzehn geworden, und für die Dauer einer Jahreszeit meines Lebens habe ich nichts vorzuweisen. Mein Bruder und ich haben keine Krebse gesammelt und nicht nach Sanddollars getaucht. Stattdessen habe ich versucht, unsere Zeit mit neuen Dingen auszufüllen, wie zum Beispiel die sorgfältige Suche nach Aktivitäten, mit denen wir uns gemeinsam beschäftigen könnten – ein schwereloses Salzbad, das Aquarium, das IMAX-Theater, eine Ein-Mann-Komödie über die Verteidigung von Höhlenmenschen – aber Matt war entweder nicht daran interessiert, irgendwas zu unternehmen, oder er war nicht an mir interessiert. (Leider scheint es immer noch eine gesunde Mischung von beidem zu sein.)

Mom und Dad haben beschlossen, dass ich eine neue Schule besuche. Die Entscheidung wird bei einer dieser Familienkonferenzen getroffen, zu denen ich nicht mehr eingeladen werde. Eines Tages heißt es nur: »Gute Neuigkeiten, Lake! Wir haben dir einen Platz an der Sankt-Theresa-Schule verschafft.« Und als Nächstes stehe ich mit einem hässlichen marineblauen Pullunder da und habe keine Ahnung, wo ich das alte Skateboard meines Bruders unterbringen soll, mit dem ich in den letzten Monaten, Wochen oder was auch immer, die ich allein verbringen musste, halbwegs gut fahren gelernt habe.

*Geschichte der Neuzeit* steht auf meinem Stundenplan. Die Tinte ist da, wo meine verschwitzten Daumen das Papier an das kratzige Grip-Tape des Bretts gequetscht haben, verschmiert. Ich klemme mir das Brett und den Stundenplan unter den Arm und klammere mich an das Skateboard wie an eine Schmusedecke, weil es in den letzten Wochen so etwas Ähnliches für mich geworden ist.

*Geh einfach rein!*, schimpfe ich mit mir. Es dürfte nicht halb so beängstigend sein, wie über eine zwei Meter hohe Rampe zu fallen, aber dieser Gedanke beruhigt mich überhaupt nicht, weil *dürfte* und *dürfte nicht* überhaupt nicht mehr zu gelten scheinen. Mein Kolibri-Herz klimpert auf meinen Rippen. »Sie wird dir guttun«, hatten meine Eltern gesagt. Ich seufze, als ich mich daran erinnere. Brokkoli war gut für mich. Privatschule? Darüber ließe sich streiten.

Wegen des augenblicklichen Zustands meines häuslichen Lebens hungere ich nach Gesellschaft … oder ich habe vielleicht meinen Appetit darauf verloren. Schwer zu sagen.

Ich drücke mich vor dem Klassenzimmer herum, obwohl ich schon fünfundzwanzig Minuten zu spät bin. Mrs Savage, die Wilde: nicht gerade ein vielversprechender Name für die Lehrerin der ersten Stunde. Ich streiche die Falten meines Rockes glatt, prüfe, ob meine frische weiße Bluse mit ihrem Button-Down-Kragen sich nicht unter meinem mit dem Schulwappen verzierten Pullunder bauscht, und mache endlich die Tür auf.

Elf Augenpaare richten sich prompt auf mich, und ich wünsche mir sehnlichst, irgendwas anderes zu tun – Rollschuhfahren, tauchen, surfen, *irgendwas*. Nur um nicht dastehen zu müssen und in der Hitze ihrer gemeinsam starrenden Blicke rot anzulaufen. Ich schlurfe zu Mrs Savage und angle den rosa Zettel vom Sekretariat aus meiner Tasche. »Hi, ich bin neu hier?« Ich füge das alberne Fragezeichen am Ende hinzu, als ob ich mir nicht ganz sicher wäre. Vielleicht habe ich in nur einem Sommer schon den Umgang mit menschlichen Wesen verlernt.

Sie überfliegt den Zettel und wendet sich dann der Klasse zu. »Hört alle her – das ist Lake Devereaux. Sie ist eure neue Mitschülerin. Bitte heißt sie willkommen.«

Jemand hustet übertrieben laut und mittendrin kann ich deutlich das Wort »Ständer« hören. Mein Hals steht in Flammen.

Dann niest ein Junge und das Wort »scharf« kommt raus.

»Genug«, sagt Mrs Savage nicht besonders streng. »Oder haben sich ein paar von euch die Grippe eingefangen und müssen zu Schulleiter Nazari geschickt werden?« Stille. »Das hab ich mir gedacht.« Sie setzt ein selbstgefälliges Lächeln auf. »Lake, wir wollten uns gerade in Debattiergruppen aufteilen, um zu besprechen, was dieses Jahr unser Semesterprojekt sein wird. Die Klasse wird eine nachgestellte Kongresssitzung abhalten, um entweder für oder gegen die Pickering-Regeln zu stimmen.« Ich nicke und versuche, Augenkontakt mit den anderen Schülern zu vermeiden. »Harrison war doch gerade eben so *sprachgewandt* – warum schließt du dich seiner Gruppe mit Maya und Peng nicht an?«

Harrison, der lautstarke Nieser, hebt die Hand. Ich danke Mrs Savage und steuere den leeren Stuhl in der Nähe der Gruppe an, während Mrs Savage unsere Aufgabe erklärt. Das heißt, wir sollen eine Interessengruppe bilden und dann debattieren, als ob wir versuchen würden, einen Gesetzesentwurf für die Auferstehungsrechte zu verabschieden. Erst in der achten Klasse wird die Resurrection-Geschichte in den Lehrplan einer Schule aufgenommen. Als ich jünger war, war ich ganz wild darauf, mehr darüber zu erfahren. Es kam mir so erwachsen vor.

Wenn ich jetzt an Resurrections denke, fällt mir immer Matt und das Versprechen ein, das meine Eltern ihm vor einer Woche gegeben haben. Ich hatte ihn gefunden. Aus seinem Mund war Blut gesickert. Es lief aus seinen Mundwinkeln. Es tropfte über sein Kinn. Er hatte versucht, sich die Zunge durchzubeißen, um sich selbst zu ersticken – eine Taktik, die er in einem Film gesehen hatte. Dad hatte ihm erlaubt, ihn anzuschauen, als Mom das Haus verließ, um sich die Haare schneiden zu lassen.

»Alexis Angel«, sagt das Mädchen, das Maya heißt, zu den beiden Jungs. Die Gruppe dreht ihre Pulte rum, damit sie sich ansehen können. Das Mädchen ignoriert mich total. Sie tippt eifrig auf ihrem Smartphone rum, während ich mein Skateboard unter eines der Pulte schiebe und meine Schnürschuhe darauf ruhen lasse. »Zu hübsch. Zu perfekt. Garantiert«, sagt sie, ohne aufzublicken.

Harrison verdreht die Augen. »Du bist nur neidisch. Leadsänger von Dante's Playground.«

Peng bewirft Harrison mit einem Radiergummi und trifft ihn voll zwischen den Augen. »Ach, komm, das weiß doch jeder. Alle seine Fans sind Todes-Groupies.«

»Ich hab gehört, dass er das zufällig nicht ist.« Maya blickt auf. »Er sagt nur, dass er es ist, um sein Image aufzupolieren. Oh!« Sie beugt sich vor. »Jemand hat mir gesagt – ich darf euch nicht verraten, wer –, dass unser Schulleiter einer ist.«

Harrison lacht schallend. »Aber, der ist doch so … schwach.« Er ahmt einen alten Mann nach, der mit krummem Rücken geht.

Maya zieht die Augenbrauen hoch und zuckt mit den Achseln, während sie ihren Daumen immer wieder hart auf das Display drückt.

»Ähm.« Ich richte mich auf und winke ein bisschen. »Was genau tun wir hier?«

»Sorry, hi.« Maya schüttelt den Kopf, als ob sie leicht verlegen wäre. Sie legt ihr Smartphone hin. »Ich hab gerade einen Cheat-Code für das neue Spiel einprogrammiert, und bin davon richtig besessen!« Ich gebe mir Mühe, beeindruckt auszusehen. Schließlich kann ich kaum Kontakte auf meinem Handy abspeichern, ohne frustriert zu sein. »Wir haben gerade Wiederauferstandene erraten – wer einer ist, wer nicht. Potter Goodwin. Was denkst du?«

»Ich …« Mein Blick wandert in der Gegend herum und sucht nach einem Ort, wo er landen kann. »Ich weiß nicht, wer das ist.«

Maya lässt ihre Zunge ungeduldig gegen den Gaumen klatschen. »Du weißt schon, der Kongressabgeordnete, der immer behauptet, Auferstehungen sind eine Sünde vor Gott, dem Vater, dem Sohn und dem Heiligen Geist?«

»Ja.« Ich rolle das Skateboard unter mir mit den Schuhspitzen hin und her. »Kann sein.« Der Name klang vertraut.

»Tut mir leid, es ist nicht wichtig. *Du* bist wichtig. Du bist die erste Neue seit der sechsten Klasse«, sagt sie. »Das ist doch seltsam.«

Harrison schlägt sein Heft zu. Kein vielversprechendes Zeichen für unser Gruppenprojekt. »Ja, und der Letzte war Michael Glaser, und der ist komisch und überhaupt nicht heiß.«

»Ja, Michael ist ein echter Latten-Killer.« Peng kichert.

»So.« Weil ich alle Themen vermeiden will, die mit der männlichen Anatomie und meiner relativen Schärfe zu tun haben, und nicht stottern möchte, klicke ich die Mine meines Kugelschreibers raus und ziehe eine Show ab, um zu zeigen, dass ich mir Notizen machen will. »Welche Interessengruppe haben wir zugeteilt bekommen?«

Maya schabt mit einer Büroklammer auf ihrem Pult herum.

»Auferweckte.« Sie zeigt auf die verschiedenen Schülergrüppchen im Klassenzimmer. »Das sind Pharmaunternehmen und das hier Naturforscher. Ich finde, wir haben das Beste erwischt. Peng hat sogar vorgeschlagen, dass wir uns wie Mitglieder einer Kommune anziehen – in weißes Leinen gehüllt.« Sie hebt die Schultern, als ob ihr das Ganze total egal wäre. Ich habe die unheimlich gelassenen Mitglieder einer der Kommunen in der Nähe bisher nur einmal gesehen. Sie hatten sich zu einem friedlichen Protest zur Verteidigung der Rechte von Auferweckten versammelt und waren von Kopf bis Fuß in ihr gruseliges weißes Leinen gehüllt. Ich kann mir nicht vorstellen, dass ich – falls ich eine zweite Chance bekäme – mein Leben mit dem Pflügen der Erde und ohne *Sephora*-Kosmetik verbringen möchte. Die Mitglieder der Kommune sind jedoch eine kleine, aber beachtliche Anzahl auferweckter Leute, die das Gefühl haben, spirituell erleuchtet zu sein, weil sie gestorben und zum Leben zurückgekehrt sind. Ich weiß nicht, ob etwas Wahres dran ist, aber es liefert den Late-Night-Talkshow-Moderatoren wenigstens eine Menge Gesprächsstoff.

Ich schreibe das Wort *Auferweckte* auf mein Blatt.

Harrison beugt sich über sein Pult zu mir herüber. »Ich bin Rettungsschwimmer, weißt du?« Mir wird klar, dass Schularbeit hier nicht an vorderster Stelle stehen wird.

»Nein, das habe ich nicht gewusst.« Ich kritzle weiter auf dem Papier herum. »Da ich dich ja erst vor zwölf Sekunden kennengelernt habe.« Den letzten Satz murmele ich vor mich hin. Ich höre grunzendes Lachen hinter mir und drehe mich um. Hinter mir versteckt ein Mädchen mit dermaßen blonden Haaren, dass sie fast weiß sind, ein Grinsen hinter ihrer Faust. Ich wende mich wieder Harrison zu.

»Doch, bin ich. Drüben am Miller-Strand«, fährt er fort.

»Ein paar von uns trinken am Freitagabend dort immer was an den Strandwächtertürmen. Du solltest auch vorbeikommen.«

»Und bring ruhig eine von deinen scharfen Freundinnen mit«, fügt Peng hinzu und klopft mit seinem Kugelschreiber auf das Pult. Er streckt Harrison die andere Faust entgegen und stößt sie an seine.

»Ein großzügiges Angebot.« Ich verkneife mir den Drang, an meinem ersten Tag die Augen zu verdrehen, und dann überkommt mich wie aus dem Nichts ein wahnsinniges Verlangen nach Familien-Duell-Abenden mit Matt und meinen Eltern, nach den riesigen Schüsseln voll Popcorn, die dazugehören, und nach den Zeiten, als mein Bruder und ich uns gegenseitig das Zeug in den Mund geworfen haben.

Aber Harrison lehnt sich zurück und mustert mich von oben bis unten. »Ich will ja nur gastfreundlich sein.«

Hinter mir lärmt ein Stuhl. Dann sehe ich, dass das zierliche Mädchen mit den fast weißblonden Haaren und stechenden grünen Augen neben mir steht.

»Hallo, Harry.« Das Mädchen mit dem Engelshaar klopft Harrison freundschaftlich auf die Schulter. »Wie ich sehe, hast du meine alte Freundin Lake kennengelernt.« Sie funkelt mich grinsend an. Ihr Mund ist rosa, als ob sie den ganzen Tag lang Erdbeeren gegessen hätte. »Unsere Mütter waren eng befreundet, als wir noch klein waren. Wir haben uns ein bisschen aus den Augen verloren, als Lake auf eine andere Schule ging.«

Peng räuspert sich. »Wir haben Lake gerade eingeladen, uns am Wochenende in der Hütte der Rettungsschwimmer zu besuchen. Wie du weißt, Penny, ist auch für dich immer Platz.« Er räuspert sich noch einmal. »Auf meinem Schoß.« Dann rutscht er mit seinem Stuhl zurück und spreizt die Beine weit und ordinär.

*Penny.* Sie bleibt gelassen wie eine Meeresbrise. Sie beugt sich zu mir runter und zieht die blonden Augenbrauen kaum merklich hoch. Ich schüttle den Kopf ganz leicht. Nein, bitte, nein. Sie schaut über meine Schulter. »Möchtest du deinen Freund fragen, ob er hingehen will?«, fragt sie. »Will?«

Ich folge ihrem Blick, der irgendwo hinter mir landet. Auf einem Jungen mit einer dermaßen goldenen Sonnenbräune, dass sie leuchtet, und zerzausten Surfer-Haaren, die mich an einen Strand bei Sonnenaufgang erinnern. »Tut mir leid, Harry«, sagt er, schwenkt das Kinn so frech und selbstsicher, dass ich mich eher wie eine Zehnjährige als eine Vierzehnjährige fühle, und liest weiter in dem aufgeschlagenen Heft auf seinem Pult. »Wir haben schon Pläne für Freitag.« Dann blitzt es kurz auf. Er schaut mich an – also, nicht alle Jungs können zwinkern, aber ich bin hier, um zu vermelden, dass Will-dessen-Nachnamen-ich-nicht-einmal-kenne *echt* zwinkern kann.

Ich balle meine Fäuste, lege sie auf meinen Schoß und versuche mit aller Kraft, nicht allzu auffällig rot zu werden, weil die Freundin dieses Freundes ganz bestimmt nicht rot werden würde. Ich hatte noch nie einen Freund. Und Penny?

Ich fange an, mir Sorgen zu machen, dass ich vielleicht die Zielscheibe in irgendeinem blöden Witz sein könnte und Penny tatsächlich Wills Freundin ist und sich alle über mich lustig machen, aber ihr Lächeln ist so freundlich, als sie zu mir runterschaut und wir diesen heimlichen Blick wechseln, und ich weiß nicht, warum, aber sie scheint überhaupt nicht böse zu sein.

»Schade um den Strandwächterturm«, sagt Penny. Sogar in Uniform sieht sie anders aus als die übrigen Mädchen in der Klasse. Sie hat einen Arm voll goldener, lila und rubinfarbener

Reifen, die klirren, wenn sie redet, und jemand hat mit einem schwarzen Filzstift ein Unendlichkeitssymbol auf ihren Handrücken gemalt.

»Egal.« Peng zuckt mit den Schultern und sinkt tiefer auf seinem Stuhl.

Penny drückt sanft meinen Arm. »Ich wollte nur ›Hi‹ sagen. Wir sehen dich später.« Sie wirbelt herum. Ihr Pferdeschwanz ist so lang, dass er zwischen ihren Schulterblättern hin und her wischt.

»Penny, falls du jemals beschließt, keine Vegetarierin mehr zu sein, habe ich hier in der Hose Fleisch für dich«, sagt Harrison.

»Veganerin, Harry«, erwidert sie, ohne sich umzudrehen. »Und danke – ich glaube, du hast mich gerade davon überzeugt, ewig vegan zu leben.«

Harrison knurrt und beugt sich über sein Heft, und für den Rest der Stunde lassen mich beide Jungs in Ruhe. Nachdem wir eine Liste aller Gründe aufgestellt haben, warum Auferstandene auch das Recht haben sollten, jemanden für eine Resurrection auszuwählen, packe ich meine Sachen zusammen und schaue mir den Plan für meine nächste Stunde an. Ich bin schnell, aber als ich damit fertig bin, ist Penny schon verschwunden. Früher habe ich außer mit Matt nicht viel mit anderen Jungs geredet. Jedenfalls nicht von Mensch zu Mensch. Instant-Messaging ist etwas anderes.

Aber Will steckt seine Sachen immer noch ordentlich in seinen Rucksack, und so beschließe ich, in seiner Nähe zu bleiben und ein paar Sekunden lang abzuwarten, bis ich etwas sage. Als er mich ansieht, bringe ich stotternd »danke« heraus.

Er grinst. Sein Lächeln ist freundlich, aber nicht ganz so herzlich wie das von Penny. »Ich könnte mich für alle Männer auf der Welt entschuldigen, aber die beiden sind immer noch auf der Stufe von Neandertalern.«

»Ja.« Ich verlagere mein Gewicht. »Ich hab nicht ganz kapiert, worum es eigentlich ging, aber ich bin trotzdem dankbar.«

Er schaut auf mein Skateboard, das unter meinem Arm klemmt, und guckt mir dann sofort wieder in die Augen. Eine nette Abwechslung im Vergleich zu Harrison und Peng, die ganz woandershin gestarrt hatten. »Mach dir keine Gedanken«, sagt Will. »Penny« – er schüttelt lächelnd den Kopf – »kann der Versuchung, sich sozial zu engagieren, einfach nicht widerstehen.«

Mein Mund öffnet sich, aber es kommt kein Ton heraus. Ich weiß nicht, was ich dazu sagen soll. War ich – *bin ich vielleicht ein Sozialfall?*

Falls Will das als Beleidigung gemeint hat, ist es ihm nicht anzusehen. Er streckt mir seine Hand entgegen, und ich ergreife sie, immer noch stumm. Dann schütteln wir uns die Hände wie zwei Geschäftsleute, die sich im Büro treffen. »Bis bald, Lake.«

Und ich kann nur denken: *Hoffentlich!*

# Kapitel acht

## 19 TAGE

Meine Therapiestunde endet pünktlich auf die Minute. Doktor McKenna kritzelt etwas auf einen rosa Zettel und schiebt ihn mir auf dem Schreibtisch zu. Ich blicke hoch und sehe, dass der zweite Zeiger auf der Fünf landet. Keine Minute drüber.

Halb blind, weil mich die Sonne blendet, tauche ich aus dem kleinen Bürogebäude von GARRETSON, SMITH & MCKENNA wie eine Fledermaus aus einer Höhle auf. Als sich meine Augen an die Helligkeit gewöhnt haben, fällt mir als Erstes die nach vorn gebeugte Gestalt von Ringo auf, der auf dem Bordstein sitzt. Sein kariertes Hemd spannt sich über seinem Rücken und seine Finger spielen mit den Schnürsenkeln seiner Schuhe.

Ich hänge herum, weil ich nicht weiß, ob ich stehen bleiben oder einfach vorbeigehen soll. Nicht, dass ich etwas anderes zu tun hätte! Ich bin freundlos, das heißt ohne beste Freundin und Freund. Schon erstaunlich, wie schnell ein tödlicher Autounfall die Freizeitplanung eines Mädchens löschen kann.

»Was machst du hier?«, frage ich. Mein Schatten fällt auf seine Füße.

Er dreht sich, um zu mir hochzuschauen, und ich sehe nur die Gesichtshälfte, die das Muttermal nicht entstellt hat. Da fällt mir plötzlich auf, wie gut der Typ eigentlich aussieht. Glatte Haut. Dunkle Augenbrauen. Überhaupt nicht wie der Junge in der Grundschule, an den ich mich erinnere. Es kann aber natürlich auch sein, dass ich ihn für gut aussehend halte, weil ich mich so einsam fühle und eine Will-Bryan-große

Lücke in meinem Herzen füllen möchte. Echt – das menschliche Hirn ist manchmal völlig verzerrt. »Ich dachte, du wartest auf deinen Termin?«

»Mein Termin war vor über zwei Stunden«, sagt er.

»Vor zwei *Stunden*?« Ich schaue auf die Glastür zurück, wo unser Spiegelbild verschwommen zu sehen ist. »Aber was machst du dann noch hier?«

»Ich warte. Das kann ich nämlich ausgesprochen gut.« Er lehnt sich zurück und legt die Ellbogen vorsichtig auf dem Gehweg hinter sich ab. Er schließt die Augen und reckt seinen Kopf in Richtung Himmel. »Wahrlich eines meiner vielen Talente.«

Ich versuche, nicht auf das Muttermal zu starren, aber seine Augen sind zu, und ich ertappe mich dabei, es so aufmerksam zu betrachten, als würde ich in den Besitztümern von jemandem herumschnüffeln. »Und wie lange noch?« Ich drehe meinen klobigen, zugegipsten Arm um und kratze mich unter dem Polster.

»So lang wie es dauert, bis meine Chauffeuse beschließt, mich abzuholen.«

Ich verlagere mein Gewicht und frage mich, ob ich nicht doch besser weitergegangen wäre. Die Hitze windet sich wieder um meine Knöchel. Eine Affenhitze! »Du bist doch älter als sechzehn«, sage ich.

Er öffnet ein Auge und blinzelt zu mir hoch. Ich schaue schnell vom Muttermal weg. »Neunzehn.«

»Wieso fährst du dann nicht selber?«

»Oh, ich *kann* fahren. Ich hab nur nichts *zum* Fahren. Und ich hab festgestellt, dass das ein wichtiger Teil des Problems ist.« Er macht wieder beide Augen zu, und seine Haare rutschen auf seiner Stirn zur Seite.

Ich stehe verlegen herum und weiß nicht, was ich jetzt tun soll. Mein Auto ist eins von wenigen auf dem Parkplatz. »Willst du … ich weiß nicht … mit mir mitfahren?«

Er richtet sich auf und wischt sich die Ellbogen ab, die jetzt vom Pflaster rot und genoppt sind. »*Du* nimmst *mich* mit?«

Ich schrecke zusammen. Ich vermute, dass ich in der dritten Klasse nicht viel mit ihm geredet habe, und zucke mit den Schultern. »Ich biete es dir an, ja.«

Er überlegt sekundenlang und hievt sich dann auf seine Füße. »Okay. Klar. Das wäre super. Ich schicke meiner Chauffeuse schnell eine SMS und sag ihr, dass sie nicht herkommen soll.«

Ich bin mir nicht sicher, ob er überhaupt eine Mitfahrgelegenheit hatte, führe ihn zu meinem Auto und schließe die Türen auf. Im Auto ist es stickig und so heiß, dass ein Hund keine Stunde lang überleben könnte. Als ich die Klimaanlage einschalte, werden wir von einem Wüstensturm getroffen, der nur den Schweiß trocknet und nichts kühlt.

»Ähm, so …« Ich trommle mit den Fingern auf dem Lenkrad herum. »Wohin, Ringo?« Ich schnalle mich an und warte, bis er es auch getan hat.

»Southshores. Kennst du die Gegend? Ganz in der Nähe vom Conch Burger und der alten Bootswerft.«

Ich nicke. Unsere Stadt ist nicht besonders groß. Es gibt zwei Oberschulen, meine Privatschule und jede Menge Touristen.

Er lehnt den Kopf an und atmet lang und angespannt aus.

»Was ist?«, frage ich.

»Nichts.«

Ich merke, dass sich mein Nacken versteift – genauso, wie er es immer tut, wenn ich mit Matt reden muss. Warum hatte ich mich bereit erklärt, Ringo quer durch die Stadt zu kutschieren?

Als ob ich noch nicht genug am Hals hätte. Jetzt ist kaum die Zeit für wohltätige Projekte. Ich gebe Penny dafür die Schuld. Oder vielleicht Will. Ich weiß nur, dass ich mir, bevor ich mit ihnen befreundet war, nie besondere Mühe gegeben hatte, mit jemandem zu reden. Ich biege in die Hauptstraße ein und fange bei der ersten Ampel an, auf meinem Daumennagel herumzukauen.

»Du kannst nicht einfach so atmen und mir dann erklären, dass es *nichts* ist«, sage ich schließlich.

»Ich kann nicht atmen?«

»Doch.« Mein Blick huscht auf die Seite. »Ich hab gesagt, du kannst nicht *so* atmen.«

Er schnalzt mit der Zunge und schüttelt den Kopf. »Okay. Dein Auto, deine Regeln.« Er atmet schnell und flach, als ob er kurz vorm Hyperventilieren wäre. Ich drehe mein Kinn ruckartig in seine Richtung und mache Glubschaugen.

»Um Gottes willen, ist alles in Ordnung?«

»Atme ich jetzt besser? Ich möchte …« Er keucht weiter. »Sicher sein, dass dir … mein Atmen … gefällt.«

Ich entspanne mich. Wenn ich ihn besser gekannt hätte, wenn er Will gewesen wäre, hätte ich ihn auf den Arm geboxt. Aber ich spüre, dass sich meine Mundwinkel nach oben bewegen. »Versuchst du immer so, einen ersten Eindruck zu machen?«

»Oh, du vergisst – das ist nicht der erste Eindruck.«

*Für mich schon*, möchte ich sagen. Stattdessen antworte ich: »Du weißt, was ich meine.«

»Kommt drauf an«, sagt er nachdenklich. »Was war denn dein Eindruck?«

»Ein Klugscheißer.«

»Aha. Den meisten Leuten fällt nur mein Gesicht auf.«

Ich starre geradeaus auf die Windschutzscheibe, weil ich nicht weiß, wie ich darauf reagieren soll. Dann entscheide ich mich für etwas Unverbindliches, was als »Oh?« herauskommt und doof klingt.

»Doch. Dir ist mein Gesicht auch aufgefallen. Zuerst, meine ich. In der Grundschule. Jetzt ist es okay. Es fällt jedem auf.«

»Das ist kein –«

»Doch.« Er schneidet mir das Wort ab. »Es ist nur ein Muttermal. Falls du dich gewundert hast. Keine echte Tragödie dahinter.« Beim Wort *Tragödie* macht er mit den Zeigefingern Anführungs- und Schlusszeichen in der Luft, und ich frage mich, was das zu bedeuten hat. Zum Beispiel, ob er meint, es *sollte* als Tragödie angesehen werden? »Ich war bei der Geburt ein gesunder dreieinhalb Kilo schwerer Junge. Keine schweren Krankheiten. Zehn Finger, zehn Zehen. Ich hatte nur zufällig diesen großen Fleck über dem Auge, also …« Er bricht ab, als sollte ich selber wissen, wie der Satz enden muss. »Deswegen ist man noch lange nicht der hässliche Elefant im Raum oder im Auto oder sonst irgendwo.«

Ich entspanne mich tatsächlich und habe ein bisschen weniger Angst, ihn länger als den Bruchteil einer Sekunde anzugucken. Ringo hat sich seit damals, als ich ihm zum ersten Mal begegnet war, total verändert. Falls die Therapie für sein neugefundenes Selbstbewusstsein verantwortlich ist, muss Doktor McKenna eine wahnsinnig gute Therapeutin sein.

Ich ändere die Einstellung der Klimaanlage. Die Knoten in meiner Schulter lösen sich auf. »Der Fleck ist nicht hässlich«, sage ich. »Er ist einzigartig. Meine Mutter hat mir mal gesagt« – ich lächle beim Gedanken an meine Mutter, als sie noch *meine* Mom war und nicht nur Matts Mom –, »dass Muttermale das sind, was von den Küssen der Engel übrig geblieben ist.«

Und ich hoffe, dass es wie ein Kompliment klingt, mache mir aber Sorgen, dass es eher an ein aufmunterndes Poster im Zimmer einer Krankenschwester in der Schule erinnert. Noch schlimmer: Als mein Blick versehentlich über sein Gesicht streift, kann ich nur die verunstaltete Haut sehen.

Er verdreht die Augen. »Super. Dann hat also ein Engel mit meinem Gesicht geknutscht.«

»Ich meinte nur –«

»Das war nur Spaß. Reg dich ab!«

Die makellose Seite seines Gesichts ist für mich unsichtbar. Licht fängt sich in der blauen Iris seines Auges und macht es glasig und durchsichtig. Die Wölbung seiner Haut von der Nase bis zur Oberlippe bildet eine kleine, perfekte Skipiste. Sein Profil ist viel jungenhafter als das von Will mit seinem kantigen Kinn und dem salzwasser-gebräunten Surfer-Look. Im gleichen Moment, in dem ich mich dabei erwische, wie ich ihn anstarre, überkommt mich eine tiefe Traurigkeit – dass sein Muttermal etwas so Wunderbares zerstören musste.

Meine Wangen werden heiß. Was für ein gemeiner Gedanke. Meine Güte, was ist denn nur mit mir los?

Ich lehne mich zurück. »Wie lange gehst du schon zu Doktor McKenna?«, frage ich, um das Thema zu wechseln und über etwas zu reden, das uns beide betrifft.

»Seit ungefähr einem Jahr.«

Ich pfeife leise durch die Zähne. »Wow, da musst du ja *wirklich* kaputt sein.« Aber ich lasse meine Stimme ein bisschen kieksen, damit er merkt, dass ich nur Spaß mache.

Er lacht. »Wer im Glashaus sitzt, soll nicht mit Steinen werfen.«

Es entsteht eine lange Pause, und ich weiß nicht, wie ich sie ausfüllen kann. Wir fahren jetzt durch den Touristenmagnet, die Flaniermeile unserer Stadt. Zwischen den Mauern der Häuser mit den Ferienwohnungen kann ich ab und zu einen Blick aufs Meer erhaschen. Das Wasser sieht heute eher grün als blau aus und kein bisschen grau. Auf der Oberfläche tanzen so gut wie keine Schaumkronen. Das Meer ist launisch, habe ich festgestellt. Heute ist es ruhig. Heiter und gelassen. Ob es mich verspotten will?

Ringo bricht das Schweigen. »Also … jetzt mal im Ernst. Wen wirst du wählen?«

Ich kann das Wasser nicht mehr erkennen, als mir die Balkone der billigen Zimmer ohne Meerblick die Sicht nehmen. Ein Haus nach dem anderen. Zu dieser Jahreszeit meist unbewohnt. Der Sommer ist die Nebensaison. Von Juni bis September ist es drückend heiß. Erst in ein paar Monaten werden die Leute aus dem Norden wieder in Scharen in unsere Stadt strömen, um den Winter hier zu verbringen.

»Deinen Freund, stimmt's?«, klinkt sich Ringo wieder ein. »Du ziehst den ganzen Therapiekram nur durch, damit es aussieht, als ob du an deine beste Freundin gedacht hättest, oder?«

In meinem Hals bildet sich ein Kloß. »Nein.«

»Versteh mich nicht falsch, okay?«, sagt er. »Ich respektiere das. Exerziere das Ganze durch. Tu so, als ob deine beste Freundin eine Chance hätte. Aber seien wir doch mal ehrlich! Du bist eine Siebzehnjährige mit einem Freund. Du hast wahrscheinlich die Unterschrift mit deinem Vornamen und seinem Nachnamen schon vor eurem ersten Date geübt.« Er schweigt und schaut zu mir rüber, und ich spüre, wie die Hitze bis zu meinem Haaransatz aufsteigt.

»Stimmt *überhaupt* nicht!« Dabei gibt das, was er gesagt hat, zum Teil die Gefühle wieder, die in den letzten vierundzwanzig

Stunden durch meine Brust marschiert sind. Ich liebe Will. Wie kann ich ihn dann *nicht* zurückbringen?

In meiner Erinnerung erscheint der Haarwirbel auf der rechten Seite seiner Stirn, und mir fällt ein, wie er es gehasst hat, wenn ich mir die Handfläche abgeleckt und versucht habe, den Wirbel glatt zu streichen.

»*Das* hab ich mir gedacht!«, ruft Ringo triumphierend aus.

Und jetzt hab ich ihn am Hals und muss im Innern eines anderthalb Quadratmeter messenden Kastens fahren, und ich fange echt an, meine große Klappe zu hassen. »Können wir bitte über was anderes reden?«

»Sicher«, sagt Ringo ein bisschen matt. Aber ein erneuter Themenwechsel kommt nicht von ihm und auch nicht von mir.

Stattdessen fängt er an, vor sich hin zu summen. Am liebsten würde ich das Radio einschalten, damit er aufhört, was aber wirklich zu unhöflich wäre.

Ich seufze. »Was ist das?«

Die Melodie endet. »Was ist was?«

»Das Lied, das du gesummt hast. Was ist es?«

Er summt einen zweiten Takt. Ich kenne den Song nicht, aber ich bin auch kein Musik-Freak. Mir gefällt im Grunde alles, was im Radio gespielt wird.

»Oh, das?« Er summt etwas lauter. »Across the Universe.«

Ich ziehe die Augenbrauen zusammen.

»Echt?«, fragt er. »Die Beatles.« Ich kratze meine Schläfe. »Du weißt nicht, wer die Beatles sind?«

»Ich weiß, wer sie sind! Jedenfalls hab ich schon mal was von ihnen gehört.«

Ringo schüttelt den Kopf. »Tragisch.«

Ich lege verdrießlich den Kopf schief. »Okay, na und? Wir

haben eben nicht den gleichen Musikgeschmack. Streich das von der Konversationsliste!«

»Als ob die Beatles Geschmackssache wären.«

Die Gebäude mit den Ferienwohnungen stehen inzwischen so dicht nebeneinander, dass sie das Meer total verbergen. Allerdings sieht man jetzt hier und da Sandhäufchen auf den Parkplätzen und am Straßenrand.

Ich habe nur kurz weggeschaut, aber als ich wieder auf die Straße vor mir blicke, sehe ich etwas Silbriges. Eine dunkle Windschutzscheibe. Ein Lexus-Emblem. Mein Körper erstarrt. Das silbrige Ding rast auf der anderen Seite des Mittelstreifens auf uns zu. Meine Sicht verengt sich. Meine Zähne fangen an zu klappern. Dann stauen sich meine Atemzüge schmerzhaft in meiner Brust, als würden sie sich an einem Nagel scheuern.

»Lake?« Die Stimme kommt von weither.

Sie wird vom Lärm berstenden Metalls abgelöst. Glas, das explodiert und wie Glitter herabregnet. Ich weiß, dass ich schreie. Blonde Haare wehen vor mir. Ich will danach greifen. Sie zurückziehen. Aber mein Gurt würgt mich.

Ich werde auf die Seite gezerrt. Das Lenkrad wird mir aus den Händen gerissen.

»Bremsen! Auf die Bremse treten!« Die Stimme durchdringt das Knirschen sich verdrehenden Stahls. Ich reiße die Augen auf, und mein Herz kommt einen Moment lang zum Stillstand. Ich ramme meinen Fuß auf das Bremspedal.

Ich fliege nach vorn. Meine Hände verhindern, dass meine Stirn gegen das Lenkrad prallt. Mein Auto hält mit einem Ruck, und ich werde in die Kopfstütze geschleudert. Mein Puls ist wieder da und hämmert wie Pferdehufe beim Kentucky Derby in meiner Brust. Ich starre in den raschelnden Wedel einer Palme, wenige Zentimeter von meinem Auto entfernt.

»Was …«, schnauft Ringo neben mir. Seine Hand rutscht vom Lenkrad. »War … das?«

»Ich –« Ich zwinkere, verwirrt vom schwerelosen Geräusch des Verkehrs hinter uns. »Es tut mir leid«, stammle ich, öffne die Autotür und stolpere hinaus. »Ich muss nur – ich muss hier raus.«

»Warte! Wo gehst du hin?«

Ich ziehe meine Schuhe aus und folge dem schmalen Sandweg dorthin, wo er sich – wie ich weiß – ausbreitet. Ich rieche das Meer, lasse das Salz in meine Lunge. Als ich das Zuschlagen der Autotüren höre, schaue ich nicht zurück. Ich laufe zwischen zwei weißen Gebäuden durch, und das Meer kommt in Sicht.

Auf dickem Sand laufen, ist am anstrengendsten. Meine Füße wollen lieber seitwärts als vorwärts gehen, und ich muss mich konzentrieren und die Muskeln meiner Schenkel und meines Oberkörpers zwingen, mich im gleichen Tempo voranzutreiben. Als ich dann richtig am Strand bin, auf halber Strecke zwischen den Ferienwohnungen und dem Meer, gebe ich auf und lasse mich in den Sand fallen. Es ist heiß, und ich vergrabe meine Füße bis zu den Knöcheln und schlinge meine Arme um die Knie.

Tränen laufen mir über die Lippen und vermischen sich mit dem Salz, das sich jetzt schon auf meiner Haut sammelt, wo der Wind sie berührt hat. Ein paar Minuten später spüre ich Sandkörner, die in meiner Nähe aufgewirbelt werden, schaue hoch und sehe, dass Ringo neben mir steht.

»Ich dachte, ich bin okay.« Ich schniefe. »Ich hatte nicht erwartet –«

Er setzt sich still hin. Er hat seine Turnschuhe immer noch an. Seine Knie kippen zur Seite, und er zeichnet in dem rautenförmigen Stück Strand zwischen seinen Beinen mit dem Finger eine Spirale nach der anderen.

»Es war ein silberfarbener Lexus«, sage ich. »Das Auto, mit dem Penny zusammengestoßen ist. Es war ein silberfarbener Lexus, und wir sind mit ihm zusammengestoßen, und dann waren beide tot.« Ich lasse mein Kinn nach unten sacken und schüttle den Kopf. So, wie ich es formuliert habe, klingt es endgültig. Wie der Punkt am Ende eines Satzes am Ende eines Absatzes am Ende einer Seite am Ende eines Romans. Und als ich am Ende angekommen bin, habe ich das Gefühl, dass mein Inneres umgekippt und ausgeleert worden ist. »Ich weiß nicht. Als ich das Auto auf der Straße auf uns zufahren sah, bin ich … ausgerastet.« Die Fahrerin des Lexus war auch tot. Das habe ich später rausgefunden. Ihre Tochter saß auf dem Rücksitz. Das kleine Mädchen hat überlebt.

»*Hmmm*«, macht Ringo. Er sitzt rechts neben mir, was bedeutet, dass ich, wenn ich mich in seine Richtung drehe, nur den roten Fleck sehen kann, der sein Gesicht verschandelt. Die Haut sieht so kaputt aus, dass es mir wehtut, sie anzuschauen.

Ich lache künstlich und wische mir die Tränen ab, die sich auf meinen Wangen verteilen. »Ich wette, du wünschst dir jetzt, nicht mitgefahren zu sein, was?« Ich werfe Sand über meine Zehen. Mir läuft ein Schauder über den Rücken, und ich kann die letzten Erinnerungsschnipsel des Unfalls loswerden. »Weißt du, ich hatte nicht vor, uns beinahe umzubringen. Tut mir leid.«

Er zuckt mit den Schultern. »Ich hatte mir nichts weiter vorgenommen.« Seine Stimme klingt ein bisschen *zu* traurig, als würde er damit sagen wollen, dass heute sterben nicht traumatischer wäre als irgendwas anderes, das an einem bestimmten Tag passieren könnte. Er zieht die Knie zusammen und legt eine Wange drauf, um mich anzusehen. »Es ist ziemlich beschissen, weißt du?«

»Ja … ich weiß.«

»Nein, ich meine, es ist *echt* beschissen. Es ist die größte Scheiße auf der ganzen Welt. Nein – warte – das größte schwarze Loch des Universums. So was von totaler Beschissenheit!« Er schweigt einen Moment. »Manchmal braucht man einfach jemanden, der das auch so sieht. Wie kosmisch unfair das Leben ist.«

»Niemand hat gesagt, dass das Leben fair ist.« Meine Stimme klingt besserwisserisch. Als ob ich eine Phrase zitieren würde, die ich schon tausendmal gehört habe. Weil es eine Phrase ist, die ich schon tausendmal gehört habe.

Ringo setzt sich gerade. »Siehst du? *Das* ist der Quatsch, den die Leute von sich geben, um sich besser zu fühlen, wenn sie Glück haben. Deine Situation ist *Mist*, Lake.«

Meine Schultern wackeln, als ich kurz loslachen muss. »Danke«, sage ich und fahre mit den Fingern durch den Sand, um nach Muscheln zu suchen. »Sie ist wirklich … Mist.« Vielleicht ist es das Meer oder Ringo hat doch recht, wenn er sagt, dass man sich besser fühlt, wenn jemand begreift, wie schwer man es hat. Jedenfalls bin ich ein ganz kleines bisschen ruhiger geworden.

»Mist!«, brüllt Ringo dem Meer zu. Er zieht seine Augenbrauen hoch und fordert mich heraus.

Ich schaue mich um. Ein paar Familien sprenkeln die Küste. Ich hole tief Luft. »Mist!«, schreie ich. »Das. Ist. Mist!« Ich lausche meiner Stimme, die vom Wind mitgerissen wird. Das Geschrei hat meine Gedanken beruhigt. Wenigstens für einen Moment.

Er legt sich hin, streckt die Beine aus, lässt den Kopf im

Sand ruhen und schaut zu mir hoch. »Du musst dich aber irgendwie entscheiden.«

Ich wische mir mit dem Handrücken wieder Tränen und Rotz ab. Wenigstens bin ich nicht daran interessiert, Ringo zu imponieren. »Ja, irgendwie. Hast du ein paar Ideen, wie?« Ich überlege, ob ich ihm von Matt und meinem Plan, das Vertrauen meiner Familie zu missbrauchen, erzählen soll, aber der Moment geht vorüber, und ich lasse es sein.

»Also ist es doch keine automatische Boyfriend-Wahl?«

Ich überlege kurz. »Nein, ich glaube nicht.«

»Okay.«

Ich sehe ihn an und entdecke ein kleines, aber sichtbares Lächeln in seinem zum Himmel gewandten Gesicht. Er sieht mehr als zufrieden aus. Nicht, dass mich das überrascht. Sobald ich in die Pubertät kam, waren Typen hinter mir her. Ich glaube auch nicht, dass ich mir da bloß was einbilde. Ich bin nicht eins von diesen fantastisch aussehenden Mädchen, das nicht weiß, wie hübsch es ist. Ich weiß genau, wie hübsch ich bin, aber es ist eben auch nur eine Tatsache wie rechtshändig, eine anständige Surferin oder auf einem Skateboard überdurchschnittlich gut zu sein. Vielleicht hat sich nicht nur Ringo verändert. Vielleicht komme ich ihm auch anders vor. Ich strecke meinen nicht eingegipsten Arm aus und haue ihm halbsanft auf den Bauch. »Mein Freund ist *tot* – muss ich daran erinnern? Es ist schrecklich.«

Ringo knurrt und zieht die Knie an. »Himmel! Ich weiß, ich weiß! Aber du weißt doch sicher auch, was die Leute sagen – es gibt keine richtige Art zu trauern.« Er stützt sich auf den Ellbogen ab. Sandkörner sprenkeln seine Haare, und er schaut mich mit dem gleichen verschlagenen Grinsen an, das er im Wartezimmer aufgesetzt hatte. Und obwohl ich ihm diesmal tatsächlich eins draufgegeben habe, ist der Drang, es noch mal zu tun, nicht mehr so stark.

»Hat Doktor McKenna dir das beigebracht?«

»Ja.« Er wischt sich den Sand von den Ellbogen, und ich bekomme etwas davon ab. Ich kneife meine Augen zusammen, damit der Sand nicht hineinfliegt. »Ich bin echt der Meinung, dass du für dieses Therapieding Nachhilfe brauchst. Du bist, ehrlich gesagt, weit im Rückstand.« Er sitzt jetzt mit gekreuzten Beinen neben mir. Ganz ernst. »Also, die Auswahl. Was du brauchst, ist Methodik.« Ich sehe ihn verwirrt an. »Meine Mutter war Professorin«, erklärt er. »Was ich meine, ist, dass du eine Art System brauchst. Kriterien, die du nutzen kannst, um deine Entscheidung zu treffen.«

»Das klingt so … unpersönlich.« Ich stelle mir Will und Penny vor. Will mit seinen zerzausten Haaren, seinem sonnenverbrannten Gesicht und seinem irrwitzigen Wunsch, jeden mit dem größtmöglichen Pomp glücklich zu machen. Penny, ernst und wohlwollend, der sofort die Tränen kamen, wenn sie einen von uns weinen sah, was ziemlich oft vorkam, das könnt ihr mir glauben. Ich kann sie doch nicht in Kategorien aufteilen und mit Häkchen versehen: Penny – menschenfreundlich. Will – mutig. Nein, das funktioniert nicht.

Ringo schüttelt den Kopf. »Das muss es nicht sein. Denk mal kurz darüber nach!« Er hebt einen Finger hoch. »Was, glaubst du, ist das Eine, das du brauchst, um deine Entscheidung treffen zu können?«

Ich starre ihn an. Es ist, als ob ich was verloren hätte und er mich fragen würde, wo ich es zuletzt hatte. Aber er weicht meinem Blick nicht aus, und ich bin diejenige, die einknickt.

»Mit beiden noch mal reden zu können«, sage ich schließlich.

Er nickt. »Okay, aber wie wär's mit etwas, das mehr im Bereich des *Möglichen* liegt? Ich bin kein verflixter Zauberer, Lake.«

Ich mache die Augen zu und denke dermaßen angestrengt nach, dass mir das Hirn wehtut. »Will … mein Freund …«, sage ich mit immer noch geschlossenen Augen und konzentriere mich weiter. »Er hatte irgendwas für meinen Geburtstag geplant. Ich wünschte, ich wüsste, was es war.«

»Einen Kuchen?«

Ich öffne meine Augen einen Spaltbreit und schaue ihn an. »Will würde *nie* nur einen Kuchen schenken. Höchstens, wenn der Kuchen zwanzig Stockwerke hätte und Leute aus dem Kuchen heraus Polonaise tanzen würden.« Ich hole tief Luft.

»Okay, du denkst also, wenn du wüsstest, was Will dir schenken wollte, wäre es, als ob er wieder mit dir redet?«

»Ja … nein … ich weiß nicht.« Meine Güte, Ringo hatte wirklich eine Menge Therapie hinter sich. »Er hat mir einen Tipp gegeben. Er hat gesagt, es wäre eine Jagd. Und er hat von Wünschen geredet.«

»Warte mal – so was wie eine Schnitzeljagd?«

Ich blicke überrascht auf. »Genau wie eine Schnitzeljagd.« So ein Plan wäre für Will typisch gewesen. »Und die Wünsche.« Das letzte Wort kommt im Flüsterton heraus, weil ich beides zusammen im Kopf bisher nicht so formuliert habe. Aber jetzt steigt eine Erinnerung von Penny, Will und mir auf. »Kurz vor meinem fünfzehnten Geburtstag war Vollmond«, beginne ich. »Penny hatte darauf bestanden, dass wir in der Nacht zelten gehen, damit wir auf den Wegen wandern könnten, über die sie was gelesen hatte. Wir standen in der Nähe einer alten Pumahöhle, die eigentlich richtig cool war, und Penny zwang uns zu einem komischen Freundschaftsritual, das Will und ich für blöd hielten. Aber wir machten trotzdem mit. Am Ende musste jeder … jeder von uns sich etwas wünschen. Für unser Leben.«

Ich fahre mir mit der Hand durch die Haare. Es ist mir egal, dass meine Finger sandig sind.

»Das hatte ich völlig vergessen«, erzähle ich weiter. »Ich wette, es war am Ende der Schnitzeljagd.« Ich runzle die Stirn. »Ich weiß nicht genau, was mit den Wünschen passiert ist. Aber vielleicht hat sie einer von uns aufbewahrt. Wie eine Zeitkapsel oder was.«

»Wünsche, hm?« Er klingt nicht besonders beeindruckt. »Was war deiner?«

»Ich … hab keine Ahnung.« Ich spüre, dass meine Augen vor Aufregung tanzen. »Aber wenn ich wüsste, was beide von ihrem Leben erwartet haben, wäre es … dann wäre es wie …« Ich schüttle den Kopf und versuche, da oben etwas loszureißen. »Ich weiß nicht was, aber es würde helfen.«

Ich kann aber an nichts anderes denken, als dieses verloren gegangene Stück von Penny und Will zu finden, den Teil von ihnen, der mir rechtmäßig gehört. Er fühlt sich groß und wichtig an. Er fühlt sich wie eine Landkarte an, die mir den Weg zu ihnen weist.

Ringo kratzt sich unterm Kinn. »Das ist super, aber ich habe eigentlich eher an was gedacht, das in dir drin ist.«

»Nein, du hattest recht.« Ich lasse mich auf den Rücken fallen. Es ist nicht mehr so drückend heiß in der Sonne.

»Ich will nur nicht, dass du deine Hoffnung total auf–«

»Nein, Ringo, das ist es. Es ist perfekt.«

Er seufzt und lässt sich neben mir auch wieder fallen. »Okay, ähm, ja, es ist perfekt.«

Ich lausche der Brandung und dem Klirren der Muscheln, die von den Wellen hinaus – dem Horizont entgegen – gezogen werden. Die Traurigkeit liegt immer noch tief in mir vergraben, aber ich versuche einen Moment lang zu empfinden, wie es wäre, wenn das Gewicht kaum merklich über meiner Haut schweben würde, damit ich tun kann, was ich tun muss, um die nächsten Wochen zu überstehen und die schwerste Entscheidung meines Lebens treffen zu können.

Wenn ich nicht zu lang darüber nachdenke, ist es für mich vielleicht möglich, die Sache zu Ende zu bringen. Schließlich habe ich ja schon einen qualvollen Entschluss gefasst, nämlich Matt *nicht* zu helfen. Bei diesem Gedanken verkrampft sich mir der Magen. Ich versuche, meinen Puls davon zu überzeugen, dass er sich nicht schon wieder in die Höhe schrauben muss.

Ich wälze mich auf die Seite und starre Ringos Profil an. Vielleicht war es nicht das Schlimmste auf der Welt, dass ich uns beinahe umgebracht habe. Dann wird mir klar, dass es tatsächlich nicht das Schlimmste war, weil das Schlimmste auf der Welt schon passiert ist.

»Dann steht es also offiziell fest«, sage ich. »Wir sind beide verrückt?«

»Total bekloppt«, sagt er. »Aber da ich es ein bisschen weniger bin« – er macht eine Pause und wartet auf meinen Protest, der nicht kommt –, »solltest du *mich* fahren lassen.« Und nach einer Weile fängt er wieder an zu summen, und ich höre ihm und dem Meer zu und warte darauf, dass mein Puls sich normalisiert und meine Glieder nicht mehr zittern. »Definitiv ein *Across-the-Universe*-Tag«, sagt er.

Und ich sage: »Genau. Was immer das auch bedeutet.«

# Kapitel neun

## 19 TAGE

Ich hatte Ringo ans Steuer gelassen, muss jetzt aber doch noch den Heimweg antreten. Ich fahre acht Meilen unter dem Tempolimit, beachte die gelben Linien zwischen den Fahrspuren und zucke jedes Mal zusammen, wenn ein Auto hupt oder mich überholt, was wegen meines langsamen Fahrstils ziemlich oft der Fall ist. Soweit ich mich erinnere, hatte ich noch nie vor etwas Praktischem Angst – neue Leute zu treffen, übersehen zu werden, Small Talk, okay, davor schon, aber vor *so was?* Trotzdem rast Angst durch meine Venen wie die Nachwirkung harter Drogen, und ich muss mir ununterbrochen gut zureden, vernünftig zu denken.

Als ich zu Hause ankomme, nachdem ich Ringo abgesetzt und noch eine Nahtoderfahrung gemacht habe, hat die Panik die Freude über meinen neu gefundenen Plan – meine Methodik – überwältigt und sie durch hämmernde Kopfschmerzen hinter meinen Augen ersetzt.

Ich glaube, das Wetter hat sich gegen mich verschworen, weil es sich auch geändert hat. Das Meer ist in kleinen Fetzen am Ufer vorbei in die Luft gekrochen und hat sie schwül gemacht. Als ich die Stufen zur Haustür hochstapfe, gibt sie sich große Mühe, mich zu ersticken. Vor vielen Jahren war unser Haus rosa, aber jetzt hat es die Farbe eines gebrauchten Heftpflasters. Es hockt ungepflegt am Ende einer schmalen Allee, die als Einbahnstraße der Grundstücke mit Meerblick fungiert. Stuck bröckelt auf die geflieste Veranda und bleibt dort ewig liegen. Moos und Kletterpflanzen kriechen an schlanken Palmen entlang und würgen sie, bis die Blätter braun werden.

Ich stecke meinen Schlüssel in das rostige Schloss und drehe ihn um.

»Lake?«, ruft meine Mutter, bevor ich die Tür schließen kann. »Bist du's?«

Ich schlucke schwer. Es ist mir unangenehm, an unser letztes Gespräch am Morgen zu denken. »Ja, ich bin's.«

»Oh, gut«, sagt sie. »Wir sind in der Küche. Kannst du mal kommen?« Die Stimme meiner Mutter hallt im Eingangsbereich von der hohen Decke wider. Von draußen ist das Getöse der Wellen zu hören, die an die Felsen klatschen. Unser Haus riecht immer wie das Innere einer Muschel, egal zu welcher Jahreszeit.

Ich folge dem Korridor nach rechts und finde Matt und meine Mutter vor.

Mom umarmt mich überraschend, klopft mir auf den Rücken und drückt mich fest an sich. »Wie ist es gelaufen?«, fragt sie. »Du warst lange weg.« Sie klingt ein wenig besorgt.

»Gut.« Ich umklammere meine Ellbogen, um nicht auseinanderzufallen, und vermeide es, Matt anzuschauen. Mom macht ein viel zu hoffnungsvolles Gesicht, also füge ich schnell hinzu: »Es hat aber nichts repariert.«

Sie runzelt die Stirn, allerdings eher verständnisvoll. Mir fällt auf, dass ihre Autoschlüssel und Geldbörse auf der Marmorplatte der Kücheninsel liegen. »Kannst du dich bitte zu Matt setzen und ihm das Essen geben? Ich habe vergessen, dass wir keine Milch mehr haben, und muss schnell zum Supermarkt fahren.«

»Das kann ich doch –«, werfe ich rasch ein, weil ich nicht mit Matt allein sein will. Was sie weiß.

»Nein, nein.« Sie winkt ab. »Du bleibst hier. Ich bin gleich zurück.« Sie will unbedingt, dass ich dableibe, aber ob sie eine Pause von meinem Bruder braucht oder glaubt, dass ich meine Meinung ändere, wenn ich Zeit mit ihm verbringe, ist nicht klar. »Im Kühlschrank sind noch übrig gebliebene Spaghetti oder Hühner-Tortilla-Suppe, wenn er die lieber möchte.«

»Aber –«

Ich sehe wieder Verzweiflung in ihren Augen aufblitzen. Wie ein eingesperrtes Tier. »Danke, Lake. Bis gleich.« Sie versucht, das leichthin zu sagen, bevor sie im Flur verschwindet, aber wir wissen beide, dass sie die Flucht ergreift. Ich hätte problemlos auf dem Heimweg Milch für sie besorgen können. Mom hat nach einer Ausrede gesucht, und ich fühle mich manipuliert, aber gleichzeitig tut sie mir leid.

Ich drehe mich langsam zu Matt um. Sein Rollstuhl steht am Fenster. Mein Bruder sorgt dafür, dass jeder Ausdruck aus seinem Gesicht verschwindet. Seit Neuestem will er sich die Haare nicht mehr schneiden lassen. Wenn es Mom versucht, wirft er den Kopf herum, was praktisch die einzige Bewegung ist, die er noch zustande bringt, und beim letzten Mal hinterließ die Schere einen blutigen Kratzer an seinem linken Ohr. Seitdem sind ihm die Haare bis zum Kinn gewachsen und wegen der fehlenden Sonne stumpf und bronzefarben geworden. Dad darf ihn rasieren, weil ihn die Bartstoppeln an der Nase kitzeln, wenn sie zu lang werden.

»Wie geht's?«

»Super.« Er gibt nichts preis. Noch nicht. Ich versuche, nicht schuldig auszusehen oder, besser noch, mich wegen der Bekanntgabe meiner Entscheidung vor Mom und Dad nicht schuldig zu *fühlen*. Hat er davon erfahren? Auch das kann ich seinem Gesicht nicht ablesen. Aber was er verstehen muss, ist die Tatsache, dass es zwischen ihm und meinen Freunden einen Unterschied gibt, und zwar hauptsächlich der, dass er lebt und sie nicht.

»So.« Ich versuche, im Plauderton zu reden, aber es klingt falsch, und Matt hat ein superfeines Gespür für so was. »Hunger?«, frage ich. Ich will unbedingt weiterreden. »Was ist dir lieber, die Pasta oder die Suppe?« Ich öffne den Kühlschrank und hole zwei Tupperdosen raus. »Oder beides, nehme ich an. Ich bin aber nicht sicher, wie gut sie zusammenpassen.«

»Suppe«, sagt er.

Ich nicke und stelle den Spaghetti-Behälter weg. »Hervorragende Entscheidung.« Ich nehme einen Suppenteller aus dem Schrank. Rein mit der Brühe, dem Hühnerfleisch und den Tortilla-Streifen. Dann stelle ich den Teller in die Mikrowelle und wünsche mir jetzt schon, er hätte die Pasta gewählt. Matt füttern ist eine schmuddelige Sache. Festes muss in kleine Stücke geschnitten werden, und wenn Flüssiges dabei ist, landet mindestens die Hälfte davon auf seinem Kinn. Jedenfalls, wenn *ich* ihm das Essen serviere. Meine Eltern können es besser.

»So …« Ich drehe mich um. Matts Rollstuhl rattert über die Fugen der Fliesen, als er näher kommt und mich bedrängt. Gesichtsausdruck, Stimme, immer noch alles neutral. Aber eine düstere Vorahnung macht sich in mir breit, und ich spüre wie in einem Horrorfilm, dass die Spannung als Knoten in meinem Hinterkopf steigt.

»Hat der Seelenklempner deine Meinung geändert?« Eine vertraute Schärfe mischt sich unter Matts Frage, und ich merke, dass mir eine unangenehme Kälte über den Rücken läuft – so, als ob ich zusehen müsste, wie eine Spinne langsam auf mich zukrabbelt.

»Worüber?« Ich beschließe, mich dumm zu stellen. Vielleicht bin ich feige. Na und?

»Hast du wirklich geglaubt, dass Mom und Dad mir nichts von deinem kleinen Lakey-Ausraster erzählen?« Ich zucke verletzt zusammen und versuche es mit knirschenden Zähnen zu verbergen. Natürlich hatten die drei hinter meinem Rücken miteinander geredet und eine Konferenz einberufen, an der ich nicht teilnehmen durfte, und Matt weiß bestimmt, dass es mich stört, als *unwichtige Person* übergangen zu werden.

»Es war kein Ausraster«, sage ich ruhig. »Aber es ist gut. Dass sie es dir erzählt haben, meine ich. Du solltest es lieber früher als später erfahren.«

»Du weißt sicher, dass Mom und Dad dich deshalb hinschicken, oder? Zum Seelenklempner?«

Ich lausche dem Summen der Mikrowelle. »Sie ist *Therapeutin*.« Ich betone das nicht abwertende Wort. »Es war nicht die schlimmste Erfahrung auf der Welt. Das solltest du selber mal ausprobieren.« Den Stich habe *ich* ihm jetzt versetzt, aber ich bezweifle, dass es ihn beeindruckt hat. »Mom und Dad hatten jedenfalls recht. Es hat geholfen, mit jemandem zu reden.«

Matt fragt spöttisch: »Glaubst du vielleicht, dass *das* für sie wichtig ist?«

Ich wirble herum. »Ja! Das glaube ich vielleicht.« In meinem Kopf ertönen Alarmglocken. Die Erfahrung hat mich gelehrt, meinen Bruder zu beruhigen. Ihn immer zu beschwichtigen. Nichts zu tun, um ihn zu ärgern. Das ist das Gesetz, an das ich mich immer gehalten habe, und jetzt fällt es mir schwerer, als ich gedacht hatte, dieses Gesetz zu brechen.

Ich drehe mich wieder um und starre, starre, starre auf die Mikrowelle. Auf die langsame Umdrehung. Auf die sinkende Minuten- und Sekundenzahl, bis die digitale Uhr blinkt. Die

Mikrowelle piept. Ich hole den Suppenteller raus und verbrenne mir meinen Daumen und Zeigefinger. Ich zieh sie schnell zurück und sauge an der wunden Haut. »Verdammt!« Ich wedle mit der Hand, bevor ich mir ein Geschirrtuch schnappe und den Teller auf den Tisch stelle.

»Oh, heul doch gleich los!«, sagt Matt. »Einige von uns können ihre Hände gar nicht benutzen.«

Ich werfe ihm einen bösen Blick zu, schiebe den Rollstuhl an den Tisch und setze mich ihm gegenüber hin. »Mund auf!« Der Löffel rührt schabend im Teller.

Matt öffnet seinen Mund wie ein Roboter, und ich schiebe den Löffel hinein. Seine Lippen schließen sich um das Silber, und ich ziehe den Löffel wieder raus, während er die Suppe hinunterkippt. Sein Blick wendet sich nicht von meinem Gesicht, und ich spüre, dass es heiß wird. »Die kurze Trauerphase, die du gerade durchmachst? Sie versuchen nur, dich da durchzujagen, damit du dein Leben wieder auf die Reihe kriegst und dein Versprechen hältst.«

Ich konzentriere mich stark auf den silbernen Löffel in meiner Hand. Diesmal tropft Brühe über Matts Kinn, und ich muss seinen Hals abwischen. »Es ist keine Phase«, murmle ich.

»Wenn du mich fragst – ich finde, sie gehen mit der Sache viel zu behutsam um. Sie fassen dich mit Samthandschuhen an und schicken dich zu einer schicken Psychiaterin.« Ich schaufle noch einen Löffelvoll in ihn rein, damit er den Mund hält. »Ich kapier das alles schon. Sie hoffen, dass du selber die richtige Entscheidung triffst. Dabei spielt es gar keine Rolle. Weil du es ja schon versprochen hast, Lake«, sagt er jetzt fast tonlos und ernst.

»Ich weiß, was ich versprochen habe«, antworte ich leise. »Mom und Dad haben es mir gesagt. Du hast es mir –«

»Was hab ich dir gesagt?«, blaffe ich ihn an.

»Dass du *mich* wählen würdest, wenn ich bis zu deinem achtzehnten Geburtstag am Leben bleibe.«

»Als ob du eine andere Wahl hättest.« Aber das stimmt nicht ganz. Ich denke an die Zeit, bevor unsere Eltern den Deal mit Matt ausgehandelt hatten. Als Dad ihn dabei erwischte, wie er seinen Rollstuhl ins Meer fahren wollte, die Räder aber im nassen Sand stecken blieben. Wie viele Versuche hatte es schon gegeben, bevor er an diese Möglichkeit dachte?

Matts Blick wird hart. »Er war nur ein Freund aus der Highschool. Ihr hättet euch sowieso wieder getrennt.« In meinem Hals kribbelt es komisch. »Und du wärst irgendwo aufs College gegangen und hättest die Verbindung zu Penny abgebrochen. Das da draußen ist eine ganz andere Welt, Lake. Glaub mir, du verlierst nicht so viel, wie du denkst.«

Er schweigt und bewegt den Roboterarm seines Rollstuhls, um mir den Kopf herablassend zu tätscheln. Viel mehr kann er mit diesem Ding nicht tun.

Die Hitze in meinen Wangen verändert sich zu etwas Greifbarem, einem Schleier, der mir die Sicht nimmt – ich kann nur noch durch Schlitze auf eine Welt sehen, die sich vor Zorn feuerrot färbt. Der Löffel klirrt auf den Tisch, und ich weiß nicht, ob ich ihn mit Absicht hingeworfen habe oder ob er mir aus der Hand geglitten ist. Tropfen landen auf Matts Nase und Stirn. Ich denke gar nicht daran, sie abzuwischen.

»Du bist eifersüchtig.« Meine Stimme bebt. »Eifersüchtig, weil ich meine Freunde geliebt habe und sie mich. Eifersüchtig, weil mich jemand geliebt hat und du so … so …« Ich suche nach dem richtigen Wort, finde aber keins, das verletzend genug ist. In meiner Wut und weil mir, wie ich merke, die Tränen herunterlaufen, kann ich Matts Gesicht gerade noch erkennen.

Er hat jeden Ausdruck weggewischt und ist wieder einmal unlesbar geworden, was mich rasend macht. Ich springe auf und lasse den Stuhl umkippen. »Ich … würde dich … niemals so vermissen wie sie.«

Ich starre auf ihn hinunter. Mein Bruder sieht klein und zerbrechlich aus. Ich warte mit klopfendem Herzen darauf, dass mir leidtut, was ich gesagt habe. Wenn Matt eine seiner Hasstiraden loslässt, sehe ich normalerweise doppelt. Ich sehe den alten Matt wie einen Geist hinter diesem kalten Blick lauern. Den Matt vor dem Unfall, der abends auf meinem Bett saß und mir aus dem Buch *Der König von Narnia* vorlas und am Morgen Sandburgen mit mir baute.

So habe ich aber bisher noch nie mit ihm geredet. Bis jetzt habe ich mir noch nicht einmal erlaubt, solche Sachen in meinem Kopf zu formulieren. Aber während ich abwarte, finde ich nichts als Hass in mir. Er hat die letzten fünf Jahre seit dem Unfall damit verbracht, jede Bindung zwischen uns zu zerreißen, und ich habe es satt, darüber nachzugrübeln, warum.

»Iss deine verdammte Suppe selber!«, sage ich und lasse meinen Bruder am Tisch verhungern.

# Kapitel zehn

## 19 TAGE

Als meine Mutter zurückkommt, sage ich ihr, dass ich Pennys Eltern und Wills Mutter allein besuchen möchte, obwohl ursprünglich geplant war, dass wir zusammen hinfahren. Matt verpetzt mich nicht. Aber sie wirft nur einen Blick auf den vollen Suppenteller und weiß Bescheid. Vielleicht wirft sie mir deshalb nicht vor, sie im Stich zu lassen, obwohl mir das nur recht wäre. Ich möchte nur ein einziges Mal, dass sie ihre beiden Kinder anschaut und sich für mich entscheidet. Aber sie sieht zu müde aus, um sich zu streiten, und wie oft hat sie Pennys und Wills Eltern überhaupt gesehen? Höchstens zweimal.

Als ich mir das für die Gelegenheit passende schwarze Outfit anziehe, das Mom mir aufs Bett gelegt hat, rede ich mir ein, dass es besser ist, allein zu fahren, und setze mich wieder hinters Steuer. Außerdem muss ich den ersten Hinweis der Schnitzeljagd finden, also ist es erst recht von Vorteil, dass Mom mir im Haus von Mrs Bryan nicht im Weg ist. Ich bekomme Schmetterlinge im Bauch, wenn ich mir überlege, was der erste Hinweis sein könnte.

Will wusste in jeder Situation, was das Richtige war. Dafür bin ich meinem Freund besonders dankbar – jetzt, wo er mir vielleicht die einzigen Brotstückchen hinterlassen hat, um zu ihm und Penny zurückzufinden.

Als ich vor Mrs Bryans Haustür stehe, wo ein Paar schwarze flache Schuhe die halbe Botschaft auf der Fußmatte – DAHEIM IST ES AM SCHÖNSTEN – versperrt, bin ich zum ersten Mal, seit Will mich als seine Freundin vorgestellt hat, nervös. Mrs Bryan und Pennys Mutter – Tessa – sind beste Freundinnen. Sie sind für mich wie zweite Mütter. In den vergangenen Jahren habe ich wahrscheinlich insgesamt mehr Zeit im Haus der Bryans und Hightowers verbracht als in meinem eigenen Zuhause.

Ich ziehe den Saum meines Kleides nach unten. Es ist zu lang und bauscht sich über meinem Bauch. Der Stoff ist aus Wolle, und da es draußen 35 Grad hat, kratzt das Kleid, als ob mich winzige Ameisenmäuler beißen würden. Ich benutze die Finger, die aus meinem weißen Gipsverband ragen, um mit dem Messingklopfer an der Tür zu rattern. Dann beuge ich mich nach unten und kratze einen Knöchel durch die dicke Strumpfhose hindurch, die ich angezogen hatte, um respektvoll zu sein, die jetzt aber nur schweißtreibend wirkt.

Mrs Bryan ist im Nu an der Tür, und ich schaffe es gerade noch, meinen Fuß wieder auf die Erde zu stellen, ohne umzukippen. Sie hat mich erwartet.

Mein ganzer Körper ist taub. Wills Mutter führt mich durch einen gefliesten Flur in die Küche, wo sein älterer Cousin zweiten Grades, Jeremy, an der Küchentheke steht und mit verschmierten Fingern Spaghetti in seinen Mund tropfen lässt. Jeremy hat das Kellergeschoss gemietet. Er ist okay, irgendwie durchgeknallt, und seine Hälfte der Familie kommt nicht mit der Bryan-Hälfte aus. Zumindest hat Will das erzählt. Dass er dort wohnt, hilft Mrs Bryan, die Hypothek zu bezahlen, und Jeremys Mutter hat, laut Will, seine Ruhe vor ihm. Jede Familie braucht ein schwarzes Schaf, und obwohl Jeremy das schwarze Schaf der Bryans ist, habe ich ihn immer gemocht.

»Jeremy!«, schimpft Mrs Bryan und läuft rot an. Wenn man bedenkt, dass ihr Sohn tot ist, spielt es meiner Meinung nach überhaupt keine Rolle, was Jeremy mit den Spaghetti macht.

Jeremy zuckt mit den Schultern und schlürft eine Nudel. »Hi, Lake«, sagt er mit vollem Mund. Ich winke ihm mit meiner weißen Gipsmonstrosität zu und fühle mich sofort schuldig. Ich habe einen gebrochenen Ellbogen, eine Rippenprellung und eine bunt gemischte Reihe von Blutergüssen, aber mein Herz schlägt noch.

»Wie geht es Matt?«, fragt er. Mein Bruder und Jeremy sind im gleichen Alter und hatten sich in der öffentlichen Highschool angefreundet, auf die ich auch gegangen wäre, wenn man mich nicht in die Sankt-Theresa-Schule gesteckt hätte. Ich mache Jeremy keine Vorwürfe, dass er nicht mit Matt in Verbindung geblieben ist. Sie waren schließlich nicht *beste* Freunde, eher Typen, die zusammen Mittag gegessen und sich ab und zu komische Filme angeschaut hatten, die keiner außer ihnen mochte. Eine Freundschaft mit Matt kann jetzt nur noch aushalten, wer gerne Kakteen oder tollwütige Stachelschweine streichelt.

»Matt ist … Matt«, sage ich, und Jeremy nickt, als ob er genau wüsste, was ich meine. Jeremy ist zweiundzwanzig. Sein der Entspannung dienender Drogenkonsum scheint in den letzten Jahren weniger Freizeit- und eher Hauptbeschäftigung geworden zu sein.

Mrs Bryan steckt ihre Hände in grüne Ofenhandschuhe. »Und wie geht es *dir*, Lake?« Sie gehört zu den Leuten, deren ganze Person *Mom* schreit – vom Haarschnitt bis zu den Jeans und weil sie zweimal wöchentlich Plätzchen backt und scheinbar keinen Vornamen hat. Und das alles trotz der Tatsache, dass sie einen Ganztagsjob als Rechtsanwaltsgehilfin hat. »Kannst du schlafen?«

Ich entspanne mich ein bisschen. Ich klettere auf einen der Barhocker, wie ich es schon oft getan habe, und setze meine Ellbogen auf dem kühlen Granit ab. Immer war es Mrs Bryan, die mich gefragt hat, wie mein Tag in der Schule war. Manchmal gemeinsam mit Tessa, Pennys Mutter, die sich mit uns in die Küche drängte, wo die beiden eine Weinschorle tranken und versuchten, Penny und mich für die Verfilmung einer ihrer liebsten kitschigen Liebesromane zu begeistern.

»Ja, nicht schlecht«, sage ich. »Aber ich muss immer noch Schmerzmittel nehmen. Sie machen mich müde. Und meine Eltern wollen nicht, dass ich den ganzen Tag im Bett bleibe.«

»Klug.« Sie rührt mit einem Holzlöffel in einer blubbernden Fleischsoße herum. Mir fällt auf, dass die Linien um Mrs Bryans Lider herum knallrot sind. Also weiß ich, dass sie geweint hat. Einen Mr Bryan gibt es nicht. Okay, den gibt es schon, aber keinen, den Mrs Bryan länger als drei Minuten im selben Zimmer ertragen kann.

Ich schaue auf die vier Gedecke am Tisch. Alles im Haus ist unangenehm normal und scheint nicht zu der Realität zu passen, dass der Bauch ihres Sohnes vor Kurzem von einem SUV zerquetscht worden ist.

Ich kann meine düsteren Gedanken anscheinend nicht abstellen. Wenn ich versuche, den Unfall zu verarbeiten, schaffe ich es einfach nicht, mich mit Klischees wie *Meine Freunde sind entschlafen* oder *Meine Freunde sind an einem besseren Ort* zu trösten. Stattdessen spielen sich laufend Szenen in meinem Kopf ab – die sich ausbreitende Blutlache unter Wills Rücken und der grausige Winkel von Pennys Bein.

»Tut dein Arm noch weh?«, fragt mich Mrs Bryan und zieht die Handschuhe aus, um Wasser einzuschenken. Sie bedeutet Jeremy, die Gläser zum Tisch zu tragen, und nickt meinem

Gipsverband zu. »Ich hab mir mal als kleines Mädchen beim Rollschuhlaufen das Handgelenk gebrochen. Es musste genagelt werden. Aber es hat, ehrlich gesagt, fast so wehgetan, zu *erfahren*, dass es gebrochen war, wie beim eigentlichen Unfall, als es brach.« Sie lächelt mit zusammengepressten Lippen. »Bei dir ist das wahrscheinlich anders. Will hat immer damit angegeben, wie tough du bist.«

Ich zwinge meine Mundwinkel, sich nach oben zu biegen. Ich fühle mich nicht tough. Es stimmt, ich bin mit dem Skateboard wahnsinnig steile Abhänge hinuntergefahren, habe gesurft, bis der erste Blitz am Himmel zuckte, und mich von Pennys Jeep auf Rollschuhen ziehen lassen. Aber so eine Angst, wie ich sie jetzt habe, hatte ich noch nie. Heute hat die Tatsache, dass ich beim Anblick eines Lexus Ringo fast getötet habe, die Angst bestätigt, die sich langsam in mir breitmacht.

»Es hätte viel schlimmer sein können«, sage ich. Was stimmt. Es entsteht eine Pause, und ich weiß, dass ich sie irgendwie füllen muss. Ich habe das Falsche gesagt. Blöd. »Es tut mir leid … es ist schwer …« Ich wringe meine Hände. »Ich meine – was passiert ist, tut mir leid.« Ich schaue auf meine deprimierenden Schuhe. Ich möchte mehr darüber sagen, wie ich es in Ordnung bringen kann, aber als ich damit anfangen will, dreht sich etwas wie ein Schlüssel im Schloss in mir.

»Es ist erst ein paar Tage her«, sagt sie. »Aber es fühlt sich viel länger an, weißt du? Und auch, als ob überhaupt keine Zeit vergangen wäre.« Ich folge ihr zum Tisch. Sie trägt eine Schüssel voll Spaghetti und deutet auf einen Stuhl. Während sie die Fleischsoße und den Parmesan holt, ziehe ich den Stuhl heraus. Jeremy hat sich schon am Tisch niedergelassen und stützt sich mit den Ellbogen ab. »Heute hab ich zum Beispiel ein Paar Turnschuhe von ihm gefunden, die er am Fuß der

Treppe gelassen hat …« Ihre Lippen verschwinden wieder in einem dünnen Strich und sie schwenkt die Hand, als ob der Gedanke albern gewesen wäre.

Ich spüre, wie sich unten im Hals ein Knoten bildet.

Jeremy langt über den Tisch und greift nach einer Scheibe Knoblauchbrot und dem ausgezackten Spaghettilöffel. »Können wir bei dem traurigen Zeug bitte auf die Pausentaste drücken, bis wir mit dem Essen fertig sind? Trauerarbeit macht hungrig.« Das Weiße in seinen Augen ist rot und glasig, und ich vermute, dass Kiffen auch hungrig macht.

»Ist Tessa unterwegs?«, frage ich. »Kommt Simon auch?« Am Tisch ist nur für vier gedeckt, und Jeremy isst ja mit. Die Tatsache, dass sich Pennys Vater vor dem Dinner drücken könnte, macht mir Sorgen. Ist er zu aufgeregt, um das Haus zu verlassen? Was wäre denn so wichtig, dass er es nicht schafft?

Es fühlt sich gut an, wieder bei den Bryans zu sein, wo es nach Will riecht und sich wie zu Hause anfühlt. Ich weiß jetzt schon, dass meine Eltern unrecht hatten, mich im Krankenhaus von den Bryans fernzuhalten. Mrs Bryan hätte mich gern bei sich gehabt.

Sie guckt auf die Uhr und dann auf ihren Schoß, wo sie ihre Serviette sorgfältig entfaltet. Als sie wieder hochschaut, glitzern ihre Augen, obwohl sie ein schiefes Lächeln aufgesetzt hat. »Ich bin nicht sicher, ob Tessa kommt.« Ihr Blick huscht zur Tür und wieder zu mir zurück. Sie scheint nervös zu sein. »Bitte, bedien dich!« Sie schiebt mir die Schüssel zu.

Verwirrt über den Stimmungswechsel schnappe ich mir einen Klumpen Spaghetti, obwohl ich überhaupt keinen Appetit darauf habe, als plötzlich die Haustür aufgeht. Von meinem Platz am Tisch aus kann ich sehen, dass Mr Bryan den Kopf reinsteckt. Er sieht mich und winkt. Mein Puls beschleunigt sich, als das vierte Gedeck in die Küche kommt und nicht Simon Hightower und erst recht nicht Tessa ist.

»Tut mir leid, dass ich mich verspätet habe«, sagt Mr Bryan. »Maddie macht gerade so eine Phase durch – jedes Mal, wenn Linda oder ich das Haus verlassen wollen, schreit sie wie am Spieß. Die Nachbarn müssen denken, wir reißen ihr die Zehennägel raus.« Er lässt sich auf seinen Stuhl fallen. »Wir reden sogar schon mit einem Kinderpsychiater«, sagt er stolz.

Mein Mund ist trocken geworden. Ich wickle die Finger um mein kühles Glas Eiswasser und stelle mir meinen Gesichtsausdruck vor – wie ein Reh, das von Autoscheinwerfern geblendet wird. Ein Überfall aus dem Hinterhalt.

Mr Bryan oder Logan, wie er von uns genannt werden möchte, sitzt neben Jeremy, dem er auf den Rücken klopft, und mir gegenüber. Wills Vater trägt ein graues Hemd mit Button-Down-Kragen und schlampig hochgekrempelten Ärmeln. *Weil er nur halb trauert?*, frage ich mich. Will ist für ihn ja nur noch zur Hälfte Familie. Die zweite Hälfte, die er mit seiner Sekretärin Linda gegründet hat, lebt am anderen Ende der Stadt.

Sein Stuhl kreischt, als er ihn näher an den Tisch rückt. Er hebt seinen Zeigefinger und deutet auf meinen Gipsverband, der auf dem Tisch neben meinem Teller ruht. »Autsch, das muss wehtun!« Will hat es immer gehasst, mit seinem Vater verglichen zu werden, aber das gleiche Wahlkampf-Lächeln, das die Bryans aufsetzen, wenn sie ihren Charme spielen lassen wollen, lässt sich kaum verleugnen. »Lässt du deine Freunde da was draufschreiben, oder bist du jetzt schon zu alt für solche Sachen?«

Mein Gesicht fühlt sich gespannt an, als würde sich die Haut in der Mitte zusammenziehen und meine Lunge eine Vollbremsung machen.

»Sie hat keine Freunde, Logan«, sagt Jeremy und zerreißt eine neue Scheibe Brot mit den Zähnen. Mein Mund geht auf, aber es kommen keine Worte raus.

»*Jeremy*«, zischt Mrs Bryan. Wahrscheinlich ist Jeremy aus zwei Gründen hier. Erstens: Mrs Bryan wollte es nicht riskieren, mit Logan allein in einem Raum zu sein. Und zweitens: Der Esstisch fühlt sich in der Gegenwart eines jungen Mannes nicht ganz so leer an.

Ich bin aber nicht wütend, weil Jeremy recht hat. Ich bin vollkommen freundlos. Und alle am Tisch starren sich an und wissen, dass es stimmt.

»Es tut mir leid … mein herzliches Beileid«, stoße ich viel zu schnell hervor.

Logan rührt sich nicht. »Danke, Lake.« Seine Stimme wird rau. »Danke. Ich schätze das. Ich weiß, was du meinst. Aber du brauchst dich, ehrlich gesagt, nicht für Dinge zu entschuldigen, die nicht deine Schuld sind, Lake. Diese Penny dagegen –«

Mein Gesicht wird heiß. »Penny konnte nichts dafür.«

Logan schüttelt den Kopf und schaut auf seine Gabel. Er hat einen ansehnlichen grauen Haarschopf. »Aus dem Unfallbericht geht aber etwas anderes hervor.« Wie ist der Bericht in seine Hände gelangt und warum habe *ich* ihn nicht gesehen? Hatte mich überhaupt jemand gefragt, was passiert war? Ich kann mich nicht erinnern.

»*Logan, sag das nicht!*«, zischt Mrs Bryan. »Es reicht.« Mrs Bryans Besteck fällt klappernd auf ihren Teller.

»Es war nicht ihre Schuld«, sage ich jetzt ruhiger.

Logan beißt die Zähne zusammen. Eine Ader quellt auf seiner Stirn hervor. »Hab ich nicht das Recht, mich aufzuregen, Jolene? Darf ich mich nie über irgendwas aufregen? Er war schließlich auch *mein* Sohn.«

Jeremy und ich wechseln Blicke.

»Ich weiß, dass er auch dein Sohn war. Deshalb bist du ja hier!«, gibt Mrs Bryan zurück.

Danach vermeiden sie jeglichen Blickkontakt und starren stattdessen mich an. Ich glaube sekundenlang, sie haben vergessen, dass ich im Raum bin. *Deshalb ist er hier:* Ich wälze den Satz im Kopf herum.

»Immer mit der Ruhe«, sagt Jeremy, schüttelt den Kopf und stochert mit seiner Gabel in der roten Spaghettisoße, die er auf dem Teller verschmiert hat.

»Moment – wo ist Tessa?«, frage ich heute schon zum zweiten Mal. »War sie überhaupt eingeladen?« Mir wird schlecht. Seit dem Unfall habe ich nicht mehr mit Pennys Familie gesprochen. Meine Eltern hatten behauptet, ich würde sie hier treffen und müsste ihre Privatsphäre respektieren. Ob Pennys Eltern glauben, dass ich ihnen aus dem Weg gehe?

Mrs Bryan überhört meine Frage. »Du weißt sicher, warum du hier bist«, sagt sie. Ich komme mir unheimlich blöd vor, weil ich es bei meiner Ankunft tatsächlich nicht gewusst hatte, aber jetzt wird mir alles klar. »Ich – *wir* – wollten mit dir über deinen Geburtstag reden. Du hast doch in diesem Monat Geburtstag, nicht wahr?«

»Ja«, sage ich. »Stimmt.«

»Richtig. Also, wir wissen, dass ihr, du und Will, euch sehr lieb hattet, und deshalb nehmen wir an … wollten aber sicher sein, dass …«

»Ich habe Jolene gesagt, dass wir nichts erwarten dürfen«, erklärt Logan. »Verzeih mir, wenn ich so unverblümt rede, aber wir wollten aus deinem Mund hören, dass du vorhast, deine Möglichkeit der Resurrection für unseren Sohn einzusetzen.«

»Kein Druck«, fügt Jeremy hinzu.

Unter meinem Kleid und meiner blöden klebrigen Strumpfhose bin ich zu einem menschlichen Schweißhahn geworden. Das Beste an der Farbe Schwarz ist, wie ich inzwischen gelernt habe, dass Schweißflecken unter den Armen unsichtbar bleiben. Ich suche verzweifelt nach irgendetwas, das ich sagen kann, etwas, bei dem ich nicht das Gefühl habe, in der Falle zu sitzen. »Aber was ist mit Maddie?«

»Maddie ist noch ein Baby«, sagt Logan. »Der Gedanke, ohne Will zu sein – also – für längere Zeit –«

»Ist unerträglich«, beendet Mrs Bryan den Satz.

Sie haben recht. Maddie ist ein Baby. Wenn sie also auf sie angewiesen sind, um Will an ihrem achtzehnten Geburtstag auferstehen zu lassen, dann würde Will fast siebzehn Jahre seines Lebens verpassen. Nachdem er auferweckt worden wäre – wenn er *überhaupt jemals* wieder leben würde –, wäre ich vierunddreißig Jahre alt, während er immer noch achtzehn wäre. Würde ich in seinen Augen anders aussehen? Würde ich mich anders fühlen?

»Und Sie würden dafür bezahlen?«, will ich wissen. Die Frage ist geschmacklos, und ich werde rot, weil ich sie gestellt habe. Der Kauf und Verkauf von Resurrections ist verboten. Die Kommerzialisierung des Lebens ist der erste Schritt auf der Gratwanderung, auf der sich unsere Bevölkerung im Augenblick befindet. So haben die Debatten schließlich angefangen. War Vitalis ein Recht oder ein Produkt? Wenn es nur denjenigen zur Verfügung steht, die es sich leisten können – können wir dann mit der Bevölkerungsentwicklung leben, die das Lebenselixier erzeugt, wobei die Mächtigen noch mächtiger und reicher werden und die Armen zum Schwinden und Sterben verurteilt sind? Aber es gibt Wege, habe ich gehört, wenn du weißt, wo du nachschauen musst, und keine Angst hast zu fragen …

Ich sehe die Bryans an, die zwar modisch gekleidet sind, aber Sonderangebote tragen und Gebrauchtwagen fahren, und weiß, dass sie sich eine Resurrection niemals leisten könnten.

»Selbst, wenn wir beide Häuser verkaufen …« Logans Stimme verhallt.

Mrs Bryan atmet laut aus. »Tut mir leid, wir wollen nicht taktlos sein. Wir wissen, dass du gerade ein schreckliches Trauma durchlebt hast, und deine Mutter sagt, dass du schon eine Therapeutin aufsuchst – wir finden das hervorragend, nicht wahr, Logan? –, aber du kannst uns bestimmt auch verstehen.«

»Natürlich«, antworte ich automatisch. Meine Ohren klingeln.

»Dann ist es Will.« Für Logan ist es eine Feststellung. Sein umwerfend gutes Aussehen, das er wie ein Filmstar zur Schau stellt, verleiht ihm eine gewisse Autorität.

Mrs Bryan sieht mich gar nicht mehr an. Sie hat eine Hand vor den Mund geschlagen und starrt aus dem Fenster, in dem wir uns jetzt in der Dunkelheit spiegeln. In ihren Augen haben sich neue Tränen gebildet und balancieren so nah am Lidrand, dass ich mich wundere, warum sie nicht fallen.

Inzwischen ziehe ich meine Augenbrauen zusammen. Mein Herz klopft. »Ich weiß nicht. Also, ich glaube schon. Es ist nur –« Der Anblick von Mrs Bryan, die ins Leere guckt und den Kopf schüttelt, und Logans Augen, die mich durchbohren, geben mir das Gefühl, einen Strick um den Hals gelegt zu bekommen. Ich hätte doch meine Mutter mitbringen sollen. Sie wäre damit fertiggeworden. Es war ein Fehler, allein herzukommen. Plötzlich meine ich, keinen Moment länger dasitzen zu können. In meinem Innern schreie ich mir zu, nicht zu viel zu versprechen, *gar nichts* zu versprechen. »Mir ist ein bisschen schlecht, Mrs Bryan.« Meine Stimme klingt glaubhaft zerbrechlich, ohne mir Mühe gegeben zu haben. »Können Sie mich kurz entschuldigen?«

Als ich von meinem Stuhl aufspringe, rammen meine Oberschenkel die Unterseite des Tisches. Das Wasser in allen vier Gläsern schwappt auf die Sets. Ich laufe schnell den Flur entlang und klettere, ohne mich umzublicken, auf den mit einem Läufer belegten Stufen in den zweiten Stock, an den gerahmten Schulbildern von Will vorbei.

Oben herrscht Friedhofsstille. Mein Herz hämmert in meiner Brust. Meine Ohren summen immer noch, und ich stecke die Finger hinein, damit das Geräusch aufhört. Durch den Fußboden dringen gedämpfte, aber wütende Stimmen. Ich kann die Worte nicht verstehen, aber ich bin sicher, dass es um mich geht. Ich warte darauf, das dumpfe Gewicht von jemandem auf der Treppe zu hören, der mir folgt, aber stattdessen bin ich hier oben vollkommen allein.

Ich reibe mir die Schläfen, strecke meinen Hals und versuche, die Platzangstgefühle abzuschütteln. Wie konnte Mrs Bryan Tessa so hintergehen? Gleichzeitig ist mir klar, dass ich naiv war, weil ich das Ganze nicht habe kommen sehen.

Die Bryans sind nur verzweifelt, sage ich mir.

Ich bin es aber auch.

Es war ein überwältigender Vorgeschmack auf das, was in den nächsten Wochen auf mich zukommen wird. Penny oder Will? Von vornherein eine unmögliche Entscheidung, und ich habe mich bisher nur darauf konzentriert, wie es *mich* berührt. An meinem achtzehnten Geburtstag werde ich der einen Familie ihr Kind zurückgeben und der anderen … nichts.

Ich weiß mit trauriger Gewissheit, dass die Familie, deren Kind ich nicht wähle, in meinem Leben nicht mehr existieren wird und dass ich dann nicht nur einen Freund oder eine beste Freundin, sondern auch ein anderes Elternpaar verlieren werde.

Die Last drückt mich wie eine schwere Mahlzeit, die unverdaut in meiner Magengrube sitzt. Ich ziehe Wills Zimmertür hinter mir zu und breche auf seinem Bett zusammen.

Dort atme ich im Stoff seiner Steppdecke tief ein und aus und sauge den Geruch nach Kokos-Sonnenöl auf, bevor ich mein Gesicht losreiße, um nicht alles vollzurotzen.

Mein Brustkorb hebt und senkt sich mit meinen flachen Atemzügen, während ich vor mich hinstarre. *Ich bin in Wills Zimmer.* Für das Zimmer eines Jungen ist es sauber und ordentlich, und es ist klar, dass Mrs Bryan in den vergangenen paar Tagen hier nicht aufgeräumt hat. *Ich bin in Wills Zimmer.* Ich setze mich auf. Ich zwinkere. Meine Augen sind jetzt weit geöffnet. Ich entferne mich schnell vom Rand der Matratze. Die Wende in unserem Gespräch hat alle Gedanken an die Schnitzeljagd verdrängt, aber jetzt muss ich wieder daran denken. An Wills große, tolle, fantastische, megakrasse Wahnsinns-Geburtstagsüberraschung. Sekundenlang fühlt es sich fast zu einfach an, zu sehr wie ein glücklicher Zufall, und ich stelle mir Will hier oben vor, wie er mich zur Antwort führt, weil dies ganz sicher bedeutet, dass ich die Wünsche finden muss und dass sie irgendwelche Wunder vollbringen werden. Warum hätte Will sich sonst für eine Schnitzeljagd entschieden? Warum ausgerechnet in diesem Jahr?

Hoffentlich bin ich schlau genug, um den Weg zu finden, dem ich seiner Meinung nach folgen soll.

Ich gehe durch sein Zimmer und fahre mit den Fingerspitzen an der Kante seines Schreibtischs entlang, der ans Fenster gerückt worden ist. Ein Taschenbuch liegt offen, aber mit dem Einband nach oben, darauf. Ich lege meinen Daumen hinein, um die Seite festzuhalten, und drehe es um. Das Buch ist ein alter Joe-Hill-Roman mit dem Titel *Blind*, und dreiviertel davon ist bereits gelesen. Schweigend überfliege ich die letzten Zeilen, die Will vor seinem Tod gelesen haben muss, und suche nach einem Hinweis darauf, was er gedacht hat.

Ich lege das Buch schnell beiseite und lehne mich mit dem Rücken an den Schreibtisch. Über ein Jahr lang gab es keinen einzigen Tag, an dem ich nicht mit Will gesprochen habe, und jetzt haben wir schon zwei Tage lang nicht miteinander geredet, und es ist, als ob er einfach aus der Welt gehoben worden wäre und ich mich abmühe, ihn zurückzuziehen.

Nachdem ich eine Viertelstunde lang die versteckten Wünsche in Schubladen, unter dem Bett, in seinem Kleiderschrank, im Wäschekorb und zwischen den Büchern auf den Regalen gesucht und nicht gefunden habe, fällt mir auch nicht ein, wie ich sie finden könnte. Ich bin frustriert, hungrig, wahnsinnig traurig und beinahe wütend, als jemand an die Tür klopft. »Lake, bist du da drin?«

Ich zwicke meinen Nasenrücken, mache die Augen zu und zähle bis drei.

»Herein!«, sage ich und versuche, mein Gesicht in etwas Passendes für die Eltern meines toten Freundes zu verwandeln.

# Kapitel elf

## 1.444 TAGE

In den letzten zehn Tagen bin ich zu einer Will-und-Penny-Anthropologin geworden. Maya fordert mich auf, mit ihr Mittag zu essen, was ich auch mache, aber wir haben nicht viel gemeinsam, weil sie eine Art Tech-Nerd ist und wie besessen auf ihrem Smartphone *Dragon Con 6* spielt. Die meiste Zeit bin ich mit meinen Gedanken ganz woanders und beobachte Will und Penny.

Ich werde aus ihnen nicht schlau.

Sie gehen nicht miteinander, aber sie verhalten sich wie ein Ehepaar. Von Weitem sehe ich, dass Penny einen Snickers-Riegel von Wills Tablett klaut, ihn versteckt und versucht, ihn mit etwas Unappetitlichem wie Möhren-Sticks zu ersetzen. Sie streiten sich. Meistens gewinnt Penny. Es ist … verwirrend. Ich war noch nie mit einem Jungen außer meinem Bruder befreundet, was natürlich überhaupt nicht zählt.

Oberflächlich betrachtet scheinen Penny und Will gar nichts miteinander zu tun zu haben und schon gar nicht unzertrennlich zu sein. Alle lieben Will – Lehrer, ältere Schüler, jüngere Schüler, ganz egal. Er macht oft Small Talk mit eindrucksvollen Handbewegungen, und ich habe sogar gesehen, dass er dem Hausmeister mit einer Karte und Bonbons aus dem Automaten zum Geburtstag gratuliert hat. Penny ist selbstbewusst und locker, bleibt aber am liebsten für sich, es sei denn, sie bastelt Schilder für Greenpeace, Recycling oder gefährdete Tiere.

Die beiden umgibt eine Art Aura. Die anderen hören auf sie. Seit Penny Peng und Harrison Bescheid gesagt hat, lassen sie mich in Ruhe.

Aber seit meinem ersten Schultag haben beide immer nur höchstens zwei Wörter zu mir gesagt. In meiner Freizeit überlege ich mir ständig, wie ich es anstellen soll, dass sie mich auffordern, mich zu ihnen zu setzen oder nach der Schule mit ihnen abzuhängen. Es grenzt schon fast an Stalking!

Ich weiß, dass ich den ersten Schritt tun kann, aber ich will mich nicht aufdrängen, ich will zu ihnen gehören. Der Wunsch, Teil einer engen Freundschaft zu sein, erfüllt mich mit großer Sehnsucht. Ich wusste nicht, dass ich mich so danach sehne, bis die beiden mir das klargemacht haben.

Deshalb wundere ich mich, Penny allein anzutreffen. Es passiert rein zufällig und überzeugt mich beinahe, es als ein Zeichen zu betrachten. Der Unterricht hat schon begonnen, und ich komme gerade aus dem Sekretariat, wo ich wieder mal mit einem von der Schulverwaltung um Einzelheiten in meinem Stundenplan gerungen habe.

Ich gehe im überdachten Gang unserer Schule entlang, als ich Penny in kurzer Entfernung neben einer Baumgruppe knien sehe. Ich gehe langsamer, um sie genauer zu beobachten – eine meiner neuen Lieblingsbeschäftigungen – und höre verräterisches Schniefen.

*Weinen.*

Ich schaue mich um und denke, Will muss in der Nähe sein, bevor mir klar wird, dass sie allein ist. Ich hole tief Luft und weiß nicht, was ich tun oder sagen soll. Ich war noch nie besonders gut im Umgang mit Mädchen in meinem Alter. Deshalb neige ich wahrscheinlich auch dazu, mich möglichst viel zu bewegen. Wenn mit der Körperbewegung auch noch viel Aufregung verbunden ist, die das Reden unmöglich oder unnötig macht – umso besser. Ich rede nicht mal mehr mit meiner ehemaligen besten Freundin Jenny, mit der ich früher aber auch keine großen Geheimnisse geteilt und es ihr nie gesagt habe, wenn ich traurig oder sonst was war. Solche Sachen waren für Matt oder meine Mutter reserviert.

Ich verlasse den Durchgang und gehe quer über das knirschende Gras auf Penny zu.

Ich sage leise ihren Namen. »Bist du … ist alles okay?«

Sie dreht sich zu mir um. »Oh, hi, Lake, du bist es.« Sie scheint weder überrascht noch enttäuscht zu sein. Stattdessen sieht sie aus, als ob sie seit drei Wochen ohne Unterbrechung eine Bindehautentzündung gehabt hätte. Aus ihrer Nase laufen zwei schleimige Flüsse, die sich über ihren Lippen teilen. Ich bekomme sofort Angst. Es muss etwas ganz Schlimmes passiert sein.

»Was ist los?«

Sie spielt mit dem geflochtenen Lederhalsband und dem Amethyst, der daran hängt. »Es stirbt.« Sie blickt zur Seite, und ihre Augen füllen sich mit neuen Tränen.

»Was?« Ich sehe die rosa Blutflecken an Pennys Fingern und versuche, die aufkommende Panik zu unterdrücken. »Du blutest ja, Penny! Oh, Gott. Hier – ich bring dich zur Krankenschwester.« Ich strecke meinen Arm aus. Ich weiß nicht, wo es ihr wehtut oder was passiert ist, aber es geht ihr eindeutig schlecht.

Sie schüttelt den Kopf und beugt sich vor. Als sie aufsteht, hält sie einen kleinen Vogel in den Händen. Ich zucke zusammen. Die Federn des Vogels sind verdreht – einige herausgerissen – und blutig. Sein Kopf hängt schlaff über Pennys Fingern. Er hat eine klaffende Wunde am Hals. Die Haut des Vogels bewegt sich langsam über seinem Auge, als ob er zwinkern wollte, und der nadeldünne Schnabel scheint zu plappern.

»Das ist ein Strandläufer.« Penny drückt den Vogel an ihre Brust, das Kinn an ihr Schlüsselbein gepresst, und schaut auf ihn hinunter. »Ich weiß nicht, wie er hier rübergekommen ist.« Sie streichelt den braun gesprenkelten Flügel des Vogels. Tränen tropfen von ihrer Nasenspitze. »Eine Katze muss ihn erwischt haben. Oder vielleicht ein Fuchs … oder ein Rasenmäher.« Penny klingt halb erstickt. »Ich weiß nicht, was ich tun soll.« Sie schluchzt.

Auch wenn ich mir Mühe gebe, tut mir der Vogel, glaube ich, nicht so leid wie Penny, die wegen eines winzigen Tiers, das sie an keinem einzigen Tag zurückgeliebt hat, fast zu zerbrechen scheint. »Wir könnten ihn zu einem Tierarzt bringen«, schlage ich vor, weil ich etwas sagen möchte.

Wir gucken beide den Vogel an. Er öffnet jetzt rhythmisch den Schnabel und starrt ins Nichts. Die Atmung ist angestrengt. Die Flügel bewegen sich nicht.

»Er hat Schmerzen«, wispert Penny. »Er hat so große Schmerzen.« Zwischen tonlosen Schluchzern schnappt sie nach Luft, und wieder sind es *ihre* Schmerzen, die ich nachempfinden kann, *ihre* Schmerzen, die verschwinden sollen.

Der Anblick des blutenden Vogels hat das Mädchen mit den Armreifen, den lustigen Zöpfen und dem Selbstvertrauen völlig aufgelöst.

Pennys Augen scheinen mich anzuflehen. »Ich habe Will eine SMS geschickt«, sagt sie, immer noch mit leiser Stimme. »Er reagiert aber nicht.«

Ich mache die Augen zu, weil mein Hals so eng geworden ist wie damals, als ich Asthma hatte. »Ich könnte …« Dann schüttle ich den Kopf wie wild. »Nein, tut mir leid, ich hab nur laut gedacht und –«

Sie sieht mich an. Ihre Augen glänzen. »Bitte, Lake?«

Sie drückt den Vogel an sich und weint, weint, weint. »Er hat Schmerzen«, sagt sie.

Ich weiß nicht, was ich tun soll, nicht wirklich, aber ich strecke die Hände nach dem Vogel aus und nehme ihn ihr ab. Auf ihrem Pullunder mit dem Wappen ist ein Blutfleck. »Okay«, sage ich. »Ich glaube, ich kann's.«

Ich schrecke nicht so leicht vor etwas zurück. Daran denke ich, als ich das Leichtgewicht des sterbenden Vogels in meinen Händen spüre. Ich lege ihn sanft auf die Erde. Penny dreht sich um und schlägt die Hände vors Gesicht. Mein Puls verlangsamt sich. In meinem Kopf ist nichts. Laute Stille. Ich hebe meinen Absatz, balanciere und stehe still, um mich auf das zu konzentrieren, was beim ersten Versuch funktionieren muss – unbedingt funktionieren muss. Dann trete ich mit dem Absatz fest und schnell und ohne zu zögern auf den Kopf des Vogels, der unter meinem Fuß sofort erstarrt.

Lärm donnert in meinen Schädel zurück. Mir ist so schwindlig, dass mir fast schlecht wird, aber Penny vergräbt ihr Gesicht in meiner Schulter und umarmt mich. Will taucht wie aus dem Nichts auf, obwohl er wahrscheinlich vom Gang aus hergekommen war.

Er sieht mich und blickt zu Boden. Stirnrunzeln und Nicken. Er legt eine Hand auf Pennys Rücken und die andere ergreift meinen Nacken und drückt ihn sanft. Und endlich sinkt der Lärm aus meinem Kopf in mein Herz, wo er sich in etwas viel Wärmeres und Einfacheres und Gutes verwandelt.

# Kapitel zwölf

## 18 TAGE

Als ich aufwache, sind meine Betttücher schweißnass und mein Herz klopft an meinen Brustkorb. Als Letztes erinnere ich mich, dass ich falle. Meine Augen sind weit offen, aber ich sehe nichts in der wirklichen Welt. Ich schwebe immer noch irgendwo in einem Zwischenraum.

Und dann fällt mir der Traum wieder ein. Er hatte mit einem Zusammenstoß angefangen, oder – nein – vielleicht war der Zusammenstoß in der Mitte passiert, nachdem Matt auf den Baum geklettert war. Ich dachte, der Traum hätte mit dem Zusammenstoß begonnen, mit dem Knirschen von Metall und dem Blut, aber jetzt, wo ich wach bin und wieder atme, bringe ich die Reihenfolge durcheinander. Ich kann einen verschwommenen Matt sehen, der den Baum erklimmt – braun gebrannte Arme, blonde Haare –, aber als er fällt, fällt er nicht auf die Erde, sondern in ein wütendes graues Meer. Und dann kehrt das Blut zurück. Vom Autounfall.

Ich stemme mich von der klatschnassen Matratze hoch und kicke die Decke von meinen Beinen. Es gibt nichts Langweiligeres, als sich den Traum eines anderen Menschen anhören zu müssen, aber ich habe diesen unglaublichen Drang, jemandem zu erzählen, was der Reihe nach passiert ist, als ob ich den Dingen damit die Macht über mich nehmen würde.

Dann wird mir bewusst, dass der Mensch, dem ich alles erzählen würde – Penny –, tot ist. Und hier bin ich und mir ist flau im Magen. Der vierte Tag seit dem Unfall beginnt.

Ich krieche aus dem Bett. Mein Hals tut immer noch weh. Der Knochen unter meinem Gipsverband pocht und die Haut juckt. Ich versuche, einen Fingernagel unter den Gips zu schieben, kann aber die juckende Stelle nicht erreichen. Also gebe ich mir Mühe, sie zu ignorieren – genauso, wie ich mich bemühe, das ausgefranste Loch in meiner Brust, wo mein Herz einmal war, und dieses wachsende Gefühl der Angst zu ignorieren.

Ohne in den Spiegel zu schauen, stecke ich meine Füße in die Flipflops, die unter meinem Bett verstaut sind, und schleiche mich durch den stillen Korridor im Erdgeschoss. Ich weiß nicht genau warum, aber im Nu bin ich draußen in der prallen Sonne, wo der Schweiß auf meinem Rücken augenblicklich trocknet. Keiner von den Nachbarn ist draußen, um meine Anwesenheit in meiner peinlichen Nachtbekleidung zu bezeugen. Meine Schlafanzughose ist hinten ausgebeult und mit Schweinen im Nikolaus-Outfit bedruckt.

Ich schlurfe die Auffahrt entlang, stelle mich unter die Eiche in unserem Garten und tue etwas, was ich bisher noch nie getan habe. Ich stehe direkt darunter und starre in die Zweige. Ich dachte immer, dass mein Vater nach Matts Sturz geschworen hätte, die Eiche fällen zu lassen, aber jetzt weiß ich nicht mehr, ob *ich* ihn nicht vielleicht darum gebeten hatte. Oder war es möglicherweise meine Mutter? Ich bin mir nicht sicher.

Die Blätter an den Zweigen sind an den Rändern, wo sie in der Sommerhitze gebacken worden sind, braun. Ich schaue mir die Äste an, die aus dem Baumstamm wachsen, und suche nach dem Stummel des Astes, von dem Matt gefallen war. All die Jahre dachte ich, dass ich mich genau daran erinnern würde. Aber es ist nicht meine Erinnerung. Ich war nicht dabei.

Der erste richtige Ast, der das Gewicht eines Menschen aushalten könnte, ragt einen Meter über meinen Fingern heraus, die ich über meinem Kopf ausstrecke. Als der Unfall passierte, war Matt nur ein paar Zentimeter größer als ich. Oder? Und ich bin seitdem gewachsen. Ich ziehe die Stirn kraus und überlege. Der Baum müsste ja auch gewachsen sein. Sogar ziemlich viel in den paar Jahren, wie mir scheint. Unter dem wirren Geäst wachsen junge Blätter und Zweige aus dem Stamm. Aber nichts sieht nach Resten des schrecklichen abgebrochenen Astes aus.

Ich starre auf meine Zehen, auf den abgenutzten Grasteppich zu meinen Füßen, und versuche mir vorzustellen, wie Matt darauf lag. Ein Kribbeln arbeitet sich an meinem Rückgrat hoch, Stufe für Stufe.

Ich schaue zum Haus, sehe, dass sich an einem der Fenster im ersten Stock etwas bewegt und spüre, dass dort jemand ist, der mich hinter dem schimmernden Glas beobachtet. Verstört und unzufrieden wende ich meine Schultern ab und stapfe durch die beklemmende Hitze zum Haus zurück.

Drinnen riecht die Klimaanlage, die Luft durch die Schlitze bläst, nach Schimmel. Ich ziehe mich in mein Zimmer zurück und fühle mich wie benommen – wahrscheinlich das Ergebnis tagelangen Weinens, das mich in eine gefühlsduselige Null verwandelt hat. Ich bin mit meiner Entscheidung für Penny oder Will kein Stückchen weitergekommen, wobei ich gestern das Gefühl hatte, Will wählen zu müssen, und heute wütend auf mich bin, weil ich Penny keine Chance gegeben habe.

Ich habe seit dem Unfall absolut nichts vorzuweisen und fange an, das ständige Nichts wie ein Geschwür zu empfinden, das ein Loch durch die Schleimhaut meines Darms bohrt.

»Na …« Die Stimme und der warme Körper in einer Ecke meines Zimmers lässt mich zusammenzucken. »Hast du's inzwischen rausgefunden?« Matt sitzt in seinem Rollstuhl, unheimlich still wie immer.

Ich warte ein paar Herzschläge ab. Meine Fingerknöchel bohren sich in meine Brust, während das Organ darunter wütend trommelt, trommelt, trommelt. »Mein Gott, Matt, du hast mich zu Tode erschreckt!«

Die Sonne scheint durchs Fenster und verwandelt meinen Bruder in eine Silhouette. »Das wollen wir aber doch nicht, oder? Nicht die goldene Gans, die Besitzerin der magischen Eintrittskarte ins Wunderland.«

Matt macht gerne eigenartige Vergleiche – Anspielungen auf Hörbücher, die er sich in seiner üppigen Freizeit einverleibt, Hunderte davon. Oft passen die literarischen Verbindungen nicht zusammen. Manchmal doch. Manchmal ist es schwer zu erkennen.

Ich starre ihn an, mein Bett zwischen uns. »Habe ich *was* rausgefunden?«, frage ich. Ich bin nicht in Stimmung für seine Rätsel, aber meine Gedanken fliegen zur Eiche mit ihren hohen Ästen und die raue sandige Erde zurück, die sich dort unter dem Gras verbirgt.

Bei Matt wird jede Frage zum Test. Ich habe jetzt schon das Gefühl zu versagen, aber es ist wichtig, auf keine Landminen zu treten, vor allem solche nicht, die einen ohne Fuß oder Hand zurücklassen.

Ich stecke meine Hände tief in meine Achseln. Ich wünsche mir ernsthaft, einen Büstenhalter zu tragen.

Noch ein Beweis dafür, wie viel sich verändert hat. Ich weiß noch, wie Matt und ich am Morgen oft heruntergekommen sind, um unseren Tee draußen am Strand zu trinken – beide mit zerzausten Haaren und ungeputzten Zähnen. Aber jetzt sehe ich Matt nur noch, wenn ich vollständig angezogen bin.

Er kommt mir zu sehr wie ein Fremder vor, und ich habe das Bedürfnis, meine Rüstung anzulegen, bevor ich mich mit ihm befasse.

Ich trete einen Schritt näher, damit sich das Licht verändert und ich ihn deutlich sehen kann. Die Spitzen seiner Socken sind ausgeleiert und hängen komisch über den Fußstützen des Rollstuhls. Heftige Gewissensbisse schlagen mir auf den Magen, als ich daran denke, dass ich ihn hungrig in der Küche gelassen habe. Mom ist bestimmt sauer auf mich.

»Die Jagd«, sagt er sachlich.

Er hat meine Aufmerksamkeit geweckt. »Wovon redest du eigentlich?«

Er grinst wie ein Wolf. »Okay, du weißt also wenigstens Bescheid. Ich war mir da nicht so sicher. Ich weiß nicht, ob dir das klar ist, aber dein gutes Aussehen hat dich ziemlich schwerfällig gemacht. Intelligenzmäßig.«

Ich knirsche mit den Zähnen. *Ruhig bleiben! Nicht ärgern! Das will er doch nur.* »Aber –«, stottere ich und tue mir damit keinen Gefallen, was die Widerlegung von Matts Aussage betrifft.

Er neigt den Kopf zur Seite, und seine stumpfen braunen Haare verdecken seine Augenbrauen. »Aber – aber – aber …«, äfft er mich nach. »Woher weiß *ich* über die Jagd Bescheid? Lake, also echt! Was wäre ich denn für ein großer Bruder, wenn ich mich nicht eingehend mit dem Liebesleben meiner kleinen Schwester befassen würde?«

Ich kneife die Augen zusammen. »Einer von der Sorte, mit der ich in den letzten fünf Jahren leben musste?«

»Jetzt tust du mir weh.«

»Verschon mich!«

Matt tut mir leid. Natürlich tut er mir leid. Aber es ist

schwierig, mit jemandem eine Beziehung zu haben, der will, dass ich mich genauso elend fühle wie er. Kann er sich nicht erinnern, wie oft ich versucht habe, eine neue Beziehung mit ihm aufzubauen? Weiß er nicht mehr, dass ich uns einmal Tickets für einen Marathon sämtlicher Tolkien-Filme gekauft habe? Oder hat er vergessen, dass ich uns die High-Tech-Version von Trivial Pursuit gekauft habe, obwohl ich mit Trivialwissen wenig anfangen kann? Aber er wollte nichts mit mir zu tun haben. *Nichts.*

Ich habe weitergemacht, weil ich weitermachen musste, und wir haben das Unvermeidliche hingenommen, nämlich, dass wir uns nicht leiden können.

Aber jetzt – *reden* wir miteinander. Irgendwie. Mein Kopf fühlt sich geschwollen an. Vielleicht ist es ein verspäteter Nebeneffekt des Unfalls. Ich habe von Schmerzen durch ein Schleudertrauma gehört, die sich erst Tage oder sogar Wochen nach einem Zusammenstoß gemeldet haben.

Ich kämpfe gegen das Gefühl an und gehe stattdessen aus reiner Notwendigkeit auf sein Spiel ein. »Ja, ich weiß über die Schnitzeljagd Bescheid. Und ich weiß, was am Ende passiert. Ich weiß aber nicht, wie ich dort hinkomme.«

»Dann kommst du ohne den ersten Tipp sicher nicht weit.«

»Ja, danke, das hab ich mir auch schon gedacht.« Ich klinge genervt und hasse es, dass ich ihm so offensichtlich erlaubt habe, mich zu reizen. Schon wieder. Mein Gott, zwischen uns könnte doch alles ganz anders sein! Er bräuchte mir nur zu sagen, wie leid es ihm tut, dass ich meine beiden besten Freunde verloren habe. Er bräuchte mir nur zu sagen, warum er mich so hasst. Aber ich bin mir, ehrlich gesagt, nicht sicher, was es auf der anderen Seite des »Er-bräuchte-mir-nur« noch geben könnte. Vielleicht nichts. »Warum bist du eigentlich so daran interessiert?«, frage ich und wünsche mir, dass er endlich aus meinem Zimmer verschwindet und mich wie in den vergangenen fünf Jahren allein lässt. »Es ist dir doch total egal, dass sie tot sind.«

Matt verstellt den Winkel seines Rollstuhls mit dem strohhalmähnlichen Gerät. Die Bewegung taucht sein Gesicht wieder in den Schatten. Dunkler Bildschirm. Unlesbar. »*Au contraire*«, sagt Matt tonlos. Als Nebenprodukt des Nichtstun-könnens hat Matt dem kompletten Programm von Rosetta Stone in den Sprachen Spanisch, Französisch, Deutsch und elementares Japanisch gelauscht. »Es ist praktisch das Einzige, was mir im Moment was ausmacht.« Das stimmt mich milder. Meine Augen suchen in seinen nach meinem großen Bruder. »Dass deine Freunde gestorben sind, hat alles vermurkst. Genauer gesagt, es hat *dich* vermurkst. Und das ist etwas, was mir *unheimlich viel* ausmacht.«

Ich merke, dass er nicht von *jemandem* redet, sondern von *etwas*, und ich bekomme eine solche Wahnsinnswut, dass ich nicht sprechen kann.

»Ehrlich, Teenager, Autos – es ist dermaßen offensichtlich, dass ich mir praktisch selber in den Hintern treten könnte.« Er schweigt für einen Moment. »Man beachte: Ich habe *praktisch* gesagt. Weil ich so eine Katastrophe nicht vorhergesehen habe.«

»Ich bin froh, dass du das alles so amüsant findest.« Ich habe genug gehört. Meine Schlüssel liegen auf dem Nachttisch, und ich durchquere das Zimmer, um sie zu holen. Wir sind hier fertig.

»Warte!«, stößt Matt mit einer solchen Schärfe aus, dass ich das Gefühl habe, von ihm gebissen worden zu sein. »Ich kann helfen.«

»Du kannst? Du willst? Von dir kommend sind das zwei verschiedene Sachen.« Meine Hand schließt sich um das winzige Surfbrett, das ich als Schlüsselanhänger benutze.

»Ich kann dir den ersten Hinweis geben.«

Ich erstarre und drehe mich langsam zu ihm um. »Was hast du gesagt?«

»Ich habe ihn.«

»Wie?

»Weil ich ihn gefunden habe.«

»*Wie?*«, wiederhole ich lauter und langsamer, als ob er kein Englisch verstehen würde.

»Weil ich hier war, als dein bekloppter Freund aufgekreuzt ist, um das Ding in deinem Zimmer zu verstecken. Ich musste schwören, dass ich nichts verrate. Hab ich doch gut gemacht, was?« Er zwinkert mir zu.

Ich schaue mich im Zimmer um. Der Hinweis. Er war hier. Die ganze Zeit. »Also, wo ist er?«

Ich grabsche nach einer Ecke meines Bettzeugs und reiße es von der Matratze. Ich schüttle die Decken aus und schaue nach, ob etwas herausfällt. Aber da ist nichts. Ich suche nach etwas anderem, das ich auseinandernehmen kann.

»Es ist weg«, sagt Matt. »Ich hab's vernichtet.«

»Du hast *was*?«

»Ich hab's vernichtet.«

Als ob ich ihn nicht schon beim ersten Mal verstanden hätte! Gut, dass zwischen uns ein Bett steht. »Du *Psychopath*!« Ich raufe mir die Haare. Ein Schmerz schießt durch meinen Ellbogen. Matts Augen werden groß. »Was ist *los* mit dir?«, kreische ich. »Das war wahrscheinlich die allerletzte Nachricht von Will, und du – du –« Ich sehe mich im Spiegel an der Wand. In meinem Gesicht sind rote Flecken. »Du hast sie mir *geklaut*.«

»Hör auf, Lake!«, bellt er mich an, und aus irgendeinem komischen Grund folge ich. »Ich habe eine … Versicherung gebraucht. Und, um ehrlich zu sein«, höhnt er, »hatte ich recht. Aber ich hab mir die Sache eingeprägt. Okay? Beruhig dich! Ich kann das Ganze auswendig.«

Ich fühle mich unbehaglich, als ob meine Klamotten plötzlich zwei Nummern zu klein wären. »Eingeprägt«, wiederholt er.

Die Worte ergeben keinen Sinn. Warum? Wie?

Ich fange an, das Zimmer abzuschreiten, schnaufend und aufgeregt. Ich überlege, wie anstrengend das alles mit dem verdammten Roboterarm gewesen sein muss; seit er den Rollstuhl bekam, hat er sich kaum die Mühe gemacht, den Umgang damit zu lernen. Es hätte möglicherweise Stunden gedauert. So sehr hasst er mich. Wie gerade jetzt. *Denk dran, Lake!*

Matts Blick weicht nicht von meinem Gesicht. Nicht einmal für einen kurzen Moment. »Ich verrat es dir, aber dafür brauche ich eine Gegenleistung.«

»Nein. Ich verspreche dir meine Resurrection nicht!«

Er lacht. »Natürlich nicht. Du hast sie mir ja schon versprochen, also wäre ein neues Versprechen der Auferstehung völlig überflüssig, findest du nicht?«

Ich schließe die Augen und denke an meinen süßen Will und wie er mühsam eine Schnitzeljagd auf die Beine gestellt hat, um mich irgendwohin zu führen, weil er dachte, dass es wichtig ist, und jetzt finde ich es genauso wichtig.

Ich mache die Augen wieder auf, und da ist Matt. Grausam. Verbittert. Gemein.

»Willst du nicht wissen, was ich will?«

Ich durchbohre ihn mit meinem Blick. Prüfend, überlegend. *Denk nach, denk, denk, denk, Lake!*

Mom steckt den Kopf ins Zimmer. Ich hatte sie nicht einmal kommen hören. »Alles okay hier drin?« Sie kneift die Augen besorgt zusammen.

»Alles ist gut«, sagen wir beide gleichzeitig.

Als wir nichts mehr hinzufügen, klopft sie an den Türrahmen. »Lake, ich mach mir einen Kamillentee. Ich mach dir auch einen.« Und dann verschwindet sie.

Sobald sie außer Hörweite ist, sage ich Matt, er soll zur Hölle fahren, weil ich nicht will, dass er sich irgendwo in Wills und Pennys Nähe aufhält. Weil zumindest die Erinnerungen an sie immer noch mir gehören.

# Kapitel dreizehn

## 18 TAGE

Bevor mir richtig klar wird, wo ich hinfahre, habe ich Southshores fast erreicht – weiß verputzte Wohnblöcke mit roten Ziegeldächern und einem riesigen Parkplatz. Ich freue mich, dass Wut und Adrenalin es geschafft haben, mich mit normaler Geschwindigkeit dorthin zu bringen, obwohl mein Herz sich irgendwo oben in meinem Hals niedergelassen hat. Die Angst vor dem Fahren ist anscheinend nicht größer geworden. Wenigstens bis jetzt noch nicht.

Seit ich mich mit Will und Penny angefreundet hatte, überkam mich zum ersten Mal das Gefühl, keinen Notausstieg mehr zu haben. Was ein beschissenes Gefühl ist. Weil ich jedes Mal, wenn ich meine Familie am meisten brauche, daran erinnert werde, dass sich die Luft zwischen uns – reingepresst in unser Haus mit Meerblick – zu einer Brutstätte der Bedürftigkeit und Fehlfunktion entwickelt hat. Kurz bevor ich mir den Autoschlüssel schnappte, war ich vollkommen sicher gewesen, dass mich die giftigen Dämpfe ersticken würden, wenn ich auch nur noch eine Lunge voll davon einatmen würde.

Dann musste ich plötzlich an Ringo denken, und es war, als ob ich das Dampfventil eines Teekessels gefunden hätte. Danach konnte ich mich zwischen Southshores, in der Gegend herumfahren oder zu Hause bleiben entscheiden, und ich entschied mich für Southshores.

Ich fahre durch das weiß gestrichene Eisentor der Wohnanlage und direkt auf Ringos Gebäude zu, wo ich an seine Tür klopfe.

»Ringo! Ich bin's, Lake!«, rufe ich. Meine aufgestaute Wut lässt mich auf dem Treppenabsatz vor seinem Apartment – Nummer 102 – herumhüpfen. Ich bin erleichtert, dass schon nach wenigen Sekunden Schlurfen und das Klirren einer Kette zu hören ist, die zurückgeschoben wird. Gleich darauf späht Ringos Halbe-Halbe-Gesicht aus dem Türspalt und sieht mich an. »Sag mir noch mal, dass mein Leben beschissen ist!« Ich stampfe auf und balle die Hände zu Fäusten.

»Lake«, sagt er. »Was machst du hier?«

Ich presse meine Hand gegen die Tür, stoße sie auf und platze herein. »Du hattest recht. Kosmisch unfair. Hab ich schon erwähnt, dass ich alles hasse? Falls nicht, muss ich es noch mal sagen. Ich hasse alles.« Genau wie am Strand fühlt es sich gut an, es laut vor Ringo zu wiederholen. Er ist der einzige Mensch, dessen Gesicht ich in den letzten vier Tagen gesehen habe, der nichts von mir wollte. Nein, der nichts von mir *brauchte*, und Bedürfnisse belasten einen, wie sich herausstellt, mindestens zehnmal mehr, wenn es um seelische Nöte geht.

Ringo drückt sich am Eingang rum. »Du hättest anrufen sollen.«

Aber ich fühle mich jetzt schon leichter, nachdem ich etwas von dem aufgebürdeten Gewicht auf ihn abgeladen habe. Ich drehe mich auf den Fersen um. »Mein *Bruder* – weißt du, was er getan hat? Er hat den ersten Hinweis vernichtet. Er hat ihn *vernichtet*! Weißt du, wie kaputt das ist?« Ringos Wange zuckt. Er betritt die Wohnung nicht mit mir. Plötzlich verlegen, blicke ich über meine Schulter. Dort im kleinen, schwach beleuchteten Wohnzimmer sitzt eine Frau mittleren Alters auf der Couch und starrt mit offenem Mund auf den Fernseher.

»Oh. Tut mir leid.« Es ist mitten am Tag, mitten in der Woche. »Ich hab nicht gewusst –«

Ohne mit der Wimper zu zucken oder den Blick vom Bildschirm zu wenden, streckt die Frau die Hand nach einem riesigen Cola-Becher aus, der auf einem Tablett neben ihr steht, findet den Strohhalm mit ihrem Mund und nimmt einen großen Schluck.

Sie registriert meine Anwesenheit nicht.

»Willst du mich nicht vorstellen?«, frage ich Ringo mit zusammengebissenen Zähnen und zwirble das Hanfarmband an meinem heilen Handgelenk mit den Fingern.

Er seufzt und macht endlich ein paar Schritte auf mich zu. »Ja, klar. Lake, das ist meine Mutter, Renetta Littlefield. Mom, Lake Devereaux.«

»Schön, Sie kennenzulernen«, sage ich schnell.

Nichts. Kein Lebenszeichen außer dem Quietschen des Strohhalms im Deckel. Ringo zieht die Augenbrauen in die Höhe. Eine verschwindet in seinem roten Muttermal.

Ich beiße mir auf die Unterlippe und verlagere mein Gewicht. »Bin ich zur falschen Zeit gekommen?«

Er zuckt nichtssagend mit den Achseln. »Du hättest anrufen sollen.« Mir fällt ein, dass er seine Nummer in mein Handy tippte, bevor er nach unserem Fast-Unfall ausstieg. Danach sagte er, ich solle auf mich aufpassen, und verschwand.

Genau das versuche ich jetzt. Ich versuche, auf mich aufzupassen. Ich versuche, nicht unterzugehen, mich am einzigen Rettungsboot, das ich habe, festzuklammern. Aber jetzt krallen sich meine Finger um das Handy in meiner Gesäßtasche.

»Ich – ich –« Ich presse eine Handfläche an meine Stirn. »Es tut mir *so* leid. Ich bin ein Idiot. Was ist nur los mit mir? Einfach so aufzutauchen.«

Ringo ist angespannter als bei unserer letzten Begegnung, und seine Miene ist so säuerlich, als hätte er gerade fünf ganze Zitronen verschluckt. »Nein, ist schon in Ordnung.« Er wirft seiner Mutter einen Seitenblick zu. »Aber lass uns woanders reden, okay?« Er spricht leise.

Die Schauspieler im Fernsehen plappern vor dem Hintergrund dramatischer Musik.

Ich nicke erleichtert. Ringo scheint sich zu sammeln. Er holt tief Luft und legt seine Hände auf meine Schultern. Er senkt den Kopf, um mir direkt in die Augen zu schauen. »Warte kurz hier, okay?« Er reckt das Kinn, um auf die Couch zu deuten. »Fünf Minuten. Versprochen. Ich muss nur … meine Schuhe anziehen und –« Er zwickt das dünne weiße Unterhemd, das er trägt. Ich werde rot. »*Mich* anziehen.« Dann sagt er tonlos »*Fünf*«, hält eine Hand mit gespreizten Fingern hoch und weicht zurück. »Versprochen!«, ruft er, als er in einem dunklen Flur verschwindet.

Ich schlucke beklommen, lasse mich vorsichtig auf das Polster neben Ringos Mutter nieder und fürchte, dass ich mich bei meinem Versuch, einer erdrückenden Atmosphäre zu entfliehen, sofort wieder auf eine andere eingelassen habe.

»Hi«, sage ich. »Ihre, ähm, Wohnung ist schön.« Kein Wort. Ringos Mutter hat einen Fettwulst über dem Gurtband ihrer Hose, auf der sich Krümel sammeln. Anscheinend rührt sie sich nicht oft von der Stelle, aber sie ist hübsch, ihr Gesicht ist glatt, und sie hat geschwungene Brauen und dunkle Augen. »Leben Sie schon lange hier?«

Sie reißt die Plastikverpackung von einem Twinkie und stopft sich ein Ende des Riegels in den Mund. »Ich kann nicht hören, was im Fernsehen passiert«, sagt sie. Ein paar Krümel fallen in ihren Schoß, wo sie sie liegen lässt.

Meine Kiefer klappen zusammen. Ich wage es nicht einmal, mich zu entschuldigen. Stattdessen greife ich auf das Schutzverhalten aller unbeholfenen Menschen zurück und ziehe mein Handy aus der Tasche.

Bis jetzt hatte ich zu viel Angst, *ChatterJaw* anzuklicken, eine App, mit der Kids anonym posten können. Ich logge mich mindestens einmal pro Tag in die *ChatterJaw* unserer Schule ein, öfter während des Schuljahrs, wenn ich Lust habe, einfach mal nachzuschauen, welche Gerüchte in der Sankt-Theresa-Schule im Umlauf sind, oder wenn ich vergessen habe, welche Schulaufgaben ich für ein bestimmtes Fach erledigen muss.

Aber in der vergangenen Woche habe ich die App bewusst gemieden, weil ich die Gerüchte des Tages sowieso schon kenne. Ich bin allerdings nicht immun gegen den Drang, etwas aus erster Hand zu erfahren. Also gucke ich jetzt schnell mal nach. Weil ich keine Zeit habe, darüber nachzudenken. Vielleicht tut es nicht weh. Oder nicht sehr.

Ich klicke das Symbol an und warte, während sich die Ladespirale dreht und dreht. Ich werfe einen flüchtigen Blick auf Ringos Mutter. Sie hat noch mal in ihr Twinkie gebissen und den Kuchen dann zugunsten des riesigen Cola-Bechers abgelegt.

Die App wird geladen. Meine Finger schwitzen vor Anspannung. Ich muss nichts verschieben, um Beweise zu finden, dass die Nachricht über unseren Autounfall die Sankt-Theresa-Schule erreicht hat. Der Thread *R.I.P. Will Bryan & Penny Hightower* wurde einhundertsiebenunddreißig Mal aktualisiert. Deshalb erscheint er ganz oben. Ich tippe auf den Thread, und das Display füllt sich mit Dutzenden von anonymen Nachrichten. Ich lese ein paar durch:

*Nur die Guten sterben jung*

*Will und Penny, euer Leben wurde euch zu früh genommen. Ich werde euch in jedem Schmetterling, jeder Frühlingsblume, jedem Regenbogen sehen. Ruht in Frieden*

*Da schätzt man die kleinen Dinge wieder …*

*Kommt auf den Boden, ihr Typen, sie haben sich für was Besseres als alle anderen gehalten*

*Arsch*

*Hat jemand mit Lake gesprochen?*

*Ich hab gehört, sie war auch im Auto. Sie ist nicht als Todesopfer genannt worden … also*

Die Nachrichten sind im Grunde das, was ich erwartet habe – einige, die fast schon poetisch klingen, und andere, die gemein sind und eine Menge, die einfach nur komisch sind. Ich wünschte, ich könnte damit aufhören, weil ich mit den Messages umgehen kann, aber der nächste Thread packt mich am Hals und drückt mir die Luft ab.

*Virtueller Buchmacher: Über/unter – wen wird Lake wählen?*

»*Verdammt*«, murmele ich.

»Psst«, kommt es giftig von Ringos Mutter, und ich drücke mich noch näher an die Armlehne auf meiner Seite des Sofas.

Die erste Message im Thread ist:

*Lake wird in diesem Monat 18. Wer möchte wetten, wen sie für die Resurrection wählt? Nur ernsthafte Wetten. Wir machen den Geldwechsel privat.*

»Privat« bezieht sich auf die Private-Message-Funktion, mit der sich *ChatterJaw*-Mitglieder Nachrichten schicken können, die nur für ein einziges anderes Mitglied in ihrem sozialen Umfeld sichtbar sind.

Obwohl mich mein Gewissen anschreit, es nicht zu tun, lese ich auch die folgenden Messages:

*Will – $ 20*
*Will – $ 45*
*Will – $ 15*
*Will – $ 155*

*Ihr Typen seid verrückt. #Teampenny voll hinter ihr!*
*Penny –$ 40 #hoesbeforebros*

*Will – $ 60 #teamwill*

*Penny – $ 120 #teampenny*

*Lake lässt Will nicht auferstehen. Auf keinen Fall. Habt ihr den Spilled-Thread nicht gelesen?*
*#Doyourresearchbitches #troubleinparadise*
*#teampenny $ 200*

Ich lese die letzte Message noch einmal. Wovon redet der Poster eigentlich? »Ärger im Paradies?« Und was meint er mit »Recherche?«

»Bist du so weit?«

Ich fahre erschrocken zusammen und ramme meinen Finger auf den Sperrknopf meines Handys. Mein Display wird sofort dunkel. »Hä?«

Ringo steht vor mir. Er hat graue Shorts und ein marineblaues Polohemd an. »Schlüssel, Telefon, Geldbeutel.« Er klopft auf seine Taschen. »Okay, es kann losgehen.«

Ich merke, dass ich ihn dumm anstarre. Ich habe beinahe vergessen, wo ich bin. Er schaut mich fragend an. Der rote Fleck in seinem Gesicht knittert. »Ähm, ja, ja –« Ich erschauere und schüttle die grausamen Nachrichten, so gut es geht, ab. »Wo gehen wir hin?«

»Zum Café. Die Straße runter. Wir können zu Fuß gehen.« Er sagt das, als ob er wüsste, dass mich das erleichtert.

Er streckt mir seine Hand entgegen und zieht mich aus dem Krater, den ich auf dem dünnen Polster hinterlasse.

»Schön, Sie kennengelernt zu haben«, rufe ich Ringos Mutter zu, bevor ich ihm hinterhereile, raus aus der engen Wohnung. Ringo läuft schnell, und ich muss sprinten, um ihn einzuholen. Er führt mich über den riesigen Parkplatz und dann wieder durch das weiße eiserne Tor. »Hast du nicht gesagt … deine Mutter ist Professorin?«, frage ich mit meiner unschuldigsten Stimme.

Nachdem wir durch das Tor gegangen sind, geht Ringo langsamer und nimmt wieder die lockere, lässige Haltung an, die ich beim letzten Treffen an ihm bewundert hatte. »Das war sie mal«, sagt er. »Jetzt ist sie in Rente.« Beim Wort *Rente* macht er Anführungszeichen in der Luft.

»Habt ihr Streit miteinander?« Ich denke an meine eigene Familie, in der wir um Versprechen kämpfen, bei denen es im wahrsten Sinne des Wortes um Leben und Tod geht. Und trotzdem ist es nicht halb so peinlich, wie es zwischen Ringo und seiner Mutter war.

»Ja, wir haben uns gestritten. Vor ungefähr einem Jahr«, sagt er.

»Das geht schon seit einem *Jahr* so?«

Wir gehen die dampfende Straße entlang, einer Einkaufsmeile entgegen, die schnell näher kommt.

»Mehr oder weniger.«

»Oh.« Ringo scheint nicht länger über seine Mutter reden zu wollen. Wir trotten im Gleichschritt schweigend weiter.

»Ich versuche nicht, mich wie ein Trottel zu benehmen«, sagt er. »Aber ich halte meine Welten gerne getrennt. Zu Hause und – na ja – bei so ziemlich allem anderen.«

»Ich auch«, sage ich und meine es ernst.

»Dein Leben ist kosmisch unfair«, sagt er, und ich ertappe ihn, wie er mich mit einem schiefen Grinsen von der Seite betrachtet. »Totaler Mist.«

»Danke.« Der dicke Knoten in meiner Brust scheint sich aufzulösen, zumindest um *eine* Schlaufe. Ich versuche, mir Will in Ringos Lage vorzustellen. Was würde er zu mir sagen? Wahrscheinlich würde er nichts als kosmisch unfair bezeichnen. Will war der ewige Optimist. Als sein Vater die Familie verließ, weinte er zwar, nahm sich aber gleichzeitig vor, auf gar keinen Fall wie Logan zu werden. Er hätte nichts *beschissen* genannt. Nichts war für Will Bryan beschissen. Außer Sterben.

Ringo führt mich zu *Neville's Coffee Shoppe*. Von außen sieht es wie eine einfache, typische Ladenfront in einer Einkaufsstraße aus, aber drinnen ist es ein belebtes Café. In der

Mitte stehen große, runde Tische. Darüber hängen Halterungen, an denen die Kunden ihre Laptops und Handys angeschlossen haben. Es gibt aber auch noch andere Sitzplätze. Eine Nische mit Zweiersofas und bequemen Sesseln. Schreibpulte aus der Schule. Hohe Theken. Unübersehbar abwesend sind irgendwelche Hinweise auf den Strand. Die Dekoration ist dunkelgrau und weinrot ohne jegliches Himmelblau und Weiß, die bevorzugten Küstenfarben der Geschäfte in unserer Stadt.

Ich folge Ringo an die Kaffeebar und zu den ausgestellten Backwaren. Ein Barista im engen Hemd, mit Tattoos und einem weißen Geschirrtuch, das er sich über die Schulter geworfen hat, begrüßt uns. »Ristretto Macchiato, trocken?«, fragt er Ringo und holt schon eine kleine Tasse unter der Theke hervor.

»Kommst du oft hierher?«, necke ich Ringo. Der Barista hält sich nicht mit seinem Gespaltene-Persönlichkeits-Gesicht auf und schaut auch nicht weg.

»Und was bekommt die junge Dame?«, fragt er und trocknet den Innenrand des Bechers ab, den er bereits in der Hand hält.

»Ich mag eigentlich gar keinen Kaffee«, sage ich.

Der Barista zieht vor Ringo die Augenbrauen hoch. »Was ist das? Hexerei?«

»Reine Ketzerei«, stimmt Ringo ihm bei. »Wie läufst du? Batteriebetrieb?« Er beugt sich zurück, als ob er zwischen meinen Schulterblättern nach einer Batteriepackung oder einer Steckdose suchen würde.

»Ganz natürlich, glaube ich.« Ich drehe meine Handflächen um Entschuldigung bittend nach oben.

»Ringos Adern sind stark koffeinhaltig«, sagt der Barista.

»Das können wir ändern.« Ringo zieht seinen Geldbeutel aus der Tasche und legt eine Kreditkarte auf die Theke. »Mach ihr eine Tasse von Nevilles Hausmischung, doppel-doppel.«

»Aber –«

»Er wird dir schmecken«, behauptet Ringo und fordert mich heraus, ihm das Gegenteil zu beweisen.

Als der Barista mit einem schwappenden Becher und einer kleinen Tasse, beide auf Untertassen, erscheint, schiebt er Ringos Kreditkarte zurück. »Bei Einsteigern und ihren Wegbereitern geht es aufs Haus«, sagt er. Und dann zu mir: »Wir machen die Leute gerne abhängig. Wenn du den nächsten Schuss brauchst, weißt du, wo du mich findest.« Er klatscht das Geschirrtuch auf den Tresen und geht zur Espressomaschine zurück, um dort Ordnung zu machen.

»Hier lang!« Ringo ruckt mit dem Kopf, und wir beide versuchen, unsere übervollen Tassen zu balancieren, während wir uns einen Weg in eine Ecke des Ladens bahnen, die, wie ich sehe, schon besetzt ist.

Ein vornübergebeugtes Mädchen mit lilafarbener Schmetterlingsbrille und einem lockigen schwarzen Pferdeschwanz blickt von ihrer Tastatur auf. »Hey, Ringo, hab dich heute nicht so früh erwartet.«

»Notfallevakuierung«, sagt er und nimmt einen Schluck von seinem Espresso. Er zuckt zurück, als er merkt, dass der Kaffee zu heiß ist.

»Lake, das ist meine Freundin Margaret Zee. Margaret, das ist Lake.«

»Hallo«, sagt sie und tippt mit erschreckendem Tempo weiter.

»Margaret programmiert ein paarmal in der Woche Software, um sich ein bisschen was dazuzuverdienen«, erklärt er. »Dann ist da noch unser sprichwörtliches altes Ehepaar, Vance und Kai –« Zwei klapperdürre Jungs mit total gegensätzlicher Hautfarbe blicken auf, winken kurz und lächeln. Sie lauschen gemeinsam mit einem einzigen Kopfhörer, der mit einem durchsichtigen Plastikkasten verbunden ist, in dem sich eine Mini-Schallplatte dreht. »Simone, die hier arbeitet, aber gerade Pause macht. Und Duke, wie in Ellington, der aber auch auf seinen richtigen Namen, nämlich Daljeet, hört.« Ich nehme die Vorstellung aller Leute blitzschnell auf. Simones gerade geschnittener Pony rahmt ein eckiges Gesicht, das aus einem schwarz-weißen Magazin schaut. Frank Sinatra ist auf dem Cover zu sehen. Am Schluss frage ich: »Wer ist Duke Ellington noch mal?«

»Duke ist der Typ dort drüben.« Ringo zeigt auf einen rundlichen indischen Jungen, der ein schwarzes T-Shirt mit einem Smiley trägt. »Duke Ellington ist ein berühmter Jazzmusiker. Keine Verwandtschaft, es sei denn du zählst ihren fantastischen Musikgeschmack dazu.«

»Okay«, sage ich und wippe auf meinen Absätzen. »Da hast du eine ganz schöne Mannschaft um dich versammelt.« Ich bin plötzlich verlegen, weil mir bewusst wird, wie isoliert, wie homogen und *weiß* die Sankt-Theresa-Schule ist – die Welt, in der ich seit der achten Klasse feststecke.

Und dann ist da natürlich noch die Tatsache, dass ich Ringo für einen Einzelgänger gehalten habe. Warum nur? Wegen des blöden Muttermals in seinem Gesicht? Mein Gott, bin ich blöd!

»Können wir uns hier breitmachen?«, fragt er Margaret, während er einen riesigen Stapel Lehrbücher von einem der Stühle an ihrem Tisch entfernt.

»Woher kennt ihr euch?«, frage ich Ringo, aber Margaret antwortet.

»Ich war mal Professor Littlefields Assistentin. Anschließend habe ich Ringo mehr oder weniger adoptiert.«

»Gesprächsthema Nummer eins«, sagt Ringo zu Margaret. »Wie verkorkst ist Lakes Leben?«

»Ich bin gespannt«, sagt sie. »Leicht, stark oder enorm?«

Ringo schaut mich fragend an.

»Gigantisch«, sage ich. »Albtraummäßig.«

Sie runzelt beeindruckt die Stirn. Zum ersten Mal hört sie mit dem Tippen auf, stützt sich auf ihren Ellbogen ab und wartet darauf, dass ich weiterrede.

Ich beiße auf die Innenseite einer Backe. Ich weiß nicht, ob ich mein Herz vor Margaret ausschütten möchte. Aber Ringo lehnt sich zurück und nimmt einen großen Schluck. »Erzähl schon, Margaret kannst du vertrauen.«

Also lege ich los. Ich berichte ihr vom Autounfall und dann beiden vom Angriff aus dem Hinterhalt durch Wills Eltern und am Schluss noch von der Vernichtung des einzig bekannten Zettels-Schrägstrich-Hinweises, den mein toter Freund mir hinterlassen hat und der von meinem älteren Bruder beseitigt worden ist. Dabei lerne ich, dass *doppeldoppel* doppelt Zucker und doppelt Sahne bedeutet und fange tatsächlich an, die Hausmischung, die Ringo mir bestellt hat, und den angenehmen Energie-Kick zu mögen, der mir anscheinend hilft, klarer zu denken. Das Einzige, wovon ich ihnen nichts erzähle, ist Matts Querschnittslähmung und mein Versprechen ihm gegenüber und vor allem nicht, dass ich es schon gebrochen habe.

»So«, ende ich meine Rede. »Ich muss also einen von ihnen auferwecken, und Leute an meiner Schule schließen Wetten ab und das Problem ist, ich habe keine Ahnung, was ich tun soll oder wie ich erfahre, wo Will mich hinschicken wollte.«

Margaret zieht die Wangen ein und atmet lang und leise aus. »Das ist … *beschissen.*« Sie rückt ihre Brille auf der Nase zurecht. »*Echt* beschissen. So beschissen wie …« Sie kratzt sich an der Schläfe.

»Das Allerletzte«, sagt Ringo.

»Genau.« Margaret fängt wieder an zu tippen – *peng, peng, peng.* »Resurrections sind …« Sie schaut hoch. »Hast du es ihr gesagt?«

»Hast du mir *was* gesagt?« Ich drehe mich zu Ringo um.

»*Nichts*«, sagt er und wirft Margaret einen bösen Blick zu, den sie nicht sieht, weil sie ihre Aufmerksamkeit schon wieder dem leuchtend blauen Bildschirm vor sich zugewandt hat. »Wir reden von dir, deinen Problemen«, fährt Ringo fort. »Das reicht.« Ich kneife meine Augen zusammen, aber er redet weiter. »Zieh Streichhölzer!«, sagt er.

»Mach keine Witze!«

»Tu ich nicht.«

Ich funkle ihn an.

»Gut«, sagt er.

Kai schlängelt sich zwischen den Tischen durch und lässt eine Schallplatte vor Ringo fallen, der sich schnell bedankt, bevor Kai zu seinem Kopfhörer zurückkehrt.

»Du brauchst einen neuen Weg«, fährt Ringo fort. »Falls du meinst, dass dir nur die Suche nach dem Heiligen Gral, die dein Freund für dich geplant hat, dabei hilft, eine Entscheidung zu treffen, dann musst du das zu Ende bringen. Überleg dir nur – was wird dich hinführen?«

Ich wringe die Hände auf meinem Schoß. »Ja, du hast recht. Nehm ich an. Ich weiß nicht.« Matt hatte gesagt, dass er eine Gegenleistung von mir haben wollte, wenn er meine Resurrection nicht bekommt, aber ich weiß nicht, was er verlangt. Ringo scheint mir zu sagen, dass ich die Büchse der Pandora öffnen und das herausfinden soll, aber ich weiß nicht, ob ich es will. Ich seufze. »Es gibt noch etwas. Ich habe auf dem *Chatter-Jaw*-Account unserer Schule eine anonyme Nachricht gefunden. Da stand etwas, das ich nicht verstanden habe – dass ich Will wegen Ärger im Paradies nicht auferstehen lassen würde.«

»Habt ihr euch gestritten?«

Ich entdecke, dass man sich mit Ringo unheimlich leicht unterhalten kann, und versuche abzuwägen, wie sehr ich meine Zunge hüten soll, bevor ich sage: »Nein, natürlich nicht.« Will und ich hatten uns oft genug miteinander gekabbelt, meistens wegen irgendwelchem Blödsinn – wenn er im Kino zu laut geredet hatte oder weil er sich gern mit Fremden unterhielt. Penny war immer unser Schiedsrichter. Mit ein paar ruhigen Penny-Sätzen konnte sie uns klarmachen, wer von uns beiden recht hatte, ohne dass der andere das Gefühl bekam, im Unrecht zu sein. »Aber … es stört mich. Warum sollte jemand annehmen, dass er unsere Beziehung besser kennt als ich?«

»Dann frag doch die Person, die das gepostet hat«, sagt Ringo.

»Es ist anonym.«

Das *Klack-Klack* von Margarets Tastatur stoppt. »Ich bin beleidigt«, sagt sie. »Ihr sitzt vor dem Zauberer.«

»Gandalf, Dumbledore …«, führt Ringo sie auf.

»Merlin«, sagt sie.

»Du kannst rausfinden, wer das gepostet hat?«, frage ich. »Du findest jeden?«

Sie verdreht den Mund und zieht eine Schulter bis hoch an ihr Ohr. »Fast jeden. Es muss eine rückverfolgbare E-Mail-Adresse geben, mit der sich der Benutzer eingeloggt hat. Es gibt also Grenzen. Zum Beispiel wenn jemand nicht sein normales Konto und stattdessen eine alternative IP-Adresse oder vielleicht die Private-Message-Funktion benutzt hat. Ansonsten – doch, ja. Zeig mir die Nachricht.«

Ich zeig sie ihr.

»Noch einen, während wir warten?« Ringo zeigt auf meinen leeren Kaffeebecher.

Ich hebe den Daumen, beuge mich zu ihm hin und sage leise: »Ich mag deine Freunde.« Mein Blick streift die vollgestopfte Ecke. Ich weiß nicht einmal, was die Hälfte von ihnen tut. Ich selbst hatte ja nie viele Freunde, und meine ganze Clique wurde vor ein paar Tagen bei einem Unfall ausgelöscht. Aber hier geht es lebhaft zu, und die Beziehungen scheinen lockerer und nicht so eng zu sein wie bei mir.

Ringo zwinkert mir zu, und die unebene Haut um sein Auge knittert. »Bin gleich wieder da.« Er klopft zweimal mit den Fingerknöcheln auf den Tisch und verschwindet in Richtung Theke.

Obwohl ich Ringo gesagt hatte, dass ich seine Freunde mag, zieht sich meine Brust zusammen, als ich mich umschaue und mir klar wird, dass ich nicht zu dieser Gruppe passe. Das Gefühl, außerhalb zu stehen und nicht dazuzugehören, wird in mir immer stärker und schwillt an wie Hefe, die in mir aufsteigt und mir die Luft abdrückt. Das Schreckliche ist, dass ich gedacht hatte, ich hätte das alles überwunden. Ich hatte geglaubt, dass Penny und Will immer in meiner Nähe sein würden, um mich vor diesem Gefühl zu schützen. Dass es okay wäre, wenn ich mit keinem Fremden ein Gespräch anfange, weil Penny nie verlegen war, egal, wo sie hinging – weil Penny jeden Tag und den ganzen Tag lang da wäre. Penny und Will waren mein Wunder, wenn ich niemand anderen hatte, und jetzt bin ich hier wieder allein und frage mich, ob es irgendjemand merken würde, wenn ich einfach aufstehe und losrenne.

Aber dann setzt Kai, der verkehrt herum auf einem Bürostuhl sitzt, die Füße fest auf dem Betonboden ab, saust im großen Bogen auf mich zu und bremst sich an der Tischkante.

Er grinst und lässt seine blendend weißen, aber krummen Zähne blitzen. »Was bist du für ein Mädchen?«, fragt er und reibt sich das Kinn mit der Hand, die auf der Rückenlehne ruht. Er starrt mich mit dunklen Augen an. Seine Frisur ist ein schwarzhaariges High-Top-Fade, wobei kein einziges Härchen die Linie oberhalb seiner Ohren überschreitet.

Ich greife nach meinem Kaffeebecher und merke zu spät, dass er leer ist. »Das ist, ähm, eine Fangfrage.«

Er kneift die Augen zusammen und mustert mich von oben bis unten, als ob er meine Maße erraten wollte. »Ich wette Liz Phair«, sagt er. »Nein, nein.« Er hält einen Finger wie ein Ausrufungszeichen hoch. »Nein, Moment, etwas mit einem bisschen mehr Pep. Und Girlpower!« Er klatscht in die Hände. »Letters to Cleo?«

Er wartet ab, und mir schwant endlich, dass ich mit einer Antwort reagieren soll. »Sind das … Bands?«, rate ich und beiße mir auf die Unterlippe. Er macht große Augen und nickt flüchtig, als ob er sagen wollte *Hallo? Natürlich sind das Bands.* »Ich weiß nicht, ich glaube, ich bin eher ein Top-40-Mädchen.« Ich zucke innerlich zusammen, weil mir klar ist, dass es die falsche Antwort war.

Kai umklammert seinen Hals und streckt mir dramatisch eine Handfläche entgegen. »*Jesus take the wheel!*«, ruft er mit theatralischer Stimme. »Bitte, bitte, bitte sag mir, dass du das Ringo noch nicht verraten hast. Der Junge ist zerbrechlich wie das Hochzeitsgeschirr meiner Mama und so was könnte ihn fertigmachen.«

»Mein … Musikgeschmack?«

Verwirrung und Sorge müssen mir anzusehen sein – *Ringo zerbrechlich? Und ist es ihm nicht egal, was ich mir im Radio anhöre?* –, weil Vance seinen Stuhl zu uns rüberzieht. Vance ist genauso dünn, langgliedrig und knochig wie Kai, aber er hat die Hautfarbe eines Vampirs. Er hat seine dunklen Haare unter eine Strickmütze gestopft, und ein schwarzes Brillengestell rahmt sein kantiges Gesicht.

»Verzeih ihm!« Vance nickt Kai zu. »Seine Mutter hat ihn im zarten Kindesalter ins Theater-Camp geschickt.«

Kai tut so, als ob er beleidigt wäre. »Verzeih *dir*! Die Leute im Camp sind immer noch total begeistert von meinem Auftritt als Artful Dodger in *Oliver Twist*.«

Vances Augenbrauen heben sich über seiner Brille.

Simone schaut hinter ihrem dichten Pony zu uns rüber. »Nerven dich die beiden?«, fragt sie.

»Ich glaube nicht«, sage ich schnell, aber Simone wirft ihnen trotzdem einen strengen Blick zu.

»Ein Umstyling!« Kai hüpft auf seinem Stuhl herum. »Das machen wir.« Er sieht wahrscheinlich meinen skeptischen Blick, weil er »Oh, Gott, nein!« sagt. »Du siehst super aus. Ich meine ein musikalisches Umstyling. Und echt – nur, weil ich schwul bin, heißt das noch lange nicht, dass ich frisieren kann.«

Vance legt eine Hand auf Kais Knie, eine Geste, die liebevoll wirkt und mit der er gleichzeitig seinen leicht erregbaren Freund beruhigen will. »Er versucht, dich zu indoktrinieren«, sagt Vance. »*Du weißt, wir akzeptieren sie, sie ist eine von uns, Schlürf-Schmatz*, so was in der Art.«

Kai verzieht das Gesicht und verdreht die Augen. »Das ist ein Zitat aus dem uralten Horrorfilm *Freaks – Missgestaltete*«, erklärt Kai und winkt ab. »Er mag eben auch alte Filme, was nicht zu seinen feineren Eigenschaften gehört.«

»Nicht, wenn du im Vorspann um sieben Uhr abends schon einschläfst«, gibt Vance zurück.

»Bitte – wenn ich dreißig bin und ein Gesicht wie ein Babypopo habe, dann schauen wir mal, wer meckert.«

»Immer noch ich«, erwidert Vance. Ich schaue von einem zum anderen, als ob ich mir ein Tennisspiel ansehen würde. Weder Duke Ellington noch Simone scheint es aufzufallen, also kommt dieses Hin und Her öfter vor.

Ich habe fast vergessen, was ich hier mache und worauf ich warte, als Kai an meiner Schulter vorbeischaut und sagt: »Gib uns den Song für heute!« Ich drehe mich um und sehe, dass Ringo mir eine neue Tasse Kaffee bringt.

Er lächelt auf uns herunter. Er hat ein schönes Lächeln, völlig unberührt von seinen unterschiedlichen Hautfarben, und ich muss wieder daran denken, dass Kai Ringo verletzlich genannt hat. Und ich frage mich, ob das stimmt.

»*Come together*«, sagt er.

»Ich … das kenne ich auch nicht«, gestehe ich, aber Vance holt schon seinen Laptop und reicht mir den Kopfhörer, den er mit Kai geteilt hat. Er geht eine Liste auf dem Bildschirm durch und wählt die Play-Taste. Ich versuche, mich bei dem Beatles-Song zu entspannen und nur einen Augenblick lang zu leben, als ob das Gewicht der Erwartungen von allen anderen und meiner eigenen Sehnsucht nach Penny und Will mir nicht die Luft aus der Lunge pressen würde.

Ich lausche, bis Margaret mir einen Zettel zuschiebt, auf dem ein Name steht, und der schöne Song, der meine Sorgen übertönt hat, in meinen Ohren schrill wird und die Jonglierbälle von Ringos Café-Freunden auf mich niederprasseln.

# Kapitel vierzehn

## 1.343 TAGE

In der Mittelschule war Jenny meine beste Freundin. Es war wichtig, in der Mittelschule eine beste Freundin zu haben. Jeder, der jemand war, hatte einen besten Freund oder eine beste Freundin, und Jenny war eine gute, denn sie kaufte uns gleiche Armbänder, hängte sich immer bei mir ein, wenn wir in unsere Klasse gingen und nannte mich mit ihrer lauten, schrillen Stimme, die alle hören konnten, ihre allerbeste Freundin. Aber ich mochte sie nicht wirklich. Wenn ich mehr als zwei Stunden mit Jenny verbrachte, machte mich ihr Gekreisch wahnsinnig. Und Jenny wollte immer Tänze zu Songs einstudieren, die mir nicht gefielen. Es ist mir richtig peinlich, zugeben zu müssen, wie oft ich mich für meine Mutter entschied, wenn ich die Wahl hatte, entweder mit ihr oder mit Jenny was zu unternehmen.

Mit Penny und Will ist alles anders. Penny hat so eine Theorie, dass Seelenverwandte kein Liebespaar sein müssen. Was wir drei ja sind – Seelenverwandte.

Nachdem ich jetzt seit drei Monaten auf die Sankt-Theresa-Schule gehe, sitzen wir eng zusammen auf dem Fußboden von Wills Zimmer. Ich drücke meinen Rücken an die geschlossene Tür und lausche dem dumpfen Geschrei seiner Eltern.

»Sie heißt Linda«, verkünde ich feierlich.

»*Linda?*« Penny zieht die Nase kraus. Sie sitzt im Schneidersitz da und lässt ihre Handrücken auf den Knien ruhen, als ob sie meditieren würde. Ihre gemusterte Seidenhose fällt weich auf den Teppich. Ihre Armreifen sind still. »Linda«, wiederholt sie. »Der Name strahlt eine sehr kalte Energie aus, oder?«

»Ich hab mich noch nie mit der Energie des Namens Linda befasst«, wispere ich.

Penny sagt noch einmal tonlos *Linda*. Als würde sie immer noch darüber nachdenken.

Will lässt den Kopf zwischen seine Knie sacken. »Seine Sekretärin. Mein Gott, das ist ja so was von *abgedroschen*!«

Penny und ich werfen uns besorgte Blicke zu.

»Ich finde, das verlangt Knabberzeug«, sage ich.

»Ich lausch an der Tür«, bietet Penny freiwillig an.

Ich gehe auf die Knie und ziehe eine kleine Plastikwanne unter Wills Bett hervor. Eine schlappe Socke kommt mit heraus, die ich unter dem Volant der Bettdecke zurückschleudere. Ich werfe die Tüten mit den Donuts und Kartoffelchips zwischen Will und mir in die Mitte und reiche Penny die gedörrten Kohl-Chips und Mandeln.

»Danke«, sagt Penny leise und steckt sich einen Kohl-Chip in den Mund.

Ich sehe ihr beim Kauen zu, während ich mir die Knie unter das Kinn stecke. Heute war bereits was geschehen, was ich keinem meiner Freunde erzählt habe. Matt hatte mit mir geredet. Ich zog mich gerade an, um zu Will zu gehen. Matt schien nervös zu sein. Er machte Small Talk – redete von einem Pelikan, dem er zugesehen hatte, wie er ins Meer tauchte und mit irgendwas im Schnabel wieder hochkam. Ich hatte es eilig und hörte kaum zu. Ich wollte doch ganz schnell herkommen, weil Will in einer Krise steckte. Aber Matt hatte die Anfangszeiten des Kinos auswendig gelernt, damit er sie mir sagen konnte, um mit mir einen Film anzuschauen. Und ich hatte nicht richtig hingehört. Das wird mir jetzt auf dem Fußboden von

Wills Zimmer klar, in dem alle Lichter ausgeschaltet sind. »Ich komm heute spät nach Hause, Matt, oder morgen«, sagte ich, als ich um seinen Rollstuhl flitzte. Ich habe ein ungutes Gefühl im Magen – jetzt, wo ich Matts langes Gesicht vor mir sehe.

Aber während ich Will beobachte, der nur ein paar Zentimeter von mir entfernt sitzt – der Junge, der immer für mich da ist und mir das Gefühl gibt, irgendwo hinzugehören –, denke ich: Was hätte ich anderes tun können?

»Ich hasse ihn«, sagt Will, und ich versuche, wieder richtig zuzuhören. Weil wir drei auch eine Familie sind. »Wie kann er meine Mutter einfach verlassen?« Wills Stimme klingt, als ob sie einen Kratzer hätte. Ich rutsche näher an ihn ran, sodass sich unsere Hüften berühren. Ich lasse meinen Kopf auf seine Schulter sacken. Penny lächelt mich traurig an. Will schnieft, und ich schiebe die Gedanken an meinen Bruder wieder beiseite – den Menschen zuliebe, die mich nicht so schwer schuften und mich dabei hundeelend fühlen lassen, nur weil ich die Ehre habe, sie zu lieben.

*Das* ist Familie. Wills und meine Familie haben das anscheinend vergessen. »Was, wenn es sich vererbt?«, fragt Will. »Ein gemeiner Lügner zu sein, meine ich.« Ich weiß, dass Will gerade eine Tragödie durchlebt, und es tut mir wahnsinnig leid, aber gleichzeitig fühlt sich alles so richtig an, weil er es anscheinend völlig okay findet, diese Seite von ihm Penny und mir zu offenbaren. Es ist das hoffnungsvollste Zeichen für mich, dass die Wochen, die wir seit der Sache mit dem Vogel miteinander verbracht haben, keine vorübergehende Phase ist. Will und ich sind da, um Penny zu beschützen, und ich lerne gerade, dass Penny und ich da sind, um Will zu beschützen.

»Tut es nicht«, sagt Penny leise.

Ich spüre, wie Will sich bewegt, und ich nehme meinen

Kopf von seiner Schulter. Dabei sehe ich, dass seine dunkelbraunen Augen auf mich gerichtet sind. »Versprich mir, dass ich nie wie er sein werde!«

Meine Zungenspitze presst sich an meinen Gaumen. Mir läuft ein Schauder über den Rücken. Ich hatte mir mit Matt alle Mühe gegeben, bis es nicht mehr ging, und nachdem ich es sein ließ, habe ich das hier gefunden. »Ich versprech es.« Meine Worte sind fast zu leise. Und in genau diesem Moment weiß ich, dass es stimmt. Ich bin dabei, mich in Will Bryan zu verlieben.

»*Pst*, *pst*, ihr zwei!« Penny schlägt mit dem Arm nach uns. Sie beugt sich vor und presst ihr Ohr an die Tür. Sie hebt einen Finger – wir sollen warten. Der Finger senkt sich langsam. »Will, du bekommst eine Schwester«, sagt sie.

# Kapitel fünfzehn

## 18 TAGE

Margaret hat den Namen des anonymen Senders in weniger als einer Stunde herausgefunden. Ich brauche den Zettel, auf den sie ihn notiert hat, nicht mitzunehmen. Ich werde den Namen, den ich schon kenne, nämlich nicht vergessen: Harrison Vines.

Er geht an der Sankt-Theresa-Schule in meine Klasse. Es ist allgemein bekannt, dass er seit dem Moment, in dem ich das Schulgelände betreten habe, in mich verknallt ist und *ich* ihn für ein sexistisches Schwein halte. Soweit ich weiß, glaubt er trotzdem, dass wir zusammenpassen. Es besteht also die mehr als 80-prozentige Chance, dass Harrison alles nur erfunden hat, weil er hofft, dass Wills Tod eine Leere hinterlässt, und zwar in meiner Hose.

Das wäre allerdings krass, selbst für Harrison.

Ich beschließe, auf der Heimfahrt am Badestrand anzuhalten, wo er den ganzen Sommer lang als Rettungsschwimmer arbeitet. Als ich den Strand erreiche, hat der späte Nachmittag gerade angefangen, in die Abendstunden überzugehen. Die Sonne ist orangefarben und rauchig geworden, und ihr unterer Rand küsst sanft den Horizont, wo sie langsam in der größten Pfütze der Welt versinken wird. Europäische Touristen in ihren engen Badehosen und den mit Sonnencreme beschmierten Nasen klappen ihre Sonnenschirme zu und machen sich bereit, sie zum Parkplatz zu schleppen, den man noch mindestens eine Stunde lang nur mit Sandalen betreten kann.

Ich schleudere meine Schuhe in das dicht stehende Schilfrohr, das neben der hölzernen Strandpromenade wächst, und gehe auf das blaue Häuschen der Rettungsschwimmer am Ufer zu. Eine grüne Fahne flattert im Wind und lässt die Strandbesucher wissen, dass das Wasser ruhig ist und keine angriffslustigen Meerestiere zu sehen sind. Aber als Einheimische schwimme ich nie in der Abenddämmerung, weil sie für die Haie Abendbrotzeit ist.

»Harrison!«, brülle ich durch meine hohlen Hände und komme näher. »Harrison!« Das Surfbrett und die orangefarbenen Rettungsbojen sind halb im Sand vergraben, was bedeutet, dass die Rettungsschwimmer ihren Dienst noch tun. »Harrison Vines!«

Ein Kopf taucht über dem Geländer der blau gestrichenen Hütte auf Stelzen auf. Der Junge hebt seine verspiegelte Sonnenbrille und steckt sie in seinen dichten straßenköterblonden Haarschopf. »Lake?«

»Ich komme hoch«, sage ich und erklimme die sandigen Stufen der Leiter. Meine Handflächen schaben am ausgedörrten Holz entlang. Harrison wartet auf mich. Er hat ein T-Shirt und weiße Shorts mit einem roten Kreuz auf der Seite an. Auf seiner Brust baumelt eine Pfeife.

»Ist alles okay?«, fragt er, und es klingt, als ob er sich wirklich Sorgen macht.

»*Nein*, es ist *nicht* alles okay.«

»Richtig.« Er stemmt die Hände in die Hüften und nickt. »Ich hab verstanden.«

»Ich weiß, dass du verstanden hast«, sage ich.

Er quetscht sein Kinn mit dem Daumen und Zeigefinger zusammen, bis es ein Grübchen hat. »Hör zu! Ich bin noch zehn Minuten im Dienst. Bis dahin darf ich auf dem Stand keine

Besucher empfangen. Würde es dir was ausmachen, drinnen zu warten?«

Ich verdrehe die Augen. »Echt?«

»Glaub, was du willst, aber ich mache meinen Job gut, okay? Also – entweder rein oder runter. Such es dir aus!«

Ich schnaufe. Ich kann Harrison nicht leiden, aber ich darf auch nicht vergessen, dass ich in den letzten vier Jahren kaum mit ihm geredet habe. Eigentlich habe ich fast nur mit Penny und Will geredet, und das war genau das, was ich wollte.

Ich gehe an Harrison vorbei in die Hütte. Er steht im Türrahmen und guckt aufs Meer. Im Flachen paddeln noch ein paar Schwimmer. Er trommelt mit den Fingern auf das Holz. »Wir haben eine Kühlbox«, sagt er. »Nur für die Freizeit gedacht.« Er schaut mir ins Gesicht, um klarzumachen, dass er die Wahrheit sagt. »Aber es sind ein paar Bierdosen und Weinschorle drin. Bedien dich!«

Ich will ablehnen. Ich trinke normalerweise keinen Alkohol. Hier und da ein paar Schluck, vielleicht ein Glas, aber dann fällt mir ein, dass meine einzigen beiden Freunde tot sind, mein Bruder mich hasst und mein Leben aus den Fugen geraten ist, und ich wühle im Eis, bis meine Finger erfrieren und sie mit dem schlanken Hals einer Mandarinen-Weinschorle auftauchen. Ich nehme den Flaschenöffner von einem Kistenstapel, der gleichzeitig als Schreibtisch dient, und lasse mich auf einem Liegestuhl nieder.

Der Frucht- und Alkoholgeschmack ist herb und köstlich auf der Zunge. Ich merke, dass ich schon die halbe Flasche geleert habe und mir die Schorle zu Kopf steigt, bevor mir einfällt, dass ich ja noch fahren muss, und zwinge mich, den Rest aus meinem Blickfeld unter dem Liegestuhl zu verstauen.

Endlich bläst Harrison in seine Pfeife. Er nimmt die Fahne

aus ihrer Halterung am Geländer, schwenkt sie und legt sie dann auf den Treppenabsatz.

Er taucht in der Hütte auf, und wir starren uns an, als stammten wir von verschiedenen Planeten und würden zum ersten Mal außerirdisches Leben entdecken. Harrison nimmt die Pfeife vom Hals und hängt sie an einen Nagel.

»Soll ich raten, warum du hier bist, Lake? Es tut mir leid wegen Will und Penny. Das Team plant eine Trauerfeier oder so was für Will, aber sie warten erst mal ab, was passiert.« Harrison und Will hatten beide zum Lacrosse-Team der Schule gehört. Sie hatten nicht viel zusammen unternommen, aber man musste Will einfach mögen, also weiß ich, dass sie miteinander auskamen, und ich glaube Harrison, wenn er sagt, dass es ihm leidtut.

»Warum hast du behauptet, dass ich Will nicht wählen würde?«, frage ich, und zu meiner Überraschung klingt es überhaupt nicht böse, eher neugierig. Wie: *Bitte sag mir Bescheid, sag mir, warum ich stattdessen Penny wähle.* Als ob Harrison Vines ein Orakel wäre.

»Wovon redest du?« Harrison dreht seine muskulösen Schultern von mir weg.

»*ChatterJaw.* Warum hast du das gepostet? *Ärger im Paradies?*« Ich lasse meine Hände verzweifelt auf meine nackten braunen Schenkel fallen.

Seine Augenbrauen zucken für den Bruchteil einer Sekunde. »*ChatterJaw* ist anonym.«

»Nicht wenn du die richtigen Leute kennst.« Es fühlt sich gut an, die Situation unter Kontrolle zu haben, auch wenn es ein Schritt in einem völlig verrückten, außer Kontrolle geratenen Prozess ist. »Also gib dir keine Mühe, mir was vorzumachen, okay? Wir beide wissen, dass ich wenig Zeit habe.«

Harrison seufzt und lehnt sich an die Kisten. Er hat helle sonnenbrillenförmige Flecken um den Augen. »Warum, glaubst du wohl?«

»Ich weiß nicht. Du bist auf eine verrückte, gruselige Stalker-Art in mich verknallt? Du bist gemein? Du folterst gerne kleine Tiere und tanzt auf Grabsteinen?«

Er lässt den Kopf sinken und starrt mich ausdruckslos an. »Lake, ich gehe seit einem Jahr mit Maya aus.«

»Oh.« Ich presse die Lippen zusammen. »Das wusste ich nicht. Herzlichen Glückwunsch. Maya ist nett.«

Er lacht gereizt. »Ja, das ist sie.« Dann fährt er sich mit der Hand durch die Haare, die vor lauter Salz in der Luft steif sind. »Ich hätte das nicht posten dürfen. Ich würde es löschen, wenn ich könnte. Es war dumm.«

*ChatterJaw*-Posts sind permanent. Was auch immer auf dem virtuellen Bulletinbord erscheint, bleibt. Punkt, Ende, aus. Einer der Gründe, warum die besoffenen Samstagnacht-Threads am Sonntagmorgen so schön zu lesen sind.

»Du hast es aber getan!«

»Ich – schau, ich weiß nicht, was ich gesehen habe. Vielleicht war es nichts. Maya dachte, dass es nichts war. Sie hat immer wieder gesagt, dass ich mich einmische, wo ich nichts zu suchen habe. Aber – ich weiß nicht – es war nur an dem einen Tag. Ich war im Umkleideraum und für das Training spät dran, weil ich ein Pflaster auf mein Knie kleben musste. Will hatte sein Handy wohl gerade auf die Bank gelegt, weil das Display noch geleuchtet hat und so viele Nachrichten ankamen. Von *ChatterJaw*. Sein Handy ist regelrecht explodiert. Ich wollte wissen, was los war, weil ich dachte, es müsste was Großes sein. Ich konnte nicht anders – okay, gut, vielleicht hätte ich es lassen sollen –, aber du weißt ja, es versetzt einen in Alarmbereitschaft, wenn es auf einen Thread, den du gepostet hast, eine Reaktion gibt. Ich hab also nachgeschaut, und nur zwei Leute haben auf den Thread geantwortet. Ich hab mir einige Nachrichten durchgelesen, und sie schienen – na ja, es ist irgendwie schwer zu sagen.«

»Sie schienen was?«

Er zwickt seinen Nasenrücken. »Ich weiß nicht, Lake. Will war ein guter Typ, einer der besten, also will ich nicht sagen, dass es was Schlimmes war. Ich dachte, dass du Bescheid weißt, ehrlich, aber dann – schau, du kannst den Thread selber lesen. Schau im »Spilled« Forum nach – vor ungefähr einem Monat. Der Titel war *Liebe ist was für Faker.*« Der Titel allein sorgt dafür, dass ich mich aufsetze. »Ich glaube, sie haben sich private …«, sagt er.

»Wer?«, frage ich.

»Woher soll ich das wissen? Es ist doch anonym.«

Meine Lippen kräuseln sich. Ich weiß nicht, was ich sagen soll. *Liebe ist was für Faker?* Nie im Leben hätte Will Bryan so einen Thread produziert. Es sei denn, er hätte Spaß gemacht oder sich gestritten oder sonst was. Harrison Vines kannte Will nicht wirklich. Ich aber schon.

Ich stehe auf, um zu gehen. »Danke für den Drink«, sage ich.

»Lake?« Er hält mich auf, als ich den ersten Schritt auf der Leiter zum Strand hinunter machen will. »Falls es dir hilft – mein Onkel wurde auferweckt. Du könntest mit ihm darüber reden, wenn du möchtest.«

Ich schlucke. »Okay, ich … schätze das, Harrison.«

Der Sand kitzelt meine nackten Füße auf dem Holz.

»Leute können erwachsen werden, weißt du?«, sagt Harrison zu meinem Hinterkopf. »Wenn man ihnen eine Chance gibt.«

Ich zucke mit den Schultern. Ich weiß, was er meint, bin

aber nicht sicher, wie ich ihm jetzt dabei helfen kann. Ich mache einen Umweg zum Auto zurück und gehe am Wasser entlang, das ans Ufer schwappt. Die Sandburgen des Tages verschwinden, wenn die Flut sie auseinanderreißt – entweder sie zerreißt sie oder sie macht den Strand wieder ganz. Es ist immer noch schwer zu sagen.

# Kapitel sechzehn

## 18 TAGE

*Liebe ist was für Faker*
Ich bin ein Mosaik aus scharfen
Kanten und zerbrochenen Dingen
Solange einer nicht so genau
hinschaut – nicht einmal ich –,
ist keins von den hässlichen
Teilen zu sehen
Von den Teilen, die die Liebe
zerstören und Löcher in Herzen
reißen wollen
Aber ich bestehe immer noch
aus den zerbrochenen Dingen
Auch wenn es niemand weiß,
Spüre ich noch,
Wie sie mich in der Seele treffen

Hast du das geschrieben?

Ja, ein Teil von mir hat es
geschrieben

Ist es wahr?

Ich glaube schon, jedenfalls oft

Waren die hässlichen Teile
zu sehen, als du das gesagt hast?

Ja

Vielleicht sind sie nicht
so hässlich, wie du denkst

Oder sie sind noch hässlicher

Ich hab manchmal
das gleiche Gefühl

Was für ein Gefühl?

Als ob alles nur Theater wäre.
Wo ist der Sinn?
Als ob nichts davon das ist,
was ich im Innern bin
Als ob ich andauernd auf
der Bühne stehen würde
Und den tollen Typ spielen
würde

Bist du kein »toller Typ«?

Vielleicht kein toller Typ
Aber ich bin ein anständiger
Typ, denke ich
Ich wollte ein TT sein, aber
vielleicht bin ich ja
doch nur ein Trickser
Es ist
...

Anstrengend?

Mann, ich jammere hier rum

Hör auf. Der TT spricht aus dir
Sei heute vielleicht einfach
nur der Anständige

Die Sache ist die,
ich weiß nicht, ob ich jetzt
damit anfangen kann

Das tust du doch schon

Ich reiß deinen Thread an mich

Du bist der Einzige, der
ihn liest

Seit wann schreibst du Gedichte?

Sind es Gedichte? Ich finde,
es sind nur Wörter

Du hast Glück, du kannst über
die wahren Dinge schreiben

In einem anonymen Forum …
Es hilft, glaube ich. Auch wenn
es niemand liest,
weiß ich, dass ich dort
irgendwo bin,
wo ich mich finden kann

Ich werde es lesen

Schreibst du?

Nein. Ich zeichne.
Hauptsächlich doofe Cartoons

Ich würde irgendwann
gern einen sehen

Wenn du Glück hast

Ich dachte, das hätten wir
schon geklärt ^^

# Kapitel siebzehn

## 17 TAGE

»Okay, du gewinnst.« Ich starre von oben auf meinen Bruder, der seinen Rollstuhl in einer Ecke seines Zimmers geparkt hat und den Blick auf einen erfundenen Punkt hinter seinem Fenster richtet, während er einem französischen Hörbuch lauscht. Ich drücke *Pause* auf dem Media-Player. »Ich will, dass du mir den Hinweis gibst. Sag mir, unter welchen Bedingungen.«

Ich habe aufgegeben. Ich bin erschöpft. In der vergangenen Nacht bin ich auf gerade mal zwei Stunden Schlaf gekommen. Das Geflüster der Worte im *ChatterJaw*-Thread ging weiter und weiter und weiter. Ich hätte mir die Haare ausgerissen, wenn es dadurch aufgehört hätte.

Matt bläst in seinen Strohhalm und wirbelt herum, um mir ins Gesicht zu sehen. Er starrt mich, ohne zu zwinkern, auf seine sture Art an, die einem das Gefühl gibt, dass er einen inneren Teil entdeckt hat, den man lieber weiter verbergen möchte. Ich warte auf die Verwandlung in meinen Bruder vor dem Unfall, der manchmal ganz lebendig in seinem Gesicht auftaucht. Dann erwarte ich halb, dass er aufsteht und erklärt, seine Lähmung sei auf eine ganz raffinierte Art nur vorgetäuscht. Aber diesen alternativen Bruder gibt es nicht, nicht einmal für eine flüchtige Sekunde. Was die Sache auch irgendwie erleichtert. »Du musst versprechen, mich mitzunehmen«, sagt er ohne sein hartes Lachen in der Stimme.

»Wohin?«, frage ich.

»Zu jedem Haltepunkt der Schnitzeljagd.« Er spricht die Wörter wie ein Professor aus.

»Und wieso würdest du das wollen?«

Mein Bruder verlässt das Haus nur, um zum Arzt zu gehen, was jedes Mal eine Tortur ist. Er muss ins Auto geladen werden. Und dann ist er so schnell erschöpft, dass er eine Fahrt, die länger als zehn Minuten dauert, kaum aushält und vor lauter Müdigkeit und Gereiztheit flucht. Ganz zu schweigen von der Tatsache, dass er die Außenwelt hasst.

»Abschluss«, sagt er.

»*Abschluss*«, wiederhole ich. »Für wen?«

»Dich.«

»Es klingt, als ob dies das Ende von Penny und Will für mich wäre.« Ich kneife die Augen zusammen. »Das wird es aber nicht sein. Trotzdem – was hast *du* davon?«

Er zwinkert langsam und mit Absicht. Er weigert sich, sich zu beeilen, obwohl er weiß, dass die Minuten an mir vorbeirauschen und mein Geburtstag immer näher und näher und näher rückt. »Ich bekomme die Chance, meine Argumente vorzubringen«, sagt er. »Eine Audienz, wie man im Mittelalter gesagt hätte. Um dich davon zu überzeugen, dass du mit mir *immer noch* die richtige Wahl treffen würdest.«

Ich wende den Blick ab, um aus dem Fenster zu starren. Ja, okay, wobei ich gar nicht sicher bin, dass Matt jemals die richtige Wahl war.

Früher zupfte ich so lang an meiner Nagelhaut herum, bis sie blutete. Ich machte mir Sorgen, dass meine Eltern absichtlich einen Unfall bauen würden, um meinem Bruder zu seinem Tod zu verhelfen. Schon mit vierzehn Jahren wusste ich, dass es kein Zurück geben würde. Nicht als Familie. Ob er ertrank oder von einem Balkon fiel oder sie ihm den Kopf einschlugen oder er aus Versehen an einer Überdosis starb – sie würden bewusst den letzten Faden ziehen, der uns zusammenhielt, und sie und mein Bruder würden nicht mehr dieselben Leute sein, die ich lieb hatte. Und ich sollte mit von der Partie sein.

»Okay, ich nehm dich mit«, sage ich. »Auf die Schnitzeljagd. Aber gib mir den ersten Hinweis, damit ich mit der Sache weiterkomme.« Zuvor hatte ich mir Sorgen gemacht, dass ich ein Stück von Penny und Will verschenke, wenn ich Matt beteiligen würde. Jetzt mache ich mir Sorgen, dass ich kein Stück von Will oder Penny zurückbekomme, wenn ich ihn nicht beteilige. Ich schwöre mir, das nicht geschehen zu lassen. Also wird er Beifahrer. Fertig und aus.

»Zu jedem Haltepunkt und bis ans Ende?«

»Zu jedem Haltepunkt und bis ans Ende.« Ohne den ersten Tipp kann ich den Weg nicht finden. Und ich brauche ihn jetzt mehr denn je. Wegen der Sache, die Harrison mir erzählt hat. Weil sie – wer immer *sie* war – etwas von Will wusste, das ich nicht wusste. Er hatte mit diesem anonymen Mädchen etwas geteilt – wenn es sich überhaupt um ein Mädchen handelte –, das er nicht mit Penny oder mir geteilt hatte.

Nachdem ich mit Harrison geredet und den Thread gelesen hatte, der alles auf den Kopf stellte, war ich wieder ins Café gegangen, um zu sehen, ob Margaret den anderen User ausfindig machen könnte. Es war mir egal, ob ich meine Grenzen überschritt oder nicht, von einer relativ Fremden zu viel verlangte und das Café einen zwanzig Minuten dauernden Umweg nach Hause bedeutete. Aber Margaret und Ringo waren nicht da, und ich blieb mit tausend Fragen und keinen Antworten zurück.

In der Zwischenzeit wollte ich das Universum in Ordnung bringen. Ich wollte die Wünsche finden. Will durch die Worte hören, die er auf Zettel geschrieben hatte. Wissen, dass Will und ich nicht nur eine Institution, sondern das einzig Wahre waren.

Ich will aber nicht lügen. Ich fühle mich schuldig, wenn ich meiner Mutter sage, dass ich mit Matt ausgehe. Weil sie so hoffnungsvoll guckt und ich am liebsten weinen möchte, weil ich ihr Herz nicht ganz machen und meines gleichzeitig reparieren kann. Wir müssen ihren Van nehmen, weil er das einzige Fahrzeug ist, das für Matts Rollstuhl ausgerüstet ist. Ich habe gehört, dass es Querschnittsgelähmte gibt, die mithilfe von Handsteuerungen Autofahren können, aber Matt gehört leider nicht dazu. Und ich frage mich manchmal, wenn ich mich dabei erwische, über solche Sachen immer noch nachzudenken, wie nur eine kleine Änderung seines Zustands – wenn sein Rückgrat nur einen Wirbel tiefer gebrochen wäre – seine Lebensqualität verbessert hätte.

Mom stellt einen Haufen Fragen: Wo wir hinfahren und was wir tun wollen und wann wir zurückkommen. Wahrscheinlich hat Matt sich schon vorher alles genau überlegt, weil er auf alle Fragen eine Antwort hat. Wir fahren zur Bibliothek. Jemand hält am Nachmittag dort einen Vortrag. Irgendwas über den Bürgerkrieg. Mom schaut mich die ganze Zeit an. *Bist du sicher?*

Sie macht sogar Einwürfe und meint, ich hätte zu viel im Kopf und dass es vielleicht besser wäre, wenn ich in der Nähe bleibe, aber ich sage, es geht mir gut und dass ich mal aus dem Haus muss.

Wahrscheinlich bestärken sie ihre Hoffnung und die Tatsache, dass ich keine Freunde mehr habe, in dem Glauben, dass ich *mit Matt* aus dem Haus muss.

Matt gibt den ersten Hinweis erst dann zum Besten, als

wir den ganzen Ladevorgang beendet haben und aus unserer Straße gefahren sind. Ich mache am Straßenrand halt, wo die Reifen von Moms Van die zerbrochenen Muschelschalen, die dort verstreut liegen, zersplittern. Der Geruch nach faulendem Seegras dringt durch die geschlossenen Fenster.

»Also?« Ich schalte in Parkstellung. »Wehe, du hast ein Wort vergessen!«

»Willst du den Tipp nun oder nicht?«, fragt Matt von hinten.

»Sorry«, murmele ich.

Er räuspert sich und redet dann wie ein Surfer-Boy, was ich nicht schätze: »Willkommen zu deiner großen, tollen, fantastischen, megakrassen Wahnsinns-Geburtstagsüberraschungs-Schnitzeljagd! Erster Hinweis: Unsere Inspiration war wie eine Art Schuh. Ich war nervös und so warst du. Geh hin, wo Strolche willkommen sind. Bring ein Bällchen geschwind, bevor deine Chance verrinnt. Vermassel es nicht, Devereaux! Alles Liebe, Will.« Matt gibt am Ende den nachgeäfften Akzent auf, der mich übrigens überhaupt nicht an Will erinnert. Will hatte eine schöne tiefe, aber nicht zu tiefe Stimme und klang nie wie ein Idiot. »Zufrieden?«

Ich schließe die Augen. »Noch mal!«

Er wiederholt den Text. Wort für Wort das Gleiche. Also weiß ich, dass alles echt ist und dass er nichts vergessen hat. Anschließend rutscht mein Herz in die Tiefe, Rippe für Rippe, bis es auf dem Grund meines Magens landet. »*Mist*«, stöhne ich und lasse meine Stirn auf das Lenkrad sinken. »Ich weiß nicht. Ich weiß nicht, was er gemeint hat.« Das hatte ich nicht erwartet. Ich haue mit der Faust auf das Armaturenbrett. »Wiederhol die letzte Hälfte noch mal!«, befehle ich.

»Geh hin, wo Strolche willkommen sind«, zitiert Matt.

»Ehrlich gesagt, ich glaube, er meint ein Bordell. Das scheint mir für Will der logischste Ort zu sein.«

Ich sitze lange genug aufrecht da, um ihn durch den Rückspiegel anstarren zu können. Ich habe jedoch ein Problem. Will hatte geplant, dass ich mit ihm zusammen auf die Schnitzeljagd gehe, was bedeutet, dass er mir, falls ich stecken geblieben wäre, weitergeholfen hätte. Okay, wahrscheinlich hätte er mich leiden lassen, bevor er gnädig gewesen wäre, aber ich hätte es bis ans Ende geschafft. Ich hätte den Preis bekommen.

Und jetzt?

*Denken, Lake, denken!* Ich war so sicher gewesen, dass dies die Antwort war. Meine Methodik. Mein Weg zurück. Alles. Aber wenn ich sie nicht nutzen konnte, was dann?

Ich spüre die verräterischen Anzeichen von Tränen, die mich hinter meiner Nase und in meinen Augenhöhlen kitzeln. Ich möchte nicht vor meinem Bruder weinen, aber ich bin nicht sicher, ob ich es vermeiden kann. Ich lasse meinen Kopf auf dem Lenkrad und versuche, meine Schultern nicht wackeln zu lassen.

Matt seufzt laut. Dann sagt er: »Italien.«

»Was?« Ich drücke meine Fäuste auf die Augen und wische die Tränen weg.

»Italien. Italienisches Essen.« Matt murmelt, sodass ich mich anstrengen muss, ihn zu verstehen. »Wie eine Art Schuh«, sagt er. »Er meint einen Stiefel. Italien sieht wie ein Stiefel aus.«

Ich drehe mich zu ihm um. Der Sicherheitsgurt schneidet in meine Brust.

»Hat irgendein italienisches Restaurant eine besondere Bedeutung für dich?«, fragt er.

In meinem Hals sitzt ein Kloß. »Ja«, wispere ich. »Ja, wir … hatten unser erstes richtiges Date im *Taterelli*.«

Matt presst seine Lippen zu einer geraden Linie zusammen. »Na, da hast du's doch. Das ist bestimmt die Antwort.«

Ich beobachte meinen Bruder genau, bevor ich mich endlich wieder umdrehe und schalte. »Danke«, sage ich und stelle fest, dass ich es ehrlich meine.

Ich verstehe jetzt, dass das Bällchen des Hinweises ein Fleischklößchen ist – wie der, den die beiden Hauptcharaktere des Zeichentrickfilms *Susi und Strolch*, ein Cocker-Spaniel und ein Mischlingshund, miteinander teilen. Will hatte eine überarbeitete Fassung gekauft, um sie seiner kleinen Schwester Maddie zu zeigen, die wir am Ende doch sehr gern hatten, obwohl ihre Mutter *Linda* war. Will und ich hatten Popcorn und saure Bonbons mitgebracht und alles mit Maddie in uns reingeschaufelt, während wir uns den Film anschauten, der uns, glaube ich, doppelt so gut gefiel wie ihr.

Eine glückliche Erinnerung erweitert mein Herz und prüft die Stärke der Arterien und Venen, die es in meiner Brust festhalten. Wir fahren in die Innenstadt zu *Taterelli's*, wo ich dreimal um den Block fahre und nach einem Behinderten-Parkplatz suche. »Die machen wohl Witze«, sage ich, beuge mich vor und suche die Parklücken ab. »Wo sollen wir denn hin?«

Matt fragt spöttisch: »Wundert dich das?«

»Ähm, ja.« Ich schnipse mit dem Finger an die blaue Karte, die am Spiegel hängt. »Das hat doch was zu bedeuten! Es muss doch reservierte Abstellplätze geben!«

Matt seufzt, als ob ich dermaßen naiv wäre, dass es ihn erschöpft. »Ich weiß nicht, ob es dir schon aufgefallen ist, aber die Welt ist nicht gerade für Leute wie mich bestimmt.«

Ich kaue auf der Innenseite meiner Backe herum, bis sie wund ist, und höre kaum zu. Als wir zum fünften Mal an der grünen Markise des Restaurants vorbeifahren, fasse ich den

Entschluss, mitten auf der Spur anzuhalten und die Warnblinkanlage einzuschalten.

»Was machst du denn?«, fragt Matt ungehalten.

Ich schalte in Parkstellung. »Wonach sieht es aus?«, sage ich. »Ich lass dich raus.« Ich warte, bis ein paar Autos vorbeigefahren sind, und springe dann aus dem Van. Matts Rampe entfaltet sich leider auf der Fahrerseite, und zwei Autos sind schon hinter uns stehen geblieben. Das erste blinkt und wartet auf eine Gelegenheit, in die nächste Fahrspur zu schwenken, was es dann auch mit unnötig hohem Tempo tut. Ich hebe meine Hand direkt vor *Taterelli's* als menschliches Stopp-Schild und gebe mir die größte Mühe, autoritär zu wirken.

Ich drücke auf den Knopf, und Matts Rampe beginnt sich zu senken. »Lake!« Sein Gesicht taucht auf, gereizt und beinahe wutverzerrt. »Hör auf! Das ist – das ist – wir stehen mitten auf der Straße.« Ich bin es nicht gewohnt, meinen Bruder so nervös zu sehen.

Ich stemme meine Hände in die Hüften. »Sie können warten.«

»Ich will das nicht«, sagt er.

»Pech, aber wir tun's schon.« Ich schaue über meine Schulter. Autos weiter hinten in der Schlange mit Fahrern, die nicht sehen können, was vor ihnen los ist, hupen. »Du wolltest mitkommen.«

»Park einfach und lass mich im Auto.«

»Kommt nicht infrage.« Ich bücke mich und marschiere die Rampe hoch, dreh seinen Stuhl um und fahre ihn auf die Straße.

Auf der Straße findet inzwischen ein ohrenbetäubendes Hupkonzert statt, und ich werde sogar rot, weil ich der Grund für diesen Stau bin. Trotzdem schaffe ich es, Matts Rollstuhl auf den Asphalt zu schieben, verursache dann aber noch eine zweite Störung, als ich die Räder mühsam über den Bordstein heben muss. Ich sehe, wie Matts Rücken in seinem Rollstuhl unbeholfen hin und her schwankt, als ich den Apparat auf den Bürgersteig hieve.

Ich wische mir die Stirn, die vor lauter Schweiß glitschig ist, und stütze mich einen Moment lang mit den Händen auf den hinteren Griffen des Rollstuhls ab. Das Hupkonzert wird noch lauter. »Okay, meine Güte – ich kann euch hören!«, brülle ich. Die Luft vor dem Restaurant riecht nach Öl und Marinara-Soße. »Bleib hier!«, sage ich zu Matt.

»Lake, warte –« Aber ich renne schon zum Van zurück. »Okay«, ruft er mir hinterher. »Falls du mich nicht mehr findest – ich zieh mir ein paar Häuser weiter in der Bar ein Bierchen rein.«

Sehr witzig.

Ich hole die Rampe ein und fahre los, dieses Mal ein paar Häuserblocks weiter, und finde einen Parkplatz, nur ungefähr fünf Gehminuten entfernt.

Ich laufe schnell zu meinem Bruder zurück, während die Sonne meine Haut verbrennt. Käufer und Strandtouristen machen einen Bogen um die Stelle, wo ich ihn stehen gelassen habe, die meisten mit missmutigen Gesichtern. Eine Frau zieht ihr Kind am Handgelenk näher zu sich heran, und ich kann hören, dass sie »Pass auf den netten Mann auf!« sagt. Ich sehe, dass Matt als Antwort mit den Augen rollt. Ich starre hinter ihr her und möchte brüllen, dass mein Bruder nicht der verflixte Buhmann ist, nur ein Junge in einem Rollstuhl, aber ich überlege es mir noch mal, weil er einem manchmal *doch* Angst machen kann. Mir zumindest.

»Mann, Lake«, begrüßt er mich. »Danke, dass du mich

mitten auf einem belebten Bürgersteig abgesetzt hast. Einfach super von dir!«

Ich knirsche mit den Zähnen und fühle mich jetzt schon unverhältnismäßig erschöpft. »Ich tu mein Bestes, Matt.« Aber dann sehe ich, was los ist: Stufen zu *Taterelli's* hoch und keine Rampe. Natürlich ist mir das bei meinem Date mit Will nicht aufgefallen. Das Restaurant befindet sich in einem alten historischen Bezirk in der Innenstadt. Ich mustere die Fassade und finde keinen passenden Weg nach oben.

»Scheiße«, sage ich.

»Scheiße«, stimmt Matt mir zu.

Ich schließe die Augen und atme tief ein. »Ich hol Hilfe.«

Mühelos erklimme ich die sechs Stufen. Ein kühler Luftstrahl begrüßt mich, und der Innenraum des Restaurants erscheint mir um drei Farbtöne zu dunkel.

»Kann ich Ihnen helfen?« Eine Frau kommt verschwommen ins Bild.

Ich schaue mich im Restaurant um. Seit … seit Will war ich nicht mehr hier. Es sieht genauso aus wie damals. Dunkelrote Vorhänge. Eine winzige Kerze auf jedem Tisch. Frische langstielige Rosen stecken in einer Vase auf einem Flügel, an dem ein Typ im grauen Anzug und mit Manschettenknöpfen sitzt und spielt.

»Möchten Sie die Speisekarte sehen?«, fragt die Frau höflich.

Sie streckt mir ein laminiertes Heft entgegen. Ich weiß, wenn ich es aufschlage, sehe ich eine Liste von Vorspeisen, die für eine Schülerin viel zu teuer sind.

»Nein.« Ich schiebe die Speisekarte mit meiner Handfläche zurück. »Mein Bruder. Er sitzt im Rollstuhl. Wir wollten reinkommen, aber es gibt keine Rampe. Ich brauche Hilfe, um ihn hier raufzukriegen. Könnten Sie bitte jemanden für mich finden? Am besten jemand Großes und Starkes«, sage ich und mustere ihre Seidenbluse und spindeldürren Arme.

Ihr Mund bildet ein zierliches Überraschungs-O. »Natürlich, natürlich. Einen Moment.« Sie verschwindet in einem spärlich beleuchteten Gang.

Nach einer gefühlten Ewigkeit kehrt die dünnarmige Empfangsdame mit zwei jungen Männern in fettfleckigen T-Shirts und hochgekrempelten Ärmeln zurück. Sie stellen sich als Antonio und Teddy vor.

Frustriert von der Warterei schicke ich Antonio und Teddy ins Freie, wo mein Bruder mit gesenktem Kopf sitzt. »Matt?«

Er hebt den Kopf. Schweiß rinnt an seiner Nase entlang und aus den Haaren, die an seinen Schläfen kleben. Auch in seinen Wimpern hängen Tropfen, und er zwinkert und kneift die Augen zusammen und kann sie anscheinend nicht ganz öffnen, um mich anzusehen. Seine Hände ruhen nutzlos auf den Armlehnen des Rollstuhls.

»Ich habe Hilfe mitgebracht.«

Matts Mund verzieht sich zu einem höhnischen Lächeln, und ich spüre, dass er sich versteift, ohne hinschauen zu müssen. »Und sie sollen *was* machen? Mit den Fingern schnipsen und mich ins Restaurant zaubern?«

»Nein.« Ich hole tief Luft. Es ist mir unwillkürlich peinlich, wie Matt sich vor anderen Leuten benimmt. »Sie sollen dich tragen.«

Antonio und Teddy eilen an die Seiten des Rollstuhls und packen ihn an den Griffen und durch die Speichen der Räder hindurch.

»Kein Problem, Kumpel«, sagt Teddy.

Matts Augen sind jetzt weit geöffnet. »Nein. Lake. Nein. Das ist demütigend. Ich bin kein – hey!« Der Rollstuhl schwankt in der Luft. »Hör auf, mich so rumzubugsieren, *Kumpel!* Setz mich ab! Aber sofort!«

Teddy und Antonio tauschen Blicke. Teddy nickt, und sie senken Matt wieder auf den Boden.

»Ich finde nicht, dass du gedemütigt worden bist«, sage ich.

Er knirscht mit den Zähnen. »Lass mich hier! Es ist mir egal.«

Teddys Augenbrauen heben sich fragend.

»Komm schon, Matt.« Ich stöhne und recke mein Kinn in den Himmel.

Ich beobachte, wie eine vertraute Finsternis sich langsam wie ein drohendes Gewitter auf seinem Gesicht ausbreitet. Sein Adamsapfel hüpft auf und nieder, ein Zeichen, das ich kenne. Es bedeutet, dass sich sein Zustand von *unbequem* in *qualvoll* verwandelt hat. Weil sein Körper ihn jedes Mal, wenn ihm verdammt noch mal danach zumute ist, vor Schmerzen plagt, auch wenn er sich von der Brust abwärts nicht rühren kann.

Ich hätte ihn nicht hierherbringen dürfen. Ich kann mich nicht richtig um ihn kümmern. Ich kann mich nicht einmal richtig mit ihm unterhalten. »Bitte, Matt.« Sein Blick ist versteinert. »Das Ding ist klimatisiert.«

Er starrt durch seine Wimpern zu mir hoch. Nach einem langen Augenblick nickt er. »Gut.«

Teddy und Antonio knurren leise, als sie ihn hochheben und wie eine königliche Hoheit ins Restaurant tragen. Bis seine Räder wieder den Boden berühren, gibt Matt ein paar äußerst fantasievolle Flüche von sich.

Sobald Antonio kann, verschwindet er kopfschüttelnd in der Küche. Aber Teddy fragt: »Darf ich Sie an einen Tisch führen?«

»Mann, Lake.« Matts Kinn quetscht sich an seine Brust. »Meine gottverdammten Augen.«

»Genau.« Ich schaue mich um und entdecke eine Serviette auf dem ersten Tisch im eleganten Speisebereich. Ich schnappe sie mir schnell. Das Besteck klappert laut auf den Tisch. »Hier.« Ich komme zurück und hebe behutsam sein Kinn mit meinen Fingerspitzen. Dann tupfe ich an seinen Augen, den Wimpern und Augenbrauen herum, wo der Schweiß immer noch tropft.

Als Matt seine Augen wieder vollkommen öffnen kann, schaue ich auf gleicher Höhe in die goldgesprenkelten Regenbogenhäute.

»Danke.« Matts Stimme ist weich.

»Ja, ähm, kein Problem.«

»So«, wirft Teddy ein.

»Genau, ja.« Ich stelle mich gerade hin und drücke die Serviette auf meine eigene feuchte Stirn. »Kein Tisch. Wir bestellen kein Essen. Ich glaube es jedenfalls nicht.« Als Teddy verwirrt aussieht, mache ich weiter. Typisch Will, dass es ihm egal war, wie peinlich und unerfreulich das Ganze für *mich* sein würde. »Mein Freund hat sich nämlich so eine Schnitzeljagd ausgedacht.« Ich bilde mir ein, dass Teddys Lächeln kurz ins Schwanken gerät. »Zu meinem Geburtstag. Ich glaube, das ist einer der Haltepunkte, aber ich bin nicht ganz sicher, was ich hier machen soll.«

»Du sollst ein Bällchen zurückbringen«, sagt Matt. »Sie heißt Lake. Lake Devereaux.«

Teddy zieht eine Augenbraue hoch. »Dann sind Sie wohl die berühmte Lake.«

»Das bin ich. Aber nicht berühmt. Ich bin die nicht berühmte Lake Devereaux. Ich hoffe, das ist okay.«

»Sie ist nur bescheiden. Diese junge Dame hat die *elfte Klasse* absolviert«, sagt Matt so langsam und herablassend wie möglich.

»Freund, sagten Sie?« Teddy dreht sein Kinn von mir weg und mustert mich aus dem Augenwinkel.

»Ähm, ja, das hab ich gesagt.« Es entsteht eine Pause. »Warum? Ist irgendwas nicht in Ordnung?«

Teddy zwinkert und schüttelt den Kopf. »Nein. Tut mir leid. Er ist mit jemandem reingekommen.«

»Hippiemäßig aussehend? Eine Menge Schmuck? Schräge Klamotten?«, frage ich.

Er legt den Kopf schief. »Nein, ich glaube nicht«, sagt er. »Daran hätte ich mich erinnert. Jedenfalls dachte ich – ach, es ist egal, was ich dachte.« Mein Puls beschleunigt sich, weil es nicht nach Penny klingt, was bedeutet, dass es jemand anderes sein könnte. Ein anderes Mädchen. Aber wir haben uns nicht mit anderen Mädchen getroffen. Teddy nickt abrupt und dreht sich auf dem Absatz um. »Richtig. Ich, äh, bin gleich zurück.« Dann verschwindet er in der gleichen Richtung wie Antonio.

Ich tappe mit dem Fuß auf dem Teppichboden, und weil ich nicht über den Jemand nachdenken will, mit dem Will reingekommen war, beschließe ich, Matt anzublaffen. »Musst du dich allen gegenüber immer wie ein *Arsch* benehmen?«

»Oh, die Sache mit der elften Klasse? Tut mir leid. Ich dachte nur, dass der Hilfskellner, der schon über zwanzig ist, besser aufhören sollte, nach dir zu lechzen, da du ja immer noch auf die Highschool gehst.«

»Er hat nicht nach mir gelechzt.«

»Bitte, Lake. Du weißt, welchen Eindruck du auf Leute machst«, murmelt Matt und schaut zur Seite. »Deine Freunde. Schule. Alles ist so einfach für dich. Ich bin dein Bruder und glaube mir, ich könnte kotzen wegen der Sache und meine Kotze dann wieder ansaugen, damit ich noch mal kotzen kann, aber selbst *mir* ist klar, *das hübsche Ding spielen* – es klappt bei dir.«

Ich knirsche mit den Zähnen und verschränke meine Arme. »Du bist ein Idiot« ist alles, was ich herausbringe.

Weil ich weiß, dass ich hübsch bin. Ich hab es vom ersten Moment an gewusst, in dem ich die Sankt-Theresa-Schule betrat und Harrison und Peng traf. Aber zu unterstellen, dass ich Freunde wegen meines Aussehens habe, ist lächerlich. Sogar verletzend.

Ungebeten und trotz meiner Bemühungen, alles, was mich darauf hinweist, zu ignorieren, hallen Wills heimliche Posts in meinem Kopf wider: *Waren die hässlichen Teile zu sehen, als du das gesagt hast?* Und es ist, als ob mir jemand mit einem Baseballschläger auf den Magen gehauen hätte. Wieder einmal.

Vielleicht bin ich deshalb verwirrt, als Teddy mit einem Styropor-Behälter zum Mitnehmen wiederauftaucht, den er mir entgegenstreckt. »Was ist das?«, frage ich. Oder es liegt einfach nur daran, dass Teddy mir einen Styropor-Behälter zum Mitnehmen entgegenstreckt, weil das an sich schon merkwürdig ist, da ich ja nichts bestellt habe.

»Ein Fleischbällchen für die Dame.« Teddy grinst, aber sein Grinsen verblasst, als ihm auffällt, dass Matt ihn wieder streng mustert. Teddy verlagert sein Gewicht. *Susi und Strolch.* Ich hatte recht gehabt. Die beiden Hunde genießen ein feines Essen und schubsen sich das Fleischklößchen mit den Nasen zu. Das Ganze ist auf eine seltsame Weise rührend, auch für jemanden wie mich, der keine Hunde mag.

Will dagegen hatte Hunde geliebt. Er hatte aber auch keine Narbe auf der Hand, wo ihn einer gebissen hatte, was die Sache leichter machte.

»Und das hier.« Teddy reicht mir einen Umschlag. Darauf steht mein Name in Wills Handschrift und darunter: *Hinweis 2*. Wills Schrift nach seinem Tod zu sehen, ist unheimlich. Ich kann nicht aufhören, daraufzustarren. Ich überlege, ob ich Teddy nicht um mehr Auskunft über den Jemand bitten soll, mit dem er Will gesehen hat. Hätte es *doch* Penny in weniger schrägen Klamotten sein können? Stattdessen nehme ich den Umschlag und drücke ihn an mich.

Teddy grinst uns mit geschlossenen Lippen an und verschwindet.

»Okay, also dann.« Ich atme tief ein. »Am besten hol ich jetzt mal das Auto, damit wir wieder einen Verkehrsstau verursachen können.«

»Willst du nicht lesen, was drinsteht?«, fragt Matt.

»Nicht hier.« Ich stopfe den Umschlag in meine Gesäßtasche. Hier fühle ich mich irgendwie ausgeliefert. Vielleicht macht mich der Gedanke, dass Teddy mich *doch* beäugt haben könnte, verlegen. Ich weiß nicht. Will ist noch keine Woche tot.

Mein Gott, ist das alles verwirrend!

Ich sehe, dass Matts Blick eine Ameise bei lebendigem Leib verbrennen könnte.

Ich verdrehe die Augen. »Ich mache keinen Rückzieher. Ich lese dir den Hinweis vor, und du kannst beim nächsten Stopp dabei sein. Ich hab dich nicht auf dem Bürgersteig oder im Auto sitzen lassen, stimmt's?«

»Also bist du doch noch nicht so weit, dass du Krüppel misshandelst. Jippie!« Aber auch wenn er den Kopf hängen lässt, kann ich sehen, dass ein winziges Lächeln seinen ewig finsteren Blick zu mildern droht. »Beeil dich!«

Das tue ich. Ich mache mich im Laufschritt auf den Weg zum Van, und als ich den Schlüssel ins Zündschloss stecke, zittern meine Hände leicht. Der Hinweis in meiner Tasche fühlt sich wie eine Bombe an, die kurz vorm Explodieren ist. Noch ein Haltepunkt. Noch eine Erinnerung. Der gleiche Will? Ich will nicht, dass alles anders wird. Aber seit dem Unfall habe ich das Gefühl, dass sich der Boden unter mir allmählich verschiebt. So oder so werden sich die Dinge verändern.

Ich steuere den Van um die Ecke, halte nah am Bordstein und schalte die Warnblinklichter an. Im Restaurant unterhält sich Matt zu meiner Überraschung mit der jungen Frau.

»Eine todsichere Sache.« Seine Augen funkeln zu ihr hoch. »Wissen Sie, ich komme ja nicht viel raus, aber ich bin der Meinung, Ihr Gesicht käme garantiert aufs Titelblatt.«

»Es gibt ein *Titelblatt*?« Sie geht in die Hocke, um auf Augenhöhe mit Matt zu sein.

»Natürlich. Haare, Make-up, Kleidung, das ganze Programm. Ich wette, Sie dürfen die Sachen sogar behalten. Ist das nicht, was Mädchen interessiert?«

»Ähm, ja!« Sie klatscht in die Hände. »Machen Sie Witze?«

»Ähem.« Ich sause hinüber und ziehe die Augenbrauen vor Matt hoch, der ein Grinsen verschluckt und seitlich auf die Tür späht. Ich lächle, danke der Angestellten und habe das Gefühl, dass sie sehr stolz darauf ist, dem Jungen im Rollstuhl beim Warten die Zeit vertrieben zu haben.

Während ich den Rollstuhl aus dem Restaurant schiebe, beuge ich mich zu seinem Ohr hinunter. »Gibt es eine Art Abkommen für unbarmherziges Verspotten, das du einhalten musst, oder warst du von Miss *Taterelli's* dort drüben nur fasziniert?«

»Oh, nein«, wispert Matt zurück. »Kein Abkommen. Es ist nicht meine Schuld, wenn sie glaubt, dass es tatsächlich einen Wettbewerb für die interessantesten Angestellten in der Gastronomie gibt und dass sie sich bewerben soll. Sie hat mich gefragt, wo sie sich bewerben kann.«

Ich muss unwillkürlich lachen.

Teddy und Antonio tauchen wieder auf, um Matt die Treppe hinunterzutragen, und das Einladen von Matt in den Van verläuft wesentlich glatter als das Entladen. Wir fahren schweigend an den leeren Touristenläden vorbei, die Handtücher und Eimerchen verkaufen, während der Umschlag mit dem zweiten Hinweis unübersehbar auf der Mittelkonsole ruht und darauf wartet, geöffnet zu werden.

# Kapitel achtzehn

## 1.094 TAGE

»Wo fahren wir hin?« Unter dem sternenklaren Himmel richtet Will sich auf der Straße vor mir auf, um sein ganzes Gewicht auf die steifen Pedale des Huffy-Rads mit den dicken Reifen zu drücken, das wir aus Pennys Garage geholt haben. »Wenn ich gewusst hätte, dass wir einen Ausflug aufs Land machen, hätte ich richtige Schuhe angezogen«, sagt er. Wills Füße rutschen wie meine in Flipflops herum.

Ich lausche dem Scheppern des Metalls und dem Surren der Speichen. Wir folgen Penny, der Anführerin, und jagen ihren flatternden weißblonden Haaren hinterher, als ob sie ein Komet wäre. Die Luft ist warm und trocken. Ich trage immer noch mein Bikini-Oberteil und Jeans-Shorts vom Nachmittag. Sandkörner kleben an meinen Beinen und zwischen meinen Fingern und Zehen. Es ist das Ende unseres ersten gemeinsamen Sommers. Nächste Woche werde ich fünfzehn und Penny und Will haben mich schon mit Fragen bombardiert, was ich an meinem großen Tag machen will. Aber es ist mir egal, solange es mit den beiden stattfindet.

»Auf der Reise des Lebens ist der Glaube Nahrung!«, ruft Penny zurück.

»Ist das aus *Star Wars*?«, fragt Will.

»Buddha, du Idiot!«

»Also, ich glaube nicht, dass Buddha damit gerechnet hat, auf einem Bananensattel sitzen zu müssen«, sage ich und versuche, meine wund gescheuerten Schenkel zu ignorieren.

Unser Gelächter erfüllt die Dunkelheit der leeren Straße. Meine Haut ist elektrisch. Wir haben Pennys und Wills Müttern gesagt, dass sie heute bei mir schlafen, und meinen Eltern, dass wir bei Will übernachten. Niemand stört meine Eltern, weil alle der Meinung sind, dass sie mit Matt schon genug am Hals haben. Aber Penny hat Decken in den Korb vor ihrem Fahrrad gestopft und eine Kühlbox mit einem Haufen Snacks an Wills Rad befestigt, weshalb er wahrscheinlich so jammert.

Wir entfernen uns von der Küste und fahren bergauf, sodass wir manchmal absteigen und die Räder schieben müssen. »Hab ich euch eigentlich schon erzählt, dass ich früher mal Asthma hatte?«, schnaufe ich.

Penny runzelt die Stirn. Eine hauchdünne Tunika bedeckt ihren Bikini. »Was meinst du mit ›früher mal‹? Asthma verschwindet doch nicht einfach so.«

Ich zucke mit den Schultern. »Meins schon.«

»Seltsam.« Und dann bleibt sie plötzlich stehen. Und Will fährt ihr beinah in die Fersen. Sie lässt ihr Rad auf die Böschung am Straßenrand fallen. Will und ich tauschen Blicke. »Ich glaube, hier ist es«, sagt sie. »Mein Vater hat hier immer mit mir gezeltet.« Das überrascht mich ein wenig, denn Simon Hightower ist ein Technik-Nerd, der bei einem führenden Hightech-Unternehmen arbeitet, und er geht mit den Geräten zu Hause um, als ob die FBI oder Internet-Hacker versuchen könnten, die Familie auszuspionieren. In anderen Worten: Wenn man an ihn denkt, fällt einem nicht unbedingt die Beschreibung *gern an der frischen Luft* ein.

Aber doch vielleicht *guter Dad*.

Ich bin neidisch auf Penny, weil ich auch mal so einen Vater hatte, aber der Neid ist im Nu wieder verschwunden. Nur ein silbriges Licht fällt wie ein Wasserfall über das felsige Gelände, das an die Straße stößt. Auf einem groben Holzschild steht: CAT MOUNTAIN STATE PARK. »Seht ihr das?«, fragt Penny und streckt dem Himmel ihr Gesicht entgegen.

»*Ähmmmm* …« Will kneift die Augen zusammen und schaut in die gleiche Richtung, wobei er sich wie ein Hund, der seinen eigenen Schwanz jagt, um sich selber dreht. »*Nö.*«

»Es ist Vollmond.«

»Ja, und?«, sage ich.

»Der letzte Vollmond des Sommers. Da werden Träume geboren.« Ihre Augen glänzen. Sie sind voller Aufregung und Licht, beides ansteckend. »Wir müssen doch irgendwas tun!«

Will und ich erfahren, dass zu diesem Irgendwas gehört, uns die Arme mit den Sachen, die wir mitgebracht haben, vollzuladen und das ausgedörrte Gelände zu betreten.

Der Boden ist uneben. Penny zieht eine batteriebetriebene Laterne hervor, und ich stapfe zum Gezirpe der Grillen hinter ihr her. Will und ich gehen nebeneinander, Schulter an Schulter. Er ist nach dem Tag, den wir mit dem Suchen von Haifischzähnen verbracht haben, um sie Pennys Sammlung hinzuzufügen, immer noch ohne Hemd, und das Licht prallt von seinem Brustkorb ab.

Gräser überwuchern den Pfad und bleiben in unseren Flipflops hängen. Will packt mich mehr als einmal am Arm, um mich vor einer Bauchlandung zu retten. Erst als wir fast den Gipfel erreicht haben, kann ich die Höhle sehen. Eine niedrige Felswand mit einer dunklen Öffnung wie ein aufgerissenes Maul in der sich vor uns ausbreitenden Landschaft.

Als Penny sich zu uns umdreht, schwankt ihre Laterne. »Das ist die alte Höhle eines Berglöwen«, sagt sie. »Macht euch keine Sorgen, sie ist schon seit mindestens einer Milliarde Jahren leer.

Mein Vater hat gesagt, dass die meisten Knochen versteinert sind.«

Ich klettere über die Felsen bis zum Eingang. Die Höhle ist der Höhepunkt des Abenteuers und der Überraschung. »Cooool.« Das Wort dehnt sich, lang und staunend. »Komm mit der Laterne rüber, Pen!«

Ich starre auf den Boden, bis das Licht um meine Füße herum Pfützen bildet. Da liegen ein paar gebogene weiße Rippen in der roten Erde. Ich bücke mich und fahre mit der Hand am Knochen entlang. Die Höhle ist niedrig. Das Licht der Laterne erreicht mühelos die hintere Steinwand, und wir lassen unsere Sachen am Eingang fallen.

Will zeigt uns die Hälfte eines Pfotenabdrucks im Schlamm und nur mir den Schädel einer Taschenratte, weil er glaubt, dass Penny sich darüber aufregen würde. Seit sein Vater zu Hause ausgezogen ist, schweigt er immer mal für ein paar Stunden, manchmal sogar einen ganzen Tag. Wenn ich ihn genau beobachte, erkenne ich, wann er *dunkel* wird, wie ich die Stimmung heimlich nenne. Dann versiegen seine Worte und wir müssen warten, bis unser Will zurückkommt.

Ich glaube, das ist der Grund, weshalb Penny mit uns hierherkommen wollte. Ich hoffe, dass sie sich nicht täuscht und der Vollmond wirklich etwas Magisches an sich hat.

In der Zwischenzeit breitet Penny eine fadenscheinige Decke auf dem Boden aus. Sie legt sie in die Mitte der Höhle und fordert uns auf, uns im Schneidersitz hinzusetzen. Wie im Kindergarten. Ich frage mich, wie spät es ist und ob Mitternacht schon vorbei ist. »Okay.« Sie schaut der Reihe nach kurz in unsere Gesichter. »Ihr müsst mir versprechen, nicht zu lachen.« Pennys Handrücken ruhen auf ihren Knien, die Handflächen der Höhlendecke zugewandt. In meinem Hals steckt ein unterdrücktes Kichern, und ich halte mir mit der Faust den Mund zu, damit es nicht rauskann. Penny wirft mir die Penny-Version eines scharfen Blickes zu, was ungefähr so schlimm ist, wie von einem kleinen Cartoon-Häschen beschimpft zu werden.

»Wie wär's, wenn wir versprechen, zu *versuchen*, nicht zu lachen?«, schlägt Will vor. Die Grübchen in seinen Wangen vertiefen sich im Schein der Laterne.

»Wir sind wegen eines Freundschaftsrituals hier«, sagt Penny bestimmt und fischt in ihrer Tasche herum.

Will hebt einen Finger. »Dann lass uns ein versuchsweises Versprechen daraus machen.« In seiner Stimme liegt ein knisterndes Lächeln, das mich froh sein lässt, dass Penny an die Wirkung von Dingen wie Mondphasen und Erdanziehung auf Menschen glaubt.

Sie richtet sich auf und schaut Will so selbstsicher und gelassen an, als ob sie die Königin der Höhle wäre. »Gehörst du zu diesem Trio oder bist du draußen, William?«

»Ich bin dabei«, sage ich schnell.

»Siehst du? Lake versteht mich.«

»Aber *sie* hat damit angefangen.« Er zeigt auf mich.

Ich schubse seine Hand weg. »Du bist ein Kindskopf, *William*.«

Penny zieht die Tunika über ihre Schenkel. »Wie ihr wisst, seid ihr zwei meine besten Freunde.« Oje, Penny kämpft schon mit den Tränen. Es könnte hart werden. »Will, wir sind seit einer Ewigkeit miteinander befreundet, und ich bin ziemlich sicher, wenn es dich nicht gegeben hätte, würde mich so gut wie jeder in der Schule für ein komisches Hippiemädchen oder eine Hexe oder sonst was halten, aber – ohne dich jetzt verletzen zu wollen – es ist doch schön, ein Mädchen um sich zu haben.«

»Ein *bisschen* bin ich schon verletzt«, sagt er und legt den Kopf schief.

Ich schubse ihn an der Schulter, und er kippt um und fällt auf die Decke. »Penny, *red weiter*!«, sage ich.

»Genau.« Sie hält uns ein Messer entgegen. »Das hier.«

»Mein Gott, Penny!«, sagt Will und wischt sich dramatisch die Ellbogen ab. »Wenn du das alles getan hast, um uns zu ermorden, dann hast du dich mächtig ins Zeug gelegt.«

»Ich hab nicht vor, euch umzubringen, aber wenn du nicht aufhörst mit dem Blödsinn, behalte ich mir das Recht vor, meine Meinung zu ändern.« Sie strahlt ihn an. »Wie ich bereits sagte, haben uralte Kulturen schon seit Tausenden von Jahren Blutrituale durchgeführt, um Beziehungen zu besiegeln.« Sie senkt die Stimme und wispert: »Die Rituale sind heilig und nur für die engsten Verbindungen gedacht. Ich habe keinen Bruder und keine Schwester«, sagt sie. »Ihr beide … seid mein Blut.«

Ich kann sehen, wie sich die drahtigen Adern in ihrem Hals anspannen. Ihre Augen glänzen.

Und ich muss daran denken, dass ich einmal einen Bruder hatte, den ich unbedingt behalten wollte, bis es mich im Innern verbrannte. Und als er mich endlich auch wollte – *falls* er mich endlich wollte, weil ich meine Wahl getroffen hatte, was ich jetzt nie mehr erfahren werde –, war von unserer Beziehung nur noch Asche übrig. Ich verdränge die Erinnerung an Matts Gesicht, nachdem er mir die Anfangszeiten des Kinos heruntergebetet und vom Pelikan erzählt hatte. Ich verdränge mein eigenes gebrochenes Herz, rau und ausgezackt, als ob es aus Glas wäre, das jedes Mal, wenn ich Matt die Hand reichen wollte, zersplitterte. Ich frage mich, ob zwischen uns nicht alles anders sein könnte. Wenn er sich früher und ich mich länger bemüht hätte. Ich … frage mich nur.

»Dann lasst uns das jetzt bestätigen«, sage ich schließlich, und meine Stimme bleibt an einem dieser Splitter hängen.

Will macht keine Witze mehr. Er streckt uns beiden eine Hand entgegen, um uns hochzuziehen. Penny zittert auf einmal, und das Messer wackelt in ihrer Hand.

»Bist du sicher?«, fragt Will, und er ist sofort wieder der Will, den ich gewohnt bin, der Will, den ich am liebsten mag. Als ich Will und Penny noch von Weitem beobachten musste, war mir aufgefallen, wie sanft er mit ihr umging, als ob sie ein Vögelchen wäre, das er ins Nest legen würde. Ich begriff nicht so ganz weshalb, bis ich Penny kennenlernte. Sie ist stark und mutig auf *ihre* Art, aber wenn Penny sie selbst sein will, müssen Will und ich manchmal die Welt auf Abstand halten. Jetzt, wo ich beide nicht mehr von außen betrachten muss, ist mir an Will etwas aufgefallen. Er ist am anziehendsten, wenn er Dinge für andere tut, und ich wünschte, ich würde nicht empfinden, was ich empfinde, als er seine Hand sanft auf die Stelle zwischen Pennys Schulterblättern drückt und ihr direkt in die Augen sieht.

Penny nickt. »Es ist nur der Gedanke an das Blut.« Sie lacht leise über sich selbst. »Das hätte ich mir wahrscheinlich überlegen sollen.« Ihre Augen schließen sich, und sie scheint im Geist an einen anderen Ort zu reisen, weil sich ihre Miene entspannt. »Ich wünsche mir manchmal, dass ich so mutig wäre wie du.« Sie richtet den Blick aus ihren grünen Augen direkt auf mich.

Ich frage mich, wie es wohl ist, das Gefühl zu haben, dass die ganze Welt in panischer Angst im eigenen Herzen herumrennt. »Du bist mutiger«, sage ich und meine es ernst.

Sie zwickt mich wie eine alte Oma in die Wange und neckt mich. »Du bist sogar hübsch, wenn du lügst«, sagt sie.

Will tut es als Erster. »Hurra!«, sagt er und hält die Hand salutierend hoch. Danach fährt er mit der Messerspitze über die Linie, die Wahrsager Lebenslinie nennen. Er kräuselt die Nase, macht eine Faust und wischt die Klinge an seinen Shorts ab.

Ich nehme ihm das Messer ab und muss nicht lange überlegen. Ich steche mit der Metallspitze in mein Fleisch, bis ich spüre, dass etwas Heißes an die Oberfläche drängt, und balle genau wie Will meine Hand zur Faust.

Penny ist als Letzte dran. Ihre Zähne graben sich in ihre Unterlippe. Sie hält das Messer dermaßen schlaff, dass es beim besten Willen nicht einmal eine feuchte Nudel zerschneiden könnte.

»Pen«, sagt Will so zärtlich, dass es meine Eingeweide wie in der Mikrowelle zerfließen lässt. »Pen, du musst das nicht machen. Es ist doch nur symbolisch.«

Ich weiß nicht, wieso, aber sie beschließt auf der Stelle, die Sache durchzustehen. Sie schneidet in die Handlinie auf die allerschlimmste Art – indem sie sie dabei anstarrt. Dann lässt sie das Messer in den Dreck fallen und schaut uns mit großen Augen an. »Ich hab's geschafft«, sagt sie. »Ich hab's geschafft.«

Meine Hand brennt, vor allem, als ich sie öffnen will, damit Luft an die Wunde gelangt. Ich balle sie gleich wieder zur Faust und drücke sie auf mein Herz.

»Wir müssen unseren Bund schließen«, sagt Penny. »Und zwar jetzt, bevor die Schnitte trocknen.«

Wir schweigen und sehen Penny zu, wie sie mit ihrem Schuh über eine raue Stelle am Boden fährt, um ihn zu glätten. »Schwört«, sagt sie, »dass wir drei immer Freunde bleiben werden, egal was kommt. Schwört, dass wir füreinander da sein werden. Auch, wenn ich an der Uni irgendeine komische

Phase durchmache, in der ich mir die Haare raspelkurz schneiden lasse oder nach Mumbai ziehe, oder wenn Lake anfängt, mit den Skateboard-Fahrern abzuhängen und sich Dreadlocks wachsen lässt.«

»Hey! So was tu ich nicht«, werfe ich ein, aber Penny macht *pst*!

»Sobald sich unser Blut vermischt, sind wir für immer aneinander gebunden«, sagt sie. »Schwört es!«

»Ich schwöre es«, sage ich.

»Ich schwöre es«, sagt Will.

Penny streckt ihren Arm aus und lässt zwei Blutstropfen fallen. Will und ich machen es ihr nach. Unser Blut mischt sich und bildet einen feuchten Fleck auf der Erde.

»Wünscht euch was!«, sagt sie, als wüsste sie etwas Magisches über den Vollmond, und zwar ganz sicher und nicht nur vielleicht. »Wünscht euch was beim Schein des Mondes und verratet es keiner Menschenseele!« Sie wendet sich wieder ihrer Tasche zu und kramt Zettel und Stifte hervor, so ähnlich wie Mary Poppins. Sie reicht mir einen Zettel, und unsere blutigen Daumenabdrücke erscheinen auf dem Papier. »Das war für uns, und das hier ist für dich.« Will bekommt auch einen Zettel. »Das Universum verlangt Gleichgewicht.«

Ich starre auf die Seite und denke an das Gleichgewicht und wie ich es vor einem Jahr verloren hatte – wie ich Stück für Stück wie eine Sandburg, die zu nah am Meer gebaut worden ist, zerkrümelte. Die Ereignisse der letzten Monate haben mich in eine Höhle mit Knochen geführt, in der ich neben meinen zwei besten Freunden sitzen und ihnen dabei zuschauen kann, wie sie darüber nachgrübeln, was sie sich wünschen sollen. Ich lege mein Kinn auf einem Knie ab und hoffe, dass ich den blöden Gefühlsrausch abschalten kann. Unwillkürlich muss ich daran denken, dass Will und Penny mich nun endlich, wenn ich eine Sandburg bin, weiter oben am Strand auf festem Boden bauen.

Ich schreibe meinen Wunsch auf und verrate ihn keiner Menschenseele, damit er in Erfüllung geht.

# Kapitel neunzehn

## 15 TAGE

»Es ist wunderbar«, sagt Doktor McKenna und knipst mit ihrer Stimme meine Aufmerksamkeit wie einen Lichtschalter an, »wie präsent deine Liebe für deine Freunde immer noch ist. Ich möchte, dass du versuchst, an dieses stärkende Gefühl der allumfassenden Liebe in deinem Leben zu denken, wenn du glaubst, dass dich der Kummer niederdrückt, okay?«

Ich zwinkere und blicke von meinen Fingern auf, die ich auf meinem Schoß geknetet habe. Wie lang habe ich geredet? Ich schaue auf die Uhr.

Doktor McKenna wartet ein paar Sekunden, und als ich nichts mehr sage, schließt sie leise ihr Notizbuch und hält es auf ihrem Schoß fest. »Danke, Lake. Ich glaube, mehr Zeit haben wir heute nicht.«

»Oh. Ja. Tut mir leid«, sage ich ein bisschen verlegen, aber ihr Lächeln ist warm und überhaupt nicht unfreundlich. Ich habe ihr nichts von der Schnitzeljagd oder von den Wünschen erzählt, die, wie ich weiß, am Ende warten – nicht einmal von meinem eigenen vergessenen Wunsch. Sie hätte vielleicht verstanden, warum ich sie brauche, vielleicht aber auch nicht. Jedenfalls führt sie mich schnell aus ihrem Büro.

*Zeit ist schließlich Geld*, denke ich spöttisch, bevor mir einfällt, dass Matt so was zu mir gesagt hat, als ich noch klein war. Damals beugte er sich über mich und machte solche kurzen Bemerkungen. Dann fühlte ich mich erwachsen, weil wir zwei etwas wussten, das sonst keiner im Raum mitbekam. Natürlich macht er immer noch Randbemerkungen, aber jetzt sind sie gemein und ich bin oft die Pointe.

Auf dem Weg nach draußen, geht die Tür von GARRETSON, SMITH & MCKENNA plötzlich auf, bevor ich den Griff anfassen kann, und der Türrahmen knallt gegen meine Stirn. Ich jaule auf und halte mir den Schädel.

Kräftige Hände packen mich an den Schultern und stützen mich. »Lake? Mann – bist du okay?«

Ich lasse meine Hand sinken und starre in ein Gesicht, das ein erdbeerfarbenes Muttermal halbiert. »Wie heißt es gleich noch mal? Noch einen draufsetzen?« Mein Lachen klingt gequält und schwach. Als ob der Monat noch nicht schlimm genug wäre!

Ringo lacht leise vor sich hin. »Du scheinst es jedenfalls zu überleben.«

Er lässt meine Schulter los und für den Bruchteil einer Sekunde wünsche ich mir, dass er es nicht getan hätte.

*Ich vermisse Will*, erinnere ich mich. Der fehlende Will ist der Grund, warum ich mich nach Kontakt sehne. *Jeden* menschlichen Kontakt.

Ich reibe die Stelle wieder, wo die Tür mich geboxt hat. »Ist was zu sehen?«, frage ich, ohne den Raum zwischen uns zu verbreitern.

Er blinzelt, ein Auge geschlossen, und mustert mich. »Ich glaube, du musst dich noch ganz schön anstrengen, bis du damit konkurrieren kannst.« Er umrundet eine Gesichtshälfte mit dem Finger.

Trotz allem muss ich lächeln. »Ich dachte, du wärst heute schon weg. Hast du einen späteren Termin?«

Er schüttelt den Kopf. »Nein, ich bin nur spazieren gegangen. War schon vor einer Stunde fertig.«

»Musst du immer noch auf deine Chauffeuse warten, die dich viel zu spät abholt?«, frage ich. Ich sehe seine Mutter auf der Couch vor mir, die ihre Soaps guckt und aus ihrem Riesenbecher trinkt, und es macht mich wütend.

Er faltet die Hände theatralisch vor der Brust. »Das ist das Kreuz, das ich tragen muss.«

Jemand kommt durch die Tür. Ringo und ich lehnen uns an die sich gegenüberliegenden Wände, um ihn durchzulassen, und ich habe das ärgerliche Gefühl, als hätte uns ein Erwachsener gerade beim Schmusen erwischt. Ich räuspere mich und nicke in Richtung Ausgang. Ringo folgt mir in das schwindende Sonnenlicht hinaus.

»Und wie geht's dir so?«

Ich berühre die empfindliche Stelle an meinem Kopf. »Gut, gut – ich hab übertrieben. Ich bezweifle stark, dass ich eine Gehirnerschütterung oder so was Ähnliches habe.«

»Ich meinte, wegen deiner Entscheidung.«

»Ach so, das.« Ich beiße mir auf die Lippe. »Ich schwanke wie verrückt zwischen In-eine-Papiertüte-kotzen und totaler Verdrängung. Ich habe echt das Gefühl, in einem riesigen Stundenglas zu leben, und die Kügelchen fallen immer schneller auf mich drauf, bis ich mit Sicherheit ersticke.«

»Also, bestens.«

»Ja, das ist das Kreuz, das *ich* tragen muss, okay?« Es sollte witzig klingen, aber sobald der Satz über meine Lippen gekommen ist, merke ich, dass es eher wie eine Spitze gegen Ringo geklungen haben muss.

»Du …« Er ist plötzlich stark an seinen Tennisschuhen interessiert. »Du hast seit dem Café nichts getextet oder so. Hab ich irgendwas falsch gemacht?«

»Du?« Ich muss unwillkürlich lachen. »Nein! Du bist doch

der einzige normale Mensch, den ich im Augenblick kenne.« Meine Eltern zum Beispiel – ich kann sie kaum ansehen, weil ich mich so schuldig fühle, obwohl ich mich gar nicht schuldig zu fühlen brauche, mich aber trotzdem schuldig fühle. Und Matt und Wills und Pennys Eltern: Wenn ich mit einem lebendigen Menschen Zeit in einem Raum verbringen müsste, dann würde ich mich für Ringo entscheiden. Ich bemühe mich aber, nicht zu sehr an die Folgen zu denken.

»Normal?«, sagt er. »Vielleicht guckst du mal, wo wir stehen.« Er schaut auf das Haus von Doktor McKennas Praxis zurück.

»Das ist nur Geografie«, sage ich. »Ich hatte ziemlich viel zu tun.«

»Oh, dann …« Anscheinend gibt es auf den Schuhen noch mehr Gebiete zu erforschen, weil Ringo wieder hinunterblickt.

»Matt hat mir den ersten Hinweis gegeben.«

Als Ringo mich wieder ansieht, bilden sich Falten auf seiner Stirn. »Dann bist du also jetzt unterwegs. Schön.«

»Sozusagen.« Es fühlt sich gut an, ein richtiges Gespräch zu führen, eines ohne verstecktem Programm, aber jetzt sind schon fast achtundvierzig Stunden vergangen, und ich habe den zweiten Hinweis noch immer nicht geöffnet. Ich dachte, dass ich mich mit dem Start der Schnitzeljagd besser fühlen würde. Und so war es auch, als ich *Taterelli's* aufsuchte und mich an die Anfangszeit mit Will erinnerte, nur hat dieses Erlebnis die anderen nervenden Sorgen, die in meinem Kopf herumschwirren, nicht verdrängt. Die Worte, die ich las, tauchten immer im falschen Moment wieder auf.

*Als ob ich andauernd auf der Bühne stehen würde und den tollen Typ spielen würde … Vielleicht bin ich ja doch nur ein Trickser …*

Sofortige Übelkeit. Weil der Will, den ich kenne, nämlich der tolle Typ ist. Er tut nicht nur so. Aber wenn ich hundertprozentig ehrlich sein soll – die Schnitzeljagd und alle meine vorherigen Geburtstage fühlen sich jetzt wie Leistungsschauen an. Ich dachte aber immer, dass Will die Selbstdarstellung genoss. Jedenfalls gab es diese Charaktereigenschaften, bevor sein Vater die Familie verließ. Er war kontaktfreudig und bei allen beliebt. Dann machten Penny und ich uns während des ganzen Die-Sekretärin-meines-Vaters-bekommt-ein-Baby-von-ihm-Fiaskos Sorgen, dass er ein stiller, verbiesterter Will werden würde. Aber er erholte sich doch, nicht wahr? Und Will Bryan war toller denn je und gehörte mir.

Hier ist die Wahrheit: Ein Typ, der damit protzt, ein super Freund zu sein, *ist* ein super Freund. Was ich aber einfach nicht kapiere, ist die Tatsache, dass vielleicht nichts davon echt war. Und wenn es nicht echt war, hänge ich mittendrin fest und setze eine Szene auf der Bühne um, die Will gar nicht mehr spielen wollte. »Ich habe den nächsten Hinweis noch nicht entdeckt«, sage ich. Aber es kann auch sein, dass mich die vergangenen paar Tage durcheinandergebracht haben. »Ringo?«, sage ich und weiß jetzt schon, dass ich nicht richtig durchdenke, was ich als Nächstes vorschlage. »Kommst du mit mir zu einer Shiva?«

Er streckt mir die Handflächen entgegen und macht ein paar Schritte zurück. »Ah, Lake, tut mir leid, wenn ich den falschen Eindruck hinterlassen habe. Mit so abartigen Sachen hab ich eigentlich nichts am Hut.« Aber seine Augen sind halbmondartig zusammengekniffen, weshalb ich weiß, dass er nur Spaß macht.

Ich stemme meine Hände in die Hüften und lege den Kopf schief. »Das ist eine jüdische Tradition, wenn jemand stirbt.

Die genauen Einzelheiten kenne ich allerdings nicht. Es ist für meine Freundin Penny …«

Ringo wendet den Blick keine Sekunde lang von mir. Eine Locke seiner Haare fällt auf die Wimpern eines Auges, und ich muss meine Hand zur Faust ballen, um den Drang zu bekämpfen, sie sanft von der erdbeerfarbenen Haut zurück an Ort und Stelle zu schieben. »Sie war Jüdin?«, fragt er.

Es gibt mir einen Stich, als er die Vergangenheitsform benutzt, und ich frage mich, wie oft ich sie in den vergangenen Tagen selbst verwendet habe. »Penny? Um Gottes willen – nein. Sie hat die Mutter Erde verehrt. Aber ihre Eltern sind Juden.« Ringo will eindeutig nicht mit mir zu dieser Feier gehen, weshalb ich es erst recht möchte. »Es gibt zu essen und zu trinken und –«

»Eine Menge Leute, die ich nicht kenne«, unterbricht er mich.

»Ja, schon, aber …«, hauche ich. »Das war ziemlich schräg, oder? Dass ich dich gerade zu einer Shiva eingeladen habe. Ich weiß nicht, was mit mir los ist. Ich weiß nicht mal, ob *Shiva* ein *Substantiv* ist.« Ich streiche mir mit der Hand über den Kopf. »Tut mir leid.« Aber der Gedanke, nicht allein zu sein, war, wie einen Rettungsring zugeworfen zu bekommen, und der Gedanke, mit meinen Eltern hinzugehen, fühlte sich wie eine Fahrt im Rettungsboot an – aber einem, das mit zwei Tonnen Zement und emotionalem Ballast beladen ist.

Ringo reibt sich das Kinn, wirft den Kopf in den Nacken und stöhnt. »Ja, klar«, sagt er.

»Ja, klar?«

»Ja, klar, ich gehe mit.«

»Zur Shiva?« Meine Stimmung hellt sich auf. »Weil du weißt, dass es eine Trauerfeier ist, stimmt's?«

»Nicht das traditionelle dritte Date, aber was soll's.«

Beim Wort *Date* wird mir siedend heiß. »So war es nicht gemeint …«, sage ich langsam und denke nur: *Will, Will, Will.* Will, der Hinterlasser von göttlichen Voicemails, Will der beste Händchen-Halter, Will, der Junge, den ich liebe.

Ringo hebt die Augenbrauen. »Lake, entspann dich! Ich weiß. Es war nur Spaß.« Meine Schultern senken sich ein wenig an meinem Hals entlang. »Aber immerhin – schmeichelhafte Reaktion.« Er schaut mich an und grinst. Ringo begleitet mich zu meinem Auto, und es macht mir nicht einmal etwas aus, dass er wahrscheinlich nur aus Mitleid mitkommen will. Es lohnt sich trotzdem, ihn dabeizuhaben.

Ringo fährt. Er besteht darauf, aber ich sträube mich auch nicht dagegen. Er summt ab und zu, und es ist eine nette Ablenkung von der Straße. Dazwischen erzählt er mir von den Beatles und dass ihr Song *Abbey Road* damals das Einzige war, was ihn davon abhielt, sich eine Kugel in den Kopf zu jagen. Ich kann nicht erkennen, ob er es ernst meint.

Ich bin aber verdutzt, als er die Mitglieder der Band aufführt. »Ringo Starr ist der Name des Schlagzeugers? Aber ich hab gedacht, du hättest den Namen Ringo bekommen, weil … also …«

»Wegen dem Ring an meinem Auge? Ist schon okay, Lake. Ich weiß, dass ich ein Muttermal im Gesicht habe.« Ich werde rot. »Und du hast recht. So bin ich zu meinem Namen gekommen.« Er lässt die Knöchel auf dem Lenkrad knacken. »Aber«, sagt er und strahlt, »so habe ich auch den zweitgrößten Ringo der Geschichte entdeckt. Er zuckt mit den Achseln. »Du weißt doch, wie es heißt – wenn man sie nicht besiegen kann …«

Ich habe keine Zeit, mir darüber Gedanken zu machen, weil wir vor Pennys Haus vorfahren und der Van, hinter dem wir anhalten, meiner Mutter gehört. Ich wollte sie nicht hier haben. Aber sie ist hier. Was bedeutet, dass sie einseitig beschlossen hat, ich kann das alles nicht allein bewältigen und dass sie mich mit ihrem Boot retten muss, das mit Zement und schmerzlichen Worten, die ungesagt bleiben, beladen ist.

Nur bin ich nicht allein. Ringo ist bei mir. Und ich wünschte, keiner von uns müsste hier sein.

# Kapitel zwanzig

## 15 TAGE

Pennys Haus hat zwei Stockwerke und ist gelb verputzt. Im Gegensatz zu unserem wird der Rasen von Tessa, der geborenen Gärtnerin, und Simon immer perfekt gepflegt. Simon hat seinen technischen Verstand gut genutzt und eine hypersensible automatische Sprinkleranlage installiert, auf die die NASA neidisch wäre.

Ein Kranz, der alle mit einem freundlichen WILLKOMMEN begrüßt, schmückt die hellblaue Haustür. Im Garten sind Überbleibsel von Penny verteilt. Ihr verrücktes Windspiel hängt an einem der Äste neben einem Nektarspender für Kolibris. In der Ecke eines gepflegten Blumenbeets hatte Penny einen Steingarten angelegt. Er ist höchstens einen Quadratmeter groß, aber Penny meinte, er sei perfektes Feng Shui.

Ich gehe an Pennys Hinterlassenschaften vorbei und jeder Knochen in meinem Körper tut mir weh wie bei einer Grippe. Ich war so sehr in meinem Nebel der Traurigkeit gefangen, dass ich gar nicht gemerkt habe, wie viel davon darauf zurückzuführen ist, dass ich Penny vermisse. Jetzt, in Anwesenheit von so viel *Penny*, bricht der Verlust wie eine Welle über mir zusammen.

»Alles okay?« Ringos Hand findet meinen Rücken, und ich frage mich besorgt, ob sie das Einzige ist, was mich noch aufrecht hält.

Vor dem Haus steht ein Wasserkrug. Wir folgen einem Mann, der eine Kippa trägt. Er bückt sich, um sich die Hände im Krug zu waschen, und betritt dann das Haus. Ich schaue Ringo fragend an.

»Wir wollen nicht respektlos wirken«, flüstert er mir zu.

Ich nicke und tauche meine Hände in das kalte Wasser. Ohne nachzudenken fahre ich mir mit den nassen Händen über die Wangen. Es kühlt die Hitze, die in ihnen aufsteigt, und beruhigt mich ein bisschen. Ich nicke, und wir betreten das Haus von Tessa und Simon Hightower.

»Ich hätte wahrscheinlich Schwarz tragen sollen, oder?«, fragt Ringo an meinem Ohr. Wir starren beide auf sein lila T-Shirt mit dem Aufdruck *Clemons University.* Er fällt wirklich auf. Und nicht nur wegen des T-Shirts.

Im Eingangsbereich wurden die Spiegel mit schwarzen Tüchern verhängt. Ich suche meine Mutter unter den Trauergästen, die sich im Wohnzimmer versammelt haben, kann sie aber nicht finden. Eine ältere Frau, die ihre grauen Haare mit einem Seidentuch bedeckt hat, kommt langsam zu uns herüber, um uns zu begrüßen. Sie streckt mir eine knochige Hand entgegen.

»Lake, meine Liebe«, sagt sie. Ich erkenne ihre Stimme, obwohl schon über ein Jahr vergangen ist, seit ich sie zum letzten Mal gesehen habe.

»Grandma Adler.« Ich ergreife ihre Hand, die so kalt ist, wie ihre Venen blau sind. Ich halte sie in meinen beiden Händen, um sie aufzuwärmen. Grandma Adler ist Pennys Großmutter mütterlicherseits. Meine eigenen Großeltern starben schon vor meinem fünften Geburtstag, aber Besuche von Grandma Adler waren für Penny und mich immer eine besondere Freude. Mir schießen sofort Tränen in die Augen, als ich sie wiedersehe.

Sie berührt mein Gesicht mit ihrer freien Hand. Als sie die Tropfen wegwischt, die mir über die Wangen laufen, fühlt sich ihre Haut am Daumen papierdünn an. Sie sagt leise etwas auf Jiddisch zu mir.

»Ich wäre früher gekommen, wenn ich gewusst hätte, dass Sie da sind«, sage ich und will mich umdrehen, um Ringo vorzustellen, spüre aber die Leere hinter mir. Er ist fort. Die Panikwelle hat sich in der Gesellschaft von Grandma Adler geglättet, und ich sage mir, dass ich ihn finden werde. Später.

Sie tätschelt meinen Handrücken und führt mich ins Wohnzimmer. Ich bin nicht sicher, ob ich schon dazu bereit bin, aber ich gehe neben ihr und halte ihren Ellbogen, um sie zu stützen. »Ich wäre selber gern früher gekommen«, verrät sie mir. »Tessa erkennt *K'Vod Hamet* nicht an. Penny hätte sofort beerdigt werden sollen. Aber Tessa will keine Beerdigung. Sie erlaubt keine Bestattungsriten. Wir wussten nicht einmal, dass Penny …« Grandma Adler zieht ein zerknittertes Taschentuch hervor und betupft sich damit die Nase. »Wir wussten nicht einmal, dass sie gestorben war.«

Ich versuche, meine Schritte und mein Atmen gleichmäßig zu halten. Ich hätte das alles voraussagen können, aber zu hören, wie weit die Hightowers gegangen sind, weil sie hoffen, dass ich mich für Penny entscheiden werde, jagt mir Schmerzen durch meine Muskeln und Knochen, wo sie weiterbrennen.

»Ihre Cousine Halina hat in den Nachrichten einen Bericht über den Unfall gesehen.« Aus genau diesem Grund vermeide ich es, mir die Nachrichten anzuschauen. »Rabbi Fisch hat den Rest der Familie informiert, und ich habe Tessa gesagt, wir müssen Shiva sitzen und ich will nichts mehr darüber hören. Hier« – sie nimmt ein zerrissenes schwarzes Band aus einem Korb auf einem Seitentisch –, »binde dir das um. Wir müssen Penny ehren, egal wie.«

Ich schaue mich nach Ringo um. Vielleicht hat er sich doch

entschlossen wegzugehen. Ich versuche, auf meinen wackligen Beinen zu stehen, und plötzlich habe ich das Gefühl, dass eine achtzigjährige Frau nicht genügt, um mich aufrecht zu halten. Die Hightowers haben den Ritualen ihres Glaubens den Rücken gekehrt. Und alles nur wegen mir.

Wie gerufen taucht Mom neben mir auf. Vorher erschien mir der Gedanke, dass sie sich in mein Privatleben mit Pennys Familie einmischt, wie eine Bedrohung. Aber jetzt in diesem Moment macht es mir nichts aus. Sie trägt die üblichen zusammengewürfelten Klamotten, die sie anzieht, wenn sie gezwungen wird, an irgendwelchen gesellschaftlichen Ereignissen teilzunehmen – ein unvorteilhaftes Top mit Schößchen, das schon sechs Jahre alt ist, zu einer Hose, die zu weite Beine hat, und Pumps. »Lake, mein Schatz.« Sie streicht mir mit der Hand über die Haare. »Mrs Adler, es tut mir so leid, dass Sie Ihre Enkelin verloren haben. *Hamakom y'nachem etchem b'toch sh'ar availai tziyon ee yerushalayim.*«

Ich starre sie überrascht an. »Was heißt das?«

Grandma Adler übersetzt es für mich. »Möge Gott dich unter all den Trauernden von Zion und Jerusalem trösten.« Sie nickt. »Danke.«

»Entschuldigen Sie uns bitte«, sagt meine Mutter zu Grandma Adler und führt mich weg.

»Seit wann kannst du – ich weiß nicht – *Hebräisch*?«

Moms Lächeln ist lieb und traurig. »Wenn man ein Unglück erlitten hat, Lake, möchte man anderen, die das Gleiche durchmachen, helfen, so gut es geht.« Wir schlängeln uns durch die restlichen Trauernden. »Tessa und Simon haben Glück, dass sie eine Gemeinschaft um sich haben.« Ihre Stimme klingt wehmütig. Ich blicke lange genug auf, um ein Porträt von Penny auf einer Staffelei zu sehen. Ich kenne das

Bild. Es war ein Foto. Ich hatte es gemacht. Es ist Penny an unserem Lieblingsplatz. Die Klippe, von der wir drei – also, zumindest Will und ich – immer gesprungen sind. Penny sitzt im Schneidersitz auf einem Felsen und meditiert mit geschlossenen Augen. Sie presst die Zeigefinger und Daumen zusammen, die Handrücken ruhen auf ihren Knien. Der rosa Sonnenuntergang hinter ihr verwandelt ihre blonden Haare zu einem goldenen Heiligenschein.

Ich schlucke schwer und wundere mich, dass Pennys Familie gerade dieses Bild ausgewählt hat. Die Hightowers sind gute Leute, leben aber streng nach Vorschrift – Elternabende, teure Tommy-Bahama-Hemden, solche Dinge. Ich hatte immer den Eindruck, dass Pennys Eltern diese Freigeist-, Rettung-der-Wale- und Yoga-Sache nur für eine Phase hielten, ein Haltepunkt auf dem Weg zum Jurastudium und nicht zu einem Kloster in Tibet. Ich wusste es besser.

»Mom«, sage ich und bemühe mich, jede Wut aus meiner Stimme herauszuhalten, weil ich es ja nicht bin – wütend, meine ich. »Ich hab dich nicht gebeten zu kommen.«

»Ich weiß«, sagt sie.

Ich will ihr gerade erklären, warum, als ich ein schlankes Mädchen bemerke, das ich sofort erkenne. Mayas lange graziöse Beine tragen sie in wenigen leichten Schritten quer durch den Raum auf uns zu. Sofort werde ich aus meinen Gedanken gerissen. Sie verschränkt die Hände und hält sie unterhalb ihrer Taille. »Mein herzliches Beileid«, sagt sie zu mir. Ihre dunklen Haare werden von einem goldfarbenen Stirnband zurückgehalten. Sie lächelt meine Mutter mit geschlossenen Lippen an und hält sich dann ein zerknittertes Papiertaschentuch an die Nase. Vielleicht bilde ich es mir nur ein, aber ich glaube, Maya hat geweint.

Mom strahlt sie an. »Ich lasse euch Mädchen für eine Minute allein.« Sie zuckt mit den Schultern, was niedlich wirken soll und gespielt verschwörerisch rüberkommt. Ich würde am liebsten kotzen.

»Was machst du hier?«, frage ich.

»Du bist nicht die Einzige, der das Herz gebrochen ist, weil Will gestorben ist … und Penny«, fügt sie fast wie einen nachträglichen Gedanken hinzu. Sie verschränkt die Arme, steckt die Hand mit dem Taschentuch unter eine Achselhöhle und blickt zur Seite.

Ihre Bemerkung ärgert mich aus Gründen, die ich nicht ganz begreife. »Du kanntest sie ja kaum«, sage ich.

Sie schnieft. »Ich kannte Will. Vielleicht nicht wie du, aber ich kannte ihn. Ich kannte beide, meine ich«, fügt sie hinzu. Die Haare auf meinen Armen kribbeln, aber bevor ich antworten kann, saust ihr Blick nach oben, und sie sagt: »Entspann dich, ich geh in dieselbe Synagoge wie Pennys Eltern. Ich bin nicht hier, um das alles« – sie macht eine Handbewegung quer durch den Raum – »für mich zu pachten, okay?« Vielleicht leide ich an Verfolgungswahn. »Schau, Harrison hat mir gesagt, dass du wegen dem blöden *ChatterJaw*-Thread mit ihm geredet hast. Und ich wollte nur sagen, dass er es gut meint. Harrison, meine ich. Echt. Er denkt, er muss alle beschützen oder so ähnlich.« Mir fällt ein, wie ernst er seine Pflichten als Lebensretter nimmt, und ich denke, dass ich ihn vielleicht unterschätzt habe. »Richtig süß. Aber *das* hätte er nicht tun sollen. Er hätte sich um seine eigenen Angelegenheiten kümmern sollen und ganz bestimmt nicht posten, was er auf *ChatterJaw* gelesen hatte.« Sie stößt einen langen Luftstrahl zwischen ihren vorgeschobenen Lippen aus.

Ich kneife meine Augen zusammen. »Er hat gesagt, du wärst

dagegen gewesen, dass ich von dem Thread was erfahre«, sage ich. »Warum?«

Maya stopft ein paar Haare unter das metallene Stirnband. »Ich hab dir doch gesagt, er kennt nicht die ganze Geschichte.«

»Aber du?«, frage ich und bin mir nicht sicher, warum ich Maya so bedränge, aber ich spüre, dass der Bluthund in mir die Oberhand gewinnt.

»Nein«, antwortet sie. »Ich kenne sie auch nicht. Genauso, wie du die ganze Geschichte über uns nicht kennst.« Mein Magen zieht sich zusammen. Ich vermute, dass sie von sich und Harrison spricht, oder … gibt es da noch etwas anderes?

Im selben Moment fällt mir auf, wie sehr ich von den Leuten, die im Kreis um mich rumstehen, begutachtet werde. Sie mustern mich verstohlen über ihren Plastikbechern. Worte ersterben auf meiner Zunge. Ich höre, wie jemand flüstert: »Das ist ihre beste Freundin.«

Haben sie das wirklich gesagt?

Maya blickt über ihre Schulter. Sie scheint es auch zu ahnen.

Bei der Erwähnung meines Namens spitze ich die Ohren. Stimmt. Das ist definitiv, was sie gesagt haben.

Ich beiße die Zähne zusammen. Völlig unerwartet nimmt Maya meine Hand und drückt sie. »Geh lieber zu deiner Mutter«, sagt sie. Ich nicke mechanisch. Sie lässt meine Hand wieder los. Ich schiebe mich durch die Menge, aber jetzt erreichen mich Gesprächsfetzen mit jedem Schritt.

»Resurrection … besteht eine Chance?«

»Der Freund des Mädchens war anscheinend …«

»Eine andere Möglichkeit?«

Der letzten Frage folgt düsteres Schweigen.

Mein Herz schlägt schneller und schneller. Meine Mutter zieht sich aus einer Gruppe von Menschen, packt meine beiden

Arme und schaut mir in die Augen. »Alles in Ordnung, Kind? Du siehst ein bisschen grün aus.«

Ein glattes schwarzes Kleid taucht vor mir auf, gefolgt von einem anthrazitfarbenen Anzug.

»Tessa.« Meine Stimme bricht. Mir wird auf einmal bewusst, dass ich mich noch nie mit Mom und der Frau, die mich wie eine Tochter behandelte, als meine eigene Mutter zu sehr mit Matt beschäftigt war, im gleichen Raum aufgehalten habe. Ob meine Mutter wohl denselben Gedanken hat? »Simon«, sage ich. Ich wünschte, ich hätte sie zu einer anderen Zeit besucht, anstatt vor all den Leuten hier zu sein.

»Lake, meine Süße.« Tessa umschlingt mich und drückt mich an ihre Brust. Ihr Parfum riecht nach Rosen und Zimt. »Dein Arm.« Sie gibt mich frei und umklammert jetzt den Gipsverband an meinem Ellbogen. Sie verzieht das Gesicht. »Tut … tut es weh?«

Ich drehe den Gips um. Das Gewicht liegt noch auf ihrer Hand. »Nicht sehr. Es ist okay.« Ich ziehe meinen Arm behutsam aus ihrem Griff.

»Es ist sehr lieb von euch, dass ihr gekommen seid«, sagt Tessa zu Mom.

Simon räuspert sich und füllt seine Brust vorsichtig mit Luft, um die Bedeutung seiner Gegenwart hervorzuheben. »Das hier … äh … tut uns leid, Lake. Und wegen Will natürlich auch. Es tut uns … sehr, sehr leid.«

Und dann wird es mir schlagartig klar. Sie fühlen sich *mir gegenüber* verantwortlich, wie Wills Vater schon gesagt hatte. Penny hatte das Auto gefahren. Jeder war der Meinung, dass Penny an dem Unfall schuld war. Trotzdem hatte es keine Beerdigung gegeben. Sie hatten keine Bestattungsriten erlaubt.

Ich wünsche mir, dass ich sonst wo wäre, nur nicht hier.

Ich schaue nach rechts und links und wäre froh, wenn Ringo wie eine Schmusedecke neben mir rumhinge, aber er ist verschwunden, und ich spüre Kälte. Und die anfängliche Erleichterung, die ich empfunden hatte, als ich meine Mutter hier entdeckte, verpufft.

Ich recke meinen Hals, um Maya vielleicht irgendwo zu sehen, und frage mich, ob das ein Trost wäre. Diese ganze merkwürdige Sache fühlt sich jetzt schon wie ein Traum für mich an. Aber Maya ist zwischen den schwarzen Outfits verschwunden.

»Es war nicht Pennys Schuld«, sage ich, wende mich wieder ihren Eltern zu und zwinge mich zu akzeptieren, dass das, was gerade passiert, Realität ist. Wenn sie wüssten, wie sehr ich ihre Tochter zurückbringen möchte!

»Wir hatten eigentlich gehofft«, sagt Simon und stellt sich mir mit seiner ganzen Größe in den Weg, sodass es keine Flucht mehr für mich gibt, falls ich flüchten wollte, »dass wir mit dir etwas besprechen könnten.« Die Anspannung ist nicht zu überhören. Er sieht meine Mutter nervös an.

»Vielleicht ist jetzt nicht der richtige Zeitpunkt«, sagt sie und scheint neben mir zu wachsen.

*Wo ist Ringo?*

Pennys Eltern tauschen Blicke – Blicke zwischen *Erwachsenen.* »Lake«, sagt Simon und ignoriert Moms Einwurf. »Wir wissen, wie eng ihr befreundet wart – *seid* –, du und Penny. Wir hatten kein anderes Kind, aber ihr zwei wart wie Schwestern. Ihr *seid* ja auch praktisch Schwestern.«

»Es reicht«, sagt meine Mutter. »Sie ist doch noch ein Kind.«

Ich erstarre und trete einen Schritt zurück. »*Was?*«

»Du bist noch ein Kind.« Sie wendet sich wieder an die

Hightowers. »Ich weiß, dass ihr leidet, aber es ist nicht fair, sie damit zu belasten.«

Wut packt mich und kratzt in meinem Hals wie Stahlwolle. »Seit wann hat das *dich* jemals von irgendwas abgehalten?«, frage ich.

»Lake!« Ihre Stimme ist eine Warnung. Sie braucht sich keine Sorgen zu machen. Ich werde das große Familiengeheimnis nicht verraten. Aber sie ist genauso schlimm wie der Rest. »Ich versuche nur zu helfen.«

Ich verschränke die Arme vor der Brust und weigere mich, sie anzusehen.

»Wir möchten, dass du unser Auto nimmst«, klinkt sich Tessa ein. Sie wringt die Hände und streckt die Finger. »Und wir haben ungefähr fünftausend Dollar, die wir dir anbieten können.«

»Tessa …«, warnt Simon. »Wir hatten besprochen, wie wir die Sache –«

Sie redet weiter. »Wir können wahrscheinlich auch noch etwas mehr auftreiben. Im Moment sind wir aber nicht, was man, glaube ich, *liquide* nennt. Unser Vermögen, meine ich. Und ich weiß, die Zeit eilt, da du ja bald Geburtstag hast. Aber bitte, Lake! Wir tun, was wir können. Du sollst wissen, du bekommst das Geld. Gib uns nur etwas Zeit. Nenne uns deine Bedingungen.«

Ich schäme mich so sehr für sie, dass ich knallrot werde. Dass ausgerechnet Tessa die Grenze zwischen krass und total illegal überschreitet – das hätte ich nie von ihr erwartet.

Ich höre einen Mann brüllen. Es ist wie in einem Traum – einem Albtraum. Wills Vater taucht mitten im Gewühle auf. »Ich glaub's ja nicht!«

Die Trauergäste drehen sich um und starren ihn an. Der

Rabbi legt ein russisches Ei zurück auf den Teller. Ich zähle die Sekunden zwischen den Herzschlägen. *Eins ... zwei ...* Und dann ist auch Mrs Bryan da. *Drei ... vier ...*

»Diese Shiva ist für Penny«, sagt Simon streng.

Logan hört es nicht, oder es ist ihm egal. »Jolene, sie versuchen, Lake die Resurrection *abzukaufen*!«

Meine Mutter fuchtelt mit den Händen. »Niemand tut hier irgendwas! Lake geht.« Die Farbe ist in ihre Wangen zurückgekehrt. Grellrosa Pinselstriche.

»Hör auf, Mom!«, sage ich und entziehe ihr meinen Arm.

Mrs Bryan wirbelt herum. »Wie tief kannst du eigentlich sinken?«, fragt sie Tessa. »Du *bezahlst* sie? *Wirklich*? Wir rufen die Polizei! Wir werden dem Amt Bescheid sagen, worauf du dich verlassen kannst!«

Tessas Augen treten hervor, als ob sie die Luft zu lange angehalten hätte. Dann platzt es aus ihr heraus: »Lake würde ihre Resurrection verlieren! Und was hätten wir alle davon?«

»Ich kann nicht glauben, was ich höre –« Mrs Bryans Blusenzipfel rutscht aus ihrem Rock.

Tessa bleckt die Zähne wie ein in die Ecke getriebenes Tier. »Meinst du, ich weiß nicht über dein kleines Dinner mit Lake Bescheid?«

Mrs Bryan wickelt ihre Finger noch fester, als sie es wahrscheinlich will, um meinen Ellbogen. »Lake, wir wissen, dass deine Resurrection nicht käuflich ist. Du hast Will geliebt.«

»Oh, hör auf mit dem manipulativen Quatsch, Jolene!«, blafft Tessa.

Mom stellt sich zwischen die beiden Frauen und streckt die Hände aus. Zwischen meinen Herzschlägen vergehen keine Sekunden mehr.

»Hört auf!«, sage ich wieder, dieses Mal aber zu den Müttern von Penny und Will. »Ihr zwei seid doch Freundinnen. *Beste* Freundinnen.«

Aber keine hört mich. Keine achtet auf mich.

Tessa schluchzt. Es klingt, als ob ein Abfluss plötzlich nicht mehr verstopft ist und dann eine Menge Wasser ausspuckt. Der Kummer der beiden ergießt sich über mich und ist kräftiger und aggressiver als mein eigener, und ich möchte schreien und rennen, bis genug Raum für meinen Kummer vorhanden ist. Glauben die Leute wirklich, dass ich Penny und Will und sogar meinen älteren Bruder nicht selber zurückhaben will? Glauben sie, dass ich die beste, wenn nicht sogar einzige Möglichkeit sein will, ihre Kinder zurückzuholen? Der Gedanke macht mich krank. Aber kein Einziger in unserer netten Privatschule könnte sich vorstellen, jemand anderes als ein Familienmitglied oder einen sehr nahestehenden Menschen für eine Resurrection zu wählen.

Mitten in all dem Geschrei zupft mich jemand am Handgelenk. Ich blicke auf und sehe ein zweigeteiltes Gesicht und ein Augenpaar, das auf beruhigende Weise schief ist.

Ich lasse mich von Ringo aus der Gruppe von Erwachsenen ziehen, denen es nicht aufzufallen scheint, dass ich mich entferne, aber er darf mich nicht aus dem Haus und weg von dem Gebrüll führen. Stattdessen verschränken wir unsere Finger, und ich ziehe ihn die Treppe hoch. Ich wünschte, ich könnte Penny anrufen. Ich stelle mir vor, wie sie mir zuhört, wenn ich ihr sage, wie verkorkst die ganze Woche war. Matt. Will. Ihre Eltern. Sie wüsste, was zu tun wäre.

Ich bin ziemlich sicher, dass ich weine, obwohl ich meine Hand nicht wegziehe, um das nachzuprüfen. Ich weiß nur, dass mein Gesicht heiß ist und sich meine Nase verstopft anfühlt. »Was ist mit dir passiert?«, frage ich mit leichtem Vorwurf.

»Ich wollte dir Raum lassen«, sagt er wie ein Echo dessen, was ich Augenblicke davor gedacht hatte. Raum für meine Sorgen, Raum für mich. Aber ich glaube nicht, dass ich diesen Raum haben möchte, um von ihm Abstand zu nehmen.

Wir gehen im Obergeschoss einen Flur entlang, an dessen Wände gerahmte Bilder von Penny in chronologischer Reihenfolge von der Vorschule bis zur elften Klasse hängen. Ich starre auf den leeren Fleck an der Wand, der für die Abschlussklasse reserviert ist. Und dann sinke ich auf den Teppichboden und stöhne in meine Hände. »Sie glauben nicht, dass ich sie vermisse«, sage ich. Ich wiege mich vor und zurück, umklammere meine Beine und stoße meine Kniescheiben tief in meine Augenhöhlen, bis ich Sterne sehe. Der Druck quetscht Tränen raus, die immer schneller und kräftiger fließen. »Sie glauben nicht, dass ich alles geben würde, um sie zurückzuhaben, wenn ich könnte.«

Ringo ist neben mir auf den Boden gesackt. Er hat meine Hand nicht losgelassen. Ich atme mühsam durch meine verstopfte Nase.

»Ich wünschte, ich hätte Penny kennengelernt«, sagt er.

»Aber« – Schluchzer brechen immer noch in kurzen Abständen aus mir hervor – »wenn sie – noch hier wäre – hätten wir uns – nie getroffen.«

Er summt, und ich hebe mein Gesicht weit genug von meinen Beinen, um zu sehen, dass er ein Foto von Penny mit Zahnspange betrachtet. Sie könnte in der siebten Klasse gewesen sein. »Du vergisst, dass wir uns früher schon mal kannten.«

Ich stelle das Gesagte nicht infrage. Dafür bin ich zu müde. Ich lasse Ringos Hand los, obwohl ich dankbar bin, dass sie so lange da war, um mich wegzuführen. Außer Penny und Will brauchte ich vorher niemanden. Ringo könnte das nicht verstehen. Wir drei waren anders. Etwas Besonderes. Jedenfalls glaubte ich das. Nach einer Weile raffe ich mich auf. Ich spüre, dass die Tränen auf meiner Haut bereits trocknen. Mit leichten Schritten betrete ich Pennys Zimmer. Es ist, als ob ich auf heiligem Boden gehe. Es riecht immer noch nach Weihrauch, und die Sehnsucht in mir pocht an meine Haut.

Vorsichtig berühre ich ihre Sachen. Muschelkette. Marokkanischer Schal. Honig-Lippenbalsam. *Penny.* Ich versuche, mir die Worte vorzustellen, die sie sagen würde, wenn all dies vorbei wäre und sie mich an der Klippe finden würde. Sie würde mich anschauen und wüsste, was ich durchgemacht habe, und den Kummer der Woche einsaugen, als ob sie ihn mir auf diese Weise abnehmen könnte. Wir würden jeden Tag über Will reden. Sie würde aus Palmwedeln oder sonst was einen Korb flechten, und wir würden einen Teil seines Andenkens aufs Meer schicken, wobei sie die genau richtigen Worte finden würde.

Meine Fingerspitzen landen auf einem ziemlich zerlesenen Notizbuch. Ich zögere, bevor ich es durchblättere. Ich werde von Tausenden von Pennys Wörtern überflutet, die hier wie die Antwort auf ein Gebet versammelt sind. Ich schaue über meine Schulter und sehe, dass Ringo mit zusammengekniffenen Augen ein gerahmtes Bild von Will, Penny und mir betrachtet, auf dem wir unsere von Kirschen rot gefärbten Zungen rausstrecken. Ich lasse das Notizbuch und den Lippenbalsam in meine Tasche gleiten und ziehe den Reißverschluss zu. Endlich habe ich das Gefühl, ein Stück von Penny mit mir herumtragen zu können. Seit ich das Haus der Hightowers betreten habe, entspanne ich mich zum ersten Mal.

»Hier drüben, Ringo.« Ich gehe über den dünnen Läufer zum Fenster, drücke meine Finger unter den Rahmen und schiebe ihn hoch. Ich drehe mich um und winke Ringo zu mir ran.

»Schau, ich weiß, dass du eine schwierige Zeit durchmachst, aber springen? Keine Lösung.« Er legt den Kopf wie ein verwirrter Hund schief, und so weiß ich, dass er mich nicht für selbstmordgefährdet hält. Aber er scheint trotzdem nicht scharf darauf zu sein, mir aus einem offenen Fenster im zweiten Stock zu folgen. Vernünftig. Das kann ich respektieren.

Ich demonstriere, was ich vorhabe, und hebe erst ein Bein durch die Öffnung, dann das andere, und bald kann er sehen, dass ich bequem auf dem Dach hocke. Er zögert nur noch einen Moment und geht dann neben mir in die Hocke.

»Willkommen«, sage ich und setze mich auf die sandpapiernen Schindeln. »Das war immer unser Platz. Meiner und Pennys Platz.« Wir blicken auf den hinteren Garten und die vielen geparkten Autos der Besucher aus der Synagoge der Hightowers. Gruselig. Nicht einmal in meinen schlimmsten Albträumen war ich in dieses Haus gekommen und hatte auf *das hier* geschaut.

»Es ist, ähm, gemütlich.« Ringos Hüfte drückt sich an meine. Die Dachschräge neben uns und die Dachkante unter uns engen uns ein. »So, was genau tun wir hier oben?«

»Hier oben gibt es Sauerstoff«, erkläre ich mit düsterer Stimme.

Ringo schüttelt den Kopf. »Du solltest dir wegen deiner Sauerstoffsucht wirklich mal Hilfe holen.«

Ich knuffe ihn mit dem Ellbogen. »Penny und ich haben uns hier draußen immer in die Sonne gelegt. Oder wir sind aus dem Fenster geklettert, wenn ich bei ihr übernachtet habe, und dann eingeschlafen. Ich weiß, ich weiß, es *klingt* gefährlich, aber wir haben uns immer an den Händen gehalten. Wenn eine weggerollt wäre, wäre die andere aufgewacht und hätte sie retten können.« Ringo zieht eine Augenbraue hoch. »Okay, dann war es eben kein narrensicherer Plan. Aber es ist ja niemand gestorben, oder?« Wir werden beide still.

Ich kaue auf der Innenseite meiner Backe herum und suche nach irgendwas und grüble – worüber weiß ich nicht so genau. Am Ende überlege ich, ob ich ihm die nächste Sache erzählen soll oder nicht, und spüre dann komischerweise den Drang, es zu tun. »Wir haben hier oben Haschisch ausprobiert. Aber nur einmal«, füge ich schnell hinzu. »Es war blöd. Penny hatte den Joint von irgendeinem Typ in ihrer Yoga-Klasse bekommen.« Ich lege mein Kinn auf meinen Knien ab. Jetzt ist mir das Ganze peinlich. »Ich bin nicht mal sicher, ob es funktioniert hat. Wir fühlten uns – ich weiß nicht – ein bisschen *verschwommen*. Penny hat gesagt, sie *hasse* es. Ich fand, dass sie übertreibt.« Ich drehe meine Wange auf mein Knie und schaue Ringo an. »Hast du's mal probiert?«

Ringo schnaubt leise. »Ich bin eher der *Sag-einfach-Nein*-Typ.«

Mir fällt ein, wie wütend Will war, als er herausfand, dass wir es ohne ihn ausprobiert hatten. Ich wollte ihm später, wenn wir miteinander gehen würden, erklären, dass ich es Penny schuldete, ihr eigenes Ding zu machen, damit ich sie für mich behielt. Ich brauchte beide. Will und Penny, Penny und Will. *Das Universum verlangt Gleichgewicht*, wie Penny sagen würde.

»Okay.« Ich schubse seine Schulter mit meiner. »Jetzt erzähl *du* mir was!«

»Was denn?«

»Ein Geheimnis.« Ich nicke und füge ein stillschweigendes

*Mann!* hinzu. »Ich hab dir eins verraten, und jetzt bist du an der Reihe. So läuft's.«

»Entschuldigung? Schiedsrichter?« Er tut so, als ob er sich nach jemandem umsieht. »Hat mich jemand gegen meinen Willen aufs Spielfeld gesetzt?«

»Und?«

Er seufzt und fährt sich mit den Fingern durch die Haare, und ich stelle fest, dass mir seine Haare wirklich gefallen. Zumindest fallen sie mir oft auf. Ringo hat schöne Haare. Wieso denke ich eigentlich über seine Haare nach? So oft hat in einer Zeitspanne von dreißig Sekunden bestimmt noch niemand über *Haare* nachgedacht. *Lake ...*

»In Wirklichkeit heiße ich ... Christian.« Das reißt mich aus meiner Haarfantasie.

»*Christian*?« Ich lasse mir den Namen auf der Zunge zergehen. »Christian ... wie in Christus? Der Tausende von Menschen mit Broten und Fischen gespeist hat? Der übers Wasser wandelte und am dritten Tag auferstanden ist?

»Wenigstens eins davon passt.«

Ich forme mit den Fingern eine Art Bilderrahmen, kneife ein Auge zusammen und betrachte ihn durch die rautenförmige Öffnung. »Nö.« Ich ziehe die Stirn kraus. »Passt nicht. *Christian?* Bist du sicher?«

»Ziemlich sicher.«

»Das ist sowieso ein lahmes Geständnis. Dein Name? Versuch's noch mal, bitte!« Ich recke trotzig das Kinn. Auf Augenhöhe rascheln ein paar Palmwedel im Wind.

»Erst der eine, dann der andere«, sagt er. »Das sind die Regeln.«

»Und ich dachte, *ich* hätte das Sagen in diesem Spiel.« Unter uns machen sich ein paar Trauergäste auf den Weg zu ihren

Mazda Miatas und Mitsubishis. Zwei Frauen halten sich in einer langen Umarmung fest. »Okay, gut.« Ich hole tief Luft und beobachte Ringo aus dem Augenwinkel. »Aber ich warne dich – anschließend stehe ich ganz oben auf der Anzeigetafel.« Er nickt kurz, ich soll weiterreden. »Okay.« Ich hole tief Luft. »Manchmal«, sage ich, »hasse ich meinen Bruder. So *richtig*. Ich finde, er ist ein Idiot. Mehr als ein Idiot. Ein erstklassiges Miststück. Ein Arschloch.«

»Und du nennst *mein* Geständnis lahm?«

Ich halte einen Finger hoch, weil ich sehe, was er denkt: Welche Geschwister streiten sich nicht? Aber bei Matt und mir ist das überhaupt nicht der Fall. »Ich hasse meinen Bruder. Ich finde, er ist ein Idiot und … er sitzt im Rollstuhl. Genau – er ist vom Hals abwärts total gelähmt.« Ich beobachte Ringo von der Seite. Ich sehe, dass ein Mundwinkel zuckt. »Ich weiß, es ist nicht erlaubt, Leute in Rollstühlen zu hassen, vor allem nicht deinen Bruder, aber ich schwöre«, fahre ich fort und balle meine Hand zur Faust, »manchmal glaube ich nicht einmal, dass wir verwandt sind. So, und wer ist jetzt der Idiot?«

Ringo spielt mit seinen Schnürsenkeln. Ich warte darauf, dass er mir sagt, was für ein herzloses, unsensibles kleines Mädchen ich bin, aber er sagt stattdessen: »Ich habe versucht, mein Muttermal zu entfernen. Ich meine, nicht selbst. Ich hab mich operieren lassen.« Er schüttelt den Kopf und wirft einen Kieselstein, den er auf dem Dach gefunden hat, über die Kante. »Das ganze Geschwätz – wie *gut* ich damit zurechtkomme, dass das Muttermal ein *Teil* von mir ist und ich schließlich *Ringo* bin. Und dabei hab ich doch tatsächlich versucht, es loszuwerden. Ich wollte normal sein. Einfach nur wissen, wie es ist, normal zu sein. Und jetzt hab ich die blöden Narben.« Er dreht den Kopf und zeigt auf eine Stelle an seiner Schläfe. Ich kann sie jetzt sehen – drei erhabene und ausgefranste Linien, die Brandwunden ähneln. Sie sehen aus, als ob sie wehtun. »Rate mal, wer auf der Tafel gerade an die oberste Stelle gerückt ist!«

Ich weiß nicht, was ich sagen soll. Die Beichte ist traurig – herzzerreißend –, aber sein Gesicht ist für mich ein Rätsel, das ich nicht lösen kann. Vielleicht ist es auch ein Rätsel für ihn.

Zwischen uns beiden dehnt sich Traurigkeit aus. Aber ich merke, dass sie nicht ganz so schwer ist, wenn wir sie hier miteinander teilen. Am liebsten würde ich deshalb für immer bei ihm bleiben, auf dem Dach des Hauses meiner besten Freundin. Also tue ich, was ich tun muss, um bleiben zu können. Ich füge dem Schmerz noch ein Angebot hinzu. »Was, wenn es nicht nur um Penny und Will geht?«, sprudelt es aus mir heraus.

»Was, wenn es nicht nur um Penny und Will geht?« Ringo blinzelt, als ob er gerade aus einem Halbschlaf erwacht wäre.

»Meine Entscheidung. Wen ich für meine Resurrection auswählen werde. Vielleicht muss ich mich nicht nur zwischen *zwei* Leuten entscheiden.«

Ringo setzt sich ein bisschen gerader auf. In meinem Kopf läutet unhörbar eine Warnglocke. »Wen?«, fragt er.

Bin ich wirklich bereit, meine Familie so zu hintergehen? Allein dieser Informationsschnipsel reißt das Fundament unseres Familienpakts, unseren Code, weiter ein. Aber spielt es überhaupt noch eine Rolle? Ich werde Matt nicht wiederbeleben. Das wird einfach nicht passieren. Sie werden für nichts verantwortlich sein. Bibbernde Angst kriecht an meinen Armen hoch und um meinen Nacken herum.

»Du zuerst«, sage ich, um Zeit zu gewinnen, und es ist, als würde ich einen Vierteldollar in einen Spielautomaten stecken.

»Du schuldest mir noch ein Geständnis und warte mal, warte – ich weiß, was ich hören möchte.« Sein Mund schließt sich. »Sag mir, warum du zu Doktor McKenna gehst!« Ich halte meine gefalteten Hände unter das Kinn und warte gespannt auf die Antwort.

Ringo presst die Lippen zusammen, will reden, überlegt es sich anders und fängt endlich an. »Sagen wir einfach, ich habe Mami-Probleme.«

»Ach, komm! Das ist viel zu vage.«

»Das war deine Beichte auch.«

»Eins zu null.«

*Mami-Probleme.* Seine Mutter schien ganz besonders schrecklich zu sein. Ich hasse sie an seiner Stelle – so, wie sie ihn stundenlang nach der Therapie warten lässt, ihn nicht ansieht und sich nicht von der Couch erhebt. Ich weiß nur, dass es Ringo zumindest in mancherlei Hinsicht genauso dreckig geht wie mir, wenn nicht noch dreckiger, und wieder habe ich das Gefühl, meine Trauer mit jemandem zu teilen, und das gefällt mir.

Vom Dach aus können wir die Vögel beobachten, die nach Hause zu ihren Nestern fliegen. Der Wind wird stärker und streicht die Farben des Sonnenuntergangs wie ein unsichtbarer Pinsel behutsam über den Himmel. Die Wärme von Ringos Körper neben meinem tröstet wie warmer Sand nach dem Schwimmen im Meer.

Nach dem Unfall kam es mir vor, als wären mir die Klamotten vom Leib gerissen worden und als ob ich den Elementen jetzt ganz alleine ausgeliefert wäre, aber hier ist Ringo, und ich muss zugeben, ob ich will oder nicht, dass das Leben in dieser Minute erträglich ist.

Ich sehe, dass seine Hand auf den Schindeln ruht, und

lege meine darüber, bevor ich unsere Finger miteinander verschränke. »Gibt es eigentlich für alle Momente Beatles-Songs?«, frage ich. »Oder nur für ganz bestimmte?«

»Es gibt sie für die denkwürdigen Momente.«

»Und was, wenn es keinen perfekten Song gibt? Für diesen ganz bestimmten Moment?«

»Die Beatles haben immer den perfekten Song. Für jeden Moment. Das kannst du mir glauben.«

»Dann sag mir, welcher jetzt passt.«

»Du hattest deine Frage schon.«

»Welcher Song?«, will ich wissen.

Dieses Mal neigt er sein Kinn, als ob er einer Melodie lauschen würde. Er nimmt seine Hand nicht weg. »Zu kitschig, wenn ich *Penny Lane* vorschlage?«

Mein Gesicht leuchtet auf. »Penny hat einen eigenen Song?«

»Einen der besten«, sagt er.

Und ich will ihn gerade bitten, ihn vorzusingen, als mich ein Scheppern am Fenster hinter uns aufschreckt. Logan Bryan packt Ringo am T-Shirt und reißt ihn durchs Fenster zurück. Ich muss zugeben, dass ich für den Bruchteil einer Sekunde Will gesehen habe, wie er sich an Ringo klammert. Mir blieb die Luft weg. Vielleicht brauche ich deshalb eine Sekunde, um zu reagieren.

»Lass ihn los!«, kreische ich und packe Ringos Knöchel.

»Was *machst* du hier?« Logans Gesicht ist rot und fleckig, aber er lässt Ringo los, dessen T-Shirt jetzt um seinen Hals gezwirbelt ist. Logan prustet und schnauft und stemmt die Hände in die Hüften, als wäre er gerade vom Joggen zurückgekehrt.

Ringo reibt sich den Nacken und schaut Mr Bryan an. »Wer sind Sie? Was ist los mit Ihnen?«

»Ich bin der Vater ihres Freundes, Kumpel.« Er klopft sich auf die Brust. »Vielleicht erinnerst du dich noch an ihn, Lake? An *Will*, deinen Freund?«

Bei seinem vorwurfsvollen Ton bleibt mir der Mund offen stehen. »Natürlich erinnere ich mich an Will. Wovon redest du?« Logan hat sich anscheinend nach dem Streit im Erdgeschoss noch nicht wieder beruhigt, oder der Anblick meiner Finger zwischen denen von Ringo hat ihn sofort wieder in Rage versetzt.

»Wirklich? Weil du dich hier oben ziemlich wohlzufühlen scheinst – mit …« Ich sehe, dass Wills Vater Ringos Gesicht zum ersten Mal richtig wahrnimmt. »Dem da.« Die letzten Worte landen mit einem dumpfen Aufschlag. Seine Wut hat sich etwas gemäßigt und wird von etwas Hässlicherem und Gemeinerem abgelöst. »Ist er *so* leicht zu ersetzen, Lake?« Er hat das Wort *so* betont, was Ringo sicher nicht entgangen ist. »Er hat dich geliebt.«

Scham brennt wie ein Fieber in mir, aber da ist auch Zorn, heftig und hässlich. »Wie kannst du es wagen?«, sage ich zu meiner eigenen – und eindeutig auch Ringos – Überraschung. »Was weißt du schon von Liebe?«

Logan sieht aus, als ob ich ihn geohrfeigt hätte. Es wäre nicht verkehrt gewesen. Ich komme auf die Füße und starre vom Dach aus auf Logan hinunter, auf den kleinen Mann auf der anderen Seite des Fensters. »Der da« – ich zeige auf Ringo – »ist der Einzige, der mir überhaupt zuhört. Ihr benehmt euch da unten ja alle wie Monster und … und …« Mein Fuß schlittert. Die Sohle meines Schuhs gleitet auf einer Schindel aus. Meine Kniescheibe knallt auf das Dach. Ich greife nach etwas Festem, aber es ist mein eingegipster Arm, der sich streckt, und ich rutsche. Mein Schienbein schießt ins Leere.

Ich schreie. Bilder vom Autounfall schleichen sich ran. Ein Fluss aus Blut. Zwei Beine und bleiche Knochen.

Die Haut auf der Innenseite meines Unterarms schält sich wie eine Orangenschale, und ich komme ruckartig zum Halt. Ringo krabbelt vom Fensterbrett und rutscht mit angewinkelten Beinen zu mir herunter. Seine Finger schließen sich über meinem Handgelenk. Ich japse. Ich lasse meine Stirn auf der rauen Oberfläche ruhen. Und zittere, zittere, zittere.

Und dann ist da wieder ein Bild. Ein anderes. Wie Doppeltsehen meines Herzens:

*Glitschige Felsbrocken schneiden in meine Handflächen. Ich krieche auf einem Steinhaufen entlang. Gischt spritzt hoch in die Luft. Jemand ist hinter mir und ruft meinen Namen. »Lake! Lake!« Und als ich mich umschaue, ist es mein Bruder, der auf zwei Beinen steht. Aber ich höre nicht hin. Ich liebe das Tosen des Meeres genauso, wie ich meinen Herzschlag liebe, und hier draußen auf der Mole kann ich das Meer am besten hören. Am besten, wenn ich stehe und meinen Kopf nach hinten neige, meine Augen schließe und das Meer toben lasse.*

Langsam wird die Angst verdrängt. Ich hebe das Gesicht. Ringo lässt mich nicht los. Hinter ihm ist das Fenster leer. Logan ist verschwunden.

# Kapitel einundzwanzig

## 14 TAGE

Lange vor Sonnenaufgang wache ich mit Schmerzen auf. Der Schorf an meinem Handgelenk ist hart unter dem Verband. Mom war nach der Shiva nicht zu mir ins Zimmer gekommen, um nach mir zu sehen. Ob sie böse auf mich ist, weil ich sie angeschrien habe? Dad setzte sich am Abend noch auf meine Bettkante. Er strich mir über die Haare, während ich mich schlafend stellte und in mein Kopfkissen weinte. Vielleicht wusste er, dass ich nur vorgab zu schlafen.

Draußen ist es immer noch tiefschwarz. Ich habe geträumt, dass Will zu mir zurückkommt. Er würde bei der Beerdigung von Penny eine Grabrede halten – eine, die komisch und bittersüß wäre und die Leute an den genau richtigen Stellen zum Lachen brächte. Er würde mich mit Blumen und mitfühlenden Karten überhäufen. Vielleicht würden wir nach der Uni heiraten und Maddie mit ihren Freundinnen ab und zu bei uns übernachten lassen.

Selbst in der Nacht spüre ich, wie die Minuten vorbeiticken – *tick, tick, tick* – und meinen achtzehnten Geburtstag näher bringen. Ich setze meine nackten Füße auf den Boden und stehe auf. Weiterschlafen ist ausgeschlossen.

Neben meinem Spiegel entdecke ich den ignorierten Umschlag.

»Hinweis Nummer zwei«, lese ich mir leise vor und halte ihn zwischen Daumen und Zeigefinger. Ich habe ihn mir aufgespart und jetzt Angst, den Umschlag zu öffnen. Ich drücke ihn an meine Brust. Ich hatte Matt versprochen, ihn nicht ohne ihn zu öffnen. Aber jetzt ist es höchste Zeit.

Leise mache ich die Tür auf und tappe den Flur entlang. Ich fand schon immer, dass das Meer nachts lauter klingt. Als ich am offenen Wohnbereich vorbeigehe, donnert es durch die Wände. Durch eines der Fenster kann ich gerade noch die gespenstische Form des Schilds am Landesteg erkennen, alles in Grau getaucht, angefunkelt vom Sternenlicht.

Ich gehe durchs Haus, der Fußboden kühl unter meinen Zehen. Vor Matts Tür hebe ich die Hand, um anzuklopfen. Zu dieser Zeit wird er schlafen. Ich zögere, drehe dann den Türknauf um und schleiche mich auf Zehenspitzen ins Zimmer.

»Wer ist da?« Die Frage kommt sofort.

Ich erstarre. Einen Moment lang überlege ich, ob ich mich nicht doch lieber wortlos dahin zurückziehe, wo ich hergekommen bin. Er kann mir schließlich nicht folgen.

»Ich bin's.« Meine Stimme ist rau. »Lake. Tut mir leid, ich wollte dich nicht wecken.« Ich schleiche mich weiter ins Zimmer, bis ich am Fuß seines Bettes stehe.

Seine Augen glänzen in der Dunkelheit und starren hoch an die Decke. »Du hast mich nicht geweckt.«

»Es ist mitten in der Nacht, Matt.«

»Gut beobachtet.«

»Ich meine nur –«

»Du meinst nur: Warum starre ich mitten in der Nacht an die Decke, wenn ich doch eigentlich schlafen soll? Also, Lake, es wird dich vielleicht überraschen, aber meine Tage sind nicht gerade mit der Art von Anregung ausgefüllt, die mich fix und fertig macht und mich nach einem harten Arbeitstag erschöpft, aber zufrieden, ins Bett kriechen lässt. Wenn Mom und Dad mich satthaben, legen sie mich ins Bett. Sobald ich aufwache, liege ich dann bis zum Morgen hier. Und da du danach gefragt hast – es hilft nicht, dass der einzige Zweck meiner Beine und meines Rückens darin besteht, mich dermaßen mit Schmerzen zu quälen, dass ich mir die Haut vom Gesicht kratzen möchte, nur kann ich als Zeitvertreib nicht mal mit dem Hautabkratzen beginnen, weil – ach ja – meine Hände nicht funktionieren.«

Ich drehe den Umschlag in meiner Faust und habe den egoistischen Wunsch, nicht hergekommen zu sein. »Also liegst du nur hier in der Dunkelheit rum?« Matt stöhnt. »Wie lange?«

»Es kommt drauf an, wann ich aufwache. So ungefähr vier, fünf Stunden.«

Mir wird übel. »Matt, das müssen wir Mom und Dad sagen!«

»Mann, Lake.« Matt seufzt. »Es ist – es ist doch keine große Sache. Es kommt nicht *jede* Nacht vor. Ich brauche dir und keinem anderen leidzutun, okay? Ich hab nur … Dampf abgelassen. Und jetzt sag mir, wem oder was verdanke ich das Vergnügen deiner Gesellschaft?«

»Ich konnte nicht schlafen. Ich hab gegrübelt … und dann hab ich den Umschlag gesehen und gedacht, wir könnten ihn zusammen aufmachen.«

»*Hm*, bist du sicher, dass er nicht schon offen ist?«

»Wirklich nicht, ich schwör's!« Ich klopfe mit dem knisternden Umschlag auf meine Handfläche. »Immer noch zugeklebt.« Matt schweigt. Ich halte das für ein gutes Zeichen, ein Zeichen, das er interessiert ist. »Kann ich das Licht anmachen?« Er brummt wieder etwas Unverbindliches, aber es klingt wie ein Ja in meinen Ohren, und ich knipse die Lampe an.

Matt sieht so, wie er im Bett ausgestreckt daliegt, zerbrechlich aus. Ich beobachte, wie sich die Wölbung seines Oberkörpers hebt und senkt. Seine Knie bilden zwei flache Hügel unter der Decke. Ich setze mich nervös auf das Fußende des Bettes und warte darauf, dass er brüllt, ich solle verschwinden. Zu meiner Überraschung tut er es nicht.

»Na? Liest du das Ding nun oder nicht?«, fragt er mich spöttisch.

»Okay.« Ich fahre mit dem Finger an der oberen Kante des Umschlags entlang. Das Papier zerreißt. Ich ziehe die Karte heraus und schlucke schwer. »Hinweis zwei«, lese ich. »Atlantis war das Thema der Nacht. Kleid, Jacke, Rosen, Stimmung – alles richtig gemacht. Geh zu unserem Haus und lass dir dort den Schlüssel geben. Der nächste Tipp von mir wird sich von selbst ergeben.«

»Geht's nicht noch lahmer? Was für ein uncooler Typ«, spottet Matt.

Ich starre auf die Wörter, lese sie noch einmal.

»Also, echt«, fährt er fort. »Hätte es nicht auch eine Karte und eine von diesen kleinen Herzketten getan? Du weißt schon, die silbrigen? Mädchen in deinem Alter mögen sie doch so sehr. Ein bisschen weniger … Theater.«

Ich zucke bei der Andeutung zusammen, die Matt, ohne es zu wissen, gemacht hat, nämlich, dass alles nur Show ist. Stattdessen blicke ich auf. »Ich weiß, was es ist. Ich weiß *echt*, was es ist!«

Matt scheint es interessant genug zu finden, um seine Silberketten-Tirade abzubrechen. »*Wo* ist es?«

Meine Schultern hängen herunter. Ich spiele mit dem Stoff auf dem Bett. »Das sag ich dir nicht.«

»Es war aber ausgemacht. Ich gebe dir den ersten Hinweis, und du lässt mich mitmachen. Genau so, Lake. Das waren die Bedingungen.«

Er braucht den unterschwelligen Text nicht aufzusagen. Dass ich mich nicht an Abmachungen halte. Dass ich eine Betrügerin bin. Eine Schwindlerin. Eine Treulose. Ein Mädchen, das Versprechen nicht einhält. Nicht einmal die wichtigen. Vor allem nicht die wichtigen. Aber das hier ist etwas anderes. Es ist mir einfach zu peinlich, um es ihm zu erklären.

Und doch.

»Ich bring dich hin«, sage ich, »aber du musst mir versprechen, nicht zu lachen, nicht zu lästern, nicht zu spotten oder zu tun, als ob du kotzen musst. Einverstanden?« Er schaut wieder an die Decke und lässt mich zappeln. »Das sind die Bedingungen.«

»Gut«, schnauft er schließlich, als ob die Tatsache, dass er nicht spotten darf, ein riesiger Kompromiss für ihn wäre. »Einverstanden.«

»Super. Dann lass uns aufladen.«

»*Jetzt?*«

»Tut mir leid. Hast du was Besseres zu tun?«

Matt wiegt weniger als ich.

Als ich ihn hochhebe und in seinen Rollstuhl setze, wundere ich mich, wie leicht er in meinen Armen ist. Die Landung ist nicht graziös. Dieses Mal bekomme ich keine Hilfe von Mom, und ich bin sicher, dass ich ihm irgendwie wehgetan habe, auch wenn er nichts sagt.

Der Van macht mir beim Fahren keine Schwierigkeiten, und ich achte darauf, nicht auf Kies zu parken.

Die Uhr am Armaturenbrett zeigt 4:00 an. Ich schalte die Scheinwerfer aus, und wir stehen im Neonlicht des *Seaside Inn*. »Hier ist es«, sage ich. Je näher wir gekommen waren, desto nervöser war ich geworden. Dies ist nicht einer der exotischen

Orte auf der Landkarte, die ich vor dem Unfall mit meinem Bruder aufsuchen wollte – die messerscharfen Felsen auf Madagaskar, die Reisterrassen von Longsheng in China, das große blaue Loch in Belize –, aber jetzt sind wir *hier.*

»Es ist ein Motel«, sagt Matt von hinten.

»Es ist ein *schönes* Motel.« Ich blicke durch die Windschutzscheibe auf die gedrungene zweistöckige Herberge, die blassblau gestrichen ist. Eine Reihe von Türen starrt uns an. Am Ende befindet sich ein kleines Büro mit einem ZIMMER-FREI-Schild im Fenster. Darüber teilen uns große Buchstaben an der Wand mit, dass es sich hier um das *Seaside Inn* handelt. Obwohl das Motel tatsächlich drei Kilometer vom Meer entfernt ist.

»Warum hat dich Will zu einem Motel geschickt? Will er, dass du dir Bettwanzen holst?« Matt zieht die Nase kraus.

»Weil es«, sage ich und schnalle mich ab, »für unsere Beziehung von Bedeutung ist.« Ich gehe um den Van herum, drücke auf einen Knopf, und die Rampe senkt sich.

»Ich dachte, wir gehen zu einem Ballsaal oder so was. Wo Tanzveranstaltungen der Schule abgehalten werden. *Atlantis war das Thema der Nacht*«, zitiert er. »Klingt kitschig genug für eine Highschool.«

»Stimmt. Es war eine Tanzveranstaltung der Schule, meine ich.« Ich lasse Matt rückwärts herunterrollen, bis seine Räder auf dem Asphalt stehen. »Auch kitschig genug«, gebe ich zu.

Obwohl ich weiß, dass Matt sich einigermaßen gut selbst steuern kann, beschwert er sich nicht, als ich ihn dem Empfang entgegenschiebe.

*Geh zu unserem Haus und lass dir dort den Schlüssel geben. Der nächste Tipp von mir wird sich von selbst ergeben.*

Als wir eintreten, läutet eine Kuhglocke über unseren

Köpfen. Ein Mann mit einem Walrossgesicht und einem verschwitzten gelben Hemd blickt von einem Kreuzworträtsel hoch. Seine fleischigen Backen verziehen sich zu einem eifrigen Grinsen. »Willkommen, Reisende. Was kann ich für Sie tun? Wir bieten diese Woche einen Preisnachlass von dreißig Prozent für Zimmer mit Blick auf den Garten und Doppelbetten. Und« – er versteckt seinen Mund verschwörerisch hinter der Hand – »wenn Sie hart verhandeln, könnte ich vielleicht noch kostenloses Wi-Fi beisteuern.«

»Danke.« Ich versuche, dankbar auszusehen. »Eigentlich wollen wir kein Zimmer. Wir sind wegen eines Hinweises hier.«

Die blonden Augenbrauen des Mannes ziehen sich in der Mitte zusammen. »Ein Hinweis?«

Ich hatte gehofft, dass er sofort weiß, wovon ich rede. Es kommt mir albern vor, das Ganze zu erklären. »Ja, wissen Sie, mein Freund hat sich für meinen Geburtstag eine Schnitzeljagd ausgedacht. Ich bin beim zweiten Hinweis und sicher, dass ich hierherkommen sollte. Er hat gesagt, ich soll mir einen Schlüssel geben lassen, was mich zum dritten Hinweis führen würde.«

»Also, da bin ich platt.« Er legt seinen Kugelschreiber auf das Kreuzworträtsel. »Eine richtige Schatzsuche.«

»Ja«, sagt Matt und setzt seinen durchtriebenen Armer-Kleiner-Charme ein. »Ein echter Knaller, was?«

Ich haue Matt leicht auf den Hinterkopf und lächle den Mann an, der auf Matt zeigt und wie ein Walross zurückgrinst. »Das können Sie zweimal sagen!«

Als er aufsteht, schabt der Stuhl kreischend über den Boden. »Loretta ist tagsüber die Managerin. Vielleicht hat sie eine Notiz hinterlassen. Lassen Sie mich hinten mal nachsehen.« Der

Mann schleppt sein Gewicht in einen hinteren Raum, wo ich Herumwühlen höre.

»Was ist?«, fragt Matt, als ich ihn anstarre. »Also, so was Supertolles wie das hier hab ich ja wirklich noch nie gesehen. *Allererste Sahne!*«

Ich grunze. Aber nur ganz leise.

»Welches Zimmer hatten Sie noch mal gesagt?«, ruft der Nachtportier.

»Ich – ich hab nichts gesagt.« *Lass dir den Schlüssel geben.* Genau. Will hatte erwartet, dass ich mich an die Zimmernummer erinnere, weil *er* sich natürlich daran erinnerte. Ich denke an die Nacht zurück. Wir waren seit sieben Monaten zusammen. Ich trug ein trägerloses rosa Kleid. Meine Mutter war eine Woche zuvor mit mir zum Einkaufszentrum gegangen. Sonst ging sie nie mit mir shoppen. Wegen der Kosten für Matts Pflege und meine Privatschule und der schwindenden Bankkonten meiner Eltern blieb nichts für alberne Einkäufe übrig. Aber der Preis für das Kleid, das sie mir gekauft hatte, war nicht herabgesetzt gewesen. Es lag an meinen Hüften an, und das Mieder war mit Tausenden von Strasssteinen besetzt gewesen, die beim Gehen funkelten. Ich liebte das Kleid mehr als alles, was ich je besessen hatte. Ich fand mich wunderschön darin, und dieses Gefühl spiegelte sich in Wills Blick wider.

Ich habe die Nacht vor Augen. Wir hatten Penny zuerst nach Hause gebracht, obwohl ich näher wohnte. Seit Will und ich miteinander gingen, hatten wir es so gemacht. Penny sagte nichts, als wir beide sie umarmten und warteten, bis sie sicher im Haus war, aber ich glaube, sie wusste, was passieren würde, und war zu nett, um es zu erwähnen. So war sie eben.

Ich schließe die Augen und erinnere mich, wie meine Hände schwitzten, als wir auf den Parkplatz fuhren. Während ich darauf wartete, dass Will mit einem Schlüssel zurückkam, schlug mein Herz schneller als das eines Kolibris. Und ich dachte daran, wie sehr ich das Kleid liebte.

»Ich weiß die Nummer nicht mehr«, sage ich. »Aber das Zimmer liegt im Erdgeschoss, die dritte Tür rechts, wenn man vor dem Gebäude steht.«

Mehr Papiergeräusche. Und ein paar jugendfreie Ersatzbegriffe für bestimmte Flüche. »Nix. Ich kann nichts finden.« Er schleppt sich zum Tresen zurück. »Ach, jetzt gucken Sie nicht so enttäuscht. Ich mag es nicht, wenn Sie beide so schauen.«

Ich blicke auf Matt hinunter. Er sitzt mit gerunzelter Stirn und vorgeschobener Unterlippe da. »Wie alt bist du eigentlich?«, murmele ich durch meine knirschenden Zähne.

»Ist das Zimmer – das Zimmer, das ich beschrieben habe«, sage ich, »ist es belegt?«

Er krümmt den Rücken und späht mit zusammengekniffenen Augen ins Hinterzimmer. »Nein, nein – sieht nicht so aus.« Jetzt muss *ich* die Erbarmungswürdige spielen und fühle mich aber gar nicht schuldig dabei. Wenn der Mann die ganze Geschichte kennen würde, hätte er sicher Mitleid mit mir.

Er kratzt sich am Kopf. »Es könnte nicht schaden, wenn Sie mal kurz einen Blick reinwerfen«, sagt er.

Er geht zurück, holt den Schlüssel und lässt dann das dünne kreditkartengroße Ding vor meinen Augen baumeln. »Sagen Sie mal, was tun Sie hier eigentlich mitten in der Nacht?«, fragt er. »Ist das Ihr Freund?« Zuerst sehe ich, dass er meinen Gipsverband mustert. Dann schaut er auf Matt. Mir imponiert, dass er anscheinend keine Vorurteile hinsichtlich der Tatsache hat, dass mein Liebhaber im Rollstuhl sitzen könnte.

»Nein!«, brüllen Matt und ich gleichzeitig.

Der Mann hält die Hände hoch. »Sorry, sorry. Geht mich

nichts an. Es ist nur – hier ist nachts meistens nichts los, und jetzt findet auf einmal eine richtige Schatzsuche statt.«

»Ja, klar«, sage ich und ziehe den Kartenschlüssel heran, der auf dem Tresen liegt. »Sie kennen doch sicher den Spruch: Der frühe Vogel fängt den Wurm.« Meine Geduld für dieses Wortgeplänkel nimmt ab, und nach weiteren Nettigkeiten verabschieden wir uns vom stämmigen Nachtportier des gar nicht so see-nahen Motels *Seaside Inn*.

»Weißt du was?«, sagt Matt, als ich ihn den Laubengang entlangschiebe. Vor jedem Fenster hängen billige Aluminium-Jalousien. Das einzige Geräusch ist die Schnellstraße und das Brummen eines Getränkeautomaten. »In meinem Kopf spielt sich plötzlich eine unangenehme Szene ab – der Grund, weshalb wir hier sind.«

»Dann sag deinem Kopf, er soll sich aus der Sache raushalten!«

Wir erreichen die dritte Tür rechts. Die gleiche Nervosität, die mich damals in der Nacht gepackt hatte, überfällt mich jetzt auch. Ich muss zweimal versuchen, den Kartenschlüssel ins Schloss zu stecken. Dann klickt es, und die Tür geht auf.

Ein Schwall stickiger Luft begrüßt uns. Ich schiebe Matts Rollstuhl über die Schwelle und auf den dünnen Teppich. Das Zimmer riecht wie ein feuchtes Handtuch. »Das ist es.«

Ich weiß nicht, was ich erwartet habe. Noch schlimmer: Ich weiß nicht, was ich gerade empfinde. Es ist ein Wirrwarr der Gefühle, als ob sich tausend Farben vermischen würden und nur ein hässliches, schlammiges Braun dabei entsteht.

»Ihr habt es also in einem Motel gemacht«, bemerkt Matt nachdenklich. »Wie originell.«

Ich bete, dass Will den Hinweis schon im Zimmer versteckt

hat. Will Bryan war ein Organisator, kein Zauderer. Und dies war sein Meisterwerk.

Ich lasse Matt stehen und mache ein paar Schritte, um auf die gestreifte Steppdecke auf dem Doppelbett zu sinken. »Wir waren noch auf der Highschool. Was anderes konnten wir uns nicht leisten.« Das stimmt zwar, aber es war nicht die ganze Wahrheit.

Ich erinnere mich, dass in der Nacht nach dem Ball alle Rosenblätter, die zum Bett führten, den Geruch nach feuchtem Handtuch nicht ersticken konnten. Aber Will war Will, und er war in Gastgeberlaune. Er war auch in *großartige-romantische-Geste*-Laune, und für ihn war dies das Großartigste überhaupt.

Er hatte eisgekühlten Champagner dabei, den sein Cousin Jeremy für ihn gekauft hatte. Er hatte auch Schaumbad für mich mitgebracht, das ich im flachen Duschbecken im winzigen Badezimmer mit den kratzigen Handtüchern benutzen sollte. Ich liebte ihn wegen all dieser Dinge und mehr. Mein erstes Mal würde nicht wie die ersten Male anderer Mädchen sein. Es würde nicht auf dem Rücksitz eines Autos geschehen oder im Keller eines Typs, wobei ich lauschen musste, um sicherzugehen, dass seine Eltern nicht nach Hause kämen. Mein erstes Mal würde anders sein. Etwas Besonderes. Es wäre mit Will, der, weil er Will war, dafür sorgen würde, dass es *alles* war.

Aber in jener Nacht, als er den Reißverschluss meines rosa Kleides aufmachen durfte, kam ich mir wie eine Schauspielerin vor. Die Rosen, der Champagner, das Schaumbad – ich erinnere mich an einen bestimmten Moment, als ich unter der Decke neben ihm zusammengerollt lag und alles so romantisch, so durchdacht war, aber auch so *viel*. Wir waren doch Kids, oder nicht?

Matt nimmt das Zimmer unter die Lupe. »Der schlechteste Ort ist es nicht.« Seine Stimme ist rau geworden, und er räuspert sich.

»Ja, stimmt, wenigstens nicht die Rückbank eines Autos«, sage ich und bemerke die Kotzfarbe der Steppdecke.

Er grunzt leise. »Ich würde die Rückbank nehmen.« Wir sind beide still. Ich schaue meinen Bruder vorsichtig an und beobachte, wie er den Kopf senkt und die Lippen zusammenpresst. »Oder sonst wo.« Seine Nase zuckt. »Wie du weißt, hab ich noch nie …«, sagt er, ohne aufzublicken. Rosa Flecken tauchen auf seinen hohen Wangenknochen auf.

Vom Themenwechsel aufgeschreckt, spüre ich, dass auch ich rot werde. »Oh«, sage ich und versuche, nicht zu schockiert zu klingen. Stattdessen sitze ich jetzt mit übergeschlagenen Beinen auf dem Bett. »Nein, ich wusste nicht – ich meine, ich war nicht sicher.«

Er schüttelt langsam den Kopf und starrt immer noch auf seinen Schoß, von dem aus seine viel zu dünnen Beine vom Rollstuhl baumeln. »Es ist peinlich.«

Meine Augenbrauen ziehen sich zusammen. Ich zupfe an Fäden der Steppdecke herum. »Es ist nicht *peinlich*.«

»Ich bin eine dreiundzwanzigjährige Jungfrau. Es ist zum Heulen.« Er befeuchtet sich die Lippen, bevor er weiterredet. »Ich dachte eben, ich hätte noch genügend Zeit, weißt du?«, murmelt er.

»Ja«, sage ich und klinge überraschend angespannt. »Das hättest du. Noch genügend Zeit haben sollen, meine ich. Es … tut mir leid.«

Er schaut mir plötzlich in die Augen und mustert mich auf seine typische, intensive Art. Dann nickt er langsam. »Ja, okay, ähm, danke.«

Ich zupfe am zwei Wochen alten Nagellack auf meinen Zehen herum und lasse meeresblaue Splitter auf das Bett rieseln.

»Mom hat mir zum siebzehnten Geburtstag eine Packung Kondome geschenkt«, sagt er. »Ist das nicht unglaublich? Sie meinte, Dad würde vorbeikommen und mich *aufklären*, was er aber nie getan hat. Sie liegen wahrscheinlich immer noch in meinem Nachtschränkchen. Ich hätte aber gern eine Freundin gehabt, eine, bei der ich mich wohlfühlen und sicher sein kann, dass sie sich nicht über mich lustig macht, wenn ich meinen – na, du weißt schon, was ich meine.« Sein Mund verzieht sich. »So, wie es bei dir und Will war, nehm ich an.«

Ich schlucke. »Ja, wie bei mir und Will«, sage ich traurig.

Matt schaut mich wieder an und dann schnell zur Seite. Weg von mir. »Es ist okay. Es ist … es ist, wie auch immer. Es ist …« Er verdreht die Augen und seufzt. »Ich wollte wahrscheinlich einfach nur wissen, wie …«, beginnt er. »Ich meine, was …« Er schnauft. Sein Gesicht ist knallrot angelaufen.

»Wie es sich anfühlt?«, beende ich den Satz für ihn.

Seine Zähne sind zusammengebissen, aber er ruckt mit dem Kopf – *ja*.

»Genau, ähm …« Ich kratze meinen Nacken. »Willst du es wirklich wissen?« Ich kneife die Augen zusammen. »Dir ist aber klar, dass ich deine Schwester bin, ja?«

»Ja, wir sind uns schon mal begegnet«, sagt er nervös. »Aber ich kenne nicht einen Haufen Leute, die ich so was fragen kann. Höchstens Mom und Dad, wobei *Schwester* aber vorzuziehen ist, findest du nicht?«

Ich fege die konfettiartigen Lacksplitter mit der Hand vom Bett. »Okay, ja. Stimmt schon … Es war …« Ich suche nach den richtigen Worten. Magisch? Bedeutungsvoll? Eine praktische

Lektion nach der Schule in Sachen Schutz? »Kurz«, gestehe ich. Matt knurrt. »Aber richtig süß.« Ich schmeiße ein Kissen auf ihn. Es trifft ihn nicht.

»*Süß?*« Matt zieht die Nase kraus.

»Ja, ich meine – auf die triebhafte Begierde-Art, die einen umhaut, muss man, glaube ich, warten, bis man *mindestens* in den Zwanzigern ist«, sage ich halb im Scherz. »Aber es war mit jemandem, dem *ich* wichtig war und dem wichtig war, wie ich mich fühle und was ich von der Sache halte.« Ich weiß, es war mehr als das, was viele Mädchen in meiner Schule bekamen. Die Wahrheit ist jedoch, ich hatte nie groß darüber nachgedacht. Es war etwas, das irgendwann passieren würde. Will und ich liebten uns. Und wenn es in jener Nacht nicht passiert wäre, dann im folgenden Monat oder dem Monat danach. Will und ich – es war unvermeidlich. »Es hat nur ein bisschen wehgetan. Zuerst.«

»War es wirklich so toll, wie behauptet wird?«

Ich runzle die Stirn. Mein Herz hat in den letzten Wochen dermaßen wehgetan, dass es, glaube ich, nicht mehr wehtun kann. Alles ist vor die Hunde gegangen. Und nicht nur für mich. Matt fragt seine kleine Schwester nach Sex. Und ich wünsche mir tatsächlich, dass er welchen bekommt.

»Irgendwann könnte es toll sein«, sage ich ehrlich.

Matts Lippen zucken. »Okay, das ist, ähm, sehr lehrreich gewesen.«

Er räuspert sich, und ich merke, dass ich schweige. Ich schaue weg. Ich kann nicht ertragen, was ich empfinde, nämlich Mitleid für ihn. »Matt«, sage ich und senke meinen Kopf, um auf Augenhöhe mit ihm zu reden. »Bist du sicher, dass du es nicht haben kannst?«

Er schließt die Augen, und ich beobachte, wie sich sein

Brustkorb hebt und senkt. Hoch. Runter. Hoch. Runter. »Es ist kompliziert.«

Meine Augenbrauen gehen in die Höhe. »Das wäre dann also kein *Nein*.«

Er feixt. »Es bedeutet, dass es kompliziert ist.«

Ich vergrabe meine Vorderzähne in meiner Unterlippe und lächle halb. »Matt Devereaux. Da hast du was verschwiegen!«

Er spitzt die Lippen. Dunkle Haare hängen um sein Kinn herum. Seine Augen glänzen so wie schon sehr, sehr lange nicht mehr. »Sollen wir den nächsten Hinweis suchen?«, fragt er.

»Ja.« Ich klatsche meine Hände auf die Knie. »Auf geht's.« Ich rutsche vom Bett, begutachte meine Umgebung und versuche, strategisch zu denken. Wenn Will den Hinweis hier verstecken würde – wo?

Ich weiß, Will hätte erwartet, mit mir hier zu sein und beim Suchen zu helfen. Ich stelle mir vor, wie er »kälter, kälter – nein, wärmer« sagt, als ob ich ein Kleinkind wäre, und dann bei »heiß« begeistert in die Hände klatscht.

Er hätte den Hinweis sicher irgendwo versteckt, wo die Angestellten nicht putzen oder nachschauen würden und wo man den Tipp einer Schnitzeljagd übersehen könnte. Am Ende öffne ich den Mini-Kühlschrank, fahre mit der Hand durch die Gefrierfachschale und spüre ein hartes Viereck, das in einer Plastiktüte liegt.

Ich nehme sie heraus und halte den Umschlag hoch: *Hinweis drei.*

# Kapitel zweiundzwanzig

## 596 TAGE

»Was trägt man eigentlich auf einer Todesparty?«, frage ich und mache Pennys Kommoden-Schubladen auf. Ich ziehe Kleidungsstücke heraus und lasse sie neben meinen nackten Füßen auf den Teppich fallen. Bald ist der Boden mit Sarongs, langen durchsichtigen Kleidern und Pluderhosen übersät. Nichts davon kann ich für eine Party anziehen.

Penny, die Yogaübungen macht, senkt ihr Hinterteil nach der Dachstellung. »Ich hatte vor, das hier anzubehalten.« Penny trägt einen langen gemusterten Rock und einen weißen Strickpullover, der von einer Schulter hängt. Ich mustere sie kritisch.

»*Was ist?*«, will Penny wissen. »Was stimmt denn nicht mit dem, was ich anhabe?«

Ich blase mir den Pony aus den Augen. »Das ist alles okay. Es ist nur … so *du*. Was ich natürlich liebe.« Ich werfe ihr eine Kusshand zu. Außer ihrer Lieblings-Yogahose und einem Badeanzug hat Penny absolut nichts Figurbetontes.

»Also, ich bleibe bei Schwarz«, sage ich, zerre das Outfit, das ich von zu Hause mitgebracht habe, vom Bett und ziehe mein T-Shirt aus. Ich ducke mich, um mich in ihrem Spiegel zu begutachten, während ich mir die Haare zu einem langen Zopf flechte, der auf meinem Rücken hängen soll. »Es passt doch zum Thema, oder nicht?«

»Wir gehen zu keiner Beerdigung, Lake.« Penny hebt ihre Füße vom Boden und macht einen Kopfstand, wobei leuchtend blaue Unterwäsche zum Vorschein kommt. Die obere Hälfte ihrer Stirn wird rot. »Wir gehen zu dem Teil, der *vor* der Beerdigung stattfindet.« Ich schaudere, als ich daran erinnert werde.

Meine erste Todesparty, eine heimliche Versammlung von Leuten, bei der sich jemand bereit erklärt, am Vorabend des achtzehnten Geburtstags von jemand anderem zu sterben, um dann am nächsten Tag auferweckt zu werden. Angeblich versetzt die Erfahrung, ein Leben zu beenden, denjenigen, der die Resurrection gewährt, in einen Adrenalinrausch, und einige Todes-Groupies glauben, dass sie, nachdem sie wieder zum Leben erweckt wurden, mit ihrem Mörder geistig verbunden sind. Da Selbstmord und Beihilfe zum Selbstmord tabu sind, finden Todespartys immer streng geheim statt, und das verfrühte Hinscheiden des Verstorbenen muss als Unfall dargestellt werden. Ich kann kaum glauben, dass ich wirklich auf so eine Party gehe.

»Außerdem ist schwarz so langweilig«, setzt Penny hinzu.

»Oh, danke.« Ich stecke ein paar Strähnen mit einer Haarklammer fest. Ein abgeschnittenes schwarzes T-Shirt berührt den Bund meiner schwarzen Jeans und gibt jedes Mal, wenn ich die Arme zu hoch hebe, meinen Nabel frei.

»Vergiss es!«, sagt Penny. »Wir haben nur noch fünf Minuten Zeit, bis Will hier ist. Du siehst super aus.«

Penny richtet sich wieder auf und stellt sich neben mich vor den Spiegel. »Also, jetzt mal im Ernst.« Sie zieht am Saum ihres Pullovers. »Ist der nicht okay?« Sie dreht sich auf die Seite. Ich hab ihn doch extra … ich hab ihn extra für so was ausgesucht«, sagt sie in einem Atemzug.

Ich wirble vor dem Spiegel herum und schaue ihr ins Gesicht. »Du könntest einen Kartoffelsack tragen und würdest immer noch wie ein Model in der *Sports Illustrated* aussehen. Echt! Ohne die Titten.« Ich grinse boshaft.

Penny hält einen Arm schützend vor ihre Brust. »Hey!«

Ich beuge mich vor, um auf meinen Apfelbäckchen Rouge aufzutragen, und sehe Penny von der Seite an. Ich weiß, so hätte der Satz nicht enden sollen.

Ich verbringe noch ein paar Minuten länger vor dem Spiegel, weil Will Bryan jeden Moment auftauchen kann. Wir erstarren beim Geräusch eines laufenden Motors. Penny geht schnell ans Fenster, öffnet die Jalousien einen Spaltbreit mit dem Finger und späht hinaus. »Er ist da«, sagt sie.

*Es ist doch nur Will*, erinnere ich mich. *Will ist dein Freund.*

Aber ich kann das schuldbewusste Lächeln nicht unterdrücken, das meine Mundwinkel hochzieht. Außerdem bin ich entsetzt, als ich sehe, dass Pennys Mundwinkel das Gleiche tun. Wir unterdrücken unser Lächeln im selben Augenblick.

Penny schüttelt die Falten im langen, fließenden Stoff ihres Rockes aus und dreht sich mit ernster Miene zu mir um. Ihre zarten Finger legen sich um mein Handgelenk. »Lake, bist du sicher, dass wir zu diesem Ding gehen sollen?« Ich spüre meinen schnellen Pulsschlag unter ihrer Hand. Weil ich nämlich gar nicht sicher bin.

Draußen schaben Schritte auf dem Gehweg. Dann klingelt es. »Ich weiß nicht«, sage ich gedehnt. »Aber … ich glaube, wir sind schon unterwegs.« Ich drücke ihre Schulter. »Komm! Es wird schon okay sein.«

Zusammen traben wir zum Eingang. Vor der Tür steht Will Bryan. »Ihre Kutsche erwartet Sie, meine Damen.« Er grinst. Ein Kaugummiknubbel steckt zwischen zwei Reihen perfekter weißer Zähne. So was wie elektrische Energie bewirkt, dass Penny und ich gleichzeitig unser Gewicht verteilen und uns mit den Ellbogen anrempeln. Er steckt die Hände in seine Jeanstaschen und wiegt sich auf den Absätzen, wobei er leise gluckst.

*Unser* Will Bryan. Mein Magen verdreht sich jedes Mal zu einer Brezel, wenn ich den kleinen Hautknoten über seiner Nase und die sandfarbenen Haare sehe, die ihm über die Ohren hängen. Etwas zieht an meinem Herz. Das Problem ist – ich weiß nicht, wie Will aufgehört hat, *nur* Will zu sein, und zu *Will Bryan* geworden ist, ein Junge, dessen Namen ich gern in meinem Kopf wiederhole.

Penny nimmt in Wills altem Pontiac den Platz des Kopiloten ein, und ich gebe mir Mühe, nur ein ganz kleines bisschen eifersüchtig zu sein, als ich auf den Rücksitz kriechen muss. Weil der Motor so viel Lärm macht, kann ich kaum hören, was sie sagen, und nach ungefähr zehn Minuten schalte ich ab und starre auf die Linie des dunklen Meereshorizonts, die an uns vorüberzieht.

Schließlich verlassen Wills Räder das Straßenpflaster mit einem Rums, was mich wach rüttelt. Ich setze mich aufrecht und beuge mich vor, um durch die Windschutzscheibe zu schauen. Zehn Minuten davor hatten wir die Küste hinter uns gelassen und waren landeinwärts gefahren, wo die Umgebung sich schnell von niedlicher Küstenstadt in landwirtschaftliches Gebiet verwandelte.

Der Nachthimmel ist hier draußen so schwarz wie ein Tintenfleck. Will steuert das Auto durch Wiesengelände. Insekten flitzen im Licht seiner Scheinwerfer hin und her. Am Ende der Reihe geparkter Autos sitzt ein zweistöckiges Gebäude neben einem dicken, krummen Baum, der sich wie ein gebrochener Finger über das Dach biegt.

Teenager strömen in den Bau, während sich andere auf der

Veranda versammeln, die um das Haus herum verläuft. Das nächste Gebäude scheint eine halbe Meile von hier entfernt zu sein.

»Das«, sagt Penny, »ist irgendwie unheimlich.«

Will beugt sich über das Lenkrad, um durch die Windschutzscheibe zu spähen. »Es ist eine *Party*.«

»Auf der jemand *stirbt*«, sage ich. Ich kann kaum glauben, dass wir drei da wirklich hingehen. Einerseits finde ich es aufregend, das Ganze gemeinsam zu erleben – unsere erste Erwachsenen-Party, sogar eine Todesparty, die wild und gefährlich ist und über die wir später reden werden, wenn wir auf unsere verrückten Teenagerjahre zurückblicken –, andererseits ist der Gedanke, jemanden ganz nah vor einem sterben zu sehen, erschreckend. Was, wenn mir schlecht wird? Was, wenn ich wegschauen muss?

Dann landet mein Blick aber auf Wills Hinterkopf und die kräftigen Wölbungen, die sich mit seinem Nacken verbinden, und ich weiß, dass ich nirgendwo anders sein möchte.

Er findet einen leeren Rasenfleck neben einem Pick-up und parkt seinen Pontiac Solstice. Das Rumpeln des Motors stoppt, und wir strömen raus. Es sind mehr Leute da, als ich gedacht hatte. Während wir auf das Haus zugehen, sehe ich, dass einige Autos in der zweiten Reihe geparkt sind.

Als wir die Stufen der Veranda betreten, wechselt die Musik von einem dumpfen Beat zu einer richtigen Melodie. Ein großer Junge mit kahl geschorenem Kopf und Hautfalten im Nacken, die an eine Bulldogge erinnern, streckt den Arm aus und hält Will zurück, als er das Haus betreten will.

»Steht ihr auf der Liste?«, fragt er.

Wills Gesicht wird blass. »Was für eine Liste?« Es war seine Idee gewesen, heute Abend zu dieser Party zu kommen. Ich schaue mich um und stelle fest, dass alle mindestens zwei oder drei Jahre älter sind als wir.

Der Pseudo-Türsteher mustert Will, Penny und mich von oben bis unten. »Also *nein.*«

Im selben Augenblick bahnt sich ein roter Plastikbecher, der hochgehalten wird, einen Weg durch den verstopften Eingang. »Hey, hey, hey.« Jeremy drängt sich durch. Sein Gesicht ist schlaff, auch wenn er lächelt. Wills Mutter hat ihren Untermieter im Keller nie streng behandelt, auch wenn er technisch zur Familie gehört. Er wirft einen schlappen Arm über Wills Schulter. »Ronny, das ist mein kleiner Cousin. Und seine Freundinnen.« Er schwenkt seinen freien Arm, um uns mit einzuschließen, wobei er Bier auf mein T-Shirt schwappen lässt. Ich mache einen Satz zurück, aber Penny hält mich fest, damit ich nicht von der Veranda kippe.

»Sind die cool?« Ronnys breite Stirn, die der abrasierte Schädel noch breiter macht, legt sich in Falten, und er schiebt die Unterlippe in einem Brutalo-Flunsch vor, was ihm tatsächlich Ähnlichkeit mit einem Hund verleiht. Ich streiche über die Narbe an meiner Hand, die Zahnspuren aufweist, und beschließe, dass ich Ronny aus Prinzip nicht mag.

Jeremy beugt sich über Will, um näher an Ronny heranzukommen. »Das ist Matt Devereauxs Schwester«, flüstert er ihm wie ein Souffleur zu. Ich beiße mir auf die Unterlippe und versuche, zu begreifen: Warum hat er das gesagt?

»Matt, der Typ-mit-der-Querschnittslähmung-Matt?« Er mustert mich mit zusammengekniffenen Augen, als ob er versuchen würde, eine Ähnlichkeit zu entdecken. Er schüttelt den Kopf. »Scheißpech«, sagt er. »Matt war cool. Richte ihm schöne Grüße aus, okay?«

Ich nicke und schaue weg, ohne etwas zu sagen. Ich werde

Matt ganz bestimmt keine Grüße oder sonst was ausrichten.

Jeremys Augen glänzen wieder. Er macht eine Handbewegung und sagt: »Kommt rein!« Er nimmt Will in den Schwitzkasten und verwuschelt ihm die Haare. »Mein lieber Mann!« Er blickt wieder in unsere Richtung. »Zwei Dates. Du alter Zuhälter!«

Mein Bauch verkrampft sich. Mir gefällt nicht, dass Jeremy – oder jemand anderes – in Penny und mir vielleicht Groupies von Will Bryan sieht. Bis zu diesem Moment war es mir nicht in den Sinn gekommen, dass wir in der Öffentlichkeit so wahrgenommen werden könnten.

Will korrigiert seinen Cousin nicht, und Jeremys Füße schwanken, als er sich durch die Menge schlängelt, die im Wohnzimmer die Band Beirut hört und in der Küche Flip Cup spielt. Will hält ihn fest.

Jeremy zeigt uns das kleine Bierfass auf der Arbeitsfläche in der Küche und fordert uns auf, uns selbst zu bedienen, bevor er zum Glück in Richtung Terrasse wandert. Will blickt ihm nach, und nachdem er verschwunden ist, wendet er sich uns wieder zu.

»Wie wär's?« Er langt nach einem Stapel roter Plastikbecher.

Penny hält eine Hand hoch. »Nicht für mich. Ich bezweifle echt, dass das Bier hier glutenfrei ist.«

Will füllt uns beiden wie ein professioneller Barkeeper Becher voll. Er schnüffelt am Inhalt und kippt dann mehrere große Schlucke hinunter. »Also, das schmeckt ja richtig ekelhaft«, sagt er. »Wie Pferdepisse.« Das ist keine Überraschung, denn als wir zum letzten und einzigen Mal zusammen etwas Alkoholisches tranken, hatten wir Jeremy Geld gegeben, damit er uns einen Sechserpack Weinschorle kauft, und die schmeckte wie Limonade.

Ich tauche vorsichtig meine Zunge in das Bier. »Widerlich. Vielleicht tun wir einfach nur so, als ob.« Die meisten Leute in der Menge halten die gleichen roten Becher. »So passen wir besser ins Bild.«

Will nimmt noch ein paar vorsichtige Schlucke und fährt dann mit der Zunge an den Vorderzähnen entlang.

»Ich muss aufs Klo«, sagt Penny und hüpft auf den Zehenspitzen herum.

»Jetzt schon?«, frage ich.

»Ich *muss*«, jammert sie. »Ich hab eine ganze Flasche grünen Eistee getrunken, bevor wir losgefahren sind. Lake?« Sie ist schon unterwegs. »Kommst du?« Ihre Augenbrauen ziehen sich erwartungsvoll zusammen, und meine Handflächen werden sofort feucht.

Ich schaue Will an. »Ich – äh –« Ich habe Penny unheimlich gern, und was ich jetzt gleich tue, entspricht überhaupt nicht dem Verhaltenskodex von Mädchen. Obwohl wir noch nicht darüber geredet haben, bin ich fast hundertprozentig sicher, dass wir beide denselben Typ mögen. Und die Sache schmerzt mich noch mehr, weil ich weiß, dass Penny so was nie mit mir täte, aber ich kann es nicht ändern. »Ich möchte Will nicht allein lassen«, sprudelt es aus mir heraus. »Ich glaube, ich warte hier einfach auf dich.«

Pennys Stirnrunzeln dauert nur einen kurzen Moment, und ich frage mich, ob sie sich überlegt, wie sehr sie eigentlich davonsausen muss, um eine Toilette zu finden, aber dann verschwindet sie in der Menge.

Danach sind Will und ich allein. Okay, allein mit ungefähr fünfundzwanzig Fremden. Erleichterung überschwemmt mich.

Mein Blick huscht über die Meute. »Was denkst du – wer ist es?«, frage ich.

Will beugt sich näher heran. Unsere Ohren berühren sich. »Wer ist was, denke ich?«

»Derjenige, der … du weißt schon … *stirbt.*« Mir läuft es eiskalt über den Rücken. Ich habe noch nie einen Toten gesehen.

Will schaut nun bewusst in die gleiche Richtung wie ich. Rechts in der Küche, in der Nähe eines Kamins ohne Feuer, steht ein Mädchen, das mit ausladenden Gesten auf einen mageren Jungen einredet. Will zeigt auf sie. »Die.«

Ich mache *»Psst«* und schubse seine Hand weg. »Nicht mit dem Finger zeigen!« Er lacht und nimmt jetzt einen ordentlichen Schluck Bier. »Okay, warum sie?«, frage ich.

»Sie scheint nach Aufmerksamkeit zu lechzen. Schau dir doch bloß mal die Wedelei mit dem Arm an.« Er ahmt ihre Gesten nach. »Man sieht nur *ich, ich, schaut mich an!* Ein Mädchen muss doch aufmerksamkeitssüchtig sein, um bei so etwas Lächerlichem wie einer Todesparty mitzumachen.«

Ich beiße in den Rand meines Bechers. Der Fußboden klebt an den Sohlen meiner Schuhe. Plötzlich hört die Musik auf. Die Menge schweigt. Wo ist Penny? Ich suche nach ihrem bunten Rock, ihren seidigen blonden Haaren, aber ich sehe sie nirgends. Eine Glocke läutet dreimal, und eine Stimme, deren Ursprung ich nicht feststellen kann, sagt: »Es ist Zeit.«

Will guckt auf seine Uhr. »Halb zwölf«, sagt er. Er schaut mir direkt ins Gesicht. Ich spüre, dass ich blass werde.

Seine Brust hebt und senkt sich mit seinen tiefen Atemzügen. »Lake?«, sagt er und hält meine Schulter fest. »Ich wollte noch sagen, dass es mir leidtut – wegen vorhin. Dass ich nichts gesagt habe, als Jeremy das … du weißt schon … von sich gegeben hat. Es war blöd. Ich sehe dich – uns – nicht so und –«

Ich hatte Jeremys beiläufige Bemerkung schon fast vergessen, aber die Tatsache, dass sie Will seit wir zur Party gekommen waren, gequält hatte, erfüllt mich mit Sehnsucht. Als sein Vater die Familie verließ, ist er besonders empfindsam geworden. Er will auf gar keinen Fall wie sein Vater werden, und ich respektiere das.

Ich boxe ihn leicht auf den Arm. »Mach dir darüber keine Sorgen. Für so was ist die Familie da, stimmt's?« Meine Hand sackt unbeholfen neben mir herunter, und ich zucke mit den Achseln. »Es ist okay.« Schließlich ist keine Familie so kaputt wie meine.

Er nickt. »Gut.« Und nach einem zweiten Nicken als Zugabe scheint er wieder der normale Will zu sein. »Gehen wir?« Wir drehen uns zur Tür um. Verschwitzte Körper werden die Treppe hoch in den zweiten Stock getrieben.

Will und ich schließen uns an. Schweigend vor uns hin stapfend kommen wir an einer Galerie mit Familienporträts vorbei. Mir wird klar, dass ich keine Ahnung habe, wem das Haus gehört. Oben angelangt recke ich den Hals und stelle fest, dass das Obergeschoss anscheinend zwei Schlafzimmer und ein Badezimmer aufweist, das mit rüschenbesetzten gelben Vorhängen geschmückt ist. Ich bezweifle, dass die Erwachsenen des Hauses sich vorstellen können, dass ihr Heim als ein Ort des Sterbens genutzt wird.

Ein kaltes, leeres Gefühl breitet sich in meiner Magengrube aus. Ich weiß nicht einmal, wie der Tod stattfinden wird. Gibt es Richtlinien? Und wenn ja, welche?

Ich versuche, mir vorzustellen, wie ich sterben möchte. Überdosis vielleicht. Dann schüttle ich die Gedanken als zu schrecklich von mir ab.

Wir werden von den Schlafzimmern weg in einen großen

Raum geführt, der wohl als Spielzimmer der Familie oder auf andere Weise gemeinsam genutzt wird. Obwohl es Nacht ist, sind die Fenster mit Pappe verdunkelt. Will und ich schieben uns an den Rand, und als wir stehen bleiben, kuschle ich mich in die Wärme seines Arms.

In der Mitte des Raums sitzt ein zierliches blondes Mädchen mit strähnigen Haaren auf einem Sofa. Es ist nicht diejenige, die Will vorausgesagt hatte. Die Augen dieses Mädchens richten sich auf kein Ziel. Sie starrt in die Menge und schaut keine bestimmte Person an. Es ist fast so, als wäre jetzt schon ein Geist im Raum.

Mein Herz hämmert in meiner Brust. Ein Junge löst sich aus der Menge und beugt sich über das Mädchen, um es zu küssen. Sie reagiert, indem sie das Kinn hebt und ihn fest auf den Mund küsst, wobei sie leise stöhnt. Als sich ihre Lippen voneinander lösen, reicht er ihr eine Flasche Wodka. Sie nimmt sie entgegen und kippt einen großen Schluck in sich hinein.

Die Augen des Jungen sind schwarz und gefühllos, und seine Gesichtszüge sind hart wie bei einem Skelett. Er dreht sich zu uns um. Er presst die Fingerspitzen seiner Hände aneinander. Ein Grinsen verzieht eine Gesichtshälfte. »Am Vorabend meines achtzehnten Geburtstags weihe ich meine Freundin Matilda Thorne dem Tod« – er streckt die Hand nach hinten aus und berührt Matildas Schulter – »damit sie neu in dieses Leben zurückkehren kann.« Murmeln geht durch die Reihen wie der Wind durch Zweige.

Die Dielen knarren. Ein schlaksiger Junge mit fettigen Haaren, die über seinen Ohren hängen, und einem als Armband um sein Handgelenk gewickeltes Seil tritt vor, um Matildas Freund zu begrüßen. Er hält ein offenes Buch, dessen Rücken aufgeplatzt ist, in den Händen und drückt einen langen Fingernagel auf eine Seite. Dann liest er: »Gehst du vor diesen Zeugen bereitwillig in die Dunkelheit?« Ich halte die Luft an und frage mich, wer ihre Leiche wohl morgen an den Auferweckungsort bringen wird. Wird das Gesicht des Jungen seine Schuld verraten? Wird der Unfall, den sie inszenieren wollen, überzeugend genug sein, um Matilda zu retten?

Sie rührt sich nicht. Ihr Kinn ist nach unten gerichtet, und sie schaut mit verschleiertem Blick zu dem Jungen hoch. »Ja.« Ringsherum schnappen die Leute leise nach Luft. Die Finger ihres Freundes zappeln wie Spinnenbeine an seinen Seiten.

Der Typ mit dem Buch wendet sich an ihn. »Versprichst du, sie aus Blut und Knochen wiederaufzubauen und sie mit Lebensblut zu füllen, damit sie von den Toten auferweckt werden kann?«

Schatten graben harte Linien in sein Gesicht. »Ja.«

Der Junge klappt das Buch zu, nickt einmal und verschwindet zwischen den Zuschauern wie ein Geist.

Ich kann nicht sprechen. Ich kann nicht wegschauen. Die Möglichkeiten breiten sich vor mir aus. Dieser Junge kann morgen von einem Bus überfahren werden – und wo bleibt dann Matilda? Er kann geschnappt werden. Dann würde ihm die Erlaubnis, jemanden für eine Resurrection auszuwählen, genommen. Die arme, verlorene, vogelzarte Matilda wäre für immer tot. Fort. Ausgelöscht. Und sie hätte nicht einmal die Chance gehabt, sich zu verabschieden.

Meine Gedanken fliegen sofort zu Matt. An der Seite reicht jemand dem Freund der bald verstorbenen Matilda Thorne einen Plastikbeutel. Ich halte die Luft an. Mein Handrücken reibt sich an Wills Hand. Unsere Finger bewegen sich. Dann wickle ich meinen Daumen um seinen, und plötzlich halten wir uns an den Händen. Gegensätzliche Gefühle schwirren in mir herum, aber das eine, auf das ich mich am meisten konzentriere, ist ein aufwallendes Glücksgefühl, als sich unsere Haut berührt.

Ich blicke zu ihm hoch. Er presst die Lippen zu einem geradlinigen Lächeln zusammen und rückt noch näher. Er streichelt meine Hand mit seinem Daumen. Matilda schwankt, und ich bin sicher, dass mehr als der letzte Schluck Wodka in ihrem Körper zirkuliert. Der Junge stülpt ihr die Plastiktüte über den Kopf.

Ich kneife die Augen zusammen. Das wird meinem Bruder irgendwann passieren, denke ich. Wir werden das mit meinem Bruder machen müssen. Wir werden einen Unfall inszenieren, und dann wird es an mir liegen, ihn zurückzuholen. Bei diesem Gedanken steigt Wut in mir auf. Dass ich dieses schreckliche Geheimnis für jemanden, der mich grundlos hasst, mit mir herumtragen muss – es macht meinen Kopf glühend heiß. Und als ich die Augen wieder öffne, fühlt sich alles total verkehrt an. Matilda schnauft jetzt in der Plastikhülle. Sie schnauft und schnauft, und dann werden ihre Augen plötzlich ganz groß. Ich erschrecke, als ihre Hände an die Tüte fahren, die in ihren Hals schneidet, und versuchen, sie herunterzureißen. Ihre Beine treten um sich, und dann stampft sie mit den Füßen auf. Ihr Rücken bäumt sich auf. Ich sehe die Rillen in ihrem Hals, der dem Rückgrat eines Reptils gleicht. Ihr Freund packt noch fester zu, dreht die Plastikfolie in seiner Faust, und drückt sie an ihren Nacken. Matilda windet sich. Ihr Gesicht schwillt an. Arme und Beine bewegen sich immer weniger. Sie atmet langsamer. Die Augen des Jungen glänzen interessiert. Ich glaube, mir wird schlecht.

Ohne lange zu überlegen, stecke ich meine Nase in den rauen Stoff von Wills Hemd. Er lässt meine Hand nicht los und legt stattdessen sein Kinn auf meinen Haaren ab. Ich weiß nicht, ob seine Augen offen oder geschlossen sind, aber mir ist klar, dass ich ihn nie danach fragen werde. Ich warte, bis die Uhr noch drei Mal läutet. Da weiß ich, dass Matilda bis morgen tot sein wird.

Es dauert nur einen Tag. Aber es ist trotzdem ein ganzer Tag.

Die Stimmung ist düster, als wir die Treppe hinuntergehen. Weiße Lichter tanzen in meinen Augen. Meine Hand bleibt fest in Wills Hand, und aufkommender Stolz und Wärme vermischen sich mit dem übrig gebliebenen Horror des Obergeschosses.

Am Fuß der Treppe wartet Penny auf uns. Ihr Teint ist durchsichtig geworden, und sie wirkt durcheinander. »Ich konnte euch nicht finden –« Dann fällt ihr auf, dass Will und ich uns an den Händen halten. »Oh«, sagt sie blinzelnd. Ihre Wangen leuchten auf einmal rosa. »Oh«, wiederholt sie. Sie fährt sich mit der Hand über die Stirn, als wollte sie prüfen, ob sie Fieber hat. »Ähm, ja.« Sie steckt ihre zitternde Unterlippe hinter ihre Vorderzähne und versucht zu lächeln. »Super. Dann. Hier … seid ihr also.« Und auf einmal fühlt es sich an, als ob Matilda Thorne nicht als Einzige dort oben gestorben ist.

# Kapitel dreiundzwanzig

## 13 TAGE

Matt und ich sind vor Sonnenaufgang wieder zu Hause – so früh, dass unsere Eltern nicht einmal wissen, dass wir weg waren. Ich liege auf meinem Bett. Mein Kopf ist mangels Schlaf ganz benebelt. Ich habe jeden Tag ein paar Seiten in Pennys Notizbuch gelesen. Ohne mit ihr sprechen zu können, bin ich ihr so am nächsten, und manchmal, wenn ich besonders müde oder vom Weinen erschöpft bin oder mein Hirn nicht abschalten kann, rede ich mir ein, dass sie bestimmte Dinge nur für mich geschrieben hat. Zum Beispiel:

> *Besser als tausend hohle Worte ist ein Wort, das Frieden bringt. Besser als tausend hohle Verse ist ein Vers, der Frieden bringt.* Gautama Buddha

Ich lese mir den Text im Flüsterton vor und fühle mich ein winziges bisschen ruhiger, wenn auch nur deshalb, weil das Zitat in ihrer Handschrift geschrieben steht.

> *Wenn es die Liebe nicht mindert, trägt uns das Leiden an das fernste Ufer.* Gautama Buddha

Ich ziehe einen Buchstaben nach dem anderen mit dem Finger nach und frage mich, warum Penny die Sachen aufgeschrieben hat.

> *Ein Mensch sollte einen Freund wählen, der besser ist als er selbst.* Chinesisches Sprichwort

Das habe ich getan. Falls ich tatsächlich über eine Superkraft verfüge, dann ist es die Fähigkeit, die allerbesten Freunde zu finden.

Auf anderen Seiten hat Penny ihre eigenen Gedanken niedergeschrieben, sie in schönen, lebendigen Sätzen formuliert und oft ein paar Zeilen ausprobiert, um sie dann durchzustreichen und sich für andere zu entscheiden:

> *Ich habe Angst, wie eine alte Puppe liegen gelassen zu werden, weil Will und Lake zu alt geworden sind, um mit ihr zu spielen. Jedes Mal, wenn sie von der Klippe springen, bleibe ich erstarrt zurück, weil ich zu viel Angst davor habe, sie zu bitten, dazubleiben, zu viel Angst davor habe, ihnen zu folgen.*

Ich stecke den Umschlag mit der Aufschrift *Hinweis zwei* zwischen die Seiten und klappe Pennys Tagebuch zu. Mit jedem vorübergehenden Tag habe ich immer mehr das Gefühl, in einer Schneekugel zu leben, die umgedreht und hin und her geschüttelt wird. Meine Freunde haben Eigenschaften, die ich nicht erkannte, Wesenszüge, die ich möglicherweise nicht sehen konnte, weil ich sie aus zu großer Nähe betrachtet habe. Ich möchte meinen Freunden wieder nahe sein, auch wenn das bedeutet, dass ich nur die Teile von ihnen sehe, die mir vertraut sind. Jetzt habe ich Angst, dass sie, je weiter ich mich vom Autounfall entferne, zu Fremden für mich werden.

Meistens bin ich zu müde, um mich zu bewegen. Die Trauer erschöpft mich, auch wenn ich kaum einen Muskel rühre. Ich ertappe mich dabei, wie ich auf meinem Smartphone herumwische. Ich wähle die Beatles. Dutzende von Songs erscheinen. Ich scrolle runter und finde *In My Life*, ein Song, den mir Ringo erst gestern Abend geschickt hat. Ich drücke *Play*, und die Musik beginnt. Ich höre mir den Song zweimal an, und die Melodie gefällt mir beim zweiten Mal noch besser. Den ersten Vers mag ich am liebsten. Ich spiele ihn ein drittes Mal. John Lennon singt davon, wie er sich an seine Freunde und Liebsten erinnert, wobei einige tot sind und andere leben, und dass er sie trotzdem alle liebt.

Irgendwann knurrt mein Magen, und ich muss mich in die Küche wagen, um nach Frühstücksflocken und einer halben Pop-Tart zu stöbern. Matt schaut fern – Moderatoren des Frühstücksfernsehens, die einen Bestseller-Autoren interviewen –, was er sonst so gut wie nie tut. Er blickt auf und grinst mich heimlich an, so, als würden wir einen Insider-Witz miteinander teilen. Ich spitze meine Lippen und merke, dass ich versuche, ein Lächeln zu unterdrücken.

Gestern waren wir spontan. Wir hatten uns mitten in der Nacht hinausgewagt und keiner außer uns wusste darüber Bescheid. Ich hatte mir als kleines Mädchen immer vorgestellt, solche Sachen mit meinem älteren Bruder zu machen. Geheime Abenteuer, um Milchshakes oder die perfekten Röstinchen zu ergattern. Zelten. Erinnerungen, die nie zu Erinnerungen wurden, weil es solche Abenteuer nie gab.

Mom bringt um zehn die Post ins Haus, und für mich ist ein Brief in einem regierungsamtlichen Umschlag dabei. Ich starre auf meinen getippten Namen, der aus dem Plastikfenster des Umschlags schaut.

»Willst du ihn nicht aufmachen?«, fragt sie und unterbricht das Schweigen, das sich zwischen uns metastasiert hat. Wir wissen beide, was in dem Umschlag steckt, und ich will ihn nicht öffnen.

Aber da er nicht verschwindet, wenn ich ihn ignoriere, drehe ich ihn langsam um und reiße schließlich die Perforation auf. Ich finde drei ordentlich gefaltete Seiten vor:

*Liebe Miss Devereaux,*

*da Ihr achtzehnter Geburtstag näher rückt, würden wir gern Ihren Termin für Ihre Resurrection-Wahl am Montag, den 24. August, um 11.00 Uhr bestätigen. Bitte füllen Sie das beigefügte Antragsformular für die Resurrection aus oder kommen Sie zwanzig Minuten vor Ihrem vereinbarten Termin zur Trifeca Resurrections Abteilung, Amtsgericht Trifeca, dritter Stock, Zimmer 3300.*

*Zwei amtliche Ausweise sind bei der Anmeldung erforderlich, z.B. Führerschein, Geburtsurkunde und/oder gültiger Reisepass. Eine vollständige Liste akzeptabler Dokumente ist auf der Website des Amts für Gesundheitsforschung und -qualität www.hrq.gov/resurrectiondocs verfügbar.*

*Anweisungen für die Übergabe des Resurrection-Kandidaten sind auf der Rückseite dieses Schreibens zu finden. Alle Übergaben müssen innerhalb von vierundzwanzig Stunden vor Ihrem Termin erfolgen.*

*Sollten Sie Ihre Resurrection-Wahl verfallen lassen wollen, bestätigen Sie dies bitte mit einem Kreuz im nachfolgenden Kästchen und Ihren Initialen.*

*Mit freundlichen Grüßen*

*Luis A. Valdez*
*Direktor, Resurrections-Abteilung*
*Trifeca County*

Ich höre auf zu lesen. Meine Mutter braucht mich nicht zu fragen, was in dem Brief steht. Sie sieht mich auch nicht an, und es ist mir egal, ob ich den Riss zwischen uns verursacht habe oder sie, aber es tut weh, dass sie enttäuscht von mir ist.

Wieso ist alles so schief gelaufen? Penny und ich wollten beste Freundinnen bis ins hohe Alter sein und dann in unseren Schaukelstühlen beieinandersitzen und quietschbunte Topflappen stricken. Will und ich hatten einen Plan.

Ich würde das Versprechen, das ich meiner Familie gegeben hatte, halten und danach nichts mehr mit meinem Bruder zu tun haben. Aber jetzt fühlt sich gar nichts mehr richtig an.

Das heimliche Lächeln, das Matt und ich vor ein paar Minuten geteilt haben, ist vergessen. Er weiß, was mit der Post gekommen ist, und starrt mit geschlossenem Mund auf den Bootssteg. Ich wünsche mir eine verrückte Sekunde lang, dass ich mit ihm darüber reden und ihm erklären könnte, was ich durchmache, aber dann fällt mir wieder ein, wer er ist und was wir sind, und ich möchte nur ein Loch in irgendwas Hartes schlagen. Ich möchte fluchen und zu schnell fahren und so laute Musik hören, dass meine Organe durcheinandergerüttelt werden.

Zurück in meinem Zimmer schicke ich dem einzigen Menschen, mit dem ich noch reden kann, eine SMS – Ringo.

*Die Papiere sind gekommen,* ist meine Nachricht.

Ich bin erleichtert, als er schnell antwortet: *Bei Neville's in zwanzig Minuten?*

Ich bin in zehn dort, bevor Ringo auftaucht. Der Duft nach Kaffeebohnen und eingeweichten Teeblättern dient als sofortiges Entspannungsmittel. Kai und Vance stecken in einer Ecke, wobei Kai seine Beine auf einem der kleinen Zweisitzer-Sofas über Vances Beine geworfen hat. Beide haben ihre Stöpsel in den Ohren. Vance nickt in meine Richtung, und es wirkt nicht abweisend. Eher so, als ob er mich genauso wie seine anderen Freunde hier erwartet.

Es sind Überbleibsel der restlichen Gruppe zu sehen – verstreut herumliegende Zeitschriften, Simone, die eine schwarze Schürze trägt und Tische abräumt –, aber die Stimmung, die über allem liegt, ist: Pause. Ich mag die entspannte Beziehung der Gruppe untereinander und finde sie faszinierend. Penny, Will und ich waren meist zusammengeschmiedet, als ob wir lebenswichtige Organe miteinander teilten. Wenn einer von uns bei einem Treffen nicht dabei sein konnte, riefen wir zum Spaß immer: »Keine Geheimnisse!« Weil keiner von uns außen vor gelassen sein wollte.

Der Gedanke macht mich traurig. Am Ende werden nur zwei von uns dreien übrig bleiben, und die Geheimnisse werden sich steigern, zuerst um das Zehnfache, dann um das Dutzend- und Hundertfache, bis wir gar nicht mehr darüber nachdenken.

Diesmal bestelle ich bereitwillig Kaffee, aber nicht von Simone, die mich einschüchtert. Ich schütte noch eine Menge Sahne und Zucker rein. »Was gibt's Neues, Lake?« Duke blickt an seinem Tisch von einem leuchtenden Tablet-Bildschirm hoch.

Ich umklammere den warmen Becher mit beiden Händen.

Der Dampf steigt mir in die Nase. Ich schaue mich um. »Ich warte auf Ringo. Hast du was dagegen, wenn ich mich solange zu dir setze?« Ich bin ein kleines bisschen stolz auf mich, dass ich den Mut habe, so lässig zu fragen.

Duke hat ein kurzärmliges schwarzgraues Bowling-T-Shirt an, das vielleicht irgendwann im letzten Jahrhundert mal Mode war. Die Betonung liegt auf *vielleicht.* »Bitte!« Für einen so kräftigen Jungen ist Duke erstaunlich anmutig und gelenkig, als er aufspringt und einen Stuhl für mich heranzieht. Ein bisschen verlegen wegen der Geste, setze ich mich neben ihn. »Ich passe auf Margarets Computer und Tasche auf«, erklärt er. »Während sie etwas besorgt. Wenn ihrem Laptop was passiert, sticht sie mir die Augen mit einem Eisportionierer aus.« Ich lache. »Kein Witz«, sagt er. Sein Unterkiefer ist schlapp und ernst. »Quatsch, ich mach natürlich nur Spaß.« Sein Gesichtsvulkan bricht in einem strahlenden Grinsen aus. »Warte mal! Wirklich?« Wieder ernst. »Nein.« Total verwirrt lege ich den Kopf schief. Nein, er macht Spaß? Oder nein, er meint es ernst? Aber dann schüttelt er sich, als ob er sich echt überlegt, wie es wäre, wenn ihm die Augen in einer Waffel serviert würden, bevor er mich schließlich wieder angrinst. Mir wird klar, dass ich es auf der Stelle lassen sollte, Duke Ellington ernst zu nehmen.

»Lake, darf ich dich ganz offen etwas fragen?«

Ich setze meinen Becher auf dem Tisch ab und ersticke fast an einem heißen Schluck Kaffee. »Natürlich, ja, bitte.«

»Gut.« Duke richtet seine großen braunen Augen auf mich. »Was sind deine Absichten?«

»Meine was?«

»Deine Absichten. Was Ringo betrifft.« Er fährt mit dem Finger um den Ausschnitt seines T-Shirts. Dann stützt er seine fleischigen Ellbogen auf dem Tisch ab.

Meine Hand schlägt gegen die Tasse und Kaffee spritzt zwischen uns auf den Tisch. »Oh! Nein!« Duke bleibt unbeeindruckt. »Ringo und ich sind nur befreundet.«

Duke reibt sich mit zwei Fingern die Lippen. »Entspann dich!« Er fährt mit der Hand durch die Luft. »Oh, Mann, du solltest mal dein Gesicht – hast du geglaubt, dass ich es ernst meine?« Er beugt sich vor und presst die Hände auf seine Knie.

»Ja.« Ich wische mir den Mund ab. »Irgendwie schon.«

»Gut, weil ich es nämlich wirklich ernst meine.« Ich schaue ihn von der Seite an und kann nicht erkennen, ob Duke mich wieder auf den Arm nimmt oder ob er sich bei diesem Herumblödeln überhaupt irgendwas denkt. »Was ich fragen will: Wirst du ihm wehtun?«

Ich nehme wieder einen Schluck Kaffee. »Hab ich dir doch schon gesagt. So ist es nicht. Wir haben nichts miteinander.«

Duke grinst. »Was hat das denn mit irgendwas zu tun?«

Ich runzle die Stirn. Schmerzt mich der Verlust von Penny weniger als der von Will? Romantische Liebe ist nur eine Art von Gefühl, gleichwertig mit anderen. Mir fällt ein, dass ich auch von meinem Bruder verletzt werde. Eine Art von Gefühl und eine Art von Schmerz, umgeben von einem Dutzend Varianten. »Nichts, denke ich«, ist meine Antwort, und ich erinnere mich, dass Kai Ringo zerbrechlich genannt hat.

Duke legt beide Hände vor mir auf den Tisch. »Also, wie ich die Sache sehe – wenn du dich entscheiden musst, ob du Ringo einerseits verletzen musst, andererseits aber nicht, dann würde ich mich für *nicht* entscheiden.«

Ich verdrehe die Augen. »Offensichtlich.«

Er zuckt als Antwort mit den Achseln. »Vielleicht offensichtlich und vielleicht nicht.«

»Und was ist, wenn er mich verletzt?«, fordere ich ihn heraus.

Er beugt sich vor und sagt mit vorgehaltener Hand, als ob er mir ein Geheimnis verraten würde. »Dann leihe ich mir Margarets Eisportionierer aus.«

»Abgemacht«, sage ich. Mir gefällt Duke, weil ich nicht glaube, dass er mich vor den Kopf stoßen will. Er mag seinen Freund sehr, was ich verstehen kann. Aber Duke hat sich dabei eindeutig nicht dermaßen abgeschottet wie Penny, Will und ich. Er ist der Kerl, der Ausweise an der Tür prüft. Und ich glaube, ich mag Ringo auch, also *muss* mein Ausweis geprüft werden.

»Werden meine Dienste nicht länger gebraucht?« Ringo beugt sich so nah über meine Schulter, dass ich ihn einatmen kann. Ich werde rot, aber dann nimmt er meinen Becher in die Hand und schlürft etwas von meinem Kaffee. Er rümpft die Nase. »Das Gebräu wird dich noch umbringen. Davon wirst du im wahrsten Sinne des Wortes zuckerkrank, Lake.«

Ich entziehe ihm die Tasse. »Hey, ich fang gerade an, Kaffee zu mögen. Hau ab!«

Wir lassen Duke allein, der weiter auf Margarets Sachen aufpassen muss, und suchen uns eines der Sofas mit den dick gepolsterten Armlehnen aus, wo ich meinen Kaffeebecher an die Brust drücken und so tun kann, als ob ich drei oder vier Jahre älter wäre, eine Studentin, die genau weiß, wo es langgeht. Ringo stützt seinen Arm auf der Rückenlehne ab und zieht sein Knie auf dem Sitzpolster hoch, sodass wir uns gegenübersitzen, nur Zentimeter voneinander entfernt.

»Ich weiß nicht, warum ich hier bin«, gebe ich plötzlich zu. »Mir ist klar, dass du oder jemand anderes nichts tun kann. Ich hab die Formulare bekommen, und die Wände haben mich zu Hause erdrückt.« Ich umarme und drücke mich selbst. »Ich musste die Reißleine ziehen und verschwinden, verstehst du?«

»Besser, als du dir vorstellen kannst«, sagt er.

»Mein Geburtstag. Er ist schon bald.« Ich stöhne und lasse meine Stirn auf meine offenen Hände sinken. »Wie soll ich mich bloß entscheiden? Ich kann es nicht. Unmöglich. Es sind kaum noch zwei Wochen bis dahin.« Ringo verlagert sein Gewicht und blickt zur Seite. »Hast du das gewusst? Zwei Wochen!« Unsere Knie berühren sich fast, aber er zieht seines ganz leicht zurück. Ich hätte es fast nicht bemerkt, wenn es nicht plötzlich über dem Auge mit dem roten Fleck – dem Auge, das ihn zu Ringo und nicht einfach nur Christian gemacht hat – zucken würde. »Die Unterlagen«, fahre ich fort. »Es ist alles so klinisch.«

»Ja.« Er kratzt seine Nase. »Ich, ähm, ich erinnere mich.«

»Zwei Formulare für die offizielle Identifikation. Übergabe des Resurrection-Kandidaten. Hallo? Wir wissen, was sie meinen: Leiche. Toter. Und –« Ich lehne mich an das Polster. Mir ist schwindlig. Ich beobachte die Puzzle-Teile seines Gesichts. Ich sehe immer noch das Muttermal, wenn ich ihn anschaue – ich kann nicht anders –, aber je öfter ich mit ihm zusammen bin, desto öfter sehe ich nur Ringo. Ich zwinge mich, mich auf die unentstellte Gesichtshälfte zu konzentrieren, die dichten Wimpern, die die glatte Haut berühren und seine klaren blauen Augen rahmen, die dunklen Augenbrauen – interessant, wie viel kräftiger deren Farbe ist als die seiner Haare. Ich bin ganz sicher, dass der Rotweinfleck auf seiner Haut die rechte Gesichtshälfte umso auffallender und gut aussehend macht. Seltsam. Aber ich warte darauf, dass er sich einmischt wie damals bei Pennys Shiva. Es ist, als ob ich mir Ringo-Trost spritzen wollte, er aber plötzlich nicht mehr dealt.

»Was ist?«, frage ich. »Warum guckst du mich so an? Warum sagst du nichts?«

Er seufzt und fährt sich mit den Fingern durch die Haare. »Ich dachte, *du* wolltest reden.«

»Ja, aber nicht mit einer Wand.«

»Wegen dieser Sache.« Er reckt den Hals. Er sieht aus, als ob er unbequem sitzt, und ich frage mich, ob wir uns woanders hinsetzen sollen. »Ich hab mir überlegt – vielleicht bin ich nicht der Richtige für so was …« Er hat anscheinend bemerkt, dass mein Unterkiefer heruntersackt, weil sich seine Stimme verliert. »Irgendwie.«

»Wovon redest du? Hab ich was falsch gemacht?« Ich starre auf die Sahnewirbel in meinem Kaffee.

»Ich, ähm«, beginnt er. »Ach, Scheiße, Lake – okay, ich muss dir was sagen.«

Jetzt kommt's. Ich weiß nicht, was das *was* ist, aber ich warte auf einen neuen Zusammenstoß, noch einen Aufprall, der mich umhaut, mir die Knochen bricht und am Ende *mich* zerbricht.

Er blickt über seine Schulter, um sicher zu sein, dass uns keiner belauscht. »Weißt du, ich bin kein unvoreingenommener Zuhörer«, sagt er. »Jedenfalls bin ich nicht so, wie du denkst. Ich finde es nur fair, dir zu sagen, dass ich … meine Resurrection-Wahl getroffen habe.« Er spielt nervös mit der Narbe an seiner Schläfe.

Meine Augen werden so groß wie Golfbälle. »*Wirklich?* Warum hast du mir das nicht erzählt?« Fragen wollen hervorsprudeln wie Wasser aus einer Quelle.

»Weil es mir wahrscheinlich peinlich war.« Er erwischt sich dabei, wie er an der Narbe herumfummelt, und fängt stattdessen an, eine leere Untertasse auf dem Tisch zwischen uns zu drehen. »Du hast meine Mutter kennengelernt.«

»Ich weiß nicht, ob man das Kennenlernen nennen kann, aber – ja, klar«, sage ich und stecke meine Beine unter mich.

Er holt tief Luft. »Meine Mutter wurde auferweckt. Durch mich.«

»Oh.« Ich bin verwirrt. »Aber … sie scheint nicht sehr … dankbar zu sein.«

»*Das* ist eine Untertreibung.« Er zupft an dem ausgefransten Loch in seiner Jeans. »Es ist, na ja, kompliziert.« Er spricht mit dem Widerwillen eines Menschen, der sich mit einer Zange Wörter aus dem Hals ziehen muss. »Schau, alles, was ich dir sagen kann, ist Folgendes: Du hältst das, was du gerade durchmachst, für das Problem, du glaubst, dass die Entscheidung das Problem ist. Aber Resurrection ist nicht unbedingt die Lösung, die du dir vorstellst.« In seiner Stimme liegt eine Schärfe, die ich nicht kenne. Es ist ein Teil von ihm, der überhaupt nicht zerbrechlich wirkt, sondern tief in seinem Innern geschmiedet worden ist, wo rot glühende Wut schöne, zarte Gefühle in Stahl verwandeln kann.

Seine Worte fühlen sich wie Fingernägel an, die an einem Fleck in meinem Herz reißen. Ich merke, dass er nicht weiter darüber reden will. Er möchte, dass ich es dabei belasse, aber ich kann nicht. »Was soll das heißen? Du hast doch deine Mutter zurück!«

Er schiebt den Unterkiefer hin und her. Dann bläst er die Backen auf und atmet nach einer Ewigkeit aus. »Meine Mutter war Professorin. Sie hat ihr Leben lang gegen die Moral der Auferweckung demonstriert. Sie hat ihre akademische Laufbahn mit ihrem Widerstand gefördert. Und sie hat *wirklich* geglaubt, was sie sagt und schreibt. Als sie an Krebs erkrankte, war sie stolz. *Echt!* Endlich konnte sie Nägel mit Köpfen machen. Sie würde sterben und das war's dann. Sie würde in die

Tat umsetzen, was sie in ihrem Berufsleben empfohlen hatte. Sie würde als eine der ganz Großen in die Geschichtsbücher eingehen. Ich glaube, sie dachte, man würde sie für eine Art Sokrates halten. Ein fantastischer Geist, der erst nach ihrem verfrühten, aber edlen Hinscheiden geschätzt würde.«

Er schüttelt nachdenklich den Kopf. »Den Krebs hätte man wahrscheinlich besiegen können. Sie hatte eine fünfundsiebzigprozentige Chance, weißt du? Das hatten die Ärzte jedenfalls behauptet. Aber sie wollte keine Chemotherapie. Sie wollte nichts dagegen tun.« In seinem Hals bildet sich ein Kloß. Ich beobachte, wie sich die Adern immer mehr zusammenziehen, und als er schluckt, sieht es aus, als ob er einen Mundvoll Schrauben hinunterwürgt. »Dann im Krankenhaus … sie hat so winzig ausgesehen.« Die Erinnerung steht ihm ins Gesicht geschrieben. »Ich habe ihre Hand gehalten, als der Krebs sie von innen heraus auffraß, aber ihre Augen leuchteten. Es sah aus, als ob sie sich auf das Sterben freute. Als ob sie sich freute, mich zu verlassen. Ich habe keinen Vater. Man hätte mich vielleicht in ein Heim gesteckt. Ich hatte damals ein paar Freunde, aber nichts, was mich wirklich zusammenhielt. Außerdem gab es ja noch dieses *Riesending* in meinem Gesicht, das ich seit meiner Geburt habe, und … und trotzdem wollte sie sterben. Ich – ich hielt es nicht aus. Sie hat von den Ärzten verlangt, frühzeitig alle lebenserhaltenden Maßnahmen einzustellen, und zwar noch vor meinem achtzehnten Geburtstag, nur um zu beweisen, dass sie auferweckt werden könnte, sich aber dagegen entschieden hätte. Ich blieb drei Tage lang bei ihr im Krankenhaus. Sie schrie nachts stundenlang vor Schmerzen, ließ sich aber nichts von den Ärzten geben, das ihr Leben verlängert hätte. Es waren die Schmerzen, die sie am Ende getötet haben. Sie bekam einen Herzinfarkt. Ich war wütend auf sie.«

Ich stelle meinen Kaffeebecher neben dem Sofa auf den Boden und rutsche näher an Ringo heran. »Das muss schrecklich gewesen sein«, sage ich und denke an das, was Doktor McKenna mir gesagt hatte. Nämlich, dass es keine Zauberworte gibt, nur normale, die uns im Stich lassen, wenn wir bessere brauchen, um ausdrücken zu können, was wir empfinden. Aber ich muss es wenigstens versuchen.

»Ob du's glaubst oder nicht – meine Mutter, damals noch *Mom*, hatte einen genialen Verstand. Und sie war lustig. Sie erfand Spiele, für die höchstens ein paar Schnüre und eine halbleere Schachtel Dominosteine gebraucht wurden. Solche Sachen eben. Als ich noch klein war, war ich total von ihr begeistert, weil ich nur Smelly Ellie kannte und …« Wir müssen beide lächeln. »Und ich liebte meine Mutter. Später fand ich heraus, dass sie Anweisungen für mich verfasst hatte, wie ich ein Referat veröffentlichen soll, das sie geschrieben hatte. Ihr Manifest, nehme ich an. Einen Monat später, als ich achtzehn wurde, habe ich für sie einen Resurrection-Antrag gestellt. Seitdem hat sie höchstens mal ein Wort mit mir gesprochen.«

»Aber du bist doch ihr Sohn.«

»Sie ist eine stolze Frau, und sie hasst mich, weil ich ihr Vermächtnis ruiniert habe. Das sehe ich jedes Mal, wenn sie mich anschaut. Es ist *so* eine Quälerei. Ehrlich. Ich glaube, weil ich von der Möglichkeit oder Unmöglichkeit einer Auferstehung erfahren hatte, konnte ich mir nichts anderes mehr vornehmen, bis alles vorbei und total kaputt war. Ich hab mit meiner Therapie angefangen. Ich dachte, es würde helfen, wenn ich darüber rede. Meist klappt es ja auch. Meine Mutter ignoriert mich fast immer. Sie vergisst, mich abzuholen. Oder sie lässt mich absichtlich sitzen, weil sie das ja ursprünglich auch vorhatte. Ich weiß nicht.«

»Du denkst also, wenn du sie nicht hättest aufleben lassen, wäre alles in Ordnung? Aber das wäre dir gegenüber doch so unfair gewesen.«

»Ich glaube, die Tatsache, dass es Resurrections gibt, hat eine Schweinerei erzeugt, die niemand – auch ich nicht und kein anderer – beseitigen kann. Resurrections waren einfach nur da und schwebten über uns, und der Gedanke an sie hat uns keinen Freiraum gelassen, uns selbst zu helfen, falls das irgendwie Sinn macht.« Zwei Seiten seines Gesichts, zwei verschiedene Arten, wie sein Leben hätte verlaufen können. Genau wie bei mir. »Dass ich meine Resurrection-Möglichkeit genutzt habe, hat alles zerstört. Ich finde, dass du wissen solltest, worauf du dich einlässt.« Die Schärfe ist zurückgekehrt. Hart wie Stahl.

Ich starre ihn an. Aufgerüttelt. Weil ich nur an Matt denken kann. Was Ringos Mutter getan hat, war grausam. Wie kann einem die akademische Karriere wichtiger sein als ein Mensch, den man liebt? Aber wie er über die reine Existenz von Resurrections gesprochen hat, haut mich um. Wie wäre Matts Leben verlaufen, wenn es sie nicht gäbe? Der Gedanke einer Resurrection verfolgt Matt seit Jahren und hält ihn von seiner Heilung ab.

Ich bin nie auf die Idee gekommen, Resurrections fortzuwünschen – vor allem nicht, seit Penny und Will gestorben sind. Aber mir ist trotzdem übel. Weil ich mir zum ersten Mal überlege: Wenn es die Sache, die meine beiden besten Freunde retten könnte, gar nicht gäbe, wäre mein Bruder vielleicht mein Bruder geblieben, auch wenn er nicht gehen kann. Er hätte sich ändern können. Auf eine andere Art. Er könnte der alte Matt sein.

Als ich zum ersten Mal etwas über Querschnittslähmungen erfuhr, haben meine Nachforschungen alle möglichen Leute mit seinem Zustand ans Licht gebracht. Einige hatten geheiratet, Kinder bekommen, waren Aktivisten geworden und hatten Reisen unternommen. Wieso konnte Matt nicht einer von ihnen werden?

Die Antwort erscheint mir jetzt offensichtlich: Wegen mir.

Widersprüchliche Gefühle kämpfen in meinem Kopf. Sie schwenken mich hin und her und pulsieren an meinen Schläfen, bis ich meine Daumen in die Seiten meines Schädels drücken muss. »Ringo«, sage ich und reiße mich von meinen eigenen Problemen los, um mich mit denen zu befassen, die gerade vor mir ausgebreitet worden sind. »Du bist der beste und selbstloseste Mensch, dem ich je begegnet bin. Außer Penny natürlich, aber mach dir nichts draus.« Ich lache traurig. »Weil du da praktisch mit einer Heiligen konkurrierst.«

Ich. Meine Resurrection. Meine. Matt darf sich nicht erholen, weil ich und meine Wahl existieren. Ich schubse den Gedanken heftig zurück. Ich darf mich nicht schuldig fühlen. Ich muss stark sein.

Sein Mund zuckt. »Ich werde versuchen, nicht *zu* beleidigt zu sein.«

Ich schließe die Augen, mach sie wieder auf und hole tief Luft. »Ich glaube nicht, dass du was anderes hättest tun können.« Ich möchte ihm auch von den Problemen meiner eigenen Familie erzählen, damit er sich mit mir verbunden fühlt. Aber ich kann nicht.

Er sieht mich ernst an. »Ich hätte mich entschließen können, sie nicht wiederaufleben zu lassen.« Dann schweigt er und senkt den Blick, um seine Lage auf der Couch zu verändern. »Ich wollte nur, dass du erfährst, was auf dich zukommt.«

»Aber … es ist doch anders, oder nicht?«, sage ich, ohne herablassend klingen zu wollen. Ich will nur, dass er das Ganze richtig versteht. »Deine Mutter wollte nicht auferweckt werden.« Ich nehme meinen Kaffeebecher wieder in die Hände und merke, dass sie zittern. Und ich weiß gar nicht, warum. Der Kaffee ist inzwischen lauwarm geworden. Ich schlucke ihn runter und verziehe dabei das Gesicht.

»Woher willst du wissen, was deine Freunde wollten?«, fragt er.

Ich zupfe, ohne es zu merken, an einem Fingernagel herum. »Ich muss ihre Wünsche finden«, antworte ich. »Damit ich es weiß.«

Er weicht meinem Blick nicht aus. Keine Sekunde lang. Er zwinkert nicht einmal. Sein Verhalten erinnert mich an eine menschlichere Version von Matt, und ich frage mich kurz, ob sie deshalb so lang in andere Leute hineinblicken können, bis deren Innereien sich in schlingernde Regenwürmer verwandeln, weil sie es gewohnt sind, angestarrt zu werden. »Ich glaube, dass du viel zu viel Vertrauen in sie setzt«, sagt er.

Er weiß nicht, wovon er redet, weil er weder Will noch Penny gekannt hat, was aber nicht seine Schuld ist. Es ist einfach nur beschissen, dass er am jämmerlichen Abklatsch einer Mutter hängen geblieben ist, statt mit einer besten Freundin und einem Freund zusammen zu sein, die aus versteinerten Knochen, ein paar Tropfen Blut und dem Licht des Vollmonds eine Familie gründen konnten.

# Kapitel vierundzwanzig

## 589 TAGE

Ich könnte alle Dinge auflisten, die ich an Penny Hightower liebe:

Das Klimpern ihrer Armbänder, das mich wissen lässt, dass sie in der Nähe ist.

Ihre Fähigkeit zu lieben.

Wie sie weint, wenn sie an Delfine denkt, die sich in Thunfischnetzen verfangen.

Die Halskette aus Hanf, an der sie eine Woche lang gearbeitet hat und die ich keine zwei Tage später verlor (sie war mir nicht böse).

Dass es ihr nicht peinlich ist, sich vor Kleinigkeiten wie Spinnen und Höhen zu fürchten, aber vor großen Dingen wie die Frage, was nach der Highschool passiert, keine Angst hat.

Ihre Ratschläge.

Aber was ich gerade am allermeisten an Penny liebe, ist, hier auf ihrem Dach zu liegen, und das Funkeln in ihren Augen zu sehen, wenn sie sich zu mir dreht und mir verrät, dass sie in Noah Ramsey verknallt ist.

Ihre hellen Haare breiten sich unter dem Ellbogen aus, den sie angewinkelt hat, um ihren Kopf abzustützen. Wir haben beide Bikinis an, und ihre Haut wird um die Stoff-Dreiecke herum, die ihre Brust bedecken, rot.

Ich drehe mich auf die Seite, um sie anzusehen. »Noah Ramsey? Bist du sicher?«

»Ich weiß. Krass, oder? Ich hab ihn ja früher nicht mal richtig wahrgenommen. Aber er leitet die Sammelaktion für die Tafel der Mittelschule, was doch bewundernswert ist, findest du nicht auch? Und – ich weiß nicht …« Sie grinst. »Er hat schöne Augen.«

Ich versuche, mir Noah Ramseys Augen vorzustellen. Sie waren mir jedenfalls nie bemerkenswert vorgekommen, aber ich möchte unbedingt glauben, dass sie schön sind. Richtig schön. Schön genug, um die total superschönen Augen eines anderen Jungen zu vergessen.

Wenn ich es mir recht überlege – doch, ja, Noahs Augen sind blau. Mit dunklen, dichten Wimpern. Genau. Es sind *bestimmt* schöne Augen.

»Also hab ich ihn gefragt, ob er morgen mit mir an den Strand geht«, sagt Penny beiläufig. Dabei hat sie noch nie einen Typ gebeten, mit ihr auszugehen!

»Du hast ihn *eingeladen*?« Ich stütze mich auf meinem Ellbogen ab und starre sie an, weil ich zwar möchte, dass es wahr ist, eine echte Freundin so was aber nicht ungeprüft durchgehen lassen kann. Und ich bin eine echte Freundin, erinnere ich mich.

»Du brauchst nicht so überrascht zu tun.« Sie schließt die Augen und richtet ihr Gesicht in die Sonne. Ihr Mund zuckt.

Ich senke meine Schulter wieder auf das ausgebreitete Handtuch. Für Penny und mich waren Jungs in der Sankt-Theresa-Schule von Anfang an unsichtbar – bis auf Will. *Noah Ramsey.*

»Er hat *Ja* gesagt«, fügt Penny hinzu.

»Natürlich«, grunze ich. Jeder Typ an unserer Schule würde eine seiner Nieren verkaufen, wenn er dafür mit Penny ausgehen dürfte.

»Also …« Penny macht die Augen nicht auf und sonnt sich weiter. »Wie läuft es bei dir und Will?«

Meine Bauchmuskeln spannen sich an. Seit der Todesparty ist eine Woche vergangen, und Penny und ich haben noch nicht über das Ableben von Matilda Thorne oder die Tatsache, dass Will und ich Händchen gehalten hatten, gesprochen.

»Küsst er gut?« Ihre Stimme ist typisch Penny. Leicht. Schwebend. Lieb und optimistisch.

Ich beiße mir auf die Unterlippe. Erleichterung schwappt über mich. »Keine Ahnung«, gestehe ich.

Penny streckt die Hand aus und zwickt mich in die Seite. »Dann mach dich gefälligst ran, Dirty Devereaux. Weil ich nämlich Details brauche. Zack, zack!«

Ich nicke nur, lächle und lasse zu, dass sich mein Herz wie ein Heißluftballon füllt.

*Das*, sage ich mir, *muss ich mir merken*. Ich halte Penny meinen kleinen Finger hin und hake ihn bei ihrem ein. Egal, was kommt, ich werde nie vergessen, dass unsere Beziehung keineswegs unbedeutender ist, nur weil wir nicht miteinander schmusen – wobei ich davon ausgehe, dass Will und ich miteinander schmusen werden, und zwar bald.

Ich würde mir am liebsten ins Fleisch schneiden und ihr ein Stück meines klopfenden Herzens überreichen, damit sie weiß, dass zwischen uns alles gut sein wird. Immer.

»Penny?« Ich weiß, dass das, was ich gleich sagen werde, auf das Gleiche hinausläuft. »Wenn ich dir was verrate – kannst du mir versprechen, mit niemandem darüber zu reden, nicht einmal mit Will?«

»Keine Geheimnisse«, sagt sie mit einem Lächeln.

»Geheimnisse«, sage ich zum Himmel. Wenn ich lange genug hochschaue, kann ich vergessen, dass eine Welt darunter existiert. »Nur dieses eine Mal. Will könnte es nicht für sich behalten, und es ist einfach zu wichtig.«

Ich drehe den Kopf, um sie zu beobachten. Sie wackelt mit ihrem Körper, um es sich auf den Dachschindeln bequemer zu machen. »Okay, ja, du kannst mir alles sagen.« Sie drückt meinen kleinen Finger.

»Ich werde Matt auferstehen lassen, Penny.«

Sie richtet sich mit einem Ruck auf, sieht mich verwirrt an und dreht sich dann auf den Bauch. Sie stützt ihr Kinn auf ihren überkreuzten Vorderarmen ab. »Matt ist nicht tot.« Ihre Stimme ist leise.

»Ja, genau.« Ich hab es endlich getan, ich habe meine Familie hintergangen. Ich habe das riesengroße Geheimnis verraten, das wie eine Fieberblase hinter den Mauern meines Zuhauses pulsiert. Und ich habe deswegen kein schlechtes Gewissen. »Meine Eltern haben es ihm versprochen. Damit er aufhört, zu versuchen, sich selber umzubringen.«

Sie beißt in ihren Unterarm und unterdrückt ein Jaulen. »Matt hat versucht, sich umzubringen?«

»Bei jeder Gelegenheit.«

Sie wird ernst. »Das hättest du mir sagen sollen.«

»Ich konnte nicht. Es hätte alles … ruiniert.«

Sie nickt und schaudert.

»Was ist?«, will ich wissen.

Ihre Augenbrauen gehen in die Höhe. »Es tut mir leid, es ist nur – das Ganze ist unnatürlich.«

»Dass meine Eltern, meinem Bruder helfen wollen, Selbstmord zu begehen? Ja, es ist verstörend.«

Sie summt leise vor sich hin. »Oder … vielleicht *beides*?«

Nur um eines klarzustellen: Penny ist mit Noah zweimal ausgegangen und hat behauptet, dass er wie ein Leguan küsst.

# Kapitel fünfundzwanzig

## 8 TAGE

Ich würde lügen, wenn ich behaupten würde, dass mich das Gespräch mit Ringo nicht verfolgt. Nicht nur alles, was seine Mutter angeht, was ganz klar deprimierend ist, sondern auch, was Penny und Will betrifft.

Seit Ringo mir gestand, dass er die Möglichkeit, jemanden auferstehen zu lassen, genutzt hat, bin ich dreimal ins Café gegangen. Manchmal rede ich mit Margaret über die Bücher, die Matt mir früher vorgelesen hat, weil sie, wie sich herausgestellt hat, auch ein riesiger Fantasy-Fan ist. Sie hat sich sogar ein Zitat von C.S. Lewis in die Armbeuge tätowieren lassen, und in einem anderen Leben hätten sie und Matt wahrscheinlich ein gutes Paar abgegeben. Ich hatte endlich die Möglichkeit, sie nach der zweiten Adresse im *ChatterJaw*-Thread zu fragen, und sie hat wie verrückt danach gesucht. Ich denke, ihr Stolz verlangt inzwischen, dass sie dahinterkommt, weil die IP-Adresse des Benutzers laut Margaret wie Angelegenheiten der nationalen Sicherheit geschützt und codiert wird. Sie fragt mich, ob ich jemanden kenne, der das rausfinden könnte, und ich sage ihr, dass mir außer ihr niemand einfällt.

Am anderen Ende des Spektrums ist Simone. Wie sich herausstellt, sind sie und Ringo im vergangenen Monat ein paarmal miteinander ausgegangen, also ist sie von allen am unfreundlichsten zu mir, aber ich vermute, dass sie feministische Ideale und Virginia Woolf scharfsinnig, mit beißendem

Humor und Kampfgeist verteidigen würde, wenn sie nicht gerade hinter dem Tresen arbeitet oder Tische abräumt.

Bei *Neville's* verbringe ich die meiste Zeit damit, mir mit Duke Ellington einen Kopfhörer zu teilen, während er Playlists auf mein Smartphone hochlädt. Häufig sind es Songs der Beatles, weil er meint, Ringo würde sich freuen, wenn ich sie auswendig kann. Ich kenne inzwischen fast den ganzen Text von *We can work it out*, *I want to hold your hand* und *Blackbird*, und ich überrasche Ringo gern damit, dass ich ihm ein paar Takte vorsinge. Es macht mir Spaß zu sehen, wie sein Gesicht sich verändert und sich die Augenbrauen um einen ganzen Zentimeter heben, wenn ich ihn mit einem neuen Vers, den ich mir eingeprägt habe, überrasche. Und ich freue mich, wenn er ab und zu meine Hand ergreift, mich herumwirbelt und an der Taille festhält, bevor er mich wieder von sich schleudert.

Am meisten gefällt mir die Ablenkung durch das Personal des Cafés. Die Leute sind so ganz anders als Penny und Will. Jeder kommt und geht, wie es ihm gefällt, und keiner macht sich Sorgen wegen irgendwelcher Geheimnisse, die in seiner Abwesenheit verraten werden könnten.

Mir ist inzwischen klar geworden, dass der Schmerz, den ich auf Ringos Gesicht sehe, kein Trugbild ist, das das Muttermal erzeugt, sondern reine, echte Qual, die wie Wasser in einem unbeobachteten Topf an die Oberfläche sprudelt. Das ist einer der Gründe, weshalb ich ihn so gern mit den Liedtexten überrasche. Es macht einfach Spaß zu sehen, wie der Schmerz vergeht, wenn auch nur für eine Sekunde.

Er geht jetzt ehrlicher mit allem um, was komischerweise uns beiden hilft. Ich habe angefangen, Schmerz wie das Hochheben eines schweren Sofas zu betrachten – es ist einfacher, mit ihm umzugehen, wenn zwei Leute ihn tragen, einer an jedem Ende.

Mir macht allerdings die Frage, die Ringo mir gestellt hat, zu schaffen – woher ich weiß, was meine Freunde gewollt hätten. Ich habe Penny vor Wochen zum letzten Mal gesehen, aber ich habe angefangen, mir eine neue Version von ihr vorzustellen: Penny mit makelloser Haut, ohne Narbe am Ellbogen, wo sie sich mal an einer zerbrochenen Fliese im Schwimmbecken geschnitten hatte, also eine noch fantastischere, noch vollkommenere Penny. Wäre es ihr überhaupt recht? Weil ja nichts, was mit Resurrections zu tun hat, *organisch* ist.

Ich habe Ringo gegenüber nichts davon erwähnt. Stattdessen scrolle ich in ruhigen Momenten, wenn mich im Café nichts ablenkt, durch das Internet und suche in verschiedenen Foren und Kommentaren nach Angaben zu Resurrections. Die Buddhisten im Netz sind da geteilter Meinung – einige betrachten die Sache als etwas Unnatürliches, andere als Reinkarnation. Keiner von diesen Leuten spricht Penny aus der Seele. *Das* weiß ich.

Ich bin zu Hause und warte, warte, warte. Matt hat einen der Arzttermine, bei dem sie ihn anschauen und ihm sagen, dass er immer noch gelähmt ist. Okay, ich weiß nicht *wirklich*, was bei diesen Terminen vor sich geht, aber er hat einen, was bedeutet, dass ich warten muss, bis Mom ihn zur Spezialabteilung des Krankenhauses für Leute, denen ganz, ganz furchtbar schlimme Dinge passiert sind – wie Matt –, und wieder zurück chauffiert.

Kurz nach elf höre ich, dass die Tür des Vans zur Seite gleitet. Stimmen, gefolgt von Geräuschen, die Matts Rollstuhl und Moms Schritte machen, dringen herein. Ich muss zugeben, dass ich Matt, seit ich die Resurrection-Unterlagen bekommen habe, ausgewichen bin, aber da es nur noch knapp über eine Woche bis zu meinem Geburtstag dauert, kann ich keine Zeit mehr verschwenden, Zeit, die ich mir wirklich nicht leisten kann.

Nachdem ich sicher bin, dass Matt allein ist, bin ich nur noch wenige Minuten geduldig, bevor ich in sein Zimmer platze. »Matt, ich mach den dritten Hinweis auf«, sage ich und wedle mit dem Umschlag herum.

Ich erwarte eine Reaktion. Was ich vorfinde, ist Matt, die Statue. An diese Version meines Bruders bin ich halbwegs gewöhnt, weil er unnatürlich ruhig werden kann, aber diesmal hängt ihm das Kinn auf der Brust, und er rührt sich überhaupt nicht. Er hat keinen Kopfhörer aufgesetzt und lauscht keinem Hörbuch und nicht einmal klassischer Musik. Er sitzt einfach nur da. »Brauchen wir wirklich eine Ankündigung?«, murmelt er, ohne den Kopf zu heben.

Ich setze mich auf sein Bett und klopfe mit dem Zeigefinger auf den Umschlag. »Immer noch zu, siehst du?«

»Lake, ich habe keine Zeit für so was.«

Ich halte den Umschlag an den Rändern fest und schaue ihn an. »Aber mein Geburtstag ist fast da«, sage ich.

Er kneift die Augen zusammen und öffnet sie dann weit, als ob er versuchen würde, sich selbst zu wecken, aber er starrt wieder tief, tief nach unten und sieht mich nicht an. »Ja, das ist mir bewusst.«

Wie bei allem, was Matt von sich gibt, haben die Worte eine doppelte Bedeutung, was mir nicht entgangen ist. Aber ich rede weiter. »Also möchte ich die Schnitzeljagd beenden.«

Und was mich aufregt, ist, dass Matt sich nicht einmal die Mühe macht, Matt zu sein. Vor allem jetzt.

»Dann beende sie«, seufzt er.

Darauf wird mir auf eine schleimige Art kalt. »Wir haben

eine Abmachung getroffen. Ich habe versprochen, dich mitzunehmen. Zu jedem einzelnen Stopp. Das hast du ganz genau festgelegt.« Ich klopfe mit dem Rand des Umschlags auf meine Handfläche. »Ich halte meine Versprechen.« So. Ich lasse ihm eine elefantengroße Tür offen, um mir das Gegenteil zu beweisen. Aber er tut es nicht, und mein Magen wirft sich hin und her wie ein schmieriger toter Fisch.

»Vielleicht später«, sagt er.

Ich habe ihn bewusst hereingelegt. Volltreffer. Ich habe keines meiner Versprechen gehalten. Warum sollte ich es jetzt auf einmal tun? Ich könnte die Beleidigung für ihn schreiben. Warum packt er die Gelegenheit nicht beim Schopf?

Mein Ton wird weicher. »Hast du beim Arzt schlechte Nachrichten bekommen?«, frage ich. »Bist du … stirbst du oder was?«

Schnaufen. »Nö, Lake. Ich werde noch lange leben. Gute Nachrichten«, sagt er mit einer gesunden Dosis Sarkasmus. »Mein Körper kann noch ungefähr dreißig Jahre so weitermachen, also …«

»Aber, noch dreißig Jahre«, sage ich. »Das ist nicht sehr lang. Das kann nicht stimmen.«

Er starrt in einem fort aus dem Fenster. »Es ist genug.«

Die Resignation, die ich in seiner Stimme höre, gefällt mir nicht. Ich fummle mit dem Umschlag in meinen Händen herum. Er fühlt sich auf einmal so leicht an. »Also«, sage ich. »Also hat sich nichts verändert. Also, also …« Entschlossenheit zieht meinen Bauch zusammen. »Also kein ›vielleicht später‹. Vielleicht jetzt. Du wolltest mitkommen. Du kommst mit.« Ich fühle mich plötzlich mies. Wieso denkt Matt, dass er einfach aufgeben kann? Ich habe ja noch nicht mal Geburtstag.

»Lake –« Sein Ton ist gar nicht gemein. Oder wütend. Oder irgendwas.

Meine Knöchel werden weiß, als ich den Umschlag mit den Fingern umklammere. »Matt – ich – ich – sei nicht so. *Bitte!*« Ich stampfe mit dem Fuß auf, als ob ich wieder zwölf Jahre alt wäre. Ich habe mich an die Idee gewöhnt, dass Matt mitkommt. Warum will er alles ändern? Was gibt ihm das Recht zu sagen, dass alles vorbei ist?

Er schaut mich zum ersten Mal an. Zerzauste Haare, frisch rasiert, schmale, hohle Wangen. So bleiben wir fünf lange Sekunden lang. Ich suche nach Zeichen der alten Version meines Bruders oder irgendeiner Version, die ich erkenne. Aber in meinen Augen sieht er klein, allein und traurig aus.

Und dann sagt Matt: »Okay.« Keine Erklärung, nur ›okay‹.«

»*Okay?*«

»Okay.«

Ich nicke und habe das Gefühl, dass unter meinen Rippen etwas leicht anschwillt. Ich schlucke, damit ich den Umschlag ohne weitere Verzögerung mit dem Finger aufschlitzen kann.

»Hinweis Nummer drei«, lese ich. »Inzwischen hältst du deinen Freund bestimmt für wahnsinnig schlau. Die nächste Aufgabe findest du da, wo wir lernen – vor diesem Bau. Hier teilen wir uns alles – Hummus, Erdnussbutter, Roggenbrot und Schinken, unsere Liebe hält ewig und wird nie schwinden.«

Matt atmet lang und übertrieben aus und senkt den Kopf. »Wow. Wow, wow, wow. Das ist ja noch viel schlimmer als ich dachte. *Hummus? Erdnussbutter?* Und da behaupten die Leute, dass es keine Romantik mehr gibt.« In seinem Blick liegt immer noch kein Humor, aber auch kein Hohn. Zumindest gibt Matt ein Lebenszeichen von sich.

»Vergiss den Schinken nicht«, sage ich, wobei mir kaum auffällt, dass es leichter geworden ist, über Will zu lachen.

Als die Sonne hoch am Himmel steht und sich dem Sonnenuntergang entgegenzuneigen droht, kommen wir auf der Suche nach dem vierten Hinweis vor der Sankt-Theresa-Schule an. Zu dieser Tageszeit sieht das leere Gebäude richtig schön aus. In der Mitte des Geländes steht eine niedliche Kapelle mit einem weißen Turm, der sich in den Himmel reckt. Drum herum stehen Dutzende von Schulgebäuden und unterhalb eines kleinen Hügels befindet sich ein leuchtend blaues Schwimmbecken.

Ich weiß, dass der vierte Hinweis in der Nähe des Tisches sein muss, an dem ich während der Schulzeit mit Penny und Will Mittag gegessen habe. Seit wir uns angefreundet hatten, war es immer der gleiche Tisch gewesen.

*Hier teilen wir uns alles. Unsere Liebe hält ewig.*

Die Worte wiederholen sich in meinem Kopf immer und immer wieder. *Unsere Liebe.* Will hatte also als dritten Stopp der Schnitzeljagd unseren Esstisch ausgewählt, was Matt natürlich vollkommen lächerlich fand.

Ich bin unzählige Male zum *ChatterJaw*-Thread zurückgekehrt und habe keine Updates gefunden. Weder von der Person, die – wie ich weiß – Will ist, noch von seiner namenlosen Muse.

Keine Updates, nur die übrig gelassenen Worte und die Gedanken, die sich in meinem Rücken festkrallen und die ich nicht abschütteln kann.

Ich schiebe Matt den menschenleeren Pfad hinunter, der aus Backsteinen angelegt worden ist, die von ehemaligen Abgängern der Schule gekauft und mit ihren Namen versehen wurden. Im nächsten Jahr wird es hier einen Backstein von mir geben. Und auch von Will oder Penny?

Oder … von keinem der beiden?

*Nein.* Ich schiebe den Gedanken weit, weit von mir. Alle wollen was von mir, alle wollen meine Meinung ändern. Ich muss den Weg gehen, den ich mir selbst vorgegeben habe. Es ist der einzige Weg zur Wahrheit. Ich muss diese Wünsche finden. Nur so werde ich herausfinden, wer Will und Penny waren, als sie sich noch nicht mit mir zusammengeschlossen hatten.

Ich schaue auf Matts Hinterkopf. Er hat die Highschool nicht beendet. Er hat noch nicht einmal seinen Abschluss auf dem zweiten Bildungsweg gemacht, obwohl der Staat ihm mit manchen Dingen geholfen hätte, wenn er nur bereit gewesen wäre, es zu versuchen. War er aber nicht. Obwohl er sich mehr Bücher angehört hat, als in einer Schulbibliothek zu finden sind.

Ich lausche dem Geräusch der Räder über dem holprigen Untergrund und bin froh, den Mund halten zu können. Es gibt so viel zu bedenken, und ich weiß, dass ich das Ende von allem erreiche. Ich bin in meinem eigenen Kopf verloren gegangen, als Matt mir sagt, dass ich anhalten soll.

Seine Stimme hallt von den festen Mauern und Glasfenstern wider. Erst in anderthalb Wochen kehren die Schülerinnen und Schüler zurück. Die Leere, die uns umgibt, ist unheimlich.

»Was?« Ich bringe den Rollstuhl ruckartig zum Stehen. »Was ist los?« Ich nehme jetzt immer automatisch an, dass irgendetwas auf tragische Weise schiefläuft. Das – mehr als alles andere – scheint in meinem Leben eine Konstante geworden zu sein.

»Ich – ich möchte was tun«, sagt er.

Das hatte ich nicht erwartet. »Du möchtest … was *tun*?« Was ich in den letzten paar Jahren gelernt habe, ist jedenfalls eines: Dass mein Bruder sterben will und sonst nichts, und dabei helfe ich ihm nicht. Also habe ich Angst, ihn zu fragen, tue es dann aber doch: »Was denn?«

»Es ist blöd«, sagt er. »Ach, vergiss es einfach.« Obwohl sich mein Bruder nicht bewegen kann, sehe ich eine Bewegung, indem ich dem Ton seiner Stimme lausche. Normalerweise zeigt er mir den Stinkefinger, aber heute klingt es eher so, als ob er abwinkt.

Ich seufze. »Matt, wir befinden uns auf einer großen, tollen, fantastischen, megakrassen Wahnsinns-Geburtstagsüberraschungs-Schnitzeljagd. Kann irgendwas noch blöder sein?«

»Ich dachte, es wäre vielleicht cool, eine Sekunde lang auf der Bühne zu stehen. Du weißt schon – nur um zu sehen, wie es sich anfühlt, den Schulabschluss zu machen. Weil ich nie dazugekommen bin.« Er spuckt das Ganze mit Spitzengeschwindigkeit aus. Schneller, als ich ihn jemals habe reden hören, und selbst dabei klingt es, als ob ihn jedes Wort schmerzt. Ihm waren die Backsteine wahrscheinlich auch aufgefallen. Anscheinend sind wir in dieser Woche alle ein bisschen nostalgisch gestimmt. »Aber das ist doof«, sagt er zum Schluss.

»Es ist nicht doof.« Ich lege meinen Gipsverband auf der Rückenlehne seines Rollstuhls ab.

»Doch. Der Schulabschluss hat nichts mit der Bühne zu tun. Das weiß ich.« Sein Kopf senkt sich, und ich habe das Gefühl, ihm zusehen zu müssen, wie alles Leben aus ihm weicht.

»Ich denke, der Schulabschluss hat schon ein bisschen was mit der Bühne zu tun«, sage ich witzelnd und stelle mir Matt mit einer Kappe und Umhang vor. Aber der Matt, den ich vor mir sehe, geht und grinst und ist immer noch braun gebrannt und immer noch mein Bruder. Obwohl er meistens ein Vollidiot ist, kenne ich keinen klügeren Menschen als ihn. Er verdient es, auf einer Bühne zu stehen. »Los, komm«, sage ich und richte mich auf. »Ich hab eine Idee.«

»Lake …« Er protestiert, ohne wirklich zu protestieren. Ich nehme Tempo auf und fahre ihn den kurvigen Weg hinunter und um die Kapelle herum zu einem Gebäude mit kuppelförmigem Dach, auf dem KLATZENBURG AUDITORIUM steht.

»*Voilà!*«, verkünde ich mit einem Schwenker meines eingegipsten Arms. Plötzlich halte ich das Ganze für eine klasse Idee. Matt hatte gesagt, dass ich einen Abschluss brauche. Deshalb habe ich den Hinweis gesucht. Jetzt bin ich nicht mehr die Einzige, die ihre Buchstütze finden will.

»Es ist zu, Lake.«

»Einen Moment«, sage ich. Dann rüttle ich schnell an den Türen. »Warte hier!« Ich umrunde das Gebäude und ziehe an den Griffen der hinteren und seitlichen Ausgänge. Alle Türen sind verschlossen. Unbeirrt gehe ich wieder nach vorn, wo ich meine Schlüssel und ein paar Haarklemmen aus der Tasche hole. Vor den Türen gehe ich in die Hocke und versuche, die Schlösser zu knacken. Ich stecke eine Klemme in eines der ausgezackten Löcher. Ich rüttle an einem halb hineingeschobenen Hausschlüssel. Jedes Mal lausche ich, ob etwas vielversprechend rasselt. Als ich mir einbilde, etwas zu hören, zerre ich am Türgriff. Aber es rührt sich nichts.

Okay, ich gebe zu, dass ich in Panik gerate. Es war von Anfang an ein hirnrissiger Plan. Ich dachte, ich würde den Saal betreten können und irgendwo am Bühnenrand eine Ersatzkappe finden. Ich hatte mir vorgestellt, wie ich Matt über die Bühne schiebe, die Troddel an der Kappe für ihn arrangiere und so tue, als ob wir donnernden Applaus bekämen. Ich dachte, dass ich das könnte und dass es von Bedeutung wäre. Aber weiter bin ich nicht gekommen. Ich war so sehr darauf erpicht, etwas zu tun, das ihm etwas bedeutete, etwas, das vielleicht ausgleichen würde, was ich vorhatte – oder besser gesagt *nicht* vorhatte –, dass ich das Ganze vorantrieb, bevor ich es richtig durchdacht hatte.

»Lake.« Matts Stimme ist tief.

»Gleich – nur eine Sekunde.« Ich beiße auf meinen Daumennagel. »Es funktioniert doch im Kino immer.« Wie lächerlich von mir zu denken, es wäre einfach. Wir waren in keinem Film. In einem Film wäre mein Bruder nicht gelähmt, meine Freunde wären nicht tot und mein Freund hätte kein geheimes Ich gehabt, das zu wichtig war, um mir davon zu erzählen. *Wo ist der Sinn? Als ob nichts davon das ist, was ich im Innern bin.* Wills Worte trudeln durch meinen Kopf. Ich möchte, dass sie damit aufhören.

»Lake, lass uns gehen!«

»Nein!« Ich lege meine Hand auf meine Stirn und laufe hin und her. »Hier muss doch irgendwo ein Hausmeister sein. Hallo?«, rufe ich. »Hallo? Ist hier jemand?« Stille. Ich weiß nicht, wieso das so wichtig für mich ist. Nur dass es das Einzige ist, was Matt sich jemals gewünscht hat – abgesehen davon, dass ich ihn für die Resurrection auswählen soll und er bei dieser blöden Schnitzeljagd dabei sein kann. Also dachte ich, dass ich ihm wenigstens *das hier* geben könnte. Diese eine Sache.

»Lake!« Dieses Mal brüllt er so laut, dass ich einen Luftsprung mache und mit dem Hin- und Herpesen aufhöre. »Meine Güte – du unsensibles kleines …« Seine Stimme verhallt. Seine Zunge steckt zwischen seinen Zähnen. Er kocht. Mein Mund wird dagegen trocken. »Hast du wirklich gedacht, nur weil du mich über eine Bühne rollst, ist alles – wieder – in – Ordnung?« Er zieht die Wörter in die Länge, und mir kommt es vor, als würde er mich mitziehen. Aber seine Stimme ist nicht mehr tief. Sie ist angespannt. Und ich denke: Vielleicht hätte es doch was repariert.

»Ich wollte es doch nur versuchen.« Ich klinge wie ein kleines Kind.

Hier draußen scheinen wir die einzigen Menschen zu sein. Vögel zwitschern und landen auf einem Dach in der Nähe. Schatten dehnen sich aus und versuchen, uns im Ganzen zu verschlucken.

»Du hast mich tagelang leiden lassen mit diesem Macht-sie's-macht-sie's-nicht-Quatsch, und jetzt versuchst du verzweifelt, dein Gewissen zu erleichtern. Hör auf damit! Du willst mich nicht auferwecken!« Er will die Bombe platzen lassen, und ich warte auf die Explosion, damit ich weiß, ob sich das Ganze immer noch wie die Wahrheit anfühlt, oder ob es sich mit der Zeit in eine Lüge verwandelt hat.

Ich richte meine Worte an das Straßenpflaster. Ich weiß nicht, warum es schwieriger geworden ist, Matt zu sagen, dass ich ihn nicht auferstehen lassen werde – nicht jetzt, niemals –, aber es laut auszusprechen, fühlt sich inzwischen so einfach an, als ob ich mir Löcher in den Leib stechen wollte. »Es ist kompliziert.«

»Astrophysik ist kompliziert. Ich bin dein Bruder.«

»Nein, das bist du nicht«, blaffe ich zurück. »*Mein* Bruder ist vor fünf Jahren gestorben. Ich weiß nicht, wer zum Kuckuck du bist.«

Ich kann den roten Abdruck einer Hand praktisch sehen, die ihn ins Gesicht geschlagen hat. Nie hätte ich erwartet, dass eine meiner Bemerkungen ihn treffen würde. Wir wissen beide, dass der Hieb sitzt. Wir schauen uns mit großen Augen an und zwinkern.

Matt unterbricht das Schweigen zuerst. »Hol dir, was wir haben wollten«, sagt er leise.

Meine Stirn brennt wie Feuer, aber ich folge seiner Anweisung. Ich ahne, dass Matt hinter mir aus seinem Körper kriechen möchte, der ihn so einschränkt und von allen Menschen in seiner Umgebung abhängig macht. Matt ist für mich, meine Eltern und uns alle ein Gefangener.

Ich möchte, dass das alles vorbei ist. Und als ich den vierten Hinweis unter dem Esstisch finde, reiße ich den Umschlag auf, lese den Inhalt und warte gar nicht erst auf Matt.

Denn wen kümmert es noch? Ich bin ja sowieso schon ein Versprechen-Brecher.

Oder nicht?

# Kapitel sechsundzwanzig

## 7 TAGE

*Lake, beim Licht des nächsten Vollmonds kommst du deinem Preis auf die Spur.*

*Noch nicht! Ich versprech dir, den Ort findest du bald, aber warte nur!*

*Dieses Jahr fällt dein Geburtstag auf eine Nacht, die glückverheißend ist.*

*Such deine Einladung und folge den Hinweisen, bis du bei all unseren Wünschen bist.*

Ich verrate Matt nicht, dass ich den Umschlag schon geöffnet habe. Sein Gesicht ist inzwischen ausdruckslos, und er tut so, als hätte ihn meine Bemerkung kalt gelassen. Stattdessen lästert er ein paarmal über meinen Fahrstil und behauptet anschließend, dass er zu müde sei, um zu Abend zu essen. Also scheinen wir beide bestimmte Dinge für uns zu behalten.

Nachdem ich mich schlafen gelegt habe, kommt Mom in mein Zimmer und setzt sich auf mein Bett. Ich schiebe Pennys Tagebuch schnell unter die Steppdecke. Mir fällt auf, dass Mom keine Zeitschrift in der Hand hält und ich mir wünsche, sie hätte eine dabei, wenn auch nur um der alten Zeiten willen.

Sie hat die Haare zurückgekämmt und mit ihrer weißen Muschelspange am Kopf befestigt. Es lohnt sich nicht, ihr immer noch böse zu sein.

»Lake«, sagt sie. Ich kenne sie nur erschöpft. Es ist zu lange her, seit sie anders war. »Was machst du denn mit Matt?«

»Was meinst du damit?«

Ihre Finger sind lang und knochig, und wenn man die Haut über einem Knöchel zwickt, dauert es lang, bis sie zurücksinkt. Ich beobachte, wie sie geistesabwesend mit den Falten auf ihren Händen spielt. »Ich meine, dass du ihn auf Ausflüge mitgenommen und Zeit mit ihm verbracht hast. Warum?«

»Weil er mich darum gebeten hat.«

»Worum hat er dich gebeten?«

Ich setze mich auf und schubse Pennys Tagebuch unter der Decke weiter nach unten. Ich führe eine einminütige Debatte mit mir selber, wie viel ich ihr erzählen soll, und beschließe dann, dass es keine Rolle spielt. Egal, ob ich ihr was erzähle oder nicht – es wird sich nichts ändern. Also tue ich, was am leichtesten ist. »Will hat für meinen Geburtstag eine Schnitzeljagd arrangiert«, beginne ich. »Er wollte, dass ich bis ans Ende gehe, weil … weil mir das was sagen würde. Weil es wichtig ist, was am Ende zu finden ist. Ich musste Matt versprechen, ihn auf die Schnitzeljagd mitzunehmen.«

Moms Lippen verziehen sich, als ob sie in der Mundhöhle nach der passenden Bemerkung fischen würde. Ich glaube, sie hat sie gefunden. »Manchmal sorgt Kummer dafür, dass wir uns fester an Dinge klammern, als wir es normalerweise täten, und dass wir nach Antworten suchen, wo keine sind«, sagt sie. Es erinnert mich an eine von Pennys buddhistischen Zitaten, die sie sorgfältig niedergeschrieben hat.

Ich starre auf die Nagellackreste an meinen Zehen.

»Nachdem sich dein Bruder verletzt hatte, ging ich jeden Tag zur Beschäftigungstherapie ins Krankenhaus. Ich wartete vor den Zimmern der Ärzte. Ich fuhr einmal drei Stunden lang, um mit einem Arzt zu sprechen, der mir geschrieben hatte, Matts Fall sei hoffnungslos und dass er nie mehr gehen könnte.« Seltsam – das weiß ich alles gar nicht mehr. »Ich habe Matts Füße festgehalten, die Gehbewegungen nachgeahmt und dabei gebetet, dass seine Beine sich daran erinnern. Ich gab die Hoffnung lange nicht auf und forschte weiter nach Lösungen, aber es gab keine. Verstehst du, was ich meine?« Ich denke, dass sie die Hoffnung doch noch nicht aufgegeben hat und sich inzwischen aber an etwas anderes klammert: Matts Resurrection.

»Dad fährt immer noch Rad«, sage ich. »Viele, viele Meilen weit, und du hältst das für gesund.«

»Dads Radtouren … sind eine Bewältigungsstrategie. Das ist etwas anderes. Er sucht dort draußen auf der Straße nichts. Er tut es einfach nur, und wenn er zurückkommt, geht es ihm besser. Die Antworten liegen für ihn in der Tat. Sie ist keine Krücke.«

Ich nicke, weiß aber nicht, wie ich den Unterschied zwischen einer Bewältigungsstrategie und einer Krücke erkennen kann.

Bevor Mom das Zimmer verlässt, möchte ich sie noch etwas fragen: *Hast du mich auch noch lieb, wenn ich Matt nicht auferwecke?* Ich bringe es aber nicht fertig, die Frage laut auszusprechen, und so wird sie zu noch einer Sache, die zwischen uns stirbt.

Als ich in meinen Kalender schaue, stelle ich fest, dass der nächste Vollmond erst in der Nacht vor meinem Geburtstag zu sehen sein wird. Ich prüfe meinen Post- und Nachrichteneingang und mein Telefon und sogar *ChatterJaw*, um irgendwelche Hinweise auf eine Einladung zu finden, obwohl mir klar ist, dass ich das alles bis zum Vorabend meines Geburtstags vergessen muss, aber es ist schwer, das ekelhafte Gefühl abzuschütteln, dass gar keine Einladung eintreffen wird.

Ich senke den Kopf auf meine Knie. Es dauert also noch eine Woche bis zum Vollmond. Wenn ich die Wünsche finde, bleiben mir wahrscheinlich nur Stunden, bis ich meine endgültige Wahl treffen und meinen Antrag auf Resurrection einreichen muss. Stunden und dann Minuten und dann nichts. Und ich muss beten, dass sich die Puzzleteile zusammenfügen – *klick-klick-klick*.

Aber eine Angst ergreift mich und pocht rhythmisch mit meinem Herz. Was, wenn meine Mutter und Ringo recht haben? Was, wenn ich mich zu sehr festklammere? Und noch schlimmer: Was, wenn die Wünsche gar nichts Wichtiges aussagen?

Es gibt Fragen, die an mir nagen. Fragen, die endlich beantwortet werden wollen. Ich taste nach Pennys Tagebuch, das unter der Steppdecke liegt, und ziehe es hervor. Die Wünsche zu finden, ist für mich der Versuch gewesen, herauszukriegen, was meine beiden Freunde gewollt hatten. Ich muss sichergehen, dass ich alle Informationen habe, die ich brauche, bevor die Zeit rum ist.

Ich sende zwei SMS, schmiede einen Plan und mache dann – am Anfang des Endes meines Countdowns – das Licht aus. Noch sieben Tage.

# Kapitel siebenundzwanzig

## 6 TAGE

Die Sonne scheint so kräftig und hell und mir direkt in die Augen, dass die Gestalt, die vor uns am Straßenrand steht, zur Silhouette wird. Der Kies aus Muschelschalen knirscht unter den Reifen, als wir vom Asphalt runterfahren und halten.

»Ist er das?«, fragt Ringo vom Fahrersitz aus. Ich hab mir angewöhnt, mich von Ringo fahren zu lassen, wenn er in der Gegend ist. Es ist angenehmer für mich, vor allem jetzt, wo ich ihn öfter sehe. Vor ein paar Tagen habe ich mir Geschichten über seine Mutter angehört. Dass sie freitags immer Eiscreme zum Frühstück servierte und fast jeden Sonntagabend, bevor die Schulwoche wieder anfing, ausländische Filme mit Untertiteln auslieh. Und jetzt verstehe ich ihn, glaube ich, ein klitzekleines bisschen besser.

Aber es gibt auch Dinge, die ich nie verstehen werde. Zum Beispiel: Wie Ringo und ich so bald nach Wills und Pennys Tod unseren eigenen Insiderwitz erfinden konnten – etwas Dummes über Prozente und Ehrlichkeit und die Rückseite meiner Jeans –, aber er bringt uns zum Lachen. Er bringt *mich* zum Lachen. Und wenn ich Ringo sehe, wird der Tag für mich gerade noch erträglich genug, um weiterzumachen.

Ich kneife die Augen zusammen. Das Licht verschiebt sich hinter einer Reihe von Palmen, und plötzlich kann ich die breitschultrige Gestalt von Harrison Vines erkennen.

»Stimmt«, sage ich, und es kommt mir vor, als hätte ich unabsichtlich die Twilight Zone betreten. Ich lasse mein Fenster runter. »Bist du bereit?«, frage ich. Überrascht stelle ich fest, dass mir der Surfer-Haarschnitt-und-Shorts-Look, an den ich mich wegen Will und den anderen Strand-Fans in der Schule gewöhnt hatte, jetzt ein bisschen albern vorkommt – wie eine Karikatur und im krassen Gegensatz zu Ringos coolem Café-Look. Ich blicke über Harrisons Schulter auf sein Zuhause, ein flaches Gebäude mit Klappstühlen im vorderen Garten, ein kleines Stück von der Straße entfernt. Ich hatte angenommen, dass seine Familie wohlhabender ist. Wieder mal falsch geraten.

»Es ist schon ein paar Jahre her, seit ich meinen Onkel zum letzten Mal gesehen habe«, sagt er, klettert auf den Rücksitz und rutscht in die Mitte.

»Lieber jetzt als nie, wenn es um eine Familienzusammenkunft geht«, stellt Ringo fest und erschreckt Harrison. Ringo dreht sich um und streckt eine Hand aus. »Ringo Littlefield, moralische Unterstützung«, stellt er sich vor.

Harrison will ihm die Hand schütteln, erstarrt aber, als er den dunklen Fleck auf der oberen Gesichtshälfte sieht. Dann senkt er den Blick, befeuchtet sich die Lippen und ergreift Ringos Hand, ohne ihm in die Augen zu schauen. »Harrison«, sagt er. »Nett, dich kennenzulernen.« Und zu mir: »Ich habe meinem Onkel nicht gesagt, dass wir noch jemand anderes mitbringen.«

»Ja, gut, Ringo ist mein Freund, und im Moment brauche ich einen Freund. Das muss dein Onkel einfach verstehen. Und du auch«, füge ich hinzu. Beim Gedanken, Ringo zurückzulassen, dreht sich mir ein Messer im Leib herum. »Außerdem hat Ringo persönliche Erfahrungen mit Resurrections«, erkläre ich.

Harrison schaut auf den Rückspiegel, in dem Ringos Stirn

teilweise zu erkennen ist. »Du siehst nicht auferstanden aus«, sagt er, was nicht gerade ein Kompliment ist. Wenn jemand Ringo zu neuem Leben erweckt hätte, wäre das Blut durch alle Zellen geflossen, auch durch die verfärbten in seinem Gesicht, und hätte höchstwahrscheinlich seine Haut glatt und makellos hinterlassen.

»Danke«, sagt Ringo leicht gereizt. »Und du siehst nicht wie ein Trottel aus, und doch …«

Ich zucke zusammen. Ringo ist sonst immer selbstironisch, macht als Erster auf seine körperlichen Unterschiede aufmerksam und akzeptiert sie. Plötzlich zeigt er eine ganz andere Seite von ihm. Ich drehe mich schnell um und starre Harrison erschrocken an.

Harrison strafft die Schultern und drückt sie an die Rückenlehne. »Sorry, sorry«, sagt er. »Ich meinte nur … Schau, es war nur eine Feststellung.«

Ringo knurrt. »Meine Mutter«, sagt er. »*Sie* wurde auferweckt.«

Harrison nickt. »Es tut mir leid, das zu hören.«

*Also, das fängt ja gut an*, denke ich, obwohl ich meinen Entschluss, Ringo mitzunehmen, nicht bereue. Eine Stunde mit Harrison allein im Auto wäre mir sogar in diesem Monat zu unheimlich gewesen.

»Maya konnte nicht mitkommen?«, frage ich, um die Stimmung zu heben.

Harrison zuckt mit den Schultern und streckt seine langen gebräunten Beine aus. »Keine Ahnung, ich hab sie nicht gefragt. Wieso?«

»Ich – ich weiß nicht –« Ich werde vor Verlegenheit rot. Will, Penny und ich hatten uns immer gegenseitig gefragt, ob wir mitkommen wollten, egal wohin. Es war ein ungeschriebenes

Gesetz. Manchmal musste Will natürlich zum Fußballtraining oder Penny zu einem Familienessen gehen, aber die Trennungen waren immer unfreiwillig.

»Schon okay«, sagt er. »Ich glaube, sie und ihre Freundin arbeiten an der Programmierung irgendeines Crowdsourcing-Spiels, das ihr gefällt, wo man für die Outfits, die man zusammenstellt oder so was bewertet wird.« Er lässt den Kopf wieder gegen die Nackenstütze sacken. »Ich bin froh, wenn ich nichts mehr davon höre. Ihr wisst sicher, was ich meine.«

Ich versuche zu lachen, aber irgendwas, das Harrison gesagt hat, scheint sich an mir festzuklammern und kriecht unter meine Haut, wo es wie eine kleine, lästige Zecke juckt. Nerven, denke ich. Ich lass mich von meinen Nerven fertigmachen. Die Wahrheit ist nämlich die, dass mich der Gedanke an die Kommune aufregt.

Also fahren wir in relativer Stille an der Küste entlang. Unser Badeort mit seinen pastellfarbenen Eigentumswohnungen und Touristenläden löst sich langsam auf und verwandelt sich zu einem Küstengebiet, das mit jeder Meile rauer wird. Zwischen Felsen sprießt gewöhnlicher Strandhafer, und die braunen Ranken des Seetangs, die sich in der Nähe der Straße sammeln, helfen dabei, am Ende des Strands Dünen zu bilden. Auf der anderen Seite breitet sich meilenweit Ackerland aus. Wir fahren an schokoladenbraun-weißen Kühen, die in den Feldern vor sich hin kauen, und ab und zu einem einzelnen Pony vorbei.

Harrison schaut auf sein Handy, das als Wegweiser dient, und sagt Ringo schließlich, dass er an einem klapprigen Straßenschild, auf dem ZYLE LANE steht, links abbiegen soll. Ringo setzt sich gerader.

Auf beiden Seiten der Schotterstraße, in die wir eingebogen

sind, stehen Stöcke wie Totempfähle in Grüppchen zusammen. Ungefähr alle dreißig Sekunden kommen wir an so einer Stocksammlung vorbei. Ich umklammere den Türgriff und beuge mich vor, um besser über das Armaturenbrett schauen zu können.

»Bist du schon mal hier gewesen?«, frage ich Harrison leise.

»Einmal«, sagt er. »Ich war aber damals bedeutend jünger. Als ich meinen Onkel das letzte Mal sah, war er zu uns nach Hause gekommen. Was besser ist, wie ich euch versichern kann.«

Als Erstes begegnen wir einem Mann, der mit dem Rücken zu uns barfuß im Gras läuft und von Kopf bis Fuß weiß gekleidet ist – Leinenhose und Tunika. Seine grauen Haare sind zu einem drahtigen Pferdeschwanz gebunden. Wir fahren langsam an ihm vorbei. Der Mann schaut nicht auf das einsame Auto, das ihn überholt, sondern wandert am Straßenrand weiter, ohne unser Eindringen anscheinend bemerkt zu haben.

»Es gibt einen Kramladen. Ihr werdet ihn sehen. Dahin fahren wir zuerst«, sagt Harrison. »Dort befindet sich nämlich das einzige Telefon der Kommune.«

Vor uns tauchen Behausungen auf, doppelt breite Wohnwagen mit zeltartigen Überdachungen an den Seiten. Drum herum gruppieren sich ein paar frei stehende Holzhütten mit schiefen Schindeln. Männer und Frauen tummeln sich im Freien. Alle tragen weiße Hosen und Tuniken und scheinen sich wie im Traum zu bewegen – langsam und gelassen. Ein Mädchen füllt an einer Handpumpe einen Eimer, der auf der Erde steht, mit Wasser.

»Wäre es nicht einfacher, irgendwo ein Wellness-Wochenende zu buchen?«, fragt Ringo und schaut beim Fahren verstohlen auf die merkwürdige Ansammlung von Leuten im Freien.

Harrison grunzt. Ich muss grinsen. »Ist deine Mutter einer Kommune beigetreten?«, fragt Harrison.

»Nein, es sei denn, du zählst den Kult der großen Schlucke und Seifenopern dazu«, sagt Ringo und meint dann nachdenklich: »Doch – ja, sie hat sich verändert. Anschließend.«

»Schaut, da vorne ist er!« Ich zeige mit dem Finger auf einen klassischen Kleinlastwagen, der im abgestorbenen Gras vor einem großen Aluminium-Schuppen steht. Auf einem handgemalten Schild steht SUPERMARKT.

Wir biegen ab und parken in der Nähe des Kleinlasters. Als Erstes fällt mir auf, wie still es hier ist. Unsere drei Paar Schuhe klingen wie Zugpferde, die durch die trockene Erde stapfen. Wir betreten den Laden. An diesem Markt ist allerdings kaum etwas »super«. Es gibt ein Bücherregal, auf dem ein paar Dinge aus einem Verbandskasten aufgereiht sind – Mullbinden, eine Schere, Klebebänder. Auf dem Fußboden in der Nähe steht eine Eisbox. Jemand hat auf den Deckel *Bitte Schaufel zurücklegen* geschrieben.

Harrison begrüßt den weiß gekleideten Mann, der auf einem Hocker sitzt und ein Buch liest, das anscheinend keinen Titel hat. »Hi, wir suchen Coyote Blue«, sagt er.

»*Coyote Blue?*«, wiederholt Ringo zu laut, und ich stoße ihm einen Ellbogen in die Rippen, damit er den Mund hält.

Die Zähne des Mannes heben sich strahlend weiß von seiner dunklen Haut ab. Er hat schöne mandelförmige Augen und dichte schwarze Locken, die ganz oben aus seiner Schädeldecke sprießen. »Coyote?«, fragt er, als ob er gerade aufwachen würde. »Coyote«, wiederholt er. »Ja, einen Moment. Ich schicke einen Boten hin. Er erwartet euch?«

»Ja, ich denke schon«, sagt Harrison. »Wir haben gestern angerufen.« Er zeigt auf das einsame Handy, das auf einer Theke liegt und an ein Ladegerät angeschlossen ist.

Der Mann gleitet geräuschlos vom Hocker, verbeugt sich leicht und verschwindet aus der Hintertür. Wir drei bleiben zurück und starren uns an.

»Er hieß früher Darrell Vines«, sagt Harrison. »Mitglieder der Kommune ändern ihre Namen als Teil ihrer Wiedergeburt.«

»Und was Besseres als Coyote Blue ist ihm nicht eingefallen?«, frage ich.

»Er hat sich auch verändert«, erklärt Harrison, während ich zum Bücherregal schlendere. Ich drehe die kleine Schere um und frage mich, was jemand hier draußen machen kann, wenn ein echter Unfall passiert.

Kurz darauf sehen wir den langen Schatten einer Person, die lautlos hinter uns auftaucht. Wir drehen uns um und entdecken einen Mann in der Uniform der Kommune, auch ohne Schuhe, was die Erklärung dafür ist, dass sich die Mitglieder so leise bewegen.

»Hallo, Harrison.« Coyotes Ton ist kühl, aber nicht unfreundlich. Der Mann sieht unheimlich gut aus – Augen so blau wie Gletscher, Haare wie aus einem goldenem Faden gesponnen. Die Ähnlichkeit zwischen ihm und seinem Neffen ist leicht zu erkennen, aber Coyote scheint sich im Gegensatz zu Harrison, der kraftvoll und bodenständig daherkommt, leichtfüßig auf der Erde zu bewegen, als wäre das Gesetz der Schwerkraft für ihn völlig bedeutungslos.

Harrison zögert. Er scheint sich nicht sicher zu sein, ob er ihn umarmen, sich verbeugen oder langsam zurückziehen soll.

Ich trete vor, um ihn zu retten. »Mr … Blue. Ich bin Lake

Devereaux, und das ist mein Freund Ringo.« Coyotes Blick huscht über Ringos Gesicht, ohne lange auf der dunkelroten Tönung zu verweilen. »Harrison hat das Treffen für mich arrangiert.«

Coyotes Lächeln wirkt, als ob er vom Himmel herunterschaut, was sich sowohl herablassend als auch tröstlich anfühlt. »Ja, er hat mir ein paar Einzelheiten mitgeteilt.« Obwohl seine Augen Ringo nur kurz betrachtet haben, bohren sie sich in meine und mustern mich von Kopf bis Fuß, aber nicht wie bei einer gruseligen Anmache, sondern eher so, als ob er etwas suchen würde. Dann hört er damit auf und lächelt wieder. »Soll ich euch herumführen?«, fragt er.

Wir trotten hinter ihm her, eine Herde lärmender Touristen.

»Kommen eigentlich viele Besucher hierher?«, fragt Ringo spöttisch.

Mir fällt auf, dass Coyotes Arme beim Gehen nicht schwingen. »Normalerweise nicht«, erwidert er sachlich.

Coyote führt uns eine breite Allee entlang, an der auf beiden Seiten Häuser stehen. »Wir stellen unsere Nahrungsmittel hier alle selbst her.« Er zeigt auf Hochbeete, in denen grüne Pflanzen in der Erde sprießen. Jede Behausung scheint mindestens eines zu haben. »Wir entscheiden, was jede Familie anbauen soll, und teilen uns die Erzeugnisse.«

»Und was ist mit Fleisch?«, fragt Ringo, der hinter uns herstapft, nachdem er sich ein Beet angeschaut hat, in dem kleine Kürbisse wachsen. »Und Milchprodukten?«

»In der Kommune gibt es keine Tiere«, sagt Coyote, und mir wird plötzlich kalt im Nacken, als ob sich eine eisige Hand draufgelegt hätte.

»Sie haben Familien erwähnt …?«, traue ich mich zu fragen. Ich kann mir nicht vorstellen, dass hier viele auferweckte

Familien – *ganze* Familien – leben, nicht einmal solche, die aus einem Elternteil und einem Kind bestehen. Die Wahrscheinlichkeit wäre zu gering.

»Ah, ja, also – ihr werdet sehen«, sagt er. »Das ist mein Zuhause.« Er deutet auf einen Wohnwagen auf der rechten Seite. Große Leintücher sind an Holzstangen befestigt, die auf einer Seite ein Dach bilden. »Kommt rein und lernt meine Tochter kennen!«

Ich ziehe vor Harrison die Augenbrauen hoch. *Tochter?*, frage ich tonlos, als Coyote die Tür quietschend öffnet.

Harrison schüttelt den Kopf. »Meine Cousinen sind alle am Leben. Ich hab keine Ahnung.«

Ich schlucke schwer. Wir klettern über einen Tritthocker in den Wohnwagen. Als wir alle drin sind, ist es ziemlich voll. Die Einrichtung ist ein Gemisch aus beige und braun. »Starshine!«, ruft Coyote nach hinten. »Wir haben Gäste.«

Ich setze mich auf eine Kunstlederbank. Auf einer Heizplatte in der Nähe blubbert ein wässriges Stew. Mein Arm presst sich neben mir an Ringos klebrige Haut.

Aus dem Bauch des Wohnwagens heraus taucht ein Mädchen auf. Sie ist jünger als ich, höchstens vierzehn, nehme ich an. Sie hat feuerrote Haare und ein blasses Gesicht, das überhaupt keine Sommersprossen aufweist, was bei ihrer Hautfarbe seltsam ist. Starshine hat die Körperhaltung einer Tänzerin, aber eindeutig nicht ihr Selbstvertrauen oder Auftreten.

Aus den Augenwinkeln kann ich sehen, dass Harrison seine Knie fester umklammert. »Deine Tochter heißt Kate«, sagt er steif zu Coyote.

»*Darrells* Tochter hieß Kate«, sagt Coyote Blue. »Coyotes Tochter heißt Starshine.« Er betrachtet sie stolz, während sie in eine Ecke gedrückt und mit über ihrer Taille gefalteten

Händen dasteht. Ich weiß nicht so recht, was ich tun soll und winke ihr ungeschickt zu. Mein Hirn schreit: *Kult! Kult! Kult!* Aber mein Herz hat angefangen, die abpellende Schale eines gruseligen alten Mannes zu erahnen. »Starshine starb, als sie erst elf war.« Er sagt das, als ob es etwas Gutes wäre, und mir wird schlecht. »Soweit ich weiß, wurde sie von ihrem Stiefvater getötet, der sie, einige Zeit nachdem sie von zu Hause weggelaufen war, wiederfand, obwohl sie sich nicht daran erinnern kann, also ist das alles nur Hörensagen. Sie war obdachlos und hat an Straßenecken gebettelt. Ein Zuhälter fand sie Erfolg versprechend und verlangte von einem seiner Mädchen, dass sie ihre Resurrection-Möglichkeit für Starshine einsetzt. Und so wurde sie zu neuem Leben erweckt, um zu gegebener Zeit für ihn zu arbeiten.« Er zieht die Augenbrauen missbilligend in die Höhe. »Sie ist mir auf einem meiner Ausflüge aufgefallen«, sagt er und meint damit das Leben außerhalb der Kommune. »Und ich habe sie mitgebracht, damit sie meine Tochter wird.«

Ich spüre, dass Harrison wieder zusammenzuckt.

»Aber … warum leben Sie nicht mit Ihrer richtigen Familie zusammen?«, frage ich zaghaft.

Coyotes Lippen bilden eine gerade Linie. »Starshine, würdest du unseren Gästen Suppe servieren?« Sie gehorcht, als ob sie es gewohnt wäre, zu gehorchen. Eine Sekunde lang denke ich, dass er meiner Frage ausweichen will. »In meiner Familie ist kein Platz mehr für mich. Ich bin gestorben und wiederauferstanden. Meine Familie kapiert das nicht. Außerdem hatte sich meine Frau – Harrisons Tante – schon neu verliebt, bevor meine Tochter Kate ihre Resurrection-Möglichkeit für mich einsetzen konnte.«

Harrison fährt ruckartig zusammen und reißt beinah einen

Teller Suppe aus Starshines zarten Händen. »Sie hat nie was mit dem Typ gehabt. Sie hat auf dich gewartet. Das haben wir alle getan. Sie hat so lang auf dich gewartet, dass er jemand anderes geheiratet hat, nachdem du auferweckt worden warst. Du hast unsere Familie gar nicht gewollt!«

Starshine reicht Ringo und mir kleine Schüsseln mit Suppe und verbogene Metalllöffel.

Coyote sieht Harrison mit schmalen Augen an. »Ich erwarte nicht von dir, dass du es verstehst.« Aber als er das sagt, richtet er seinen Blick auf mich, und ich bekomme ein schlechtes Gewissen, weil ich Harrison gezwungen habe, das für mich durchzustehen.

Ich nehme einen Löffelvoll der kochend heißen Suppe und schrecke zurück. Das Gebräu schmeckt nach Erde.

»Fühlen Sie sich anders?«, frage ich Coyote.

»Stärker, klüger, reiner«, antwortet er.

»Können Sie sich erinnern, wie Sie gestorben sind?«

Starshine dreht sich um und rührt vor der Kochplatte im Topf.

»Das war ein langer Prozess. Ich bin an Bauchspeicheldrüsenkrebs gestorben – also, ja, ich erinnere mich bis zum letzten Tag meines Lebens an jedes qualvolle Detail. Danach ist alles leer. Ich war zwei ganze Jahre lang ein Teil des Anderen, bevor ich zu neuem Leben erweckt wurde.« Wieder höre ich einen Hauch von Stolz heraus, und ich frage mich, ob man hier für die Länge der Zeit, die man tot war, irgendeinen merkwürdigen Ehrenorden bekommt.

Die Stille dringt von allen Seiten auf mich ein. Coyote kann sich so reglos verhalten wie Matt. Und an Starshine ist nichts Natürliches, obwohl sie mir ein bisschen leidtut. Nach dem, was Coyote über sie erzählt hat, kann sie nirgends mehr hingehen. Wie sie vorher wohl geheißen hat? Ob sie jemand lieb hatte? Vor allem frage ich mich, ob sie nicht besser tot geblieben wäre.

Ein unbehagliches Gefühl kriecht über meinen Rücken und meinen Nacken, bis es meine Schädeldecke erreicht. Ringo ist neben mir merkwürdig schweigsam, aber er zaudert auch nicht und steht nicht auf, um zu gehen, und dafür bin ich ihm dankbar.

Als die Unterhaltung versandet, fallen wir alle fast übereinander aus dem Wohnwagen, weil wir es kaum erwarten können, der stillen Behausung von Coyote Blue mit seinem verträumten, tausend Meilen weit in die Ferne gerichteten Blick, seiner Tochter, die keine Tochter ist, und dem gedämpften Frieden, der mir die Haare auf den Armen zu Berge stehen lässt, zu entfliehen. Sobald wir draußen sind, schaue ich hoch zum Himmel, auf diese leere blaue Fläche, und habe das Gefühl, dass sie uns wie eine Zimmerdecke in Grenzen hält.

# Kapitel achtundzwanzig

## 6 TAGE

Wir lassen Harrison vor seinem Haus raus, ich bedanke mich bei ihm, er sagt so was Ähnliches wie: »Wozu sind Freunde schließlich da?«, und ich bin ziemlich sicher, dass ich mich ganz zufällig mit Harrison Vines befreundet habe und das gar nicht so schlecht finde.

Danach sind nur noch ich und Ringo im Auto. Ich genieße die Rückkehr in die Zivilisation – Möwen, die über unseren Köpfen kreischen, das Rauschen des Meeres und die Touristenläden mit ihren Verkaufsständen auf dem Bürgersteig, die Frauen mit weißen Einkaufstaschen anziehen. Wir fahren die Pineapple Avenue entlang, mitten durch die Stadt und an der Statue eines Matrosen vorbei, der eine junge Frau küsst.

Während der Rückfahrt habe ich versucht, über alles zu reden, was wir gesehen haben, oder sogar darüber *nachzudenken*. Über unser Treffen mit Coyote Blue und Starshine und die unheimliche Stille der Kommune. Und darüber, wie ich alles gehasst habe. Jedes einzelne Ding.

Ich versuche, mir die Gründe durch den Kopf gehen zu lassen, weshalb sich wohl ein Mensch, der auferweckt worden ist, einer Kommune anschließt. Findet während des Sterbevorgangs vielleicht tatsächlich eine spirituelle Transformation statt, oder bildet man sich so was nur ein? Oder noch schlimmer: Wünschen sich die Mitglieder der Kommune nur eine Transformation, um ihrem Tod eine Bedeutung beizumessen, die es nie gegeben hat?

Ich stelle mir die heiteren Mienen vor – alles verdrehte menschliche Illusionen. Ich glaube, ich wäre lieber tot als in einer Kommune leben zu müssen. Aber Penny? Was würde sie denken? Sie weinte wegen eines toten Vogels. Für sie war der Vollmond magisch. Wie würde sie die Änderung der natürlichen Ordnung finden, die sie zwangsläufig erleben würde, wenn ich sie auferstehen ließe?

Ich mache mir Sorgen.

Ich mache mir Sorgen, dass es sie locken könnte, mit Leuten wie Coyote Blue nach einer Bedeutung zu suchen. Das ist ein Gedanke, der sich in meinem Magen verkrampft und mich nicht loslässt, während ich mir Penny in Leinen vorstelle, das Gesicht unnatürlich perfekt geglättet und ihre Miene gelassen. Sie würde nicht wegen irgendwelcher Vögel oder Wale oder sonst was weinen. Würde Penny meine Penny bleiben oder würde sie … etwas anderes werden?

Ich hasse den Gedanken, dass sie irgendwo hinziehen könnte, wo ich nicht leben kann, und ihr deshalb nicht folgen würde. Wenn sie die leere, bedeutungslose Spiritualität der Kommune anziehen würde, hätte ich meine Resurrection-Möglichkeit verschwendet.

Wenn ich an die Erfahrung mit der Kommune denke, taucht immer wieder das gleiche Wort auf: *unnatürlich*.

Ich schlucke seine Bedeutung wie einen Löffelvoll Hustensaft runter, aber mein Hals juckt weiter, und ich möchte etwas sagen, das mir vor Angst fast den Atem raubt.

Was, wenn ich mich schon entschieden habe? Es fühlt sich unmöglich an. Falsch sogar. Aber ich vermute, dass ich es während der Heimfahrt gespürt habe, dass es durch meine Knochen gesickert ist und zu einem Ergebnis geführt hat – zu einem Namen, den ich jetzt auf der Zungenspitze balanciere.

Meine Hände sind feucht.

Ich sage mir, dass es keine gute Lösung gibt, ich aber mit der Information, die ich habe, mein Bestes tun werde.

»Ringo?« Ich halte die Luft an und ziehe meine Bauchmuskeln zusammen, um die Teile von mir, die noch übrig sind, festzuhalten. »Ich glaube, ich werde Will aufleben lassen«, sage ich. »Ich glaube nicht, dass es Penny gefallen würde. Das ganze Resurrection-Zeug.«

Wir biegen zuerst in den Lemon Drive und dann in die Orange Avenue ein.

Ringo hat sich anscheinend entschlossen, ein Opfer zu bringen, und verzichtet auf das Sprechen. Aber irgendwann sagt er doch: »Oh.« Und weiter nichts.

Ich reagiere mit: »Mehr fällt dir dazu nicht ein?« Ich bin *echt* sauer.

Er tritt ein bisschen fester aufs Gas. Mein Magen hebt sich, und ich drücke meine Fingernägel in die steife Naht des Sitzes.

Das Gaspedal nähert sich dem Boden. Wir fahren schnell, schneller, am schnellsten. Ich beobachte, wie sich der Strich am Tachometer nach rechts bewegt.

»Im Moment nicht.«

Sein Gesicht ist ruhig, aber seine Fäuste klammern sich fast unmerklich ans Lenkrad.

Die Angst droht mir die Luft abzuquetschen. Meine Absätze bohren sich in den Boden. »Ringo, kannst du … kannst du bitte etwas langsamer fahren?«

Ich kneife die Augen zu, habe dann aber das Gefühl, dass wir noch schneller fahren, und ich kann nicht sehen, *wohin* wir fahren, was bedeutet, dass es sonst wohin sein kann. Wir rasen. Und ich warte auf den Aufprall. Ich bereite mich darauf vor. Ich bin so angespannt. Ich kann mich nicht rühren.

»Fahr langsamer!«, brülle ich. Meine Augen sind immer noch zu.

Diesmal hört er auf mich. Er nimmt den Fuß vom Gas. »Tut mir leid«, sagt er tonlos, aber ich kann die Bilderlawine nicht stoppen, die in meiner Panik auf mich niederprasselt. Die Bilder kommen eins nach dem anderen immer schneller – *blonde Haare, rotes Blut, glitzerndes Glas, weiße Knochen, zerquetschtes Metall, Glieder, Eingeweide, offene Fleischwunden, Ersticken, Meer, tot* – ich schnappe nach Luft und reiße mich vom Trichter der schrecklichen Eindrücke weg.

»Lake?«, sagt er. Seine Hand liegt auf meinem Bein. Ich schüttle den Kopf. Ich kann ihn nicht ansehen. »Lake?«, sagt er wieder. Und dann höre ich das *Blip-Blip-Blip* des Blinkers, und wir fahren an die Seite und halten an. Hupen dröhnen. Autos rauschen an Ringos Tür vorbei. Aber er hat den Schalthebel in die Parkstellung gerückt, und wir bewegen uns nicht mehr.

Er dreht sich zu mir. Ich zittere heftig. Ringo beugt sich über die Mittelkonsole und umschlingt mich mit seinen Armen. Seine Nase ruht in der Kurve zwischen meiner Schulter und meinem Nacken. Sein Mund ist warm. »Es tut mir leid, es tut mir leid«, sagt er, dieses Mal richtig besorgt. »Ist alles okay?«, fragt er. Meine Zähne klappern so sehr, dass sie mir aus dem Mund klappern könnten. Ringo rückt von mir ab und senkt den Kopf, um mir in die Augen zu sehen. Ich nehme das Meeresblau in mir auf und zeichne mit dem Blick den Umriss seines Muttermals nach, als ob es eine Straßenkarte zurück in die Gegenwart wäre. Er hält eine meiner Schultern fest und streicht mit der anderen Hand über meinen Hinterkopf. »Ich wollte dich nicht erschrecken. Lake, das wollte ich nicht.« Er guckt mich an, bis ich nicke, und zieht mich dann wieder an sich. Er drückt meine Nase in seinen Hemdkragen und hält mich wie eine Puppe fest. Er ist viel kräftiger, als ich gedacht habe.

»Ich bin okay.« Es klingt gedämpft.

Ich spüre, dass sein Kopf über mir nickt. Ringo lässt mich nicht los, und ich versuche, mich nicht zu rühren. Sein Adamsapfel hüpft heftig, und ich bilde mir ein, ein leichtes Zittern in seiner Brust zu spüren, als er »Anna« sagt. »Die Beatles wussten, wovon sie reden, als sie *Anna* herausgebracht haben.« Er hält mich nur noch einen Augenblick länger und drückt mich noch einmal an sich, bevor er mich loslässt. Dann fährt er sich mit der Hand übers Gesicht, schüttelt irgendein Gefühl ab und fährt wieder los.

Vor der Southshore-Wohnanlage beobachte ich, wie Ringos Hinterkopf im Haus verschwindet, und möchte am liebsten weinen. Wie kann ein Herz gleichzeitig voll und leer sein? Ich wünsche mir, dass die kommenden Tage schnell vorübergehen. Ich wünsche mir, dass ich aufwachen könnte und es wäre der Tag nach meinem Geburtstag. In letzter Zeit scheint es kaum noch richtige Wege zu geben, und ich schlage jedes Mal den falschen ein. Ich muss Ringo am Steuer ablösen und fahre die Strecke bis zu meinem Haus langsam und vorsichtig, ständig nach einem silbernen Lexus Ausschau haltend.

Ich wiederhole im Kopf immer das Gleiche, nämlich das, was ich zu Ringo gesagt habe: *Ich glaube, ich werde Will aufleben lassen. Ich glaube, ich werde Will aufleben lassen.* Ich versuche, nicht an die andere Seite der Medaille zu denken. Ursache und Wirkung. Schieben und Ziehen. Leben und Tod. Und die Person, dessen Gesicht ich wähle, werde ich nicht wiedersehen.

Die Sonne ist warm. Ich nehme Pennys Tagebuch aus seinem Versteck, schnappe mir ein Handtuch und schleiche mich hinter unserem Haus an den Strand. Salzwasser spritzt zwischen den Felsen der Anlegestelle hoch. Ich überlege mir, ob ich hinauslaufen soll wie früher, als ich noch jünger war, bis mir meine Eltern verboten hatten, auf den Felsbrocken herumzuklettern. Aber ich breite stattdessen mein Handtuch auf dem grauen Sand aus. Meine Zehen graben zehn Löcher in den Strand.

Pennys Tagebuch leistet mir an meiner Hüfte Gesellschaft. Ich stelle mir vor, dass ich Penny so mit mir herumtragen und ihren Notizen ein paar eigene Bemerkungen hinzufügen könnte. Ich könnte ihr von der Uni erzählen und berichten, dass ich jedes Jahr ihr zu Ehren einen »Rettet-die-Wale«-Lauf veranstalte. Ich könnte ihr Ringo erklären. Zeilen und Wörter würden die Seiten füllen und sie vielleicht irgendwie erreichen.

Oder auch nicht.

Was ich mir erhoffe, während ich hier draußen sitze und beobachte, wie die Wellen kurz vor meinen Füßen auf den Strand schwappen, ist Frieden. Oder wenigstens Erleichterung.

Wenn ich zu dem Schluss gekommen bin, dass Penny vielleicht gar nicht auferweckt werden wollte, dann ist das okay, oder nicht? Das sollte meine Entscheidung sein. Fertig. Noch sechs Tage übrig.

Aber falls ich Frieden suche, versteckt er sich gut. Um mich abzulenken, baue ich eine Sandburg. Ich stecke meine Hände in die feuchten, klebrigen Sandkörner und höhle eine Stelle für mein Bauwerk aus. Als wir noch klein waren, hatten Matt und ich so viel Zeit damit verbracht, Sandburgen zu bauen, dass wir regelrechte Architekten wurden, zumindest wenn das Baumaterial Sand war.

Heute bleibt alles einfach. Vier zylindrische Türme, die ich mit meinen Händen forme. Ich grabe einen Tunnel durch den mittleren und setze auf jeden noch ein mageres Türmchen aus Schlamm.

Mein Hirn dreht nur die Lautstärke runter, es schaltet sich nicht aus. Glückliche Gedanken sollten sich unter anderem um Will drehen, was für Gesichter wir machen, wenn wir uns zum ersten Mal nach dem Unfall wiedersehen, dass ich wieder in seinem Bett liegen kann, die Zudecke über unsere Köpfe gezogen, dass ich meine Hände um seinen glatten Rücken legen und er mich wie ein Heizgerät wärmen kann, dass unsere Liebesgeschichte kein Ende haben wird.

Ich werde ihm von Ringo und Harrison erzählen und ihn irgendwann auch nach dem *ChatterJaw*-Thread fragen müssen.

Es hilft mir tatsächlich, die Stimmen in meinem Kopf leiser zu stellen. Jetzt ist Platz für glückliche Gefühle, die während meiner Arbeit wie die ansteigende Flut hereinströmen. Als Letztes baue ich eine Mauer aus Sand um die fertige Burg, und zwar so hoch und stabil wie ich kann, damit das Wasser mein Werk nicht auslöscht.

*ChatterJaw* und Ringo und Harrison, die Abwesenheit von Penny und die Beziehung zwischen Wills Mutter und Tessa – das sind alles Dinge, mit denen wir uns später gemeinsam befassen können, so, wie wir in den vergangenen vier Jahren mit allem fertiggeworden sind.

Ich setze mich wieder auf das Badetuch und lege Pennys Tagebuch auf meinen Schoß. Ich schlage es auf. Der Anblick ihrer Handschrift trifft mich wie eine neue Schmerzwelle, die tief in meinem Innern pocht. Aber das hatte ich mehr oder weniger erwartet. Ich blättere das Tagebuch bis zu der Stelle in der hinteren Hälfte durch, wo ich stehen geblieben war, und lese weiter. Es ist, als ob Penny zum letzten Mal mit mir redet.

Ich weiß nicht, wie lang ich beim Geräusch des Meeres gelesen habe, das immer rauer und lauter wird. Salzsprenkel sammeln sich jetzt dichter an meinem Hals und meinen Lippen. Dreißig Minuten? Fünfundvierzig? Dann stoße ich auf eine Zeile, die ich noch einmal lesen muss: *Ich bin ein Mosaik aus scharfen Kanten und zerbrochenen Dingen.*

Die Seite fängt zwischen meinen Fingern zu zittern an. Ich reiße mich von der Stelle los und richte meinen Blick auf die nächste Zeile und die nächste:

*Ich bin ein Mosaik aus scharfen Kanten und zerbrochenen Dingen.*

*Solange niemand so genau hinschaut – nicht einmal ich –, sind die hässlichen Teile nicht zu sehen.*

*Die Teile, die Liebe zerschlagen und Löcher in Herzen reißen möchten.*

*Aber ich bin trotzdem aus den zerbrochenen Dingen gemacht.*

*Auch, wenn es niemand weiß,*

*spüre ich doch,*

*wie sie mich in der Seele treffen.*

*Poch-poch-poch* schlägt mein Herz. *Poch-poch-poch.*

Ich habe keine Ahnung, wie oft ich die Seite durchlese. Niemand anderes kann der Verfasser sein. Nur Penny. *Poch-poch-poch.*

Aufhören! Weil ich die Zeilen kenne. Ich kenne die Wörter. Ich weiß, wo ich sie schon mal gesehen habe.

Was hatte Harrison zu mir gesagt, als er zum ersten Mal über den *ChatterJaw*-Thread redete? Ich weiß. Er hatte gesagt, er wäre ziemlich sicher, dass die beiden Schreiber sich private Messages geschickt hätten. Dass mein Will eine private Message geschickt hätte. Und jetzt weiß ich auch, an wen.

# Kapitel neunundzwanzig

## 152 TAGE

Ich schaue Penny und Will nach, bis sie hinter der Flügeltür des Krankenhauses verschwinden. Das Klatschen ihrer Flipflops hört auf, und ich bin wieder mit den Geräuschen der Herzfrequenzmesser und Infusionsständer allein.

Vielleicht ist es meine eigene Schuld. Schließlich hatten sie mich gefragt, ob ich Gesellschaft brauche. Ich hätte etwas sagen können. Das Problem ist nur, ich wollte nicht, dass sie fragen. Ich wollte nicht diejenige sein, die ihnen sagt, dass sie nicht ohne mich gehen sollen. Ich wollte, dass sie sich gar nicht *vorstellen* können, ohne mich zu gehen.

Aber das konnten sie natürlich. Wir hatten Osterferien. Sie hatten die Wahl zwischen (a) einem Ausflug zu einem Wasserpark, den wir schon vor Monaten geplant hatten, oder (b) einer sechs Stunden dauernden Sitzung in einem Wartezimmer des Krankenhauses, ohne irgendwas zu tun.

Und trotzdem nagt an mir das Gefühl, dass es mir lieber gewesen wäre, sie hätten sich für das Bleiben entschieden. Ich nehme einen Schluck des Milchshakes, den sie mir als Trostpreis mitgebracht haben, aber er schmeckt nicht einmal gut, was einiges aussagt, wenn man bedenkt, dass ich schon eine Woche lang Essen aus der Cafeteria des Krankenhauses gemampft habe.

Fünf ganze Tage, während Penny und Will die Ferien genießen, die wir *zusammen* genießen wollten. Ich schabe mit meinem Schuh auf dem weißen Fliesenboden herum und erlaube mir, mich noch ein paar Augenblicke lang in meinem großen fetten Stück Bitter-Torte zu wälzen.

»Lake?« Mom streckt den Kopf aus einer Tür, während eine Krankenschwester in rosa OP-Klamotten aus dem Zimmer schlüpft. »Wo bleibst du denn?«

Ich schlurfe zur Tür und schleiche mich an Mom vorbei. »Ich weiß nicht, warum ich überhaupt hier sein muss«, murmele ich.

Mom erstarrt. Sie macht schnell die Tür zu, packt mich am Ellbogen und zieht mich genauso wie damals, als ich fünf war und irgendwas angestellt hatte, zu sich heran. »Dein Bruder hat Schmerzen, mein Fräulein«, zischt sie leise, damit es Matt ja nicht hört. »Das ist das Mindeste, was du für ihn tun kannst.«

Auf meiner Backe landet Spucke. Sie hat recht. Ich schäme mich für meine Einstellung. Aber anstatt all die anderen hässlichen Gefühle, die in mir herumschwimmen, auszulöschen, füge ich der inneren Jauchegrube der Empfindungen, die schon da sind, nur Scham hinzu.

»Tut mir leid«, sage ich leise.

Ihre Finger lassen den fleischigen Teil meines Arms los, und ich reibe theatralisch an der Stelle herum, als ob sie mir wehgetan hätte.

Sie streicht mit den Händen über ihre Jeans und stellt sich gerader hin. Wann ist sie das letzte Mal nach Hause gegangen? Vor zwei Tagen? Oder ist es noch länger her? Ich kann mich nicht erinnern.

Ich folge ihr ins Zimmer, wo mein Vater auf einem Stuhl schnarcht und Matt schon seit fünf Tagen auf dem gleichen Fleck liegt. In einem Krankenbett.

Er atmet angestrengt. Eine Infektion wütet in seiner Lunge. Sein Gesicht ist rot und fiebrig. Seine Pupillen bewegen sich langsam, um sich auf mich zu konzentrieren. »Ach«, röchelt er. »*Du* bist's.«

Ich trete einen Schritt zurück. *Seht ihr?*, möchte ich schreien. *Er will doch gar nicht, dass ich hier bin!*

»Ich wollte euer gemütliches Beisammensein nicht stören«, sagt er knurrend.

»Du hast uns nicht gestört. Sie sind nur vorbeigekommen, um zu sehen, wie es dir geht.« Lüge.

»Hast du ihnen gesagt, dass mein Rücken immer noch gebrochen ist? Wollten sie helfen, die Bettpfanne zu wechseln? Oder meine Unterwäsche?«

Ich umklammere meine Ellbogen. »Nein.«

»Ach, halt doch die Klappe, Lake! Hör auf so zu tun, als ob ich der böse Wolf wäre und du Angst vor mir hättest! Keiner hat Mitleid mit dir, du mickriger, jämmerlicher Witz von einem Menschen.«

Mir fällt die Kinnlade runter. Das ist das Gemeinste, was er je zu mir gesagt hat. Aber seine Worte haben nicht die Wirkung, die er beabsichtigt hatte – im Gegenteil. Jetzt tu ich mir nur noch mehr leid als je zuvor. Ich atme schnell und versuche die Tränen zu unterdrücken, die sich an den Rändern meiner Augenlider bilden.

Mom berührt mich jetzt ganz sanft. »Er hat Schmerzen.«

»Du verhätschelst sie natürlich.« Matt starrt an die Decke. Er atmet stoßartig, wütend. Es ist seltsam, seinen Körper vollkommen schlaff daliegen zu sehen. Ein normaler Mensch, der starke Schmerzen hat, würde sich krümmen. Die Fäuste ballen. Mit den Beinen strampeln. Matt aber nicht. Er wird im Schmerz gebeizt, weshalb er wahrscheinlich versucht, einiges von der Marinade auf mich zu löffeln. »Ich schwör's – wenn du nicht für eine Resurrection nützlich wärst …«, sagt er.

Und ich kann den Hass in den paar Worten so deutlich spüren, als ob sie Nägel wären, die mir jemand in den Rücken schlägt. Die Tränen hören jetzt nicht mehr auf. Ich verstehe nicht, warum er mich hasst. Ich verstehe nicht, was ich getan habe, um das zu verdienen. Ich habe es versucht. So oft habe ich versucht, auf ihn zuzugehen. Er vergisst: Er war derjenige, der *mich* zurückgewiesen hat.

Ich weiß nur, dass ich die letzten Osterferien mit den Menschen verpasse, denen ich wirklich etwas bedeute – Will und Penny –, weil ich hier bin. Ich kann es nicht ändern: Ich hasse ihn auch.

# Kapitel dreißig

## 5 TAGE

Ich fasse einen Plan. Oder zumindest den Anfang eines Plans. Ich versuche, mich nicht zu schlecht zu fühlen, weil ich Matts Hilfe brauche.

Ich klopfe an die Schlafzimmertür meiner Eltern, aber keiner antwortet. Stattdessen höre ich Stimmen aus dem Arbeitszimmer. Die Stimmen klingen wütend – wütend aus irgendeinem Grund, der meinen Vater frühzeitig von der Arbeit nach Hause geholt hat.

Ich schleiche mich an die geschlossene Tür, bis ich so nah bin, dass sich das aufgebrachte Dröhnen in Worte verwandelt, die ich verstehen kann.

»Deshalb sag ich es dir ja!« Die Stimme meiner Mutter ist schrill. »Sie muss es wissen!« Ich halte den Atem an, um besser hören zu können. Das Ende des Standpunkts meiner Mutter wird vom tosenden Meer übertönt. Ich mache noch einen Schritt näher zur Tür.

»Das hast nicht du zu entscheiden.« Mein Vater redet im Gegensatz zu meiner Mutter mit ruhiger Stimme. Es klingt, als ob er das Gespräch immer und immer wieder eingeübt hätte. Hatten sie früher schon darüber gesprochen? »Er will das nicht.« Ich spüre, wie sich die Haare auf meinen Armen sträuben und ein Kribbeln dazu, als mir klar wird, dass *ich* mit »sie« gemeint bin. »Die ganze Sache. Es geht um eine Wahl. Hatten wir das nicht gemeinsam entschieden? Du weißt, was wir zu tun haben. Wir müssen das Ganze durchziehen.«

Ich höre meine Eltern nicht zum ersten Mal über Matts Auferweckung diskutieren. Und natürlich scheint es ihnen wie immer egal zu sein, ob ich dabei bin oder nicht.

»Wir sind ihre Eltern, Peter.« Ich rücke noch näher an die Tür heran.

»Richtig. Aber Matt ist kein Kind mehr.« Jetzt wird auch die Stimme meines Vaters lauter. »Er weiß, was er tut.«

»Da irrst du dich. Nach dem, was passiert ist, ist alles anders geworden.« Sie fleht ihn jetzt an. Mein Hals ist rau geworden. »Er macht sich zum Märtyrer und du lässt es zu.«

»Er ist unser Sohn. Das schulden wir ihm.« Dad sagt es widerwillig, aber es klingt auch endgültig. Er hat es satt. Er hat die Rechnungen satt. Er hat es satt, sich um meinen Bruder zu kümmern. Wahrscheinlich hat er sogar mich satt.

»Nach all dem haben wir keinen Sohn mehr!«, schreit Mom. »Es sei denn, wir *tun* was!«

Ich schlucke.

»Ende der Diskussion!« Ich höre, dass Dads Faust auf etwas Hartem, Hölzernem landet, dem Schreibtisch vielleicht.

»Sag's ihr, Peter! *Du* bist dran!«

Was soll er mir sagen? Dass ich meine Resurrection-Möglichkeit für Matt einsetzen werde? Dass sie mich enterben werden, wenn ich es nicht tue? Oder dass sie mich auf das Amt zerren und mich zwingen werden, Matts Name als Kandidat niederzuschreiben?

Oder gibt es noch etwas anderes? Was Will, Penny und meine Eltern betrifft, bekomme ich langsam das Gefühl, mein Leben ständig im Dunkeln verbracht zu haben, als ob alle über bestimmte Dinge Bescheid wussten, nur ich nicht.

Hinter der Tür nähern sich schwere Schritte. Ich habe gerade noch Zeit, mich so weit zu entfernen, dass es nicht aussieht, als ob ich gelauscht hätte. Mein Vater kommt aus seinem Arbeitszimmer und ist dabei, sich seinen Fahrradhelm unter dem Kinn festzuschnallen.

»Hi, Dad.« Er zuckt zusammen. Die Zeit reicht nicht, um eine andere Miene aufzusetzen. Sein Gesicht wirkt müde und erschöpft, als ob er die ganze Nacht wach geblieben wäre. Seine Haare sind zerzaust.

»Lake.« Seine Stimme krächzt.

»Ich wollte gerade zu dir und Mom gehen«, sage ich. Ich versuche, meine Augen groß und unschuldig aussehen zu lassen: *Du hast nichts gesehen. Du hast nichts gehört.*

Seine Lippen kräuseln sich, und ich merke, dass er versucht, die Lage einzuschätzen. Wann bin ich hergekommen? Weiß ich, dass er und Mom diskutiert haben und wenn ja, habe ich eine Ahnung, worüber?

Ich rede weiter, weil ich ihm nicht genug Zeit lassen will, um sich die Fragen selbst zu beantworten. »Ich wollte euch sagen, dass ich mit Matt für eine Weile unterwegs sein werde, wenn das okay ist. Wir brauchen den Van.«

Sein Haaransatz hebt sich, als ob er sich das Ganze durch den Kopf gehen ließe. Dann nickt er mit einem leisen Lächeln auf den Lippen. »Sicher, sicher. Das finde ich richtig gut, Lake.«

Wieder kommen Schuldgefühle hoch, weil ich gerade mal wieder Hoffnung geweckt habe. Aber ich bin nicht die Einzige, die etwas verschweigt. Und wie es aussieht, werde ich auch nichts erfahren, es sei denn, ich kümmere mich selbst darum.

Es liegt also an mir.

# Kapitel einunddreißig

## 4 TAGE

»Du hast eine Stunde Zeit«, sagt Matt, als ich die Faust hebe, um an Mrs Bryans Tür zu klopfen. »Wenn ich mit Jeremy länger zusammen sein muss, schmilzt mir das Hirn im wahrsten Sinne des Wortes.«

Ich schaue auf meinen Bruder hinunter und wundere mich, dass *wir* zusammen sind und sogar miteinander reden – nach allem, was an der Sankt-Theresa-Schule passiert war. Als ich ihn um Hilfe bat, erwartete ich, mit ihm verhandeln zu müssen, obwohl ich nicht weiß, was ich ihm im Augenblick bieten könnte. Stattdessen war Matt sofort bereit, mitzukommen. Fast zu bereit. Ich versuche, mir einzureden, der Grund sei meine Bemerkung gewesen, dass er sich nicht wie mein Bruder verhält und ich endlich – entgegen allen Erwartungen – zu ihm durchgedrungen bin. Allerdings ist nichts einfach mit Matt.

Aber ich habe keine Zeit für irgendwelche Spielchen oder umgekehrte Psychologie. »Ach, komm, so schlimm ist Jeremy doch nicht«, sage ich. »Er war doch früher mal dein Freund.«

»Das war, bevor er zu einem riesigen Kiffer-Loser geworden ist.«

»Er ist nicht immer ein riesiger Kiffer-Loser. Außerdem glaube ich nicht, dass er wild darauf ist, mit Captain Sunshine hier herumzuhängen.«

»Oh, danke vielmals.«

»Na ja.«

»Eine Stunde.« Matt beißt die Zähne zusammen und starrt

auf die Tür, als ob er durch sie hindurchblicken könnte, wenn er sich nur genug Mühe gibt. Wann hat er eigentlich zum letzten Mal was mit Gleichaltrigen unternommen? Das muss Jahre her sein. Vielleicht war es sogar noch vor dem Unfall gewesen. Auf seinen Wangen glänzt Schweiß, und wenn ich es nicht besser wüsste, würde ich denken, dass er nervös ist.

»Okay, okay, fein. Eine Stunde.« Ich klopfe an die Tür, und sie fliegt augenblicklich auf, als hätte Jeremy darauf gewartet, dass sich jemand meldet.

»Willkommen, Devereaux-ses – Deveri?« Jeremy lacht glucksend in sich hinein. »Tut mir leid, ich weiß nicht, wie ihr in der Mehrzahl heißt.«

Matt schaut mich an und zieht die Augenbrauen in die Höhe. Ich lege eine Hand auf seine Schulter, eine Geste, die er hoffentlich mit seinem Blick versteht, wenn er sie schon nicht spüren kann. »Danke für die Einladung, Jeremy.«

»Kommt rein, kommt rein!« Er tritt zur Seite. »Jolene arbeitet oder was, aber sie hat gesagt, dass sie froh ist, dass ihr da seid. Macht es euch bequem, *mi casa es su casa.*«

»Es heißt aber nicht *su casa*, also …«, sagt Matt. Ich rucke an seinem Rollstuhl, um ihn zu warnen, nicht unhöflich zu sein, und schiebe ihn hinter Jeremy her in die Küche. Und schon sind wir mittendrin.

Ich darf nicht vergessen zu atmen.

»Alter, es ist ja ewig her.« Jeremy streckt Matt die Hand zum Abschlagen hin. Sie schwebt eine Sekunde lang in der Luft, bis er seinen Fehler bemerkt und er sie umleitet, um sich damit durch die ungekämmten Haare zu fahren.

»Ja, okay«, fängt Matt an, »es passt vielleicht nicht gerade so recht –« Ich trete heftig gegen den Rollstuhl. Matt räuspert sich. »Ich meine – ja – schön, dich wiederzusehen.«

»Also …« Jeremy wippt auf seinen Absätzen. »Das ist jetzt, ähm, peinlicher als ich gedacht hätte. Viel Penner-Energie im Raum.« Er streckt die Finger von sich, als ob er die Energie spüren könnte.

Meine Augen werden groß wie Goldfischgläser. Es entsteht eine lange Pause.

Aber dann geschieht etwas. Matt neigt den Kopf nach hinten und lacht – aber so richtig! Jeremy guckt nach unten. Sein Mund verzieht sich zu einem Viertelgrinsen. Dann sagt er: »Echt? Das? Okay … Hey, ich hab wirklich eine Sammlung von Tolkien-Figuren. Wollt ihr sie sehen?«

Matt schaut mich an. »Er hat eine Sammlung von Tolkien-Figuren.«

»Ich hab's gehört.« Es ist für mich manchmal schwer zu erkennen, ob Matt sich über irgendwas lustig macht, aber heute ist es für ihn vielleicht selber schwer. Weil er die Spielfiguren wahrscheinlich wirklich sehen möchte, auch wenn er es nicht zugeben will. Er hat vergessen, dass es mal einen Grund gab, mit Jeremy befreundet zu sein. Und dass es einen Grund für Jeremy gab, mit *ihm* befreundet zu sein.

»Ich hol sie rauf«, sagt Jeremy.

Während ich die beiden beobachte, vergesse ich beinahe, warum wir hier sind. Der Tipp. Matt wirft mir einen bedeutungsvollen Blick zu, und ich begreife, was er sagen will.

»Super.« Ich klatsche in die Hände. »Ich sehe, ihr zwei habt eine Menge nachzuholen, und, hey, lasst euch nicht von mir aufhalten. Ich bin oben. Mrs Bryan hat gesagt, ich kann mir ein paar Bilder von Will aussuchen, falls ich damit was Schönes zur Erinnerung für … für hinterher basteln möchte.« Ich schlucke die Lüge und versuche, sie zu verdauen. Ich strecke meine Daumen hoch und zeige nach oben. Jeremy starrt mich mit offenem Mund an. Ich glaube, er hat nicht erwartet, so schnell im Stich gelassen zu werden. »Also …«, sage ich nicht gerade freundlich. »Ich bin bald wieder da.«

*Eine Stunde*, sagt Matt tonlos.

»In einer Stunde«, füge ich hinzu.

Beide sind offensichtlich erleichtert. Ich schaue auf meine Uhr. *Eine Stunde*, wiederhole ich im Kopf und stapfe die Treppe hoch.

Nach einem kurzen Gang durch den Flur stelle ich fest, dass Mrs Bryan in Wills Zimmer noch immer nichts angefasst hat. Der einzige Unterschied zu früher ist der, dass mir jetzt abgestandene Luft entgegenweht. Wie auf einem Speicher. Im Licht, das durchs Fenster strömt, sind schwebende Staubteilchen zu sehen. Der Raum fühlt sich ohne Will leer an.

Ich zwinge mich, in der Mitte des Zimmers stehen zu bleiben und tief einzuatmen. Ich bin aus einem ganz bestimmten Grund hier. Pennys kurze Prosa, der *ChatterJaw*-Thread, die Tatsache, dass mein Freund und meine beste Freundin hinter meinem Rücken miteinander geredet haben – vielleicht *richtig* miteinander geredet haben … Wenn ich mir die Dinge alle durch den Kopf gehen lasse, selbst rein theoretisch, ist es, als ob ich auf eine Wunde drücke. Meine Gedanken kreisen immer wieder um die Möglichkeiten, und jedes Mal denke ich: *Ja, es tut noch weh.*

*Wenn ich schon hier bin*, überlege ich, *sollte ich die Zeit nutzen, um ein bisschen herumzuschnüffeln.*

Der Wandschrank ist für mich ein logischer Ausgangspunkt. Ich reiße die Tür auf und werde vom beißenden Gestank verschwitzter Sneakers umgehauen. Auf dem Boden liegen Tennisschuhe und Flipflops in einem Haufen. Zerknitterte Hemden hängen schief auf Kleiderbügeln oder liegen zerknautscht in

Fächern. Ich knie mich hin, schiebe den Schuhberg auf die Seite und entdecke einen Baseballhandschuh für Kinder, eine lose Surfbrett-Leine und eine kaputte Pappschachtel.

Ich ziehe die Schachtel auf meinen Schoß und klappe den Deckel hoch. Im Karton liegen Papierbögen, auf denen etwas gezeichnet ist. Ich halte ein Blatt ans Licht. Wie bei den anderen wurde die Zeichnung mit Buntstiften ausgeführt. Es ist das Bild eines Pelikans, der auf einer Tonne sitzt und dem ein Fisch halb aus dem Schnabel hängt. Alles scheint auf einmal stillzustehen, selbst die Gedanken, die in meinem Kopf herumgewirbelt sind. Ich wusste nicht, dass Will so viel gezeichnet hatte. Ich hatte Gekrakel in seinen Notizbüchern gesehen, aber nie solche Bilder. Und doch hatte er es im Thread erwähnt. Er hatte es erwähnt, aber mir gegenüber nie. Ich verstehe nicht, warum die Menschen, die ich liebe, Teile von sich wie einen Schatz vergraben und mir den Plan, auf dem die Lage eingezeichnet ist, nicht geben wollen.

Ich lege das Bild mit dem Pelikan zurück und suche mir ein anderes aus. Es zeigt Pennys Jeep. Die Skizze ist sehr detailliert ausgeführt, und an den radierten Stellen kann ich erkennen, dass er sich bemüht hat, die Räder und den Rollbügel genau richtig hinzukriegen. Tränen steigen mir in die Augen, weil ich immer noch nicht glauben kann, dass es den Jeep nicht mehr gibt. Den Jeep nicht und die anderen, die drinsaßen, auch nicht.

Auf der Rückseite ist noch eine Zeichnung. Ich erkenne sofort, dass Penny und ich darauf zu sehen sind. Ich flüstere ihr etwas ins Ohr. Ihre Augen sind geschlossen, aber sie lächelt.

Ich drücke das Bild an mich. Es ist tröstlich, etwas in den Händen zu halten, das sich wie ein Teil von Will und Penny anfühlt. Aber der Rest ist keine große Hilfe: Cartoons, Bilder von Wellen, gekritzelte Versuche, verschiedene Tiere zu zeichnen.

Ich falte das Bild von mir und Penny zusammen und stecke es in meine Tasche. Dann schiebe ich die Schachtel in den Wandschrank zurück und drehe mich um. *Was als Nächstes?*

Ich nehme ein paar Fotos aus ihren Rahmen, weil ich Mrs Bryan gesagt habe, dass ich das tun würde. Ich werde sie kopieren lassen. Ich werde irgendwas mit ihnen machen. Auf jeden Fall.

Aber deshalb bin ich nicht hergekommen. Ich hasse es, wie ich mich momentan fühle, nämlich vollkommen verrückt – wie eins dieser eifersüchtigen Mädchen, die ständig im Handy ihres Freunds herumschnüffeln.

Ich könnte immer noch umkehren. Ich könnte mich immer noch dafür entscheiden, nichts zu wissen. Ich könnte beschließen, ihm zu vertrauen. Ich könnte das Ganze für immer ruhen lassen und mir irgendwann vielleicht – viel, viel später – einreden, dass ich es vergessen hätte. Ich kaue auf einem meiner Fingernägel herum.

Ich verharre und lausche, ob es unten irgendwelche Probleme gibt. Ich höre nichts. Und in der Zwischenzeit führt mein Gewissen Krieg. Ich habe Wills Privatsphäre immer geachtet, aber es gab natürlich auch keinen Grund, es nicht zu tun.

Das hier ist aber wichtig. Sonst erfahre ich nie, was wirklich los war. Und dann lebe ich eine Ewigkeit lang, ohne zu wissen, wofür und für wen ich mich tatsächlich entschieden habe. Das Computerkabel schlängelt sich von einer Steckdose zu einer Schublade im Schreibtisch, wo ich Wills Laptop finde.

Ich setze mich auf den Bürostuhl, der in der Nähe geparkt ist, und lasse den Computer auf meinen Schoß gleiten. Als ich den Laptop aufklappe und auf die *On*-Taste drücke, fängt er leise an zu summen. Der Geomuster-Hintergrund füllt den Bildschirm aus, und das kleine Feld erscheint, das mich bittet, mich einzuloggen. Ich kenne das Passwort, weil ich Wills Computer, wenn wir zusammen waren, manchmal für Hausaufgaben benutzt habe. Ich gebe den Namen seines Lieblings-Baseballspielers ein und füge am Ende sein Geburtsdatum hinzu. Meine Augen sind groß und sausen herum, als ich den Webbrowser starte. So weit bin ich also schon.

Als die E-Mail-Seite lädt, gebe ich das gleiche Passwort ein. Ganz unten erscheint eine Fehlermeldung. Ich gebe es noch mal ein. Wieder ein Fehler. Dieses Mal prüfe ich, ob ich die Feststelltaste oder etwas anderes Falsches gedrückt habe. Nein. Ich tippe das Passwort dermaßen sorgfältig, dass ich weiß, ich habe alles richtig gemacht.

Aber das Passwort ist ein anderes. Wann hatte Will es geändert? Solange ich denken kann, hatte er das gleiche. Das weiß ich. Als er zu einem Familientreffen seiner Mutter mal nach New York fliegen musste, hatte er mich nämlich gebeten, ihn frühzeitig einzuchecken, weil er das Passwort vergessen hatte und sein Handy verrücktspielte. Und dann wollte er auch einmal wissen, ob er daran gedacht hatte, eine Biologie-Arbeit zu mailen. Solche Kleinigkeiten eben. Immer das gleiche Passwort. Wir hatten einander vertraut. Hundertprozentig.

Und doch starre ich jetzt auf eine Fehlermeldung. Ich setze den Laptop auf dem Stuhl ab und fange an, das Zimmer abzuschreiten. Vielleicht waren Hacker am Werk gewesen. Aber nein, das hätte ich doch erfahren! Dass Passwort war vielleicht abgelaufen. Aber meins läuft nie ab. Er hatte es vielleicht vergessen und musste es ändern.

Keiner dieser Gründe fühlt sich richtig an. Ich starre auf den Computer, als ob er was Radioaktives wäre. Falls sich die Frage ergeben hätte, ob ich in Wills persönlichen Dateien herumschnüffeln soll oder nicht, ist sie jetzt weg. Alle Vernunft hat sich davongemacht. Will wollte mir etwas verheimlichen. Es war kein Versehen.

Als ich an den nächsten Teil denke, gibt es nicht einmal Tränen. Das habe ich hinter mir. Es ist eine Operation am offenen Herzen ohne Hoffnung auf Besserung.

Weil es Penny war.

Und ich weiß nicht, was ich tun soll. Ich werde nie wissen, was ich tun soll, nie mehr.

Ich drehe mich auf dem Absatz um, denke nichts, empfinde aber alles mit Verstärkung. Wenn Gefühle laut sein könnten, wären meine betäubend. Ich will wissen warum, warum, warum, warum, aber es ist niemand mehr da, der es mir sagen kann.

»Verdammt!« Ich trete den Abfalleimer neben Wills Schreibtisch, und er kippt *kläng-bäng* auf die Seite und verteilt zerknülltes Papier und zerkaute Radiergummis auf dem Teppich. »Verdammt noch mal, Will! Verdammt noch mal, Penny!«

Ich habe das Gefühl, wochenlang gelaufen zu sein und plötzlich beim Runterschauen festzustellen, dass es keine Piste und kein Ziel mehr für mich gibt. Ich möchte nicht in meinem Körper leben. Ich möchte mich mit meinen Fingernägeln ausgraben, aber ich kann nicht. Und im nächsten Augenblick weiß ich nicht einmal, warum ich solche Gedanken hatte oder warum ich überhaupt welche habe.

Jetzt hyperventiliere ich. Ich weiß nicht, wann das angefangen hat. Meine Brust hebt und senkt sich, während ich in Wills Zimmer herumlaufe. Ich bekomme keine Luft, egal, wie flach meine Lunge pumpt. Ich greife nach der Bettkante und der Steppdecke, die mich natürlich an ihn erinnert.

Ich reiße meine Hand zurück. Meine Knie zittern. Ich drehe mich um und sinke zu Boden, den Bettpfosten im Rücken.

*Atmen, Lake!*, befehle ich mir selbst. *Ein und aus. Jetzt. Tu's! Atme!* Im Gegensatz zu früher, als ich noch Asthma hatte, versucht meine Lunge zu gehorchen. Sie gibt sich große Mühe, langsamer zu arbeiten und einen Rhythmus zu finden.

Aber was nun?

Ich drücke das Smartphone an meine Stirn. Mir fällt nichts Passendes ein.

Außer, dass ich mir wünsche, dass jemand bei mir wäre.

Was mich an Ringo denken lässt. Was mich an *Anna* denken lässt.

Und dann merke ich, dass ich mit dem Daumen auf das Display drücke und mit der Suchfunktion *The Beatles* und den Song wähle. Ich will, dass wenigstens eines Sinn macht, und ich hoffe, dass Ringo recht hat und es tatsächlich für jeden Moment einen Song gibt und ich mir seinen kurz ausleihen kann.

Ich halte den Lautsprecher an mein Ohr. Das Lied beginnt mit Midtempo-Gitarre und Schlagzeug. Ich schließe die Augen und lausche, während ich gleichzeitig versuche, alle anderen Gedanken auszuschalten. Der Beat ist irreführenderweise fröhlich. Mein Unterricht mit Duke Ellington hat mir beigebracht, die Stimmen auseinanderzuhalten, und als John Lennon als Erster ans Mikrofon geht, weiß ich, dass die Melodie nur eine Fassade ist.

Anna kommt zum Sänger und bittet ihn, sie freizugeben. Anna glaubt, dass ein anderer Junge sie mehr liebt als er, also empfiehlt der Sänger Anna – statt seine Sache zu verteidigen –, zu dem anderen Jungen zu gehen. Er gibt sie frei. »Go with him«, singt John Lennon.

Und ich höre Ringos Empfehlung. Geh mit Will!

Und ich bin hohl. Ich starre auf nichts Besonderes. Ringo versucht, mir zu geben, was ich will, aber wie ist das möglich, wenn nicht einmal *ich* weiß, was das ist? Vielleicht will ich ja gar nicht freigegeben werden. Und bedeutet ›freigegeben werden‹, dass ich mit Will gehen muss?

Ich habe keine Ahnung, ob ich das Richtige tue, aber ich tippe etwas für Ringo. *Ich muss mit dir reden.* Ich sende ihm die SMS. Dann füge ich noch *und Margaret* hinzu.

Mein Bauch krampft sich zusammen. Als es leise an die Tür klopft, erschrecke ich fast zu Tode. »Äh, Lake?« Jeremy lehnt am Türrahmen. Seine Augen sind rot und blutunterlaufen und sein Mund bleibt offen stehen. »Die Stunde ist rum.« Er klingt verlegen.

*Benimm dich normal!*, rede ich mir ein. So, als ob du nichts zu verbergen hättest. »Danke, Jeremy.« Ich lächle freundlich. »Nur noch eine Sekunde, okay?«

Mir fällt auf, dass Jeremy selbst mit seinem eindeutig nicht ganz klaren Verstand das Zimmer mustert, wobei ich Misstrauen spüre – oder ich leide an Verfolgungswahn. »In Ordnung«, sagt er. Als er nicht sofort geht, denke ich, dass er auf mich wartet, aber nach einer unangenehmen Schweigeminute verschwindet er im Flur, und anschließend höre ich Schritte, die die Treppe hinunterpoltern.

Schnell grabsche ich in Wills Schrank nach einem alten Hemd, wickle es um den Computer und klemme ihn unter meinen Arm. Das Hemd ist ein Andenken an Will, werde ich Jeremy sagen, falls ich den Laptop nicht schnell genug in die Tasche an der Rückenlehne von Matts Rollstuhl stecken kann. So sollte es klappen.

Mit einem letzten Blick zurück stehle ich den Schlüssel zum Privatleben meines Freundes und zu all den Dingen, die er vor mir geheim gehalten hat oder nicht – und gehe.

# Kapitel zweiunddreißig

## 4 TAGE

Ich fahre schneller, als ich sollte zum Café, schneller, als ich mir zugetraut hätte, so schnell, wie ich seit dem Autounfall nicht mehr gefahren bin, schnell, als ob es mir egal wäre, *wie* schnell, so schnell, als hätte es nie einen Unfall gegeben. Schnell, weil *alles* ein Wrack ist.

Ich schaue in den Rückspiegel, ohne den Fuß vom Gas zu nehmen. »Ich weiß nicht, ob du es merkst, Matt, aber ich mache im Moment eine größere Lebenskrise durch und *du* bist high.«

»Ein bisschen.« Er lacht leise. »Im Maßstab Erdboden zu Flugzeug höchstens so hoch wie ein Bürogebäude, würde ich sagen.«

Wir sollten in sieben Minuten dort sein. Deshalb muss meine Welt noch mindestens sieben Minuten halten. »Ich habe nichts vom Kiffen gesagt«, blaffe ich Matt an. »Das war nicht geplant.«

»Aber du hast auch nicht *nichts* davon gesagt. Warte mal – wollte ich das so sagen?« Er neigt den Kopf zur Seite.

»Ich habe es angedeutet!«

»Vielleicht war *dein* Plan nicht meiner. Hast du dir *das* mal überlegt?«

Ich verdrehe die Augen. *Sechs Minuten.* »Du bist unmöglich.«

»*Un-mög-liiiesch*«, sagt er mit seinem besten französischen Akzent. »Entspann dich, Lakey Loo! In weniger als einer Woche bin ich tot. Wen kümmert's?«

Ich trete fester aufs Gaspedal, um die Minuten zu halbieren. Meer, Eigentumswohnungen, Hafen, alles verschwimmt hinter den Scheiben. »Du weißt nicht, was du sagst, Matt.« Ich nehme ihn nicht mehr ernst.

»*Tot.*« Er lacht und ich wünschte, ich könnte Jeremy eine runterhauen. Was hatte er sich bloß dabei gedacht, meinen Bruder Haschisch rauchen zu lassen? »Mann, ist der Tod nicht lustig? Er ist einfach nur … er ist lächerlich. Es ist … ähm … so. Die einzige sichere Sache im Leben ist, dass wir sterben, und doch … und doch … ist das Verrückte daran: Wir sind immer wieder *überrascht*, wenn es passiert.«

*Vier Minuten.* Noch eine Meile, dann kann ich das Café erkennen. Ich drehe mich um und starre Matt vernichtend an. »Kannst du dich *bitte schön* zusammenreißen?«

»Kannst du dich *bitte schön* zusammenreißen?«, äfft er mich nach.

Jetzt benimmt er sich wie ein echter Bruder. Einfach fantastisch!

Grünes Licht. Grün bedeutet Losfahren. Losfahren, um herauszufinden, wer mein Freund war, wer meine Freunde wirklich waren. Los, los, los! »Meine Güte! Ich bring dich um, wenn du nicht damit aufhörst«, schnauze ich ihn an.

»Das wäre nicht schlecht.«

*Zwei Minuten.*

»Hör auf!«, sage ich. Meine Gedanken rasen mit dem Auto und nicht alle in die gleiche Richtung. Zum Beispiel: Wie wäre das Leben, wenn Matt sich nicht zerbrochen hätte? Wäre er ein Schriftsteller geworden? Hätte er eine Freundin, die er an Thanksgiving und zu Weihnachten vom College mit nach Hause bringen würde? Hätte er jemals Sport getrieben, wenn auch nur im Schulteam? Wären wir uns näher geblieben? Hätten wir neue Bücher zum Lesen gefunden und würden wir über Insiderwitze lachen? Würde er mir ein Bier spendieren, ein beschützender älterer Bruder sein? Hätten wir Geheimnisse vor Mom und Dad? Hätte ich Will und Penny jemals kennengelernt, oder gibt es so was wie Seelenverwandte gar nicht? *Eine Minute.* »Du wirst hier ein paar neue Leute kennenlernen. Sei nett! Okay?«

»Aye-aye, Captain!«

Oje, das verheißt nichts Gutes.

Ich suche mir vorn in der Mitte eine Parkfläche aus. Mindestens neun Minuten werden im Kopf hinzuaddiert, während ich die Rampe herunterlasse, Matts Rollstuhl daraufschiebe und den Mechanismus zurück in den Van lade, damit wir das Auto abschließen können. Wie bei Babys ist es verpönt, gelähmte Menschen im Wagen zu lassen, aber ich kann nicht behaupten, dass ich nicht daran denke.

Matt schweigt, als er ins Café geschoben wird. Vielleicht reicht der Kaffeegeruch aus, um ihn zu ernüchtern. Aber ich denke auch, dass *Neville's* ein Lokal ist, das er in einem anderen Leben aufsuchen würde, einem Leben, in dem er nicht zerbrochen wäre. Was mich betrifft – ich fühle mich hier zwischen den tätowierten, bebrillten und enge-T-Shirts-tragenden Gästen, die sich in ihren Taschenbuchausgaben von Tolstoi-Romanen Notizen machen und sich Schallplatten anhören, wie zu Hause, und ich wette, Matt hat auch das nicht erwartet.

Ich finde die Café-Bande in der hinteren Ecke. Als ich Ringo sehe, verlangsamt sich mein Gang. Es war nur ein Song, versuche ich, mir einzureden. Es bedeutet nicht, dass *ich* Anna bin.

Obwohl mir klar ist, *dass* ich es bin. Der Sänger hat immer noch Gefühle für Anna. Heißt das, Ringo hat Gefühle für mich?

Nach allem, was geschehen war, als wir uns zum letzten Mal trafen, ist es jetzt ein bisschen peinlich, uns wiederzusehen, und deshalb umarmen wir uns nicht, aber ich bin voller Dankbarkeit und sehne mich danach. Stattdessen macht sich Ringo mit Matt bekannt. »Hi.« Im Gegensatz zu Jeremy ist Ringo zu klug, um eine Hand auszustrecken. »Du musst Lakes Bruder sein.«

Er trägt ein offenes Jeanshemd über einem hellvioletten T-Shirt. Am Halsausschnitt hängt eine Sonnenbrille. Bilde nur ich es mir ein, oder sieht er heute besonders gut und überhaupt nicht zerbrechlich aus? Ich schaue in eine andere Richtung, um nicht weiter darüber nachzudenken.

»Angenehm«, sagt Matt und verharrt mit seinem Blick nur eine Sekunde länger als nötig auf Ringos zusammengewürfeltem Gesicht und seiner lilaroten Haut.

Ich atme erleichtert aus. »Matt«, sage ich, da mein Bruder entweder zu high oder zu abweisend ist, um von sich aus seinen Namen zu präsentieren. »Er heißt Matt.«

Ich schiebe mich auf den Platz neben Margaret, die noch nicht von ihrem Computer aufgeblickt hat. »Ringo meinte, dass du mit mir sprechen willst?«, sagt sie.

Meine Hände schwitzen. Meine Knie zittern. »Es ist eher so: Kannst du mir einen Gefallen tun?« Ich zucke bei dem Wort zusammen.

»*Ah.*« Sie haut auf die Leertaste. »Reden wir von den *Tributen von Panem* – sag Ja, und möge das Glück stets mit euch sein, oder so ähnlich?«

Ich winde mich. »Eher wie beim *Paten*, der einen … Gefallen einfordert. Einen sehr großen.«

»Her damit.« Sie schaut mich aber noch immer nicht an, grinst nur kurz. In ihrer Brille spiegelt sich der Bildschirm ihres Laptops. Der Rest von Ringos Freunden – *meinen* Freunden, sind sie wirklich auch *meine* Freunde? – scheint uns in Ruhe lassen zu wollen, aber ich lächle Kai nervös zu, und er hält die Daumen hoch.

»Scheiße.« Matt flucht zu laut. »Meine Energie lässt nach.« Er schaut sich im Kreis um und sieht furchtbar enttäuscht aus. »Ist das immer so flüchtig?«

»Matt!«, zische ich. Als mir klar wird, dass ich seinen Zustand, nachdem, was er gerade gesagt hat, unmöglich verbergen kann, füge ich hinzu: »Niemand, der normalerweise Drogen nimmt, benutzt das Wort *flüchtig*.«

»Dann war es eben einmalig«, murmelt er.

Ringo reibt sich den Nacken und wirft mir einen *Was-kann-man-machen?*-Blick zu.

Ich lege Wills Computer neben Margarets Laptop auf den Tisch. Sie tippt mit einer Hand weiter und öffnet gleichzeitig Wills Computer. Ich gebe ihr das Passwort, und sie reagiert mit einem Knurren, als ob diese Info vollkommen unnötig wäre. Sie verbindet die beiden Geräte bereits mit einem Kabel.

»Was tust du?«, frage ich und gucke ihr über die Schulter.

»Software auf diesen Computer runterladen. Es dauert nur eine Sekunde.«

Mein Herz hämmert. »Kann man erkennen, ob jemand dran herumgedoktert hat?«

»Erledigt«, sagt sie und zieht das Kabel aus Wills Gerät. »Nur, wenn sie genau wissen, wonach sie suchen.« Sie hört zum ersten Mal auf zu tippen. »Mach dir keine Sorgen, du bist okay.« Sie rutscht mit dem Stuhl rüber und drückt auf ein paar Tasten von Wills Computer. Auf dem leeren Bildschirm erscheinen mehrere Felder, in denen die Buchstaben zu klein für mich sind, um sie lesen zu können. Margaret sieht sie sich an.

»Wie geht's an der Uni?«, frage ich, um Konversation zu machen, was besser zu sein scheint, als wenn wir alle zusehen, wie sie sich in den Computer meines toten Freundes einhackt.

»Okay, denke ich.« Sie klickt eines der Felder an und geht den Inhalt durch. »Ich arbeite an meiner Diplomarbeit über die Auferstehungsethik in Asien. Hauptsächlich in der Mongolei, in China und Indonesien. Meine Computerkenntnisse kommen mir dabei zu Hilfe. Damit kann ich eine Menge Grafiken, Tabellen, quantitative Analysen und solche Sachen erstellen und bekomme so auch gute Jobs. Professoren wollen immer Leute haben, die sich mit Computern auskennen und dann – hallo – gibt's Empfehlungen für Stipendien.«

Matt lacht höhnisch. Ziemlich laut. »Glaubst du, dass du in einem Hörsaal was über Resurrections erfährst? Damit du in deinem Elfenbeinturm sitzen und Leute beurteilen kannst?«

Zum ersten Mal hört Margaret auf zu tippen. Sie betrachtet ihn mit gerunzelter Stirn. »Ich glaube, dass ich einer Sache gegenüber aufgeschlossen sein kann, damit ich etwas lerne«, sagt sie und wendet sich dann wieder dem Computer zu.

Ringo fragt nah an meinem Ohr: »Womit haben wir ihn denn beleidigt?«

Ich sage nichts. Ich habe nur für eine Sache Platz in meinem Kopf, und zwar für das, was Margaret im Computer finden wird. Ich zähle die verbleibende Zeit stillschweigend herunter, aber ich weiß nicht, wofür.

»Okay, wonach suche ich?«, fragt Margaret. Ihre Finger schweben aktionsbereit über der Tastatur.

»Ein *ChatterJaw*-Konto. Ein Gespräch, das vor ungefähr einem Monat privat geworden ist.«

Margaret pfeift leise, tippt aber, was immer sie eingeben

muss. Eine Reihe von Themen erscheint auf dem Bildschirm. »Noch was anderes, um das Ganze einzugrenzen?«

Ich kaue fest auf die Innenseite meiner Backe, als ob sie ein Eiswürfel wäre. »Penny«, sage ich.

Fünf Anschläge. Enter. Die Liste kollabiert.

»So«, sagt Margaret und verschränkt sichtlich verärgert die Arme vor der Brust. »Ich muss die Frage stellen: Ist Penny die geheimnisvolle Userin des Threads?« Margaret hatte die vom ISP benutzte Verschlüsselung bisher nicht brechen können – erst, als sie an Wills Computer arbeiten kann. Jetzt verstehe ich warum.

Ich nicke. »Ich glaube schon … ja.«

Margaret schüttelt den Kopf. »Also, *das* muss ich ihr lassen – das Mädchen kannte ihre Firewalls.« Nicht Penny, sondern ihr beschützender Technikfreak von Vater, Simon, aber ich halte den Mund, weil ich nicht glaube, dass Margaret das als Trost empfinden würde. »Willst du ihr die Ehre erweisen?«, fragt sie mich. Sie rutscht zur Seite, und ich nehme ihren Platz ein.

Die Umgebung des Cafés verschwindet. Ab diesem Moment gibt es nur noch mich und den Computer. Tunnelsicht. Ich befeuchte mir die Lippen. Meine Finger tanzen in der Luft über dem Trackpad. Dies ist die letzte Sekunde, in der ich umkehren kann. Ich werde das Ganze nicht *ungesehen* machen können. Wenn es irgendwas ändert – und vielleicht tut es das ja auch nicht –, bekomme ich nicht die Chance, es zu überarbeiten.

Aber … ich muss es wissen.

Ich öffne die Messages, als würde ich vom Zehn-Meter-Brett springen. Mit dem Kopf voran ins tiefe Wasser.

Um 21.01 Uhr wird das Gespräch privat:

Zwanzig Fragen

Wie wär's, wenn wir mit fünf
beginnen?

Nicht so ehrgeizig, aber okay, fünf.
Junge oder Mädchen?

Dame ;)

Wenn ich allein bin

Mach ich mir weniger Sorgen.

Noch ein Gedicht?

Ich hab dir gesagt, dass es
keine Gedichte sind.

Jetzt wirst du schwierig.

Vielleicht hätte ich die hässlichen
Teile nicht durchlassen sollen.

Schon allein wegen der Vorbedingung stimme ich dir nicht zu.

Du hast noch zwei.

Warum hast du dein Gedicht-Nichtgedicht an *ChatterJaw*
gepostet?

Das wahre Ich brauchte einen
Platz zum Leben in der
realen Welt.

Zählt das hier zur realen Welt?

Ich kann es sehen. Ich kann es
sagen. Also muss es so sein.

Dann sind Dinge also nur wahr,
wenn man sie sehen oder sagen
kann und nicht, wenn sie nur
im Innern sind?

Tut mir leid, du hast deine
fünf gehabt ;) ;) ;)

Jetzt fängt es in meinen Ohren an zu klingeln. Ich spüre vage, dass jemand hinter mir etwas sagt. Vielleicht zu mir. Ich weiß es aber nicht, und es ist mir auch egal.

Dieser Tag ist nur der Anfang. Es gibt Seiten voller Nachrichten. Seiten um Seiten. Ich höre Pennys Stimme darin. Und dann höre ich Wills Stimme. Aber beide sind kein Trost für mich. Und dann kommt das:

Schick mir einen deiner Cartoons,
von denen du mir immer erzählst.

Sie sind blöd.

Faule Ausrede

Ich hab deine Nummer nicht.
Ich weiß nicht einmal,
wer du bist.

Was würdest du tun, wenn du
wüsstest, wer ich bin?

Was würdest du tun,
wenn du wüsstest, wer ich bin?

Beten, dass du kein Kinder-
schänder oder Serienmörder
bist.

Danach

Weiß ich nicht.

Ich weiß nicht …

Dann zeichne mir was.

Ich weiß deine Nummer nicht.

Das lässt sich ändern.
267-823-9936
Jetzt hast du sie.
Keine Ausreden mehr.

Es entsteht eine Pause im Gedankenstrom und die beiden reden über etwas anderes. Ich weiß nicht, wie lange ich gescrollt habe. Fünf Minuten? Fünfzehn? Eine Stunde? Alles ist verschwommen.

Ich stelle mir Will an seinem Schreibtisch vor. Wie er auf *Senden* drückt.

Ich habe deine Nummer
gerade in meinem Handy
eingegeben …

Ein Kontakt ist aufgetaucht …

Ich hab nichts bekommen???

Penny?

Schwärze kriecht an den Rändern meiner Sicht herein – dunkler, dunkler, noch dunkler. Ich stütze mich auf dem Tisch ab. Mein Kopf ist schwer. Ich kann nicht wegschauen. Ich wünschte, ich könnte sagen: Die Nachrichten bleiben aus. Jetzt, genau in diesem Moment. Aber der Schaden ist schon angerichtet. Also, was soll's?

Es hat keinen Sinn, dass ich mir etwas wünsche. Wir drei hatten uns vor drei Jahren etwas gewünscht. Wir waren eine Familie. Keine Geheimnisse.

Als ich endlich aufblicke, brennen meine Augen, als ob ich in Chlorwasser geschwommen wäre. Ich bin wie betäubt und möchte mir gleichzeitig die Haut von den Knochen kratzen. Es ist ein merkwürdiges, unwirkliches Gefühl.

Ich drehe mich um und stelle fest, dass nur noch Matt da ist. »Wo sind die anderen?«, frage ich.

»Woher soll ich das wissen?«

Ich stehe auf, ich will mich bewegen. Bewegung ist gut.

Meine Hand liegt auf meiner Stirn. Es ist heiß. Vielleicht habe ich sogar Fieber. Lake, beruhige dich! Beruhige dich!

»Du bist doch *da*gesessen«, fauche ich ihn an.

Meine Reaktion verändert ihn. Abrakadabra. Ich sehe, wie sein Gesicht sich verhärtet. Die Rückkehr zum Matt, den ich in den letzten Jahren gekannt habe. Ich nehme es aber nur beiläufig wahr. Wie einen leichten Temperaturwechsel. Aber er existiert. Und brodelt unter der Oberfläche.

»Ich bin kein Schoßhündchen, das du in der Tasche mit dir rumtragen kannst«, sagt er.

»Halt die Klappe!« *Versuch dich auf deine Atmung zu konzentrieren!*, sage ich mir. Weil ich nämlich laufen möchte. Ich möchte abhauen. Ihn zurücklassen. Ich möchte sonst wo sein, nur nicht hier.

»Ich weiß, was du denkst«, sagt er. »Schau, Matt! Schau dir Ringo an, schau, wie gut er mit seinem Schicksal klarkommt. Schau, was du sein könntest, wenn du es nur versuchen würdest. Du könntest dich Steif nennen – nein, das kommt nicht so gut wie Ringo an – und allen zeigen, wie super du mit der Sache lebst. Warum kannst du nicht so sein wie *er*?« Matts Gesicht verfinstert sich. »Diese Scheiße ist nicht die gleiche, Lake.«

Ich kann nicht mit einer von Matts Hasstiraden umgehen. Nicht gerade jetzt. »Lass mich … lass mich einfach nachdenken.«

»Es ist sowieso egal. Das ist doch alles sinnlos. In ein paar Tagen hast du Geburtstag und ich bin tot.« Es ist eine Herausforderung. Er hat die Brauen gesenkt, die tiefe Schatten auf seine Augen werfen, sodass sie praktisch verschwinden.

Ich wirble herum. »Hör auf, mich daran zu erinnern!« Ich rede lauter, als ich wollte. Ich kann das Echo hören. Duke

Ellington schaut hoch. Ich flüstere: »*Matt, hör auf zu sagen, dass du tot sein wirst!*«

»Ich bin so oder so tot.« Ich beobachte, wie er sich Stück für Stück verschließt, bis sein Gesicht so reglos wie der Rest seines Körpers ist.

In diesem Moment taucht Ringo mit Margaret auf. Er trägt ein Tablett mit viermal Kaffee. Dann bleibt er stehen. Ob er Matt gehört hat? Weiß er Bescheid?

»Wir müssen gehen«, sage ich. »Danke, Margaret.«

Ich stopfe den Computer in die hintere Tasche von Matts Rollstuhl, ohne aufzupassen, dass nichts kaputtgeht, packe die Griffe und schiebe los, als ob der Rollstuhl auch ein Gaspedal hätte. Wir schaffen es raus an die frische Luft, was zumindest bewirkt, dass die schwarzen Punkte, die überall herumschweben, weniger werden. Ich drücke sechsmal hintereinander auf den Knopf, damit der Van sich schneller öffnet und Matts Rampe herunterlässt.

Es ist mir egal, dass die Leute mich anstarren. Ich packe Matt wie Fracht in Moms Auto. Ich bin fertig mit ihm und allen anderen und …

Als ich um das Auto herum zur Fahrerseite gehe, steht Ringo da. Sein Blick lässt mich erstarren. Natürlich fließen bei mir jetzt die Tränen. Es ist unfair. Ich habe nichts und ich zerbreche, aber ich kann nicht wie Matt zerbrechen, und ich werde niemandem richtig leidtun, weil ich am Leben und gesund bin und Will, Penny und Matt es nicht sind.

Warum habe ich dann das Gefühl, gerade Knochen für Knochen auseinandergerissen worden zu sein?

Will hätte Penny gewählt. Irgendwann. Das weiß ich so sicher, wie ich weiß, dass die Erde rund ist und die Sonne im Osten aufgeht. Ich weiß es und glaube nicht, dass ich Pennys

Langmut gehabt hätte, abzuwarten und die verständnisvolle Freundin zu sein.

*Ein Mensch sollte einen Freund wählen, der besser ist als er selbst*, hatte sie geschrieben. Sie hätte mich nicht wählen dürfen.

»Lake«, sagt Ringo. Undurchschaubar wie Matt. Ich hasse die vergrabenen Teile von Menschen. Wieso kann sich nicht jeder so offen zeigen wie ich?

Ich möchte das Blut stillen, das aus meinen Adern in den Rest meines Körpers fließt. Ich sehe Ringo und spüre, dass mein Herz für ihn und für all die Tage klopft, an denen ich ihn unnachahmlich attraktiv fand, für all die Zeiten, in denen ich mir gewünscht hatte, dass seine Hand länger auf meinem Knie oder meinem Rücken liegen würde, und für den langen Augenblick, in dem er mich im Auto festhielt und mir sagte, dass es ihm so, so, so leidtäte.

Ich gehe zu ihm hinüber, packe die beiden Seiten seines offenen Jeanshemds mit den Fäusten und ziehe seinen Mund auf meinen. Ich küsse ihn mit heißen Tränen, die auf meine Lippen fallen und salzig schmecken, was mich an Meerwasser und an Will erinnert. Aber es ist nicht Will. Es ist Ringo, und Ringo mag mich. Ich weiß, dass er mich seit Tagen oder Wochen oder noch länger mag. Ich berühre seine Zunge mit meiner und stoße meine Nase in seine Wange, und er riecht gut und echt. *Das* ist das wahre Leben.

Er reißt sich los, und ich presse meine Finger erschrocken auf meine Unterlippe.

»Was machst du?«, fragt er. Er ist nicht glücklich.

»Ich küsse dich. Du hattest recht. Wegen … wegen allem.«

Auf seiner Stirn ist eine Falte. Von der einen Seite bis zur anderen. »Wovon redest du?«

»Ich habe mir den Song *Anna* angehört. Darin heißt es: Geh mit ihm. Und ich weiß, dass du Will gemeint hast, aber ich glaube nicht, dass es Will sein soll. Nicht jetzt, nicht nach … Will hat Penny geliebt und Penny hat Will geliebt, oder sie hätten sich lieben sollen.« Ich schüttle den Kopf und merke, dass ich wie eine Wahnsinnige klinge, aber ich rede weiter. »Ich – ich wollte dich einfach küssen, weil ich Will vielleicht doch nicht auferwecken muss, verstehst du? Er muss es nicht sein.«

Ringo packt mich an den Schultern. Sein Brustkorb hebt und senkt sich schnell. Seine Augen flitzen zwischen meinen hin und her, als ob es schwierig wäre, mich auf einmal zu erfassen. Dann verlässt mich sein Blick total, und seine Augen schauen an mir vorbei auf den Van, in dem Matt auf mich wartet. »In Pennys Haus hast du gefragt: Was, wenn es für deine Resurrection noch eine dritte Möglichkeit gäbe?« Ich sage nichts. Penny kennt mein Geheimnis. Penny ist tot. »Matt hat gesagt, dass er noch vor deinem Geburtstag sterben wird. Du sagst, dass es nicht Will sein wird. Ich rate mal, Penny wird es auch nicht sein. Du küsst mich. Du benimmst dich wie eine Verrückte. Du behauptest, es liegt an dem, was *ich* gesagt habe.«

Er hat Matt gehört.

»Jetzt sag ich dir mal, was ich denke. *Du* würdest Matt dabei helfen, sich umzubringen? Du würdest – du würdest es tun – und – dann …?« Er zwinkert. »Und das alles wegen irgendwas, das *ich* gesagt habe?« Er zwickt seinen Nasenrücken, und ich wünsche mir, dass er mich wieder festhält, sogar aus Wut. »Resurrections haben mein Leben ruiniert, Lake. Hab ich das nicht klar gemacht? Wieso, glaubst du, bin ich zweimal in der Woche in Behandlung? Weil es mir *Spaß* macht?« Er dreht sich von mir weg und dann wieder zurück. »Das ist widerlich. Du benimmst dich widerlich. Alles – wie du das alles behandelst, wie du mich behandelst, als ob ich eine Schmusedecke wäre, mit der du nachts besser schlafen kannst – ist widerlich. Ich versuche mir einzureden, dass es nicht so ist, aber es ist klar, dass es dir in Wirklichkeit scheißegal ist, was ich denke oder was ich durchgemacht habe. Ich dachte, du hättest es begriffen, Lake. Ich dachte, du würdest selbst darauf kommen, aber schau dich doch mal um – was in deinem Leben passiert und weshalb es passiert. Such die Antwort bei dir selbst. *Was* fehlt dir?« Er brüllt jetzt beinah. Es macht mir Angst. »Ich glaube, ich muss mich zurückziehen. Es tut mir leid, dass ich so laut geworden bin. Ich glaube, ich habe einfach nur … Das tut mir nicht gut. Du tust mir nicht gut. Ich entschuldige mich dafür, dass ich den Eindruck erweckt habe, ich könnte damit umgehen. Wie sich herausstellt, kann ich es nicht.«

# Kapitel dreiunddreißig

## 3 TAGE

Ich weine auf der ganzen Strecke bis nach Hause. Matt und ich reden kein Wort miteinander. Wir haben beide zu viel im Kopf, und ich hab außerdem das Gefühl, in kochendem Wasser gebadet zu haben.

Alle, die ich liebe, sind mir genommen worden – Will, Penny, Matt, meine Eltern, Ringo –, und ich bin nicht sicher, ob ohne sie noch irgendwas übrig ist.

Mom scheint zu ahnen, dass was nicht stimmt, weil sie auf uns wartet, und ich überlasse es ihr, sich um Matt zu kümmern. Ich schiebe mich an ihr vorbei, um ins Haus und in mein Zimmer zu kommen. In einem Artikel habe ich mal gelesen, dass kranke Tiere sich verstecken, wenn sie bereit sind zu sterben. Ich stelle mir vor, dass ich mich unter der Zudecke verstecke und nie mehr aufwache.

Stattdessen schlafe ich irgendwann ein, aber es ist ein unruhiger Schlaf, und ich träume, dass ich meine Unschuld verliere, dass ich Pennys kleinen Finger festhalte, dass Matt so tief fällt, dass er nirgends auftrifft, und ich träume von Ringo – *Was fehlt dir, was fehlt dir, was fehlt dir?*

Stunden später schlängeln sich die Strahlen des Morgenlichts wie Ranken in mein Bett und öffnen mir gegen meinen Willen die Augen. Meine Lider sind verkrustet. Salzige Ströme sind auf meinen Wangen getrocknet, und mein Gesicht ist geschwollen.

Aber die Welt ist noch da. Meine Matratze ist weich unter

meinem Gewicht. Sonnenschein badet die Landschaft. Die Spucke in meinem Mund schmeckt sauer und abgestanden, und mein Magen knurrt, weil er Essen haben will. Im vergangenen Monat habe ich ein paar Dinge über Kummer gelernt, und die Sache, die mir am wenigsten gefällt, ist die, dass die Welt nicht aufhört sich zu drehen, nur weil eine Ecke davon zerbröselt.

Mir ist heute Morgen übel, aber nicht sehr. Eigentlich wäre ich lieber kränker, sodass ich mich zu einem Ball zusammenrollen und im Bett versinken könnte. Die Zeit ist etwas Dummes und Unheimliches. Sie vergeht nie mit der Geschwindigkeit, die ich mir wünsche, und sie macht Dinge besser, sogar die schlimmsten, wenn auch nur ganz minimal, wenn auch nur gerade genug, um aufstehen zu können, auch wenn ich das gar nicht will.

Ich lausche an meiner Tür. Alles ist still. Das Haus ist sicher. Ich gehe leise in die Küche und gieße mir ein Glas Milch ein. Im Haus ist es so ruhig, dass ich mir einbilde, in meinen Ohren elektrischen Strom knistern zu hören. Durch das Fenster kann ich sehen, dass es draußen hell und windig ist. Windböen schlagen das Meer zu lockeren Schaumkronen. Aus den Felsen spritzt es weiß, als ob die Mole ein riesiger Wal wäre.

Hat Ringo recht, was mich betrifft? Bin ich widerlich?

Am Strand ist die Mauer meiner Sandburg noch heil, aber nur der hintere Teil. Die Flut hat sich durch die Mitte der Sandmauer gefressen und Teile aller Türme geschluckt, die jetzt schief und hässlich dastehen. Alle Dächer sind eingestürzt.

Mein Freund ist tot, Penny ist tot, mein Bruder ist querschnittsgelähmt. Die Familien von Will und Penny hassen sich. Harrisons Onkel ist ein Irrer. Ringos Mutter ist am Leben, lebt aber nicht. Meine Eltern können nicht zwei Seile festhalten, die sie in zwei verschiedene Richtungen ziehen, und sie kommen nicht darüber hinweg, was Matt passiert ist, vielleicht nie. Ich habe eine Wahl von unfair riesigen Ausmaßen zu treffen. Ich bin nicht Gott. Zum Kuckuck – ich bin ja nicht einmal Klassensprecherin. Ich bin nur ein siebzehnjähriges Mädchen und habe mich für so was nicht freiwillig gemeldet.

Ich versuche, die Schritte bis zu dem Moment zurückzuverfolgen, in dem mein Leben anfing auseinanderzufallen. Während ich zurückschaue, wird mir bewusst, dass die augenblicklichen Umstände so gut wie unvermeidlich waren. Seit fünf Jahren zerbreche auch ich, genau wie Matt. Vom ersten Augenblick an, in dem ich aufwachte und nicht mehr in derselben Familie wie meine Familie war, nicht mehr mit Jenny redete, das Fußballtraining schwänzte, die Schule wechselte und Matt mich hasste.

Ich wiederhole das Ganze im Kopf, Jenny. Fußball. Schulwechsel.

Und noch einmal.

Jenny. Fußball. Schulwechsel.

Und Matt hasste mich.

Mein Blick trifft auf die Mole, und ich füge noch ein paar Dinge hinzu.

Asthma – *puff!* – weg. Der Sommer, in dem ich sexy wurde. Die Art, wie Coyote Blue mich angeschaut hat.

Mein Hirn fühlt sich an, als ob es durch trocknenden Zement gehen würde. *Schlurf, schlurf, schlurf.* Aber ich muss weiter.

Ich drehe die Hand um und schaue mir die silbrig glänzende Narbe an, wo mich ein Hund gebissen hatte, als ich vierzehneinhalb war.

Meine Finger fahren durch meine Haare, halten sie in einem notdürftigen Pferdeschwanz zurück und lassen sie dann wieder los. *Nein*, denke ich. Ich addiere alles im Kopf zusammen. Als ich dreizehn war, war Matt siebzehn. Siebzehn Jahre alt.

Mein Mund und meine Ohren kribbeln. *Nein, nein, nein.*

Ich setze das Glas Milch vorsichtig ab, um kein Geräusch zu machen. Im Wohnzimmer schaue ich auf die Wand, an der wie in einer Galerie Bilder unserer Familie hängen. »Sie muss es wissen!« Ich erinnere mich an Moms schrille Stimme. Ich lasse mir die Träume vom Autounfall durch den Kopf gehen, die sich in noch etwas anderes verwandelt haben, etwas Reales, etwas, das mit Matt zu tun hat.

Unsere Fotos sehen wie die einer glücklichen Familie aus. Ich beuge mich vor, um mir eine Gruppe von Bildern genauer anzusehen, die entstanden, als ich in der siebten Klasse war. In einer Nahaufnahme stehe ich lächelnd auf der Bühne bei unserem Winter-Chorkonzert. Mein Gesicht ist voller kleiner Hubbel, nicht ungewöhnlich für eine Siebtklässlerin, aber an meinem vierzehnten Geburtstag, nur sechs Monate später, sehe ich mit meinem lupenreinen Gesicht wie das »Nachher«-Bild einer Teenager-Akne-Werbung aus. Ich hatte immer geglaubt, dass ich in der Pubertät ein Wahnsinnsglück hatte, aber wegen des Wechsels der Perspektive suche ich jetzt noch genauer. Ein Hinweis?

Und dann ist er da. Jedenfalls glaube ich es. Ich nehme das Foto von der Wand und schaue es mir mit zusammengekniffenen Augen ganz genau an. Auf der rechten Seite meines Nackens scheint es eine leichte Verfärbung zu geben, ein Ton dunkler als meine Haut. Ein Fleck, den man für einen Schatten halten kann. Vielleicht bilde ich mir das Ganze nur ein, bin aber doch ziemlich sicher, dass es keine Einbildung ist. Dieses Mal nicht.

Ich reiße noch ein Foto von der Wand und sehe den Fleck. Auf dem Bild kann ich höchstens in der vierten Klasse sein. Ich habe ein sehr helles Muttermal. Als ich fast wie in Trance zum Badezimmerspiegel gehe, habe ich das Gefühl, dass mir ein Eiswürfel über den Rücken gleitet. Ich drehe das Kinn zur Seite und sehe nur perfekte Haut auf meinem Hals. Egal, wie sehr ich mich auch anstrenge, es ist absolut kein Fleck zu sehen.

»Sag es ihr, Peter! *Du* bist dran.«

# Kapitel vierunddreißig

## 1.645 TAGE

Jenny sagt, ich kann nicht auf die Highschool gehen, ohne meinen ersten Kuss bekommen zu haben. Ich weiß nicht mal, ob ich Jenny mag. Mom sagt, Freundschaften verändern sich, wenn man älter wird, und ich glaube, sie redet von Jenny. Als wir in der fünften Klasse waren, hatte sie ihre erste Jungs-und-Mädchen-Party. Mom war kein Riesenfan von dieser Idee und ließ mich nicht hingehen. Jetzt ist aber alles anders, weil ich dreizehn bin.

Ich bin dreizehn und in meinem Zimmer ist ein Junge. Und zwar nicht irgendein Junge, sondern Isaiah Fox. Das ist sein richtiger Name. Er ist erst in der achten Klasse und klingt schon wie ein Filmstar.

Ich bin nicht blöd. Ich weiß, dass er nicht vorhat, mit mir Geometrie zu lernen. Sonst hätte er meine Tür nicht zugemacht, als er reinkam. Oder sich auf mein Bett gesetzt.

Es kann gut sein, dass ich in den nächsten fünf Minuten einen Herzinfarkt bekomme.

Er sitzt am Fußende meines Bettes und sieht genauso aus wie ein Junge namens Isaiah Fox aussehen sollte. Honigbraune Haut. Augen wie dunkle Schokolade. Ganz kurze dichte Haare.

Regen trommelt an mein Fenster und übertönt das Meer.

Isaiah fehlt das zerrupfte Seilarmband, das er am rechten Handgelenk trägt und das ich immer bewundert habe. Es fehlt ihm, weil er es mir gestern in der vierten Stunde ums Handgelenk gebunden hat.

Ich ziehe an den ausgefransten Hosenbeinen meiner Shorts und wünschte, Jenny hätte mir nicht eingeredet, ein paar Zentimeter abzuschneiden, weil sie angefangen haben, in meinen Schritt zu rutschen.

»Ich beiß nicht«, sagt Isaiah und klopft auf den Platz neben ihm. Ich setze mich, lasse aber eine kleine Lücke zwischen meinem Bein und seinem. »Cooles Zimmer.« Er schaut sich auffällig um und starrt sogar den Ventilator an der Decke an. Wenn man bedenkt, dass das wahrscheinlich der uncoolste Teil eines nicht besonders coolen Zimmers ist, nehme ich an, dass auch Isaiah nervös ist.

Diese Vermutung hilft mir überhaupt nicht, und ich gucke einfach nur auf meinen Schoß.

Während des Schuljahrs haben Isaiah und ich sehr wenig mit richtigen, laut ausgesprochenen Worten geredet. Wir lassen im Unterricht Zettel weiterreichen. Hauptsächlich Spiele wie Tic-Tac-Toe, erfundene Labyrinthe und Galgenmännchen. In Gruppen stehen wir nah beieinander. Manchmal stupst er mich an oder klaut eins meiner Bücher und lässt mich dann so tun, als ob ich es mir von ihm wieder abringe. Einmal rief er mich zu Hause an, und ich musste ihm sagen, das Essen stehe auf dem Tisch, obwohl ich schon gegessen hatte, weil die Stille in der Leitung so betäubend war, dass ich eine Gänsehaut bekam.

Trotzdem ist es für mich unmöglich, irgendwo auf dem Schulgelände zu sein, ohne mit wenigstens einem Auge nach Isaiah Ausschau zu halten. Und jetzt ist er hier in meinem Zimmer, weil er gesagt hat, wir sollten gemeinsam für unseren Geometrietest lernen.

»Ich hol mein Buch raus«, sage ich.

Er packt mein Handgelenk, bevor ich aufstehen kann.

»Meine Schwester hat mir beigebracht, wie man die Zukunft voraussagen kann«, behauptet er. Ich starre auf meine Hand, die in seiner großen liegt. »Soll ich dir deine voraussagen?«

*Unsere Hände berühren sich, unsere Hände berühren sich, unsere Hände berühren sich.*

»Klar.« Ich schaue vorsichtig hoch. Unsere Blicke treffen sich. Zielgenau. Wir wissen, dass unsere Gesichter keine fünf Zentimeter voneinander entfernt sind. Sein Atem riecht nach Keksen.

»Hi«, sagt er leise.

»Hi«, sage ich auch.

Und dann passiert es. Er küsst mich. Seine Lippen pressen sich auf meine, und seine Zunge ist kühl und rau, als sie sich um meine schlängelt. Er hält immer noch meine Hand fest, aber wir bewegen beide nur unsere Münder. Und ich finde, dass es eigentlich Spaß macht. Es ist merkwürdig, aber lustig.

Dann fliegt die Tür hinter mir auf. »Warum ist die Tür zu?« Die Stimme meiner Mutter klingt nach *Das gibt Ärger!*

Ich erschrecke. Wer kann es mir verübeln? Meine Mutter hat mich gerade bei meinem ersten Kuss erwischt, aber alles geht zu schnell. Ich mache ein komisches halbersticktes Geräusch, das wie ein Grunzen klingt, während ich gleichzeitig zubeiße und den Kopf zurückziehe.

»Au!« Isaiah rückt von mir ab und drückt die Fingerspitzen auf einen roten Fleck an seiner Unterlippe. Auf seinem Kinn klebt eklige, schmierige Spucke, die mir höchstwahrscheinlich bei meinem tollen Grunz-Fiasko aus dem Hals geflogen ist.

»Lake Marianne Devereaux.« Die Stimme meiner Mutter bleibt streng, als sie jede einzelne Silbe meines Namens betont. »Was machst du da?«

Isaiah ist aufgestanden. Er wischt sich den Mund ab und

fährt sich dann mit den Fingern durch die Haare. Sein Hemd rutscht hoch, sodass Mom und ich seinen Bauch zu sehen bekommen, der über den Rand seiner Boxer-Shorts guckt.

Ich beglückwünsche mich, weil ich bestimmt den Weltrekord als rötestes Gesicht in der Geschichte des Planeten gebrochen habe.

»Dann verschwinde ich jetzt besser.« Isaiah verdreht seinen Körper, um mich beim Weggehen nicht zu berühren. »Ich bin mit dem Fahrrad da.«

Mom tritt wortlos zur Seite, um ihn vorbeizulassen. Es regnet, nein, es schüttet, aber sie bietet ihm nicht an, ihn nach Hause zu fahren. Wahrscheinlich, weil er nur ein paar Straßen weiter wohnt. Aber trotzdem!

»Setz dich hin, mein Fräulein!«

Heiße Tränen weichen meine Wangen schon ein, und ich bin nicht sicher, ob ich angefangen habe zu weinen, bevor Isaiah gegangen ist oder danach. »Leck mich am Arsch!« Ich schiebe mich an ihr vorbei.

Das habe ich bisher noch nie zu ihr gesagt, und ich schäme mich furchtbar. Die Scham treibt mich aber auch an. Ich will hier raus, raus aus dem Haus, raus aus mir selber, wenn ich nur könnte.

»Ist alles okay?« Mein Bruder, der die Beine über eine Armlehne der Couch geworfen hat, schaut von einem seiner dicken Bücher mit den winzigen Buchstaben hoch.

Ich antworte nicht. Ich steuere an, was ich immer ansteuere, wenn ich aufgeregt bin – die Mole. Der Regen prasselt vom Himmel und bildet Krater am Strand. Meine Füße versinken nicht, weil der Sturm den Sand hart macht. Ich habe den Beginn der Wirbelsturm-Saison immer wegen der Gewitter am Nachmittag geliebt, und jetzt noch mehr, weil der

Regen als perfekte Tarnung für meine dummen, peinlichen Tränen dient.

Als ich meine Sandalen abschüttle und mir meinen Weg zur Mole bahne, ist das Meer ein düsteres Grau. Schaumkronen sprenkeln die Seelandschaft, und das Meer kracht durch die Felsbrocken und spritzt helle Wasserschwaden in die Höhe, was an Leuchtpistolen erinnert.

Je weiter ich hinausgehe, desto dichter stehen die Felsbrocken. Auf beiden Seiten ist kein Strand mehr. Der Geruch nach Seegras verschwindet. Was bleibt, ist ein reiner, salziger Geruch, der sich auf meiner Haut niederlässt und durch mein T-Shirt sickert.

Der Wind peitscht um mich herum. Wut und Scham zischen immer noch durch meine Adern und schieben mich dem Laternenpfahl entgegen. Ich beobachte ihn. Er ist mein Ziel. Der Sturm bläst eine Welle seitwärts in die Mole, und mein Fuß rutscht aus. Ich fange mich mit den Händen und krieche jetzt auf allen vieren weiter. Ich habe die Spitze fast erreicht.

Das Fundament der Felsen ist schmal geworden.

»Lake!« Ich drehe mich um und sehe meinen Bruder, der die Arme schwenkt. Er ruft noch etwas anderes, aber der Wind bläst in die falsche Richtung und die Worte gehen verloren.

*Halt die Klappe! Halt die Klappe! Halt die Klappe!* Ich kneife die Augen zusammen. Ich habe Isaiah Fox gebissen. Ich habe Isaiah Fox angespuckt. Und Mom hat sich vor Isaiah Fox als strenge Mutter aufgespielt. Ich habe den schlimmsten ersten Kuss in der Geschichte erster Küsse bekommen, und jetzt kann ich nur noch eines denken: Lasst mich allein!

*Lasst mich bloß alle allein!*

Das denke ich, als ich die Dünung sehe. Aber da ist es bereits zu spät. Das Meer sieht aus, als ob sich unter seiner Oberfläche ein Monster bewegt. Als es immer näher kommt, wölbt sich der Rücken des Monsters und schiebt die See zu einem Wasserberg zusammen. Ich bleibe eine Sekunde zu lang starr auf der Mole stehen, bevor ich mich wieder in Bewegung setze und auf allen vieren über die Felsbrocken krabble. Die Monsterwelle bäumt sich, bockt und kracht zusammen. Die Wucht reißt meine Hände, die vom Salz brennen, vom Felsen.

Meine Rippen werden über den Rand der Mole geschleift, und ich werde mit dem Rücken zuerst ins Wasser getaucht. Ich habe gerade noch für ein kurzes Luftholen Zeit, Luft, die meine Lunge nur zu einem Viertel füllt. Ich weiß nicht mehr, was oben ist.

Eine unsichtbare Strömung zerrt mich runter. Runter, runter, runter. Meine Arme und Beine schlagen wie wild um sich. Ich zwinge mich zum Zählen.

Dreißig Sekunden. Dreißig Sekunden ohne Atemzug. Treten, Lake! Treten und wach bleiben.

Ich höre auf zu zählen.

Ich bilde mir ein, nah an der Oberfläche zu sein, aber immer, wenn ich denke, jetzt bin ich frei, bin ich es nicht. Da ist immer noch mehr Wasser. Mehr und mehr und mehr. Der Sog ist heftig und wild und schleudert mich wie eine Marionette herum.

Eine Finsternis kriecht in meine Sicht, die nichts mit dem Meer zu tun hat.

Ich bin so ein Idiot. So dumm. Was wollte ich beweisen?

Das ist schon ein seltsamer Gedanke beim Ertrinken. Ich rede meinen Beinen ein weiterzutreten, aber ich spüre schon, dass sie sich vollsaugen und langsam werden. Dann streift mein Arm etwas. Meine Finger greifen zu und ich kann es fühlen. Haut, Finger, glitschig. Ich greife wieder und wieder danach. Da sind Haare und Knochen und Muskeln.

*Bitte, bitte, bitte.*

Ich werde außer Reichweite gezerrt. Mein Kopf schreit vor Entsetzen. Im letzten Moment kann ich meinen Mund nicht mehr daran hindern, sich zu öffnen. Ich kann mich nicht daran hindern, tief Luft zu holen. Und ich kann nichts dagegen tun, dass Wasser in meinen Hals strömt und durch meine Luftröhre braust.

Ich kann nichts aufhalten. Weil ich tot bin.

# Kapitel fünfunddreißig

## 3 TAGE

»Warum habt ihr mir das nicht gesagt?« Wie ich wohl aussehe, so, wie ich an der Zimmertür meines Bruders stehe, die Arme schlapp an meinen Seiten?

Meine Eltern und Matt sitzen dicht beieinander. Mein Vater hängt schräg auf dem Fenstersitz und trägt normale Sachen, keine Fahrradklamotten. Meine Mutter hockt auf der Kante eines Stuhls, den sie herangerückt hat. Dad richtet sich auf und steckt die Hände in seine Achselhöhlen. »*Was* hätten wir dir sagen sollen, Lake?« Es klingt nicht ganz ehrlich.

»Ich kann mich erinnern …« Mein Atem zittert hörbar. »Dass ich gestorben bin.« Alle drei sind sprachlos. Das Komische ist, dass ich immer geglaubt habe, meine Eltern wären heimlich auf meiner Seite. Als ob sie gewusst hätten, dass Matt unverschämt ist, sie sich aber um ihn kümmern müssen, weil er ihr Sohn ist und Eltern das eben tun.

Falsch. Sie waren nie auf meiner Seite. Die drei hatten ihren kleinen Geheimbund. Abstandnehmen von Lake. Genau wie Penny und Will.

Ich schlucke schwer und betrete den Raum. Schließlich sollten sie mich jetzt zu sich einladen. Ich kenne das geheime Passwort.

Ich war tot.

»Bist du deshalb …«, beginne ich meine Frage, »… gelähmt?« Ich spreche nur mit Matt, meinem großen Bruder. »Stimmt doch, oder?« Ich nicke schnell, fast wild, damit er es bestätigt.

Matts Gesicht ist ausdruckslos geworden.

»Hör auf, Matt!« Meine Stimme wird lauter. »Hör auf! Schalte nicht auf Durchzug! Antworte mir! Ist der hier« – ich zeige unsensibel auf seinen Rollstuhl – »wegen mir?«

Der angespannte Unterkiefer verrät ihn. »Kann mir jemand mal erklären, was hier los ist?«, fragt er und grenzt mich wieder aus.

Mein Vater bleibt zurückgelehnt sitzen und mustert mich mit verschränkten Armen.

»Ich hab's ihr nicht gesagt«, erklärt Mom defensiv.

»Warum? Warum habt ihr mir gesagt, dass Matt vom Baum gefallen ist? Warum habt ihr mich die ganzen Sachen machen lassen?« Ich denke daran, wie ich mit Matt durch die Gegend gestapft bin, um bei einer idiotischen Schnitzeljagd Hinweise zu finden, und mir wird schlecht. Zwischen mir und meinem Geburtstag liegt nur noch ein Tag. Was, wenn ich es erst hinterher erfahren hätte?

Mein Vater redet zuerst. »Was am Tag deines Unfalls passiert ist, ist passiert.« *Mein* Unfall. Ich kapier das alles noch nicht. Nicht *Matts* Unfall, sondern *meiner.* »Matt wollte, dass du ein normales Leben führen kannst. Er wollte nicht, dass das, was ihm passiert ist, umsonst passiert ist. Er wollte nicht, dass du dich schuldig fühlst.«

Ich kneife die Augen zusammen. »Jemand muss ihm bei seiner Entscheidung geholfen haben.«

»*Ich* wollte es, Lake«, wirft Matt ein. »Lass Mom und Dad aus dem Spiel!«

Ich weiß, dass alle von mir erwarten, dass ich mich überschwänglich entschuldige, dass ich Matt dafür danke, versucht zu haben, mir das Leben zu retten, und dass ich es zurückbekam, als es ihm nicht gelang, aber solche Gefühle habe ich nicht. Solche Gefühle habe ich *überhaupt* nicht. »Du wolltest mich hassen«, sage ich. »Und hast dafür gesorgt, dass ich *dich* hasse.«

Weil ich jetzt nur sehe, wie alles hätte sein können. Er hätte es mir sagen können. Wir hätten es möglicherweise akzeptiert, und die Worte meines Vaters wären dann vielleicht wahr gewesen. Ja, es hätte mir sehr wehgetan, dass ich diesen Unfall verursacht habe, aber wir hätten akzeptieren müssen, was passiert ist, und wir hätten das Problem frontal angehen müssen. Statt eines einzigen großen Schmerzes, haben wir das Ganze in tausend Scherben mit scharfen Spitzen und rasiermesserscharfen Kanten zerbrechen lassen. Hätte mich Matt gehasst, wenn ich es gewusst hätte? Hätte ich ihn irgendwann abgelehnt? Es ist zu spät, um zu erfahren, wie es gewesen wäre, weshalb es keine Heilung gibt.

Matts Augen werden traurig – so, wie ich es seit Langem nicht mehr gesehen habe. »Am Anfang nicht. Vielleicht ein bisschen. Ich weiß nicht. Aber tu nicht so, als hättest du mich nicht auch links liegen gelassen.«

»Hab ich nicht.« Aber als ich meine Eltern anschaue, wird klar, dass sie ganz seiner Meinung sind. »Wie denn?«, will ich wissen. »Wie hab ich dich links liegen gelassen? Ich hab versucht, dir was vorzulesen. Ich hab versucht, mir Filme mit dir anzuschauen. Ich habe versucht, Ausflüge zu planen. Ich habe immer und immer wieder versucht, auf dich zuzugehen, aber du hast das alles abgelehnt.«

»Ich habe Zeit gebraucht«, sagt Matt ruhig.

»Die hast du von mir bekommen.«

»Du hast dir eine neue Familie gesucht, Lake. Du hattest Penny und Will. Danach hast du nicht mehr viel gebraucht«, sagt Matt.

Die Erinnerung an Matt und die Kinobesuche und daran, dass ich ihn sitzen gelassen hatte, um mit Will zusammen zu sein, liegt schwer und unverdaut in meinem Magen, hält mich aber nicht davon ab, das Ganze so weit wegzuschieben, dass es nicht mehr zu erreichen ist. »Und was ist mit *dieser* neuen Familie?« Ich zeige auf alle drei. »Was sollte ich denn tun? Ewig allein sein?«, schreie ich. »Entschuldigt bitte, dass ich wollte, dass mich jemand will. Dass ich etwas wollte, das ein ganz kleines bisschen wahr ist.« Ich ziehe an meinen Haarwurzeln. »*Ich* bin die Angeschmierte. Wie sich rausstellt, ist alles nur eine einzige große verdammte Fassade. Ihr. Will. Penny. Alle miteinander. Sogar ich!«, brülle ich in Gesichter, die mich nicht verstehen. Ich schreie mich an, weil *ich* mich nicht verstehe. Nicht mehr. Wie kann ich eine von diesen Typen sein, eins von diesen *Dingern*, wie Coyote Blue? Wie kann ich tot gewesen sein?

Kein Wunder, dass mich alle sitzen lassen, mich hassen, sich nichts aus mir machen.

»Aber was ich auch bin – ich bin es, weil du mich so gemacht hast!«, kreische ich. Matt zuckt zusammen. »Ich wünschte, du hättest mich nie wiederaufleben lassen.« Ich zerre am Ausschnitt meines T-Shirts. »Und weißt du, was ich denke?« Ich schäume vor Wut. Ich möchte wehtun und wieso nicht? Ich sollte ja eigentlich gar nicht existieren. »Ich wette, du wünschst dir auch, dass ich tot wäre, stimmt's? Weil du mich nur auferweckt hast, damit ich dich auferwecke. Ich wette, das tut dir jetzt leid, hä? Ihr glaubt, ich weiß nicht, dass ich euch nur wegen einem was wert war, und jetzt bin ich euch nicht mal mehr *dafür* was wert?«

Erst, als meine Mutter zu weinen beginnt, höre ich auf, sie alle anzuschreien.

»Matt zieht die Sache durch, Lake«, sagt mein Vater und legt den Arm um Moms Schulter. Tief in mir drinnen hatte ich schon gewusst, dass meinen Bruder nichts dazu bringen würde, seine Meinung zu ändern. Er ist gelähmt, und zwar wegen mir. »Es wird morgen geschehen. Auf einer Todesparty.«

Einen ganzen Tag früher als die traditionelle Geburtstagsfeier. Wollen sie mich zwingen? Um ihre eigenen Spuren zu verwischen, indem sie weniger offensichtlich machen, was für ein perverses Spiel sie spielen? Sie verlangen von mir, dass ich meine Freunde aufgebe. Meine Freunde, die mich belogen haben. Meine Eltern, die mich belogen haben. Das ist alles zu viel.

»Wie –«, stottere ich ungläubig. »Woher wisst ihr überhaupt – woher wisst ihr was davon? Nein.« Ich schüttle den Kopf. Ich war auf etwas Schreckliches gefasst, aber nicht so etwas. Der Schock trifft mich wie ein Schuss aus nächster Nähe.

»Wir haben nichts davon gewusst«, gibt Mom zu. »Oder besser gesagt: Wir haben nicht gewusst, dass es so etwas tatsächlich gibt. Matt hat uns alles erklärt.«

»Dann solltet ihr wissen, wie ekelhaft diese Partys sind«, spucke ich aus.

»Ich will Mom und Dad da nicht mit reinziehen, und ich will auch nicht, dass sie mit irgendwelchen Konsequenzen rechnen müssen«, sagt Matt. »Sie haben ihren Beitrag geleistet.« Es klingt wie ein Vorwurf in meinen Ohren. »Ich wollte nicht, dass sie noch mehr Opfer bringen. Und da ich die Sache nicht alleine durchziehen kann, halte ich so eine Party für die beste Option.«

Ich starre ihn an. Hass dringt durch meine Haut. Ich war so dumm zu glauben, dass sich die Dinge zwischen uns ändern würden.

»Und wir sind damit einverstanden.« Der Mund meines Vaters verzieht sich zu einer grimmigen Linie. Jetzt fallen mir plötzlich auch die dunklen Ringe unter den Augen meiner Eltern auf, und ich frage mich, wie viele Stunden sie nachts wach gelegen und sich überlegt haben, ob sie ihren einzigen Sohn wirklich losschicken sollen, um ohne sie zu sterben. »Jeremy holt ihn heute Abend ab.«

»*Jeremy?*«, wiederhole ich. »Wann zum Teufel habt ihr – wann habt ihr mit Jeremy geredet?«

Matt hält meinem Blick stand. *Nein*. Ich kann nicht glauben, dass ich ihn dort hingefahren habe, dass ich das alles ermöglicht habe. Deshalb war er also so schnell mit dem Nachmittag bei Jeremy einverstanden – damit er ihn zu dieser blöden Scharade überreden konnte. Jeremy, der jahrelang als schwarzes Schaf im Haus seines Cousins gelebt hat, der immer unbeirrt seinen eigenen Weg gegangen ist und stets zu dem, was richtig und fair war, seine eigenen Vorstellungen hatte.

»Das tu ich nicht.« Ich verschränke die Arme und schiebe das Kinn wie ein kleines Kind vor. »Ich weiß nicht, wie ihr euch das denkt, aber der Sinn einer Todesparty ist der, dass die Person mit der Resurrection-Möglichkeit dabei hilft … Also, da mach ich einfach nicht mit. Überhaupt nicht.«

Moms Augen füllen sich mit Tränen, und ihre Unterlippe zittert.

Dad nickt. »In Ordnung, Lake.«

Mein Mund bleibt offen stehen.

»Krüppel ausgenommen.« Matt lächelt. Er lächelt tatsächlich. »Mir wird schon irgendwie geholfen werden. Den meisten Leuten tun Krüppel leid.«

In meinen Augen sehen alle Familienmitglieder plötzlich wie Fremde aus. Ich wünschte, ich wäre nie geboren, oder wenn doch, dann nicht als eine Devereaux. Ich umarme mich selbst und fahre mit den Fingernägeln an den Rückseiten meiner Arme entlang. Genug, genug, es reicht!

»Lake, dein Bruder wird morgen tot sein.«

Tränen strömen über mein Gesicht. Ich kann kaum atmen. Ich hebe das Kinn. »Gut«, sage ich, weil ich will, dass ihm alles genauso wehtut wie mir. »Vielleicht … ist es besser so.«

# Kapitel sechsunddreißig

## 2 TAGE

Es ist ein Fehler.

Ein Teil von mir hatte gehofft, dass Jeremy mir die Adresse nicht schicken würde, als ich ihn darum bat. Schließlich hatte ich mich in meinem Zimmer versteckt, als er vorbeigekommen war, um Matt abzuholen und sich dafür den Van meiner Mutter auszuleihen.

Letzte Gelegenheit, um sich zu verabschieden. Letzte Gelegenheit für Glückwünsche. Letzte Gelegenheit für Gebete. Diese Gedanken gingen mir durch den Kopf, als mein Vater leise an meine verschlossene Tür klopfte. Die Worte, die ich gesagt hatte – die ich gebrüllt hatte –, klingen in meinen Ohren nach. Obwohl ich mich dagegen gewehrt habe, ist der größte Teil meiner Wut und Abscheu allmählich verblasst. Übrig geblieben ist ein widerliches Gefühl der Angst.

Ich reagierte nicht auf das Klopfen meines Vaters. Ich blieb zusammengerollt in einem Nest aus Decken liegen, während mein Bruder das Haus verließ, um das Undenkbare zu tun.

Ich musste in einem fort darüber nachdenken, und als ich mit dem Denken fertig war, landete ich hier. Auf Matt Devereaux' Todesparty. Willkommen bei der makabersten, schauerlichsten Vorstellung der Welt, Leute! Hat jemand Popcorn mitgebracht?

Der Typ, der am Eingang die Schar von Zuschauern kontrolliert, macht mir keine Schwierigkeiten, als ich ihm meinen Namen nenne. Es spricht sich anscheinend schnell herum, und alle erwarten, dass die Schwester des Jungen im Rollstuhl, der sterben wird, dabei ist. Jedenfalls alle außer mir.

Das Haus ist modern und hat raumhohe Fenster, weiße Wände und farbenfrohe Bilder, die aussehen, als hätte sie ein Fünfjähriger gemalt. Diese Art von Veranstaltung zieht eine *dramatischere* Art von Leuten an – Teenager, die sich gern schwarz kleiden, ihre Lippen rotbraun schminken und ihre Haare färben. Aber auf dieser Party scheinen sich noch mehr Grufti-Cliquen zu versammeln als sonst. Als sie auf den glatten Betonböden posieren und sich um den kristallblauen Pool versammeln, den Flutlichter anstrahlen, sehen sie total fehl am Platze aus.

Meine Nerven fühlen sich wie Funken sprühende Drähte an, und ich husche zwischen plaudernden, trinkenden Menschengruppen hin und her. In der Küche gibt es Götterspeise, die mit Alkohol vermischt ist, auf der Terrasse steht ein kleines Bierfass, und neben verschiedenen Gartenstühlen liegen offene Pizzaschachteln.

Wenig Gesichter sehen vertraut aus, obwohl viele Partygäste in meinem Alter sind. Ich sehe ein paar Mädchen aus meiner Schule auf einem Tisch sitzen. Sie stecken die Köpfe zusammen und lachen. Als ich vorbeigehe, hebt eine von ihnen das Kinn und lächelt mich an, aber wir tauschen keine Worte aus.

Ich kann herumfliegen wie ein Geist, und niemandem fällt das ehemals tote Mädchen auf, das die Party heimsucht. Ich habe noch immer nicht richtig begriffen, dass ich auferweckt worden bin. Jetzt weiß ich nicht, wo ich mich hinwenden soll. Soll ich in einer Kommune leben? Muss ich meinen Namen in Blüte oder Karma oder Regenbogen ändern? Nichts davon passt zu mir, aber ich weiß ja nicht einmal mehr, was ich empfinden soll.

Ich wünsche mir, sonst wo, nur nicht hier zu sein, und dann befehle ich mir, nichts zu wünschen. Morgen ist Vollmond, aber es ist noch immer keine Einladung mit der Angabe des endgültigen Ziels meiner Geburtstags-Schnitzeljagd eingetroffen.

Ich setze mich auf einen der Gartenstühle neben den Pizzakartons. Ein Stück Peperoni-Pizza ist übrig geblieben, aber ich habe keinen Appetit.

Ich wiege mich vor und zurück. Ich will nicht hier sein, will das nicht sehen, will nur gehen, gehen, gehen. Ich wünschte, Will wäre hier, damit er Jeremy anbrüllen könnte, weil er zugelassen hat, dass so etwas passiert. Aber hier bin nur ich.

Dann suche ich die Party nach meinem Bruder ab. Jeremy geht vorbei. Ich springe auf und packe ihn am Handgelenk. »Was glaubst du eigentlich, was du hier tust?«, frage ich.

»Ich hol mir einen Drink«, sagt er mit seiner typischen gedehnten Aussprache. Sein T-Shirt ist zerknittert, und seine Haare sehen wie immer aus, als ob er gerade aus dem Bett gekrochen wäre.

»Mit meinem Bruder, du Idiot!« So viel zum Thema Diplomatie. »Für wen hältst du dich eigentlich?«

Er schiebt die Hände in seine Taschen. »Schau, Lake, ich finde, du solltest erst mal chillen.«

»Chillen? *Chillen?* Das ist dein großartiger Ratschlag? Chillen. Mein Gott, du bist ein noch viel größerer fauler Sack als Will dachte.« Jeremy sieht nicht besonders beleidigt aus. »Wer hat dich überhaupt dazu aufgefordert, hier mitzumischen?«, fahre ich fort.

»Matt.«

Die Leute werden langsam auf uns aufmerksam und fragen sich wahrscheinlich, warum ich ausflippe.

»Ich glaube, dass ist die Schwester von dem Jungen«, höre ich einen Zuschauer murmeln.

Ich senke meine Stimme und trete näher an Jeremy heran. »Ist dir eigentlich klar, was das für Will bedeutet? Was der Sinn von all dem ist?«

Jeremy verlagert sein Gewicht und kratzt an den Stoppeln in seinem Gesicht herum. »Mir ist klar, dass Matt vor der ganzen Sache hier ein guter Freund war und dass er selbst entscheiden darf, wie und ob er leben möchte. Ich weiß nicht, was du tun wirst, Lake.« Sein Blick ist klar, als er das sagt. In seinen Augen ist nichts Rotes zu sehen, kein Anzeichen, dass er gekifft hat. Ich hab ihn seit Jahren nicht mehr so gefestigt gesehen. »Es liegt bei dir. Aber dein Bruder hat deutlich gemacht, dass er auf keinen Fall so weiterleben möchte. Ich glaube an Selbstbestimmung. Ich habe mir bisher nicht genug Mühe gegeben, für ihn da zu sein.« Er zuckt mit den Achseln. »Wahrscheinlich will ich es wiedergutmachen.« Er sieht mich vielsagend an und schlurft dann in Richtung Bierfass davon.

Ich stehe wie betäubt da, während um mich herum geflüstert wird. Ein unwirklicher Moment. Mein Bruder wird ein spannungsgeladenes Schauspiel sein. Die hinreißende Unterhaltung des Abends. Der behinderte Junge, der sterben will. Und alle schauen zu.

Dieser Ort, so eine Party – mein Bruder hat sie gehasst, aber er ist bereit, hier zu sein, weil er seinen Körper unbedingt verlassen möchte. Er riskiert sogar, nie mehr zurückzukehren. Das Verrückteste ist, dass ich geglaubt hatte, die Dinge würden sich ändern. Hatte ich es mir in den vergangenen Wochen nur eingebildet oder hatte sich wirklich was verbessert? Ich hätte schwören können, meinen alten Bruder wiederzusehen, den Bruder, der mir vorgelesen hatte und sich jetzt hinter dem

Jungen versteckte, der sich in seinem eigenen Körper gefangen fühlte. Ich *weiß*, dass es so war.

Mein Hals zieht sich zusammen. Ich will Matt nicht mehr vermissen. Gerade, als ich ihn fast wiederbekam. Das hat nichts mit meiner Wahl zu tun, sondern nur mit Matt und was es heißt, so zu sterben. Es wird ihn verändern, nicht reparieren, und ich habe Angst, *schreckliche* Angst, die letzten Minuten mitzuerleben, in denen ich den Jungen sehe, mit dem ich aufgewachsen bin.

Ich brauche einen Drink, also mache ich mich auf den Weg in die Küche, wo ich Flaschen mit Alkohol auf der Arbeitsplatte aufgereiht vorfinde. Ich packe den Hals einer Wodkaflasche und gieße mir etwas davon in einen Plastikbecher. Ich mache mir nicht die Mühe, ihn mit irgendeinem Saft zu mixen, sondern schütte die klare Flüssigkeit in einem Zug in mich hinein.

Der Wodka brennt in meinem Hals. Ich huste und spucke und ziehe wieder die Aufmerksamkeit der Leute auf mich, wobei einige kichern, weil ich anscheinend keinen Schuss Alkohol vertrage. Es ist mir egal. Das Brennen hilft. Ich mag es, wie ich es bis hinunter in meine Magengrube verfolgen kann, wo es meine kurzschließenden Nerven wenigstens ein bisschen beruhigt. Dann gieße ich mir wieder Wodka ein, dieses Mal etwas mehr, sodass ich zweimal schlucken muss, um den Becher zu leeren.

Beim vierten Becher huste ich nicht mehr, wenn der Wodka runtergeht. Das Brennen ist zu einer Wärme geworden, die mich innerlich umhüllt.

»Da ist er!« Eines der Mädchen, das über meine Alkohol-Unfähigkeit gelacht hat, zeigt ihrer Freundin mit viel zu schwarzen Haaren und einem Nasenring kaum merklich, wohin sie gucken soll. Der Hinweis war nicht für mich bestimmt, aber ich blicke trotzdem in die Richtung.

*Matt.* Mein Herz zieht sich zusammen. Jeremy ist hinter dem Rollstuhl und schiebt ihn auf die Terrasse. Ich schaue auf meine Uhr. Es ist halb elf. Die Haare meines Bruders sind geschnitten, gewaschen und gekämmt worden. Die Haut an seinem Kinn ist nach einer frischen Rasur leicht gerötet. Er hat sich von unserem Vater eines seiner Button-Down-Hemden anziehen und eine Krawatte umbinden lassen. Eine lange Anzughose bedeckt seine ausgemergelten Beine, die über den Fußstützen des Rollstuhls baumeln.

Mein erster Schritt ist wacklig, und ich konzentriere mich darauf, geradeaus zu gehen. Ich öffne die Schiebetür aus Glas und begrüße meinen Bruder.

»Matt«, sage ich.

Er neigt den Kopf auf seine typische abschätzende Art zur Seite, aber in seinen Augenwinkeln zuckt es auch leicht amüsiert. Der übliche Hohn scheint dagegen verschwunden zu sein. »Wie ich sehe, wird mein verfrühtes Ableben bereits gefeiert.«

Ich merke, dass ich immer noch die Wodkaflasche in der Hand halte, und stelle sie langsam neben mir ab.

»Nicht witzig.« Ich versuche, mich auf die Wärme in meinem Bauch zu konzentrieren, um die Übelkeit in Schach zu halten. »Matt, ich muss dir was sagen, und ich möchte, dass du mir zuhörst.« Matt macht den Mund auf, aber ich halte eine Hand hoch, und er schweigt. »Was dir passiert ist, ist Scheiße.«

»Was?« Er blinzelt mich an.

»Was dir passiert ist, ist Scheiße. *Scheiße!*«, sage ich lauter. »Ich meine«, sage ich und erinnere mich an die Worte, die mir geholfen hatten, »das ist doch wirklich echt beschissen. Der größte Scheißhaufen auf der Welt. Das größte schwarze Loch im Universum. Ein Riesenmistvieh, das aus tausend Löchern scheißt.« Ich hatte geglaubt, dass ich keine Tränen mehr hätte. Junge, Junge, hatte ich mich da getäuscht. »Die ganzen Jahre lang hab ich dir nicht ein einziges Mal gesagt, wie total unfair dein Leben ist, und es tut mir so, so leid.« Ich ersticke fast an meinen Schluchzern und dem dicken, klebrigen Schleim, den der Wodka losgetreten hat.

Matt starrt mich mit offenem Mund an.

»Es tut mir so leid, Matt.« Ungeduld wühlt in meinem Inneren. *Bleib bei ihm!*, sage ich mir, *er hört zu.* »Das hier fühlt sich aber nicht richtig an.« Ich zeige auf die Party und alle, die mich beobachten. »Bitte, ich weiß, aber … aber du bist mein Bruder. Bitte, Matt. Das alles kommt mir nicht richtig vor. Dir?«

Matts Stimme ist weich. »Es ist okay, Lake. Es ist bald vorbei. Es ist … es ist … okay.« Er blickt auf den glitzernden Pool. »Der Querschnittsgelähmte fährt sich aus Versehen selbst ins Schwimmbecken. Eine echte Tragödie.« Er lächelt ein wehmütiges Viertellächeln. Kein Sarkasmus. »Aber ganz poetisch.«

»Nein, Matt«, sage ich so leise, dass es bestimmt niemand hören kann. »Nein. Ich weiß, wie es ist, wenn man ertrinkt.« Ich mache die Augen fest zu. Wenn die Erinnerung daran von Anfang an meine gewesen wäre, wäre sie mit der Zeit vielleicht verblasst. Die Wunden wären inzwischen so gut wie verheilt, und ich hätte nicht das Gefühl, dass mir die Luft wieder langsam aus der Lunge gepresst würde. Matt wird sterben. Der Druck des Wassers wird seine Lunge anzünden. Es wird ihn verrückt machen, bis er es nicht mehr aushalten kann und seinen Mund öffnet, um Atem zu holen, und obwohl er weiß, dass er von Nässe umgeben ist, wird er sich wundern. Er wird denken, dass ein Fehler passiert ist und dass alles bei Weitem nicht so schnell vorbei ist, wie es sollte. Und es gibt kein Zurück.

»Ich hab dich vermisst«, sage ich. »Ich hab dich jahrelang vermisst. Meinen Bruder. Der im Sand Kanäle gebaut und mir was über sprechende Löwen vorgelesen hat. Ich hab dich vermisst, als ob du seit fünf Jahren tot gewesen wärst. Aber du bist nicht gestorben. Du bist immer noch mein Bruder. Es ist meine Schuld, dass ich es vorher nicht bemerkt habe. Und das hier … fühlt sich falsch an. Es *ist* falsch. Matt, bitte! Ich weiß nicht, ob mich die Auferweckung verändert hat, aber ich will nicht, dass die Person stirbt, die du jetzt in dieser Sekunde bist. Und ich glaube nicht, dass ich es schaffe, meine Resurrection-Möglichkeit einzusetzen. Also, bitte – ich bitte dich, mir nicht die Wahl zu überlassen. Du willst das nicht durchmachen, das Sterben. Das kann ich dir versprechen. Also, lass es! Du kannst das Leben haben, das du die ganze Zeit schon hättest haben sollen. Ich weiß, dass du vermieden hast, danach zu suchen, weil … wegen mir.« Ich hole tief und zittrig Luft. Und sage nichts mehr.

Seine Augenbrauen senken sich, seine Stirn legt sich in Falten, die Mundwinkel zucken nach unten. Ich möchte meine Arme um seinen Hals werfen, weil er da ist, mein Bruder, mein Bruder ist da.

Und dann stoppt die Musik. Eine Glocke läutet dreimal. Nein, nein, nein. Es kann nicht so weit sein. Noch nicht.

Als ob er meine Gedanken gelesen hätte, taucht Jeremy wieder auf. »Es ist Zeit, Kumpel.« Er nickt mir zu und umklammert die Griffe des Rollstuhls.

»Matt, sag's ihnen!«, flehe ich ihn an.

Matt wirft mir ein Lächeln zu, das seine Augen nicht erreicht. Er sagt nur: »Wir sind schon zu weit vorangekommen, Lake.« Das Einzige, was ihn verrät, ist die Schweißschicht auf seiner Stirn. Ich schaue verdattert zu, wie Jeremy ihn mir wegnimmt. Die Menschenmenge um uns herum wird dichter. Körper schieben sich zwischen mich und meinen Bruder.

Es donnert in meinen Ohren. Die Trauer im Raum fühlt sich grenzenlos an. Es geschieht. Es wird Schmerzen geben und dann nichts mehr.

Ich sollte für meinen Bruder stärker sein, der gesehen hat, wie ich sterbe, und seinen Rücken gebrochen hat, um mich zu retten. Ich sollte seine Hand halten, ihn trösten, aber der Alkohol hat mich schwammig gemacht, und meine Beine sind so gut wie nutzlos.

Durch eine Lücke zwischen den Zuschauern beobachte ich, wie Jeremy sich aufrichtet. »Hiermit übergebe ich –« Seine Stimme bricht, und er muss sich eine Faust in den Mund schieben, um sich zu sammeln. »Hiermit übergebe ich meinen Freund Matthew Devereaux dem Tod.« Wieder überschlägt sich seine Stimme. Es ist unangenehm, ihm zuzuschauen. Da ist nichts von der kernigen Freude zu erkennen, die ich bei meiner ersten Todesparty sah. Jeremy berührt Matts Schulter wie ein Roboter. Matt starrt auf den Rand des Schwimmbeckens.

Jemand hätte ihm was zu trinken geben sollen, finde ich. Zu spät. Zu spät. Es ist alles zu spät.

»Damit er in dieses Leben aufs Neue zurückkehren kann.«

Die Menge fängt an zu murmeln. Matt wendet den Blick vom Pool. Er dreht den Kopf und schaut mir direkt ins Gesicht, als ob er wüsste, dass ich mich hier verstecke. Wie ein Feigling. Matt ist nie ein Feigling gewesen.

Ich schrumpfe zusammen. Dann stolpere ich rückwärts.

Ich höre die Stimme eines anderen Jungen, die selbstbewusster klingt. »Gehst du vor all den Zeugen bereitwillig in die Dunkelheit?«

Ich kann es nicht ertragen, auch nur noch ein einziges Wort zu hören, und wende dem Pool, Jeremy und meinem Bruder den Rücken zu, wobei ich aus Versehen in einen Grufti taumele, der einen schwarzen Rock und Armeestiefel trägt. Er packt mich am Ellbogen, und ich halte mich an seiner Schulter fest, um das Gleichgewicht nicht zu verlieren. Danach schiebe ich mich wie ein auslaufendes Boot am Kai an ihm vorbei.

Meine Füße kreuzen sich. Der Wodka wirbelt in meinem Kopf herum und sorgt dafür, dass meine Wangen prickeln. Ich wünsche mir nichts sehnlicher, als von hier zu verschwinden. Auf dem Weg aus der kalten Gruft von einem Haus stoße ich gegen eines der schicken abstrakten Gemälde, das anschließend schief hängt.

Als ich nach dem Autoschlüssel in meiner Tasche taste, drücke ich auf die Entriegelung, und die Hupe ertönt. Ich finde mein Auto, das auf der Straße weiter unten geparkt ist. Wie lange dauert das Ganze? Eine Minute? Zwei Minuten? Drei? Lang genug, um niemanden mehr zu haben?

Sobald ich auf den Ledersitz sacke, fange ich heftig an zu schluchzen, und zwar so wild, dass sich mein Körper schüttelt, als ob er Stromschläge bekäme.

Ich schaffe es, den Rückwärtsgang einzulegen, und tippe die Stoßstange des Autos hinter mir an, bevor ich den Hebel auf D stelle. Der Wagen schlingert, als ich abwechselnd auf das Gas- und das Bremspedal trete. Endlich kann ich die Parklücke verlassen. Mein Fuß berührt kaum das Gaspedal, und ich fahre fast im Leerlauf die menschenverlassene Straße entlang. Ich kann kaum etwas sehen.

Drei Querstraßen weiter taucht wie aus dem Nichts ein Stoppschild auf. Ich mache eine Vollbremsung, und die Räder kommen quietschend zum Stillstand. Ich stehe fast eine Autolänge weit auf der Kreuzung, als ein Pick-up hupend an mir vorbeibraust.

Ich lasse meine Stirn auf das Lenkrad sinken. Mein Körper ist ein einziges Zittern und Beben. Ich schließe die Augen und stelle mir die Explosion der Windschutzscheibe des Jeeps vor. Glasscherben, die auf den Asphalt regnen. Die durchdringenden Schreie und den tiefblauen Himmel.

Ein anderes Auto macht einen Schwenker, um mir auszuweichen. Ich hebe mein Gesicht vom Lenkrad und nehme den Fuß vom Bremspedal. Dann fahre ich so langsam und vorsichtig, wie ich nach viel zu vielen Wodkas kann, biege in eine Gasse neben einer Tankstelle ein und wähle die Nummer des einzigen Freundes, den ich auf der Welt noch habe – *falls* ich ihn überhaupt noch habe. Dann rolle ich mich auf dem Rücksitz zusammen und warte.

# Kapitel siebenunddreißig

## 1 TAG

Ein Klopfgeräusch weckt mich. Ich mache langsam die Augen auf. Eine Nase drückt sich ans Autofenster und verschmiert die Scheibe mit Nebelschwaden.

»Ihr Typen könnt hier nicht schlafen.« Die Stimme des Mannes ist zu laut. Ich blinzle ihn verwirrt an. Das Licht der Sonne versengt meinen Schädel. Der Mann hat ein viel zu stark gebräuntes Gesicht – Farbe und Textur wie Leder. Ausgedünnte schwarze Haare kleben wie zwei Flicken an den Seiten eines melonenförmigen Kopfes. »Ihr. Könnt. Hier. Nicht. Schlafen.« Er klopft wieder an die Scheibe. Die Goldkette an seinem Hals glitzert in der Sonne. »Hört ihr mich? Ihr müsst wegfahren.«

Ich stöhne und stütze mich auf dem Ellbogen ab.

»*Uff!*« Das Ding, auf dem ich mich abstütze, knurrt. »Pass auf!«

Ich reibe mir den Kopf und sehe, dass das Ding, auf dem ich mich zusammengerollt hatte, gar kein Ding ist, sondern ein Mensch. Ringo, um genau zu sein. Er hat ein Auge zugekniffen und schützt sich mit einer Hand vor dem Licht.

Ich stemme mich aus der Kuhle zwischen seinem Arm und seiner Brust hoch und stelle fest, dass sie erstaunlich bequem war und dass ich in dieses gemütliche Nest zurückkehren möchte, weil mein Hirn im selben Augenblick anschwillt und sich zusammenzieht und in großer Gefahr ist, aus meinen Augenhöhlen zu platzen.

»Wir gehen, wir gehen.« Ich richte mich vollkommen auf und winke den Mann weg. »Nur eine Sekunde.«

Er brummt etwas vor sich hin und schüttelt den Kopf, bevor er in seine Tankstelle zurückschlurft.

Ich glaube, ich habe nicht einmal einen Fingerhut voll Alkohol der letzten Nacht verdaut, weil ich spüre, wie er in meiner Magengrube herumschwappt und zumindest ein Teil davon in meinen Hals zurückkriecht. Ich hole tief Luft und versuche, an andere Dinge als den mit Bierdosen und weggeworfenen Käse-Nachos überlaufenden Müllcontainer und sonst was zu denken, bei dessen Anblick ich kotzen möchte.

»Hi«, sage ich und streiche mir über den Kopf.

Ringo hat einen roten, fleckigen Abdruck der Autotür auf der unmarkierten Gesichtshälfte. »Morgen.« Er reckt den Hals, und ich kann sehen, dass seine Schlaflage nicht halb so bequem war wie meine, aber ich bin viel zu verkatert, um Mitleid zu empfinden.

»Ich dachte, wir hätten ausgemacht, dass du mich nach Hause fährst.« Ich versuche, nicht verärgert zu klingen.

»Aber als ich mit einem Taxi hier ankam, hast du auf dem Rücksitz fest geschlafen.« Ich mache wohl ein verdutztes Gesicht, weil er hinzufügt: »Ich weiß nicht, wo du wohnst.« Er lächelt und seine linke Wange bekommt ein Grübchen.

»Richtig.« Ich reibe mein Gesicht mit den Handflächen und hoffe, damit verlaufenes Make-up wegzuwischen. »Gestern Nacht war alles ein bisschen verschwommen.«

»Erzählst du mir, was los ist, oder soll ich raten?«

Ich entdecke meine Spuckepfütze auf seinem T-Shirt. »Ich erzähl dir alles«, sage ich. »Aber könnte ich vorher vielleicht einen Kaffee kriegen?« Die Kopfschmerzen hämmern immer noch an meine Schläfen.

Ringo lässt mich im Auto warten, während er in die Tankstelle läuft. Er kommt mit zwei extragroßen Bechern Kaffee von fragwürdiger Qualität, Wasserflaschen und einem Beutel voller Kekse, Chips, Cracker und Dörrfleisch zurück. Ich nehme ein paar vorsichtige Schluck Wasser und rieche am Kaffee, bevor ich ein kleines Stück von einem Cracker abbeiße. Ringo wartet geduldig.

Ich wische mir Krümel aus dem Gesicht und starre in die Tüte. »Ich weiß, dass du nichts mit mir zu tun haben willst«, sage ich.

Er seufzt, lässt den Kopf auf eine Hand sinken und reibt eine Schläfe. »Ich bin hier, oder nicht?«

»Ja«, sage ich. »Aber gegen deinen Willen.«

Er streckt mir seine Handgelenke entgegen. »Siehst du irgendwelche Handschellen?«

»Können wir vielleicht einen Spaziergang machen? Ich könnte etwas frische Luft gebrauchen.«

Als wir am Straßenrand nebeneinander gehen, gibt es nichts landschaftlich Schönes zu sehen. »Danke, dass du hergekommen bist, um mich abzuholen«, sage ich und beobachte, wie sich unsere Schatten anrempeln. »Ich weiß, du erwartest von mir, dass ich mich entschuldige.« Ich nippe am Kaffee in meiner Hand. Der von *Neville's* schmeckt viel besser.

»Es könnte nicht schaden.«

»Aber ich bin nicht sicher, ob ich sagen kann, dass es mir leidtut, zumindest nicht so, wie du es gerne hättest.«

»Oh.«

»Was ich meine, ist«, sage ich, »dass es mir leidtut, dich als Trostpflaster benutzt zu haben, aber nicht für dich da gewesen zu sein. Das war … total mies von mir.« Ich lasse wieder zu, dass ein Schluck Kaffee meinen Gaumen verbrennt. »Ich dachte … ich weiß nicht, was ich gedacht habe. Aber dich in der Gegend herumzuzerren, war nicht fair.«

Als wir uns einem orangefarbenen Straßenschild nähern, das eine Einbahnstraße markiert, setze ich mich auf einen Bordstein und freue mich, als er sich zu mir setzt, und zwar so nah, dass sich unsere T-Shirts berühren.

»Kein schlechter Anfang«, sagt er.

Meine Knie ragen hoch, und ich setze den Kaffeebecher auf dem rechten ab. »Und dann gibt es noch etwas – und das ist der schwierige Teil, weil ich nicht will, dass du mich hasst«, sage ich. »Aber ich habe gestern etwas herausgefunden.« Ich hole tief Luft und atme sie wieder aus. Es erinnert mich an Penny. »Der Unfall, der Matt zu einem Querschnittsgelähmten gemacht hat. Ich … ich bin dabei gestorben. Er hat mich zurückgeholt. Ich wurde auferweckt.«

Ringo dreht sich um und starrt mich an. Er starrt und starrt und starrt. Meine Wangen färben sich rosa, als ob sein Blick die Sonne wäre. »Kein Wunder, dass du so super aussiehst.«

Aber als ich mich traue, ihn anzuschauen, grinst er genau wie damals, als ich ihn zum ersten Mal im Wartezimmer von Doktor McKenna sah. »Hey!«, sage ich. »Soviel ich weiß, war ich vorher auch kein Monster.«

Ringo wird ernst. »Das ändert gar nichts, Lake.«

Jetzt bin ich an der Reihe, »oh« zu sagen. Mein Herz hämmert in meiner Brust, was es nicht täte, wenn Matt nicht gewesen wäre. Matt, dessen Körper vor Stunden auf dem Grund eines Schwimmbeckens aufgegeben hat. Eine Welle der Übelkeit trifft mich hart und schnell. Ich schwanke und umklammere meine feuchte Stirn mit der Hand.

Ringo ergreift meinen Ellbogen. »Ich bin immer noch der

Meinung, dass Resurrections meine Familie ruiniert haben. Ich denke immer noch, dass sie pervers sind. Und dass Menschen Menschen sind und keine Götter. Ich denke solche Sachen immer noch.«

Ich höre ihm zu, und dabei richte ich mich auf, weil ich froh bin, am Leben zu sein. Ja, klar, mein Kopf dröhnt, mein Herz ist tausendmal gebrochen, und ich bin im Meer und in meinen eigenen Tränen ertrunken, aber ich habe Blutschwüre geleistet und auf Dächern gelacht und bin von Klippen gesprungen. In den letzten paar Wochen allein habe ich Margaret, Simone, Kai, Vance und Duke Ellington kennengelernt und mich mit Harrison Vines angefreundet. »Ich verstehe, wie du darüber denkst«, sage ich und versuche, seine Sprache zu sprechen, indem ich mir Worte von Doktor McKenna ausleihe. »Als ich es gestern erfuhr, hasste ich mich. Ich wollte nicht, dass es wahr ist. Vor allem nicht, nachdem ich die Kommune besucht hatte. Ich war sicher, dass ich mich verändert hatte und etwas ganz Bestimmtes an mir war, weshalb Will Penny liebte, Matt mich hasste und du nichts mit mir zu tun haben wolltest.« Ich richte meine Augen zu Boden, um auch den letzten Teil noch von mir geben zu können. »Aber – ich weiß nicht – ich bin jetzt ganze fünf Jahre wieder am Leben, und je länger ich darüber nachdenke, desto sicherer bin ich, dass es darauf ankommt, wie die Menschen darauf reagieren, auferweckt worden zu sein. Deine Mutter. Coyote Blue. Sogar ich. Ich weiß, es ist schwierig, sich davon zu distanzieren. Wahrscheinlich unmöglich für die meisten Leute, aber –«

»Aber … ich wünsche mir nicht, dass du tot wärst.« Ringo umfasst meine Hand. Ich wage es nicht zu atmen. »Überhaupt nicht.« Er hält einen Finger hoch, um mich am Reden zu hindern. »Und wenn ich mir nicht wünsche, dass du tot wärst, dann bedeutet das doch, dass ich Matt gegenüber dankbar sein muss.«

»Matt ist tot«, sage ich. »Er war gestern Abend auf einer Todesparty, und er ist tot.« Sobald ich es ausgesprochen habe, werden meine Gliedmaßen taub. Es fühlt sich nicht *wahr* an. Das Einzige, das sich wahr anfühlt, ist das Pochen in meinen Schläfen.

Ringo senkt den Kopf, aber er lässt meine Hand nicht los. »Ich verstehe«, sagt er. »Du musst tun, was du tun musst.«

»Und dann?«

»Dann bin ich hier und warte auf dich.« Ich spüre meinen Puls im Hals. »Ich meine, nicht hier an genau dieser Stelle«, sagt er, »aber du verstehst, was ich meine, oder?« Wir rücken näher aneinander heran, und meine Lippen passen problemlos auf seine. Der Kuss scheint die Bindung an Penny und Will endlich zu lösen, die mein Herz fast einen Monat lang schmerzhaft umschlossen hat. Ich kann seit Tagen zum ersten Mal wieder richtig atmen, und was ich einatme, ist Ringo.

# Kapitel achtunddreißig

## 1 TAG

»Hallo?« Nachdem ich Ringo abgesetzt habe, bin ich wieder zu Hause und lasse meine Schlüssel auf den kleinen Tisch im Eingangsbereich fallen. Ich habe mich endlich von meinem Kater erholt. »Hallo?« Keine Antwort. Ich drehe mich nach links und gehe den Flur entlang. Ich komme an Matts Zimmer vorbei. Leer. Mir tut das Herz weh, aber ich weine nicht. Jetzt ist alles wahr. »Mom? Dad?«, rufe ich. Ich stoße die Tür zum Arbeitszimmer auf. Niemand da. »Ihr braucht euch keine Sorgen zu machen!«, brülle ich. Meine Stimme hallt von den Wänden wider. »Ab jetzt ist alles gut.« Mein neuer Entschluss hält aber meine Nerven nicht davon ab, meine Hände zittern zu lassen. Als ich mich für die Auferweckung von Matt entschied, hoffte ich, dass alles leichter werden würde, aber das ist nicht der Fall. Ich kann mir jetzt, wo wir alle ehrlich mit der Resurrection umgehen, nur noch wünschen, dass sie besser für unsere Familie ist. Die Welt fühlt sich ohne Matt leer an.

Ich gehe schneller und schaue links und rechts in die Zimmer, bis ich regelrecht durch das Haus jogge. Das Meer rauscht leise. »Jemand da? Wo seid ihr denn alle?«

Sie sind nicht in ihrem Schlafzimmer. Auch nicht draußen auf der Terrasse. Was, wenn sie sich Sorgen gemacht haben, als ich in der Nacht nicht nach Hause kam? Was, wenn sie draußen nach mir suchen? Ich bekomme Schuldgefühle, weil ich ihnen auch das noch aufgebürdet habe.

Erst als ich zum zweiten Mal die Küche betrete, entdecke ich die Zettel. Ich bremse mich ab. Mein Blut hämmert am Trommelfell. Als ich mich den Seiten vorsichtig nähere, kommen Angstgefühle hoch.

Menschen fürchten sich instinktiv vor Schlangen. Es ist der gleiche Impuls, der mir vor den Papierbögen Angst macht. Weil ich meine Zeit ja ohnehin schon damit verbracht habe, mit der Welt so umzugehen, wie ich sie eingeschätzt habe. Da bräuchte kein Brief auf der Theke neben dem Kühlschrank liegen. Wirklich nicht. Aber hier ist einer.

Und als ich ihn in die Hand nehme, um ihn zu lesen, steht da Folgendes:

*Hi Lakey Loo,*
*Mom hat sich bereit erklärt, das hier aufzuschreiben, sonst ist aber alles von mir, das kannst du mir glauben. Kapiert? Tu einfach so, als ob sie nicht da wäre. (Sorry, Mom – siehst du, ich hab sie tatsächlich gezwungen, das zu schreiben! Und das Folgende auch!) Okay, damit wäre das also geklärt. Wir können weitermachen.*

*Ich glaube, ich sollte damit beginnen, zu sagen, dass ich nicht tot bin.*

*Ja, das lass ich jetzt erst mal eine Sekunde lang wirken.*

*Noch ein paar Sekunden lang.*

*Ist die Botschaft angekommen? Das hoffe ich, weil es weitergehen muss. Schließlich ist Eile geboten.*

*Bevor du denkst, das ist alles bildlich gesprochen und ich mache einen für Matt typischen rätselhaften und ärgerlichen »Witz« – so ist es nicht. Ich nehme es dir aber nicht übel, wenn du das denkst. Ganz ehrlich – ich lebe tatsächlich noch. Ich habe einen Puls und alles. Ja, Mom hat geweint. Dad hat so getan, als ob er nicht weinen würde. Wir treffen uns bald alle und reden darüber. In der Zwischenzeit halte ich mich mit beiden an einem geheimen Ort auf, was leider bedeutet, dass du allein bist, Schwesterherz. Aber später darüber mehr.*

*Denn das Zweite, das wir besprechen müssen, ist warum.*

*Ich weiß nicht, ob es dir aufgefallen ist, aber in den letzten paar Jahren bin ich ein riesiges Arschloch gewesen.*

*Das war ein Witz. Falls du es nicht gemerkt hast. Mom hat eine sehr ernste Handschrift. Fällt mir eben erst auf.*

*Richtig. Zurück zur Tatsache, dass ich ein Arschloch bin. Was zum Teil verständlich ist. Schließlich bin ich querschnittsgelähmt! Aber wie ich mich dir gegenüber benommen habe, ist nicht verständlich. Lake, auf gar keinen Fall bist du schuld daran, dass ich gelähmt bin. Es war ein Unfall. Du wolltest nicht ausrutschen. Du warst erst dreizehn. Und der Rest war eben einfach nur Pech.*

*Aber es war und ist für mich eine Ehre, dein großer Bruder zu sein, und ich wollte nichts sehnlicher, als diesen Titel zu verdienen. Deshalb bin ich reingesprungen. Deshalb war ich so dankbar, dass ich dich zurückbringen konnte. Schade nur, dass ich seitdem auch alles in meiner Macht Stehende getan habe, um das Privileg, dich zu kennen, zu verspielen.*

*Mein Leben ist jetzt hart. Das kann ich nicht leugnen. Aber ich habe es härter und schlimmer gemacht, und zwar nicht nur für mich, sondern für alle. Was, wenn man darüber nachdenkt, lächerlich ist, denn es ist genau das Gegenteil von dem, was ich ursprünglich wollte.*

*Zurück zum Warum. Im Augenblick verdiene ich es nicht, dein großer Bruder genannt zu werden. Und ich verdiene es nicht, dass du mich wiederaufleben lässt. Zwei andere Menschen haben in den vergangenen vier Jahren deine Zuneigung gewonnen. Ich kenne dich. Ich habe dich aufwachsen sehen. Es gibt einen Grund, weshalb du Will und Penny so geliebt hast. Wähle die Person aus, die du am meisten brauchst. Das bin ich nicht mehr.*

*Gut. Und jetzt das Wo – wo ich bin.*

*Das kann ich dir nicht sagen. Ich weiß, ich weiß, vergib uns noch ein Geheimnis, okay? Ich habe nämlich keine Zweifel, dass du deine Resurrection-Möglichkeit für mich eingesetzt hättest, weil du ein viel besserer Mensch bist, als ich es je war, und wenn du wüsstest, wo ich bin, würdest du wahrscheinlich versuchen, mich zu überreden, dir zu erlauben, mich für die Sache zu wählen. Geht gar nicht, Lakey Loo.*

*Ich bin auf dem besten Weg, meinem Körper ein bisschen Entspannung zu gönnen. Ich habe einen Ort gefunden, der mir mehr Chancen bietet. Mom und Dad sind dabei, und ich bin schon richtig aufgeregt. Vielleicht kann ich danach sogar ein Schriftsteller oder Professor sein.*

*Da sind wir also: Ich kann dir versprechen, dass ich mir Mühe geben werde, ein besserer Bruder zu sein. Du kannst es als meine feierliche Eröffnung betrachten. Big Brother! Das Geschäft ist eröffnet! Was ich nicht versprechen kann, ist, für immer und ewig auf der Welt zu sein. Aber ich werde das Beste aus der Zeit machen, die mir bleibt.*

*Das ist alles. Ich bin fertig. Wir reden bald miteinander. In der Zwischenzeit hast du eine wichtige Entscheidung zu treffen. Viel Glück!*

*Alles Liebe,*
*Matt*

Ich stehe da und starre auf die Worte meines Bruders. Ich bin sicher, dass ich irgendetwas falsch verstanden habe, dass das Ganze ein Trick ist. Aber hier stehen sie schwarz auf weiß.

Vielleicht hat er mir deshalb lieber einen Brief geschrieben als mich anzurufen. Wenn ich danach aufgelegt hätte, könnte ich mir einreden, dass es nie stattgefunden hat. Dass mein Bruder am Grunde eines Pools gestorben ist, wobei Dutzende von Leuten zugeschaut haben.

Aber er ist nicht gestorben.

Er lebt. Meine Hände sind schweißnass. Nichts scheint an seinem Platz zu sein. Oben ist unten und unten ist oben. Ich bin nicht sicher, ob ich auf dem Fußboden oder auf der Zimmerdecke stehe. Ich weiß nicht einmal, wie ich mich fühlen soll.

Vor ein paar Stunden habe ich Penny und Will für immer ziehen lassen. Kein Schulabschluss. Kein gemeinsames Studium. Ich habe ihre Zukunft wie ein vorbeirasendes Auto an mir vorüberrauschen lassen.

Aber hier bin ich – mit nur noch einer Nacht zwischen mir und meinem Resurrection-Termin – und habe die Macht, jemanden auszuwählen, zurückbekommen. Ob ich das nun will oder nicht.

Wie aufs Stichwort summt mein Handy. Ich schaue drauf und sehe, dass eine Einladung von Will Bryan genau um zwölf Uhr mittags eingegangen ist. Der letzte Hinweis.

# Kapitel neununddreißig

## 45 TAGE

Es gibt kaum Geräusche, die tröstlicher sind, als das Lachen deiner besten Freunde. Vor allem um Mitternacht. Vor allem draußen am Strand mit dem Meer als Soundtrack im Hintergrund.

Wir liegen mit dem Rücken auf dem Sand, die Köpfe zusammengerückt, die Füße ausgestreckt, angeordnet wie ein Stern mit drei Zacken. Milchige Wolken schweben im marineblauen Himmel über uns vorbei. Wir hören zu, wie nur wenige Meter von uns entfernt weiße Wellen ans Ufer schlagen.

Ich halte Will und Penny an den Händen und grinse, obwohl mich keiner von beiden sehen kann.

»Auf drei«, sagt Penny. Weil sie liegt, ist ihre Stimme undeutlich und klingt, als ob sie in ihrem Innern verschüttet wäre. »Eins, zwei, drei!«

Wir heben unsere aneinandergekoppelten Arme und schwenken sie gleichzeitig mit unseren Beinen zu einem großen Bogen. Unsere Füße krachen zusammen, worauf wir noch heftiger kichern müssen.

»*Au!* Will, deine Fußnägel sind scharf!«, schreie ich.

»William, *echt!*«, kreischt Penny. »Du bist wie ein Faultier mit seinen drei Zehen!«

Will streckt seine Füße noch weiter aus und fährt mit den Fußnägeln an meinem Schienbein entlang. »Komm näher, meine Hübsche!«, sagt Will mit unheimlicher Altfrauenstimme.

Mein Rücken klopft auf den Sand. Ich schüttele mich vor lautlosem Lachen. »Aufhören! Aufhören!«, schreie ich, halte mir die Seiten und rolle mich zu einem Ball zusammen.

»Schnell! Alle hoch!«, brüllt Penny.

Wir rappeln uns auf und wischen uns die Sandkörner von den Beinen und Schultern. Gemeinsam machen wir einen Schritt nach vorn und bewundern unser Werk. Am Ufer sind drei gleiche Sandengel abgebildet. Die Glut unseres Lagerfeuers beleuchtet unsere Silhouetten am Strand.

»Hübsch«, sage ich, weil es natürlich Pennys Idee war.

»Nicht schlecht«, stimmt Will mir bei. »Bis auf den in der Mitte.« Er zeigt auf den Engel, den er gemacht hat. »Er sieht ein bisschen klobig aus.«

Ich gebe ihm einen Schubs. Die Überbleibsel unserer Nacht liegen verstreut herum. Schokolade. Marshmallows. Graham-Cracker. Pennys komische Flaschen mit Kombucha, diesem Teegetränk.

An dem Moment ist nichts Besonderes, aber er fühlt sich perfekt an. Eine Woge der Gefühle hebt sich in mir. Will ist der Erste, der sich losreißt. »Wer als Letzter im Wasser ist, muss Harrison Vines das Gesicht ablecken.« *Verflixt!* Ich will Harrisons Gesicht ganz bestimmt nicht ablecken.

Also renne ich hinter Will her. Penny und ich laufen Kopf an Kopf. Unsere Ellbogen rempeln sich an. Wir schreien ununterbrochen. Will schmeißt sich in die Brandung. Pennys lange Gazellenbeine landen zuerst im Wasser.

»Nein!« Ich purzle mit einer derart fantastisch gespielten Tragik ins Wasser, dass ich dafür einen Preis kriegen müsste. Und ich sollte eigentlich viel enttäuschter sein, als ich es bin, weil ich jetzt meine zwei besten Freunde anflehen muss, mir die Strafe zu erlassen, Harrison abzuschlecken. Aber während ich den Sand zwischen meinen Zehen, aus meinen Achselhöhlen und um meinen Hals herum wegspüle, muss ich daran denken, wie viel Glück ich habe.

# Kapitel vierzig
## 30 Minuten

Der Himmel ist klar und mit funkelnden Sternen übersät. Ich schaue zum Vollmond hoch und steuere ihn mit meinem Fahrrad an. Das Rennrad meines Vaters fährt viel schneller als früher Pennys Huffy-Rad, und ich trage diesmal vernünftige Sneaker – noch ein Vorteil –, aber mein Gipsverband liegt ungeschickt auf dem Lenker und bewirkt, dass ich ständig über den gelben Streifen auf dem Asphalt kurve.

Die Uhr auf meinem Handy zeigt halb zwölf an. Ringo atmet schwer und flach hinter mir, und ich lausche dem Surren unserer Reifen.

Selbst aufwärts brauche ich nicht abzusteigen und das Fahrrad zu schieben. Ich kämpfe weiter und lasse meine Lunge nach Sauerstoff lechzen. Je weiter wir fahren, desto weniger riecht die Luft nach dem Salz des Meeres und eher wie das nach Regen dürstende Ackerland.

Zu viel ist mir passiert, um noch an Magie zu glauben.

Ich weiß zum Beispiel, warum ich meinen Inhalator nicht mehr brauche. Es ist kein unerklärliches Wunder. Ich war tot.

Und ich habe akzeptiert, dass wir – Will, Penny und ich – unsere Wünsche nicht aufgeschrieben hatten, damit ich aufgrund einer seltsamen Laune des Schicksals irgendwann Antworten auf unmögliche Fragen hätte. Wir waren nur drei Kids, die sich gernhatten. Was eine Menge wert ist, wie Ringo mir klarmachen konnte.

Schließlich war es Ringo, der mich angetrieben hat, die

Schnitzeljagd zu Ende zu bringen und die Wünsche zu finden, auch wenn er am Anfang sagte, dass ich mich viel zu sehr an die Möglichkeit dieser winzigen, versteckten Zettel klammere.

Ich springe ab, obwohl sich die Räder immer noch drehen, und lasse das Fahrrad am Straßenrand fallen. Ringo kommt hinter mir schlitternd zum Stehen. Es ist so dunkel unter seinem Helm, dass sein Gesicht einfarbig ist, was mir den Magen unangenehm umdreht. Ich bin froh, als er den Helm abnimmt und ich sehen kann, dass immer noch Ringo darunter ist.

Ich lese, was auf dem groben Holzschild steht. Es ist kaum zu erkennen: CAT MOUNTAIN STATE PARK.

»Hier ist es«, sage ich ehrfürchtig und lege meinen Helm auf das Vorderrad.

Ringo steigt über sein umgedrehtes Rad. »Hier ist es, ähm, schön. Wo genau sind wir jetzt?«

Noch eins. Ich muss nur noch eines tun, danach wird sein, was sein wird, und was ich tue, tu ich. »Es ist der letzte Vollmond in diesem Sommer«, erkläre ich Ringo. »Da werden Träume geboren.« Weil ich Penny diese Erinnerung schulde.

Er nimmt meine Hand, und ich schiebe das Kopfband mit der Lampe meines Vaters, das um meinen Hals hängt, hoch auf meine Stirn. Ich führe Ringo am Wanderparkplatz vorbei, hinter dem das Gelände felsig wird und wir aufpassen müssen, wo wir hintreten.

Als wir die verlassene Pumahöhle betreten, erwarte ich immer noch, dass ich die Erde als etwas Heiliges empfinde. Aber sie fühlt sich nur wie Erde an. Ringo lässt meine Hand los und geht in der Höhle hin und her. »Wow, ihr Typen seid hergekommen, als ihr vierzehn wart?«

»Fast fünfzehn«, verbessere ich ihn.

Weil uns noch genau elf Minuten bis Mitternacht bleiben, wenn wir uns an Wills Plan halten, zeige ich Ringo die Rippen, die in der roten Erde fast vollständig verborgen liegen, und gemeinsam suchen wir nach dem Schädel der Taschenratte, können ihn aber nicht finden.

Wir entdecken jedoch andere Schätze, wie zum Beispiel einen versteinerten Pfotenabdruck und eine tote Eidechse, die von Ameisen in kleine Stücke zerbissen wird.

Ich schaue auf die Uhr meines Handys, deren Zahlen Mitternacht anzeigen. Ich habe jetzt ganz offiziell Geburtstag.

»Und was machen wir nun?«, fragt Ringo.

»Ich – ich weiß nicht«, gebe ich zu. Ich drehe mich auf der Stelle um. Ein paar Sekunden lang mache ich mir Sorgen, dass Will den letzten Teil nicht geschafft hat, dass die Wünsche nicht genau hier sind. Ich schreite die Höhle ab und schaue die Wände prüfend an – nichts.

»Will, Penny und ich haben hier vor Jahren ein Freundschaftsritual durchgeführt, aber –«

»Sollen wir's machen?«

Ich runzle die Stirn und umarme mich fest. »Ich –«

Dann nickt Ringo. »Es ist eure Sache. Ihr drei. Du hast recht.«

Meine Schultern entspannen sich dankbar. Ja, er hat es begriffen. Fast so gut wie Will und Penny es verstanden hätten. Ich habe großes Glück.

Grillen und Zikaden zirpen in der Nacht um uns herum. Ich gehe zu der Stelle, wo wir uns in die Hände geschnitten und unser Blut mit der Erde vermischt hatten. Ringo bleibt nahe bei mir, berührt mich aber nicht. Ich neige den Kopf nach hinten und schaue in den Mond – eine perfekte Kugel, die frostig silbern leuchtet. »Ich weiß nicht«, sage ich und schlage mit den Handflächen auf die Seiten meiner Oberschenkel. »Ich bin ratlos.«

Ich denke an die Nacht zurück. Es kommt mir wie eine Ewigkeit vor, seit wir drei hier zusammensaßen und schworen, eine Familie zu sein. Hatten wir versagt? Oder ist es falsch von mir, verletzt zu sein, weil wir, ehrlich gesagt, die gleichen Probleme hatten wie jede andere Familie auch?

Meine Spucke wird dick und klebrig. Ich erinnere mich, wie allein ich war – jedenfalls hatte ich es so empfunden –, bis ich Will und Penny kennenlernte, und wie ich an genau diesem Fleck gestanden hatte, blutend und schwindlig, und das Gefühl hatte, gerade in der Lotterie gewonnen zu haben.

Aber Ringo blickt über meine Schulter. Er berührt meinen Arm. »Was ist das?« Er zeigt auf etwas, und mein Herz macht einen Hüpfer.

»Was ist was?«

Ich drehe mich um, und obwohl wir ein paar Meter davon entfernt sind, sehe ich etwas, was wie der Deckel eines Einweckglases aussieht, der im Mondlicht schimmert.

Ich gehe hin und knie mich davor nieder. Ich fege die Erde mit den Händen weg. Dann kratze ich noch mehr Erde mit den Fingernägeln ab. Ich wühle wie wild, bis ich das Glas endlich so weit ausgegraben habe, dass ich es mit den Fingerspitzen am Deckel festhalten und herausziehen kann. Ich falle auf den Hintern und halte das Einweckglas mit weit aufgerissenen Augen in den Händen.

Im Glas sind drei Zettel mit rostfarbenen Blutflecken.

»Die Wünsche«, sage ich. »Sie sind tatsächlich da.« Ich starre sie ungläubig an. Wie lang sind sie schon hier? Einen Monat? Oder schon immer – seit Jahren. Das werde ich nie erfahren.

Ringo kommt näher.

Ich halte das Glas ans Gesicht und spähe hinein, als ob ich Insekten untersuchen würde.

»Ich habe Angst«, sage ich.

»Wovor?« Ringos Stimme ist leise und ruhig.

»Das weiß ich nicht so genau.« Ich schüttle das Glas ganz leicht, sodass die Zettel tanzen. Ringo und meine Eltern haben mich ständig gewarnt, dass ich mich viel zu sehr an die Wünsche klammere. Sie haben gesagt, dass mein Kummer dafür sorgt, dass ich Dinge wichtig finde, die gar nicht so wichtig sind. Ich hatte mir eingeredet, dass Will die Wünsche wichtig fand und ich sie deshalb auch für wichtig halten müsste. Das war für mich Grund genug.

So denke ich jetzt nicht mehr. Meine Eltern und Ringo hatten recht gehabt, bis auf eins. Ich glaube, die Tour – das Folgen der Hinweise, die Suche nach den drei Wünschen in einem Glas – hat Matt und mir einen Freiraum geschaffen. Davor waren wir wegen unserer gegenseitigen Abneigung, wegen uns selbst und einer Vergangenheit, die bis zu meinem achtzehnten Geburtstag blockiert war, in der Falle gesessen.

Ringo massiert meinen Rücken und gibt mir einen freundlichen Klaps, und ich weiß, dass ich ihn sehr bald küssen möchte. »So weit sind wir also gekommen«, sagt er.

Ich schraube den Deckel ab und kippe die drei Zettel auf meine Hand. Ich schüttle sie ein bisschen, bis ich die Handschrift meiner Freunde erkennen kann, ohne die ganze Botschaft zu lesen. Ich weiß, dass es Dinge gibt, die sie absichtlich vor mir verborgen haben, aber sie wollten, dass ich zumindest *dies hier* erfahre. Ich entscheide mich zuerst für Wills Zettel.

Vorsichtig nehme ich ihn in die Finger und lese die Nachricht wie den Papierstreifen in einem Glückskeks. »*Ich wünsche mir, dass ich nie wie*«, murmele ich. »Es ist durchgestrichen«, sage ich dann. »*Ich möchte ein Held sein.*« Dem folgt ein winziges Gekritzel, das ich nicht vorlese. *Im Gegensatz zu meinem*

*Vater.* Ich beiße mir auf die Unterlippe. Natürlich war das Wills Wunsch. Es erklärt alles. Die großen romantischen Gesten, das ständige Bemühen, der perfekte Freund zu sein – aber um welchen Preis? Ich frage mich, ob er nicht schneller zu Penny übergewechselt wäre, wenn er den Wunsch nicht niedergeschrieben hätte. Vielleicht hätte er sich eher wie er selbst gefühlt, wenn er nicht zugelassen hätte, dass ihn jemand anderes definiert, bevor er die Chance hatte zu werden, wer er wirklich war. Ich lasse den Wunsch ins Glas zurückfallen und nehme mir Pennys Zettel vor.

»*Ich wünsche mir, so geliebt zu werden, wie ich liebe.*« Rote Daumenabdrücke überkreuzen die Worte. Pennys Blut. Ich sehe die fünfzehnjährige Penny vor mir, wie sie das aufschreibt. Sie war allen gegenüber so offen und in ständiger Gefahr, so viel Liebe auf sich zu nehmen, dass sie von ihr erdrückt würde. Aber Penny mochte Ausgewogenheit, und ob es ihr nun bewusst war oder nicht – die Welt liebte sie genauso zurück. Sogar Will.

Schließlich bin ich an der Reihe. Ich habe versucht, mich zu erinnern, was ich auf meinen Wunschzettel geschrieben hatte. So viel ist seitdem passiert, dass mir das, was in dieser Miniatur-Zeitkapsel enthalten ist, beim besten Willen nicht mehr einfällt. Ich sehe meine eigene Schrift. »*Ich wünsche mir, dass wir drei immer Freunde sind*«, lese ich vor. Ich drehe den Zettel um und hoffe, dass auch auf der Rückseite etwas steht. Nichts. Ich starre blinzelnd darauf.

»Ist jetzt alles klarer?«, fragt Ringo.

Ich warte ab. Dann zerknautsche ich das Stück Papier in meiner Faust und lasse es zu den anderen beiden Zetteln ins Glas zurückfallen. »Ich – ich denke schon …«

# Kapitel einundvierzig

## Happy Birthday to me

Heute bin ich achtzehn geworden. Ich glaube nicht, dass es eine Party geben wird.

Stattdessen baumeln meine Füße von einem Felsen, auf dem ich mich zurücklehne, das Gewicht auf meinen Händen. Die Sonne des Tages hat die Oberfläche gebacken, sodass meine Handflächen warm darauf liegen. Rosa-, lila- und orangefarbene Fäden wickeln sich vom sinkenden Gold ab, das tiefer und tiefer sinkt und den Horizont des Meeres mit satten Streifen gesprenkeltem Bernsteingelb überzieht.

Ich habe 6.570 Tage und zwei Leben gebraucht, um dahin zu kommen, wo ich den Sonnenuntergang an meinem achtzehnten Geburtstag beobachten kann, die Wahl meines Lebens hinter mir.

In meiner Brust ist ein Fleck, der zu tief liegt, um ihn erreichen zu können, und der so unglaublich schmerzt, dass ich sekundenlang nicht sicher bin, ob ich überleben kann. Aber der Schmerz geht jedes Mal wieder vorbei, und ich weiß, dass der nächste Stich nicht tödlich sein wird. Wenn ich Glück habe, wird es mit der Zeit nicht mehr so wehtun.

Ich bin mir ganz sicher, dass herrliche Tage mich quälen werden. Trotzdem genieße ich die Schönheit, die sich vor mir ausbreitet.

Ich höre Schritte hinter mir, drehe mich aber nicht um. Kühle Hände legen sich von hinten auf meine Augen. »Rate, wer?« Ich muss nicht raten. Er riecht nach Tannen mit einem

Hauch Vanille. Ich halte seine Finger fest und schiebe sie nach unten. Ich lege den Kopf zurück und schaue in Ringos nicht zusammenpassendes Kunstwerk von einem Gesicht. »Alles Gute zum Geburtstag!«, sagt er und zieht zwei langstielige weiße Rosen aus seiner Gesäßtasche.

Ich beiße mir auf die Unterlippe und nehme die Blumen vorsichtig entgegen. »Danke«, sage ich. »Sie sind perfekt.« Ich rieche an jeder Rose und klettere dann vom Felsen.

Ringo beobachtet mich aufmerksam. Seine Hände führen mich und liegen beschützend auf meinem Ellbogen und einer Hüfte. Ich muss meinen Gipsverband noch zwei Wochen tragen. Ich kann es nicht erwarten, ihn loszuwerden, weil es darunter kitzelt, als wäre ein Dutzend Mücken an meinem Arm hochgekrochen.

»Ist alles in Ordnung?«, fragt Ringo. Er versucht nicht, seine Sorge um mich zu verbergen, die sich in den Knitterfalten seiner Augenwinkel zeigt.

Ich habe heute Morgen Pennys Eltern und danach Wills Mutter angerufen und ihnen gesagt, was ich vorhabe. Sie haben alle geweint, aber das ist okay. Sie sind erst am Anfang ihrer Reise. Vielleicht machen sie eine Therapie. Vielleicht werde ich das auch tun. Ich hoffe aber vor allem, dass Tessa und Mrs Bryan wieder Freundinnen werden, vielleicht sogar beste Freundinnen. Ich weiß zwar, dass sie das nicht wieder ganz machen wird, aber es hätte auch nicht geholfen, wenn ich nur eines ihrer toten Kinder zurückgebracht hätte.

»Es wird alles okay sein«, sage ich.

Am Rand der Klippe habe ich zwei Pyramiden aus Steinen gebaut, in denen Kreuze stecken, die ich aus Treibholz und Schnur gebastelt habe. Die Schnitzeljagd ist vorbei, aber hier ist sie wirklich zu Ende.

Ich kann Wills Stimme in seiner letzten Nachricht hören, die mich zu den Wünschen geführt hat. Am Ende wäre wahrscheinlich ein Geschenk gewesen. Es stört mich nicht, dass ich nie erfahren werde, was es war. Ich knie mich vor die Kreuze, die ich auf dem Felsen errichtet habe, von dem wir immer heruntergesprungen sind. Ich lege eine Rose neben jede Pyramide, stehe auf und nehme Ringos Hand in meine.

Ich glaube, es stimmt, was man sagt: dass Elend Gesellschaft liebt – Matt hat mir das beigebracht –, aber nur, weil man jemanden braucht, der einen aus dem Loch stemmt, und einen anderen, der so lange in der Nähe bleibt, dass er den Helfer herausziehen kann.

Am Ende habe ich den Weg gewählt, der zur Heilung führt. Das Beste, was ich tun konnte. Was ich Matt zu verdanken habe. Wie sich herausstellt, hat mein Bruder mehr Opfer gebracht als jeder Mensch, den ich jemals kennengelernt habe. Ich weiß nicht, wann er zurückkommt. Morgen werde ich mit ihm reden können, wenn er weiß, dass alles vorbei ist und wir den Freiraum haben, den wir brauchen, um herauszufinden, was als Nächstes kommt.

In der Zwischenzeit hoffe ich, irgendwann die verschiedenen kleinen Buchten auf Ringos Gesicht auswendig zu kennen, die wie Orte des Erdteils sind, auf dem ich lebe. Er ist auf eine ganz andere Art als Penny und Will zu meiner Heimat geworden, was aber beide nicht weniger real macht. In den letzten paar Jahren bin ich x-mal demoliert worden. Mein neuer Wunsch ist der, dass es uns allen besser geht, wenn wir Probleme direkt angehen.

Ringo zieht mich näher an sich heran und malt mit dem Daumen auf meinem nackten Arm Kreise. Meine große, tolle, fantastische, megakrasse Wahnsinns-Geburtstagsüberraschung.

Mir tut es erneut in der Brust weh, und ich muss abwarten, bis ich wieder ruhig atmen kann. Ringo scheint das zu spüren, weil er mich noch enger an sich drückt. Ich lasse meinen Kopf an ihm ruhen. »Na?«, frage ich. »Welcher Song passt zur Stimmung des Tages?«

Ringo dreht sein zweifarbiges Gesicht und drückt seine Lippen auf meine Haare. »Heute«, murmelt er, »muss es einfach *Here Comes the Sun* sein.«

Ich atme durch die Nase ein und durch den Mund aus, genau wie Penny, meine beste Freundin, es mir beigebracht hat. »Ich glaube, das gefällt mir.«

## Danksagung

Viele Autoren haben, was wir ein »Buch des Herzens« nennen, und dieses hier ist meines. Ich bin dankbar, ein Team zu haben, das es auch in ihr Herz geschlossen hat.

Mein Agent Dan Lazar hat *Das Ende ist erst der Anfang* gelesen und wurde zu seinem größten Vorkämpfer. Es hat für mich die Welt bedeutet, jemanden zu haben, der dieses Buch und die Figuren darin so vollkommen versteht.

Ein Dankeschön auch an Laura Schreiber, dass sie immer weint, wenn sie den Abschnitt liest, über den ich selber beim Schreiben weinen musste, und für einen langen, aber unglaublich durchdachten Lektoren-Brief, der viele meiner jetzt liebsten Abschnitte der Geschichte inspiriert hat.

Emily Meehan, Mary Ann Naples, Cassie McGinty, Tyler Nevins, Mary Mudd, Deeba Zargarpur, Dina Sherman und der Rest des Teams bei Hyperion – danke, dass ihr Disney zu einem so einladenden und kooperativen Ort für die Herstellung von Büchern macht.

Torie Doherty-Munro vom Writers House hat mir in den Anfangsstufen besonders kluge Hinweise gegeben. Ebenso Charlotte Huang und Lori Goldstein, die mir beide geholfen haben, herauszufinden, worum es in dieser Geschichte tatsächlich ging.

Dank auch den Mädchen in meinem Buchclub, die erste Kopien lasen und mir dringend benötigten Mut gemacht haben, und einen besonderen Applaus für Lisa McQueen und ihre adleräugige Editierfähigkeit.

Ich habe das ganze Buch während meines Schwangerschaftsurlaubs in einem Anfall von Inspiration geschrieben, also muss ich mich auch bei meiner Tochter bedanken, dass sie ein so außergewöhnlich unproblematisches Baby war, sowie bei meinem Mann, Rob, der mich in meiner Beharrlichkeit, selbst mit einem Neugeborenen zu schreiben, unterstützt hat.

# Die Macht der Gedanken

*Clara Benedict*

**Aura – Die Gabe**

368 Seiten · Gebunden
ISBN 978-3-522-20241-1

Einen Jungen aus der Ferne anschmachten, das steht für Hannah nicht zur Debatte – bis sie Jan trifft. Noch während Hannah sich darüber ärgert, dass sie sich immer wieder wie eine Idiotin aufführt, signalisiert Jan Interesse. Mit jedem Treffen wachsen Hannahs Gefühle aber auch ihre Unsicherheit. Jan verhält sich widersprüchlich, ist mal liebevoll und zärtlich, dann wieder aggressiv und distanziert. Diese Unbeständigkeit macht Hannah Angst, denn sie hat sich Jan offenbart. Sie hat ihm von ihrer besonderen Gabe erzählt, einer Gabe, die auch eine dunkle Seite hat ... Hat sie dem Falschen vertraut?

THIENEMANN
*Wir schreiben Geschichten!*

www.thienemann.de